Le sang des Koenigsmark

*

AURORE

DU MÊME AUTEUR

CHEZ PLON

Dans le lit des rois, 1983.

Dans le lit des reines, 1984.

Les Loups de Lauzargues :
1. Jean de la nuit, 1985.
2. Hortense au point du jour, 1985.
3. Felicia au soleil couchant, 1987.

Le Roman des châteaux de France :
1. 1985.
2. 1986.
3. 1987.

La Florentine :
1. Fiora et le Magnifique, 1988.
2. Fiora et le Téméraire, 1989.
3. Fiora et le pape, 1989.
4. Fiora et le roi de France, 1990.

Le Boiteux de Varsovie :
1. L'Étoile bleue, 1994.
2. La Rose d'York, 1995.
3. L'Opale de Sissi, 1996.
4. Le Rubis de Jeanne la Folle, 1996.

Secret d'État :
1. La Chambre de la Reine, 1997.
2. Le Roi des Halles, 1998.
3. Le Prisonnier masqué, 1998.

Les Émeraudes du Prophète, 1999.

Le Jeu de l'amour et de la mort :
1. Un homme pour le roi, 1999.
2. La Messe rouge, 2000.
3. La Comtesse des ténèbres, 2001.

La Perle de l'Empereur, 2001.

Les Chevaliers :
1. Thibaut ou la Croix perdue, 2002.
2. Renaud ou la Malédiction, 2003.
3. Olivier ou les Trésors templiers, 2003.

Les Joyaux de la sorcière, 2004.

Marie des intrigues, 2004.

Marie des passions, 2005

Les Larmes de Marie-Antoinette, 2006

AUX ÉDITIONS JULLIARD

Les dames du Méditerranée-Express :
1. La Jeune Mariée, 1990.
2. La Fière Américaine, 1991.
3. La Princesse mandchoue, 1991.

Les Treize Vents :
1. Le Voyageur, 1992.
2. Le Réfugié, 1993.
3. L'Intrus, 1993.
4. L'Exilé, 1994.

AUX ÉDITIONS CHRISTIAN DE BARTILLAT

Cent ans de vie de château, 1992.
Un aussi long chemin, 1995.
De deux roses l'une, 1997.
Reines tragiques, 1998.
Tragédies impériales, 2000.
Elles ont aimé, 2001.
Des maris pas comme les autres, 2004.
Suite italienne, 2005.
Les Chemins de l'Aventure, 2006.

JULIETTE BENZONI

Le sang des Koenigsmark

*

AURORE

PERRIN
www.editions-perrin.fr

ISBN : 2-262-02466-9

PREMIÈRE PARTIE

LE MYSTÈRE DE HERRENHAUSEN

1694

CHAPITRE I

PARCE QUE NOUS SOMMES LES KOENIGSMARK...

« ... Il y a trois jours, mon maître est sorti le soir vers dix heures et il n'a pas reparu. »

Vingt mots ! Pas un de plus et cependant Aurore de Koenigsmark les relisait pour la quatrième ou cinquième fois dans l'espoir absurde d'en extraire un sens caché, un début d'explication, mais non ! Bien loin d'expliquer, l'unique phrase confiée à la rapidité des chevaux de poste exsudait un affolement proche de la terreur qui se communiqua à la jeune fille. Elle connaissait trop Hildebrandt, le secrétaire de son frère Philippe, jeune homme sage et pondéré s'il en fut, pour l'imaginer griffonnant hâtivement sur un coin de table, l'oreille au guet, et se précipitant vers la maison de poste avant de...

Avant de quoi, au fait ? S'enfuir, être poursuivi, arrêté ? Le papier légèrement froissé trahissait une nervosité tout à fait inhabituelle. Il fallait que le scripteur redoutât pour son maître un sort pénible que sa fidélité lui faisait pressentir. Trois jours ? Trois jours sans être revenu chez lui, ne fût-ce que pour se changer, cela ne ressemblait vraiment pas à Philippe.

Aurore tendait la main vers le cordon de sonnette pour appeler Ulrica, sa femme de chambre, et commander ses bagages quand une porte s'ouvrit sous la main de sa sœur aînée, Amélie-Wilhelmine, mariée depuis cinq ans au comte Frédéric de Loewenhaupt, capitaine des gardes du duc-électeur de Saxe : un homme grave, pompeux, ennuyeux et qui, malheureusement, commençait à déteindre sur elle...

Non qu'Amélie eût jamais fait montre d'un naturel primesautier ou de la moindre originalité. C'était une blonde fille taillée pour porter la cuirasse des walkyries et qui, à trente-trois ans, posait sur aîtres et gens un regard bleu plein de certitudes. Cependant, ses autres sens lui permettaient de percevoir les subtils changements d'une atmosphère et, en pénétrant dans le salon de musique où la harpe d'Aurore avait cessé de soupirer depuis un moment, elle sut tout de suite que quelque chose n'allait pas :

– Mon Dieu ! s'écria-t-elle en considérant le visage si pâle de sa sœur. Tu es à faire peur alors que, ce matin, je t'ai entendue chanter dans le jardin. Aurais-tu reçu une mauvaise nouvelle ?

Pour unique réponse, celle-ci lui tendit le billet ouvert :

– Lis plutôt !

Ce fut vite fait. Sur le moment, Amélie ne trouva rien à dire, se contentant de se laisser tomber dans un fauteuil avec un grand froissement de taffetas prune afin de relire plus commodément le court texte :

– Cela ressemble à un appel au secours, murmura-t-elle... et si je n'étais certaine que Hildebrandt l'a signé j'aurais peine à le croire. C'est, après mon cher époux, le garçon le plus sage et le moins émotif que je connaisse. Il a dû écrire ce billet dans la hâte... peut-être sous la pression d'une menace. Qu'allons-nous faire ?

– Toi je ne sais pas mais moi je pars sur l'heure pour Hanovre ! répondit Aurore en se saisissant du cordon de sonnette en tapisserie qu'elle secoua à plusieurs reprises.

– Seule ? s'effraya son aînée.

– J'emmène Ulrica, naturellement, et, si tu acceptes de me prêter ton cocher, Gottlieb, il y en aura bien un de nous trois qui reviendra vivant !

– Ce n'est pas le moment de plaisanter... et je vais avec toi !

– Enceinte de six mois ? Tu n'y penses pas, protesta Aurore avec un coup d'œil au ventre arrondi de sa sœur qui remontait la taille de sa robe sous la poitrine. Et par cette chaleur ! En outre, ton époux annonce son retour : il ne comprendrait pas ton absence... Fais préparer notre bagage, Ulrica, ajouta-t-elle à l'attention de la femme qui venait d'entrer et qui attendait après une brève révérence. Nous allons à Hanovre !

Refusant de remarquer l'expression effrayée de son ancienne nourrice comme le geste de refus qu'elle avait ébauché, Aurore alla s'accouder à l'une des fenêtres d'où l'on découvrait les remparts de Stade, la campagne et le cours de la Schwinge, la rivière de son enfance. La journée avait été chaude, l'air sentait le foin dont les paysans achevaient la récolte. Un vent léger faisait monter la poussière que le soleil irisait. Tout était paisible, quotidien, rassurant, pourtant la jeune fille, en contemplant son pays, sentait son cœur se serrer comme si une ombre menaçante s'élevait sournoisement à l'horizon... Une ombre dont elle craignait fort que son frère adoré n'en eût été la victime.

Cette idée affreuse lui mit les larmes aux yeux. Philippe ! Si beau, si brave, si plein de fougue, si amoureux de la vie... si amoureux de sa princesse ! Pouvait-il vraiment avoir cessé d'exister pour n'être plus qu'une image gravée dans son cœur ? A la douleur qui la transperça, Aurore prit conscience qu'elle attendait le pire et qu'elle le redoutait depuis longtemps ! Parce que rien de bon ne pouvait venir de cette abominable cour de Hanovre sur laquelle régnaient un débauché et une harpie !

La main d'Amélie posée sur son épaule la tira de son amère rêverie :

– La nuit va bientôt tomber, tu partiras demain à l'aube. Ce sera plus sage...

– Tu veux que je reste ici à me ronger les sangs tandis que mon frère...

– Il est aussi le mien et je l'aime. Mais j'ai grand peur que quelques heures de plus ou de moins ne changent rien pour lui...

La jeune fille eut un cri :

– Tu le crois mort ?

– Ou jeté dans le cul-de-basse-fosse d'une forteresse inconnue où il n'aura à attendre de secours que de Dieu s'il consent à tourner son regard vers lui. Viens plutôt avec moi à la chapelle car avant toutes choses, il faut prier !

Sans répondre, Aurore glissa son bras sous celui

de sa sœur pour descendre dans la cour du château et la traverser. Le soleil encore haut blessa les yeux rougis de la jeune fille et les larmes coulaient encore sans qu'elle en eût conscience, mais sa chaleur sur ses épaules lui fit du bien, chassant le froid qui l'envahissait depuis qu'elle avait lu le message de Hildebrandt... Elle le retrouva en franchissant le seuil du sanctuaire protestant qu'avait construit son grand-père Jean-Christophe, en même temps que cet énorme château d'Agathenburg, pour abriter sa sépulture et celle de ses enfants, une quarantaine d'années auparavant. Il en était d'ailleurs l'ornement principal, son tombeau occupant l'espace plus que l'autel – simple table de pierre – et la chaire à prêcher de bois noir.

Qu'il accaparât l'attention presque à égalité avec le Créateur avait toujours paru normal à sa jeune descendante. N'était-il pas le grand homme de la famille, le fondateur de l'énorme fortune des Koenigsmark jusqu'à lui relativement modeste : celle de nobles suédois subsistant de façon convenable dans leur château de Koechnitz[1] ? La guerre où il excella fit de lui une sorte de légende. A la tête de troupes suédoises, il ravagea la Saxe et la Bohême et, en 1648, pilla Prague sans oublier au passage de se servir abondamment. Mais il était assez astucieux pour ne pas garder tout pour lui et envoya à sa souveraine, la fameuse Christine de Suède, une partie de ses rapines dont

1. La Suède possédait alors les terres du sud du Danemark et la région de Brême.

le *Codex argenteus* d'Ulphilas. Ce qui lui valut le titre de comte, de maréchal-gouverneur de Bremen et Verden. C'est alors qu'il s'installa à Stade, environ à mi-chemin de Bremen et de Hambourg, et, en l'honneur de sa femme, construisit Agathenburg où il mena grand train sous la double auréole de guerrier invincible et d'ami éclairé des sciences et belles-lettres. Ce qui était pour le moins inattendu pour ce semi-barbare ressemblant davantage à Attila qu'à saint Augustin... On ne l'en vénérait pas moins. Né avec le siècle, il avait soixante-trois ans quand son corps fut rapatrié de Stockholm où il était mort brusquement au cours d'un voyage et prit place dans la chapelle. Il n'y resta pas longtemps seul. Sa femme l'y suivit peu après et, en moins de vingt-cinq ans, ses trois fils et le premier de ses petits-fils l'y rejoignirent.

Trois fils qui ne déméritèrent en rien. L'aîné, Conrad-Christophe, n'avait pas trente ans quand il tomba glorieusement au siège de Bonn, en 1673. Il avait tout de même eu le temps de faire quatre enfants à son épouse Christine de Wrangel, fille du célèbre maréchal et d'une princesse palatine.

Le deuxième n'eut pas le temps de faire parler de lui – il mourut bêtement d'une chute de cheval durant un engagement, mais le troisième, Othon-Wilhelm, allait trouver le moyen d'égaler et même de dépasser son cher papa dans son goût de l'aventure et des démolitions de chefs-d'œuvre. Son géniteur avait à moitié détruit et soigneusement pillé Prague, la Cité d'or, lui s'offrit le Parthénon ! Qui dit mieux ?

Cet Othon-Wilhelm avait commencé de façon

relativement calme en devenant ambassadeur de Suède en Angleterre puis en France où Louis XIV l'autorisa à suivre ses armées en Hollande. Là il se distingua au siège de Maëstricht et de Seneffe. Si bien que le Roi-Soleil le nomma maréchal de camp. Dans ces temps guerriers il aurait pu continuer en France une brillante carrière, mais son roi Charles XI le rappela en Suède, l'envoya combattre en Allemagne avec, en récompense, le titre de duc de Poméranie. S'estime-t-il satisfait ? Que nenni ! Après en avoir décousu avec les Turcs en Hongrie il découvrit, la paix survenue, qu'il y avait encore à faire du côté des Ottomans et offrit ses services au doge de Venise qui les accepta avec enthousiasme et lui donna le commandement suprême de ses troupes. Succès complet ! Après un débarquement victorieux à Corinthe, le voici qui assiège Athènes. Sans trop inquiéter l'adversaire d'ailleurs. Confiants en leur force, les « Infidèles » s'étaient retranchés sur l'Acropole où ils avaient entassé leurs munitions dans le Parthénon, encore intact et transformé provisoirement en mosquée. C'était sans doute un sacrilège mais Othon-Wilhelm n'hésita pas à faire plus fort : il dirigea le feu de ses canons sur le temple d'Athéna, et tout sauta : turbans et sublimes marbres fraternellement mêlés.

Encouragé par une si belle prouesse, notre homme se lança sur l'île de Nègrepont[1] et assiégea Modon où les gens du Sultan s'étaient retranchés. Mais les dieux de la Grèce décrétant sans doute qu'il était temps d'arrêter le massacre, il mourut

1. Eubée.

en 1688 de la peste qui sévissait périodiquement. Venise, reconnaissante, lui éleva un monument à l'Arsenal en italianisant son nom, et l'on peut toujours y admirer « Conismarco, semper victori ». Son corps, lui, avait rejoint Agathenburg où l'avait précédé son neveu Charles-Jean – troisième phénomène guerrier de la famille venu en Morée et emporté lui aussi par la peste, mais à vingt-six ans. Vingt-six années qu'il avait réussi à remplir à ras bord.

Celui-là était le frère d'Aurore, d'Amélie et de Philippe. Il était né en 1660, il se situait dans la lignée familiale entre Amélie, l'aînée, et Philippe né en 1665. Aurore apparue en 1668 étant la petite dernière...

Alors que sa sœur droite comme un *i* priait devant l'autel, c'était devant la tombe de Charles-Jean qu'Aurore s'agenouilla. Elle l'avait aimé. Pas autant que Philippe, tellement proche d'elle, mais comme un personnage de légende. Plus vieux qu'elle de huit ans, il était déjà chez les hommes quand elle vint au monde et faisait sentir cette distance aux deux plus petits pleins d'admiration. Curieusement, ils se ressemblaient physiquement ! Bruns aux yeux bleus tous les trois alors qu'Amélie représentait seule la blondeur de leur père. L'influence maternelle se faisait davantage sentir chez ces trois-là qui se démarquaient nettement de la rudesse des anciens Koenigsmark. Plus cultivés, plus affinés, plus policés, mais possédant tous la même bravoure, les garçons allaient rester fidèles à la vocation guerrière des ancêtres sans devenir pour autant des reîtres. Quant à Aurore, elle était la beauté féminine de la famille, ses frères se révélant eux aussi de redoutables séducteurs.

Les exploits de Charles-Jean avaient fait les délices de ses deux cadets. Il avait commencé sa carrière en rejoignant l'oncle « Conismarco » à la cour de Louis XIV, alors occupé à achever le fabuleux Versailles qui commençait à éblouir l'Europe. Il y mena joyeuse vie jusqu'à ce qu'il sente subitement l'intense besoin d'un idéal. Et ce protestant s'en alla offrir ses services et son épée aux chevaliers de Malte. Il rêvait de combattre les Barbaresques entre la mer bleue et l'éclatant soleil de la Méditerranée. Evidemment, il ne pouvait être question de l'inclure dans l'Ordre. Ce qui d'abord le déçut. Sans doute voyait-il dans les chevaliers à la croix rouge une sorte de Légion étrangère au service de Dieu ! Il n'en fut pas moins admis à combattre sur l'un des vaisseaux de l'Ordre. Il y avait en effet du grain à moudre et on ne refusait pas une si vaillante épée.

Et voilà notre héros à la poursuite d'un chebec turc chargé de prisonniers à l'abordage duquel il se lança tout seul et bon premier, sans attendre les ordres, en se balançant l'épée entre les dents à un filin qui le déposa sur le pont. Là, il fit un tel carnage que l'ennemi épouvanté choisit la solution de se faire sauter. Charles-Jean sauta de concert et fut projeté dans les airs comme un boulet de canon mais, grâce à sa lourde cuirasse, il décrivit une gracieuse parabole avant de disparaître dans les flots bleus à bonne distance du lieu du combat... On le croyait mort et l'on s'apprêtait à lui rendre les honneurs funèbres quand on le vit reparaître : un pêcheur l'avait récupéré et le ramenait, mais l'île entière cria au miracle et le Grand Maître, Raphaël Cotoner, laissant de côté les règles de l'Ordre, arma chevalier ce parpaillot si évidemment béni de Dieu. Une faveur qui demeurerait unique dans l'histoire de Malte !

Celle-ci entretenant d'excellentes relations avec la Sérénissime République, Charles-Jean se retrouva un beau jour à Venise au moment du Carnaval. C'est là que l'amour l'attendait sous le masque d'une ravissante Anglaise, épouse d'ambassadeur : la comtesse de Southampton. Ce fut la passion, si ardente même que Charles-Jean enleva sa belle avant de prendre le chemin de Paris. Naturellement, il ne pouvait être question d'étaler au grand jour l'aventure amoureuse d'un chevalier de Malte avec une lady, fût-elle duchesse. La belle endossa des habits masculins particulièrement seyants à une époque où dentelles et satins n'étaient pas l'apanage des dames. La silhouette fine de la jeune femme s'y prêtait d'ailleurs et le couple reçut à la Cour le meilleur accueil. Jusqu'à ce que Charles-Jean, invité à une chasse royale à Chambord, fût rattrapé dans la forêt par un serviteur venu lui annoncer que son page – le plus joli qu'on ait jamais vu à la cour de France selon la Palatine ! – était en train d'accoucher. Drame, scandale, séparation, rapatriement de la fugitive que l'on enferma à vie dans un couvent avec sa petite fille. Ni l'une ni l'autre n'en sortirent...

Cependant, le malencontreux amant avait pris lui aussi le chemin de l'Angleterre, dans l'espoir peut-être de réussir à retrouver sa maîtresse. Cela lui valut plusieurs duels avec la famille, dont il sortit indemne, et l'offre, par le roi Jacques II, d'un régiment pour aller combattre en Afrique du Nord où les Maures assiégeaient Tanger, tenue tant bien que mal par les Anglais. Notre héros fonça flamberge au vent, délivra la ville et reçut, en récompense, la propriété d'un régiment avec lequel, n'ayant plus rien à faire au Maroc, il s'en alla rejoindre, sous la bannière au lion de Venise, l'oncle « Conismarco » en Morée où la peste le faucha en 1686. Il venait d'avoir vingt-six ans...

Aurore n'oublierait jamais ce jour triste et gris où le lourd cercueil, porté par les soldats depuis la rivière où une barge l'avait amené et suivi des gens de la ville, était apparu dans la cour d'honneur et, au pas rythmé des hommes, avait été porté dans la chapelle tandis que battaient les tambours voilés de crêpe. Philippe était venu de Dresde où, depuis l'enfance, il avait été attaché à la personne du prince héritier de Saxe, Frédéric-Auguste, comme page et compagnon de jeux puis comme meilleur ami et compagnon de débauche.

Dès la prime adolescence, le jeune Frédéric-Auguste avait fait preuve d'un penchant nettement au-dessus de la moyenne pour les jolies filles et, de son côté, Philippe, de cinq ans son aîné, ne connaissait guère de cruelles. Le même goût pour les armes et les exercices violents les unissait aussi. A douze ans, le jeune géant qu'était le prince pliait une barre de fer entre ses mains et une pièce de monnaie entre ses doigts. Moins musclé physiquement, Philippe se rattrapait à cheval – c'était un vrai centaure ! – et, l'épée à la main, n'avait pas encore rencontré son vainqueur.

Si elle pensait aux funérailles de son frère aîné, c'était pourtant l'image de Philippe qui s'imposait à Aurore. En dépit de sa vêture de deuil, il lui était apparu plus beau que jamais. Plus sombre aussi, et son cœur s'était serré parce que la mort de Charles-Jean ne suffisait pas à expliquer l'aura de douleur qui émanait de lui. Il était attaché à son frère sans doute, mais c'était le sort des hommes de guerre de mourir au combat et de mourir jeunes. Etait-il à ce point sensible au fait que le défunt eût péri de l'immonde peste et non sous la lame étincelante d'un yatagan turc ? Ou alors...

Les honneurs rendus et le banquet funèbre achevé, elle l'avait entraîné au jardin dans le petit belvédère au-dessus de la rivière où ils aimaient jouer quand ils étaient enfants, et là, elle l'avait interrogé :

– Nous pleurons tous mais ton chagrin semble venir de plus loin.

– Que veux-tu dire ?

– Que tu sembles encore plus malheureux qu'à ton retour de Celle, il y a quatre ans, que l'on ne t'a pas vu depuis ; que tu avais alors l'air de porter sur tes épaules toute la douleur du monde et qu'enfin tu ne sembles pas aller mieux... Au contraire ! Est-ce un nouveau chagrin d'amour, en dépit de ce que l'on rapporte de tes succès auprès des belles Saxonnes ?

Haussant ses larges épaules, Philippe tourna carrément le dos à sa sœur mais elle le connaissait trop pour se laisser prendre à une dérobade qu'elle jugea enfantine :

– Cela signifie que tu... l'aimes toujours ? chuchota-t-elle sans oser prononcer de nom.

Brusquement, Philippe se retourna, dardant sur elle la flamme bleue de son regard furieux. C'était bien dans la manière qu'il partageait avec tous le mâles Koenigsmark passés et présents, de réagir par la colère quand ils se sentaient découverts :

– Oui, figure-toi ! Je l'aime toujours en dépit des autres qui ne sont rien auprès d'elle. Des corps ! Uniquement des corps auxquels je demande un peu d'apaisement à ma passion sans jamais réussir à effacer son image... Et j'en deviens fou parce qu'à présent je sais qu'elle est malheureuse !

Et sans vouloir s'expliquer davantage Philippe avait pris sa course à travers le jardin, laissant Aurore à ses réflexions...

« Elle » ! Autrement dit Sophie-Dorothée de Celle dont Philippe, un moment, avait espéré faire sa fiancée !

En ce temps-là – cinq ans plus tôt ! – le jeune Koenigsmark alors âgé de seize ans s'était rendu à Celle sur le conseil de l'Electeur de Saxe afin d'y tenter sa chance en vue d'un mariage qui lui permettrait d'accéder à la souveraineté de l'un des Etats dont se composait l'Allemagne à cette époque.

Georges-Guillaume de Brunswick-Lunebourg, duc de Celle, tenait sa cour dans cette ville charmante et n'avait qu'une fille. Bâtarde d'ailleurs mais reconnue et même légitimée depuis qu'il avait décidé d'épouser sa mère, une ravissante huguenote française, Eléonore d'Olbreuse, qu'il avait connue à Breda, en Hollande, où se réfugiaient nombre de protestants français. Dont le marquis d'Olbreuse et ses enfants. Ils y avaient été accueillis par la princesse de Tarente auprès de qui Eléonore était devenue fille d'honneur tandis que son père s'engageait dans l'armée du prince d'Orange. D'abord mariée morganatiquement, Eléonore avait fini par devenir bel et bien duchesse de Celle, faisant ainsi de sa fille l'une des plus riches héritières d'Allemagne. La loi salique, en effet, n'existait pas outre-Rhin. Celui qui l'épouserait partagerait avec elle la souveraineté du duché...

En espérant devenir celui-là, le jeune comte de Koenigsmark ne faisait pas preuve d'outrecuidance. Il était de bonne race, auréolé en outre par la gloire recueillie par les siens et leur fortune, il était un prétendant des plus sortables. Très vite, la réalisation de ce projet devint le plus cher de ses désirs parce que, au premier regard, il était tombé amoureux de Sophie-Dorothée. Il sut qu'aucune autre jamais ne l'effacerait, qu'elle était unique et que s'il ne l'obtenait pas, c'en serait fait pour lui de tout espoir de bonheur.

De son côté, la jeune fille fut victime du même coup de foudre : si fier, si beau, si insolent, il incarna aussitôt ses rêves les plus romantiques. Elle le jugea inoubliable et sut qu'il n'y aurait pas de bonheur possible pour elle si elle ne l'épousait pas.

Les premiers jours de Philippe à Celle furent un

enchantement : le duc Georges-Guillaume et surtout la duchesse Eléonore réservèrent un accueil flatteur au neveu de « Conismarco » dont les exploits retentissaient dans l'Europe entière et que l'on disait fabuleusement riche. Ce qui avait son prix aux yeux de Georges-Guillaume, quelque peu porté sur l'avarice. Très vite on parla mariage pour la plus grande félicité des amoureux, mais... il n'est pas rare qu'il y ait un « mais » dans une histoire trop idyllique.

Ce « mais » prit la forme revêche du comte Bernstorff, premier ministre de Celle, qui ne voulait pas de cette union et ne perdit pas une minute pour lui opposer la politique, ce monstre capable de broyer les rêves et les vies. Celle de Bernstorff se présenta sous l'aspect d'une affaire de famille.

Le duc de Celle avait un frère cadet, ancien évêque luthérien devenu duc de Hanovre et qui par un mariage intéressant avait obtenu de l'empereur le titre d'Electeur. Il avait, en effet, épousé une petite-fille du défunt roi d'Angleterre Jacques Ier, ce qui lui permettait de prendre rang dans la succession à ce trône prestigieux. En outre, tant que Sophie-Dorothée n'avait pas été légitimée, il était l'héritier tout naturel de son aîné. Aussi, après la reconnaissance officielle de la jeune fille, n'eut-il qu'une idée : obtenir sa main pour son fils Georges. L'affaire Koenigsmark détruisait ce beau plan. Conclusion : il fallait éliminer Koenigsmark. Bernstorff, entièrement acquis au Hanovrien, y employa son génie malfaisant : connaissant bien son maître, il fit établir un état de la fortune exacte des Koenigsmark et découvrit avec délectation qu'elle n'était plus ce qu'elle avait été. Et de loin ! Victoire complète ! Restait la seconde partie du projet : se débarrasser d'un prétendant devenu encombrant. En douceur si possible afin de ne pas incommoder les puissants princes de Saxe, ni Venise, ni la France, que les Koenigsmark avaient servis avec honneur. Georges-Guillaume de Brunswick-Lunebourg, duc de Celle, et son acolyte usèrent alors d'un moyen infâme : les jeunes gens reçurent l'un de l'autre, et au même moment, une de ces lettres de rupture suffisamment cruelles pour être inexpiables. Et toutes deux l'œuvre d'un faussaire talentueux. Le résultat fut ce que l'on espérait : trop fier pour s'abaisser à demander une explication, Philippe sauta à cheval et regagna Dresde au plus vite cependant que, blessée au fond de l'âme, Sophie-Dorothée tombait malade, victime d'une fièvre cérébrale qui la mit un instant aux portes du tombeau. Les soins de sa mère, qui n'avait rien compris parce que l'on s'était prudemment gardé de la mettre dans la confidence, l'en tirèrent de justesse, mais ensuite, la duchesse Eléonore, qui croyait de bonne foi à la perfidie de Philippe et souhaitait que sa fille l'oublie, apporta son aide à son mari pour convaincre la pauvre petite à peine convalescente de se laisser marier. Quelques semaines plus tard, elle épousait Georges de Hanovre, son cousin germain...

Quand les sœurs de Philippe quittèrent le temple familial, Amélie, les yeux secs, marchait d'un pas assuré, les mains nouées sur son giron, humant l'air plus frais du soir tombant. Aurore, elle, marchait comme une somnambule, le visage noyé de larmes incessantes qu'elle essuyait de temps a autre d'un geste machinal. Cela finit par agacer son aînée qui vint la prendre par le bras :

– Pourquoi pleurer autant ? La prière ne t'a donc pas réconfortée ?

– Je n'ai pas pu prier : j'ai trop de craintes. Pendant tout ce temps, je revoyais ce jour affreux où nous est revenu le corps de Charles-Jean et je me demandais si on nous rendrait celui de Philippe.

– Pourquoi veux-tu absolument qu'il soit mort ? Je reconnais que le billet de Hildebrandt est inquiétant parce qu'il est lui-même inquiet, mais d'autres hypothèses peuvent être envisagées. Notre frère a peut-être eu un accident ? Fait une chute de cheval quelque part dans la campagne... ou alors on l'a emprisonné, que sais-je ? Au contraire de toi j'ai prié et j'en ai retiré une sorte de confiance...

Laissant enfin sécher ses larmes, Aurore regarda sa sœur avec stupeur :

– Confiance ? En quoi mon Dieu ? Cette cour de Hanovre est un cloaque gouverné par des barbares et des harpies !

– C'est pourquoi il n'aurait jamais dû y accepter un commandement après l'humiliant naufrage de son mariage à Celle !

– Accepter ? Allons, Amélie ne te fais pas plus naïve que tu n'es ! Tu sais, comme je sais, comme nous savons tous que cette charge de colonel des hussards de Hanovre c'est, sur sa demande, la Saxe qui la lui a fait offrir.

– Il voulait revoir Sophie-Dorothée, l'imbécile ! fit Mme de Loewenhaupt avec un haussement d'épaules. Quelle stupidité !

– Sans doute, mais surtout il voulait la sauver !

En effet, quelques mois après le transfert des cendres de Charles-Jean à Agathenburg, Philippe arrivait à Hanovre pour prendre le commandement de la garde de l'Electeur. Le précédent titulaire avait été tué par un baron suisse et cette involontaire défection gênait considérablement un prince impopulaire et qui, de ce fait, ressentait le besoin d'être protégé de façon efficace. Ernest-Auguste était un vieil homme tatillon, avare, naturellement soupçonneux et ayant passé toute sa vie entre les vins, les cartes et les filles. L'âge venant, il avait fini par se contenter d'une seule maîtresse : Clara-Elisabeth de Meissenbourg, qu'il avait mariée à un certain Platen dont il avait fait un comte afin qu'elle fût comtesse. Etant fort séduisante, elle suffisait à Ernest-Auguste. Mais la réciproque n'était pas vraie : le vieux duc ne suffisait pas à Mme de Platen, dite plus couramment « la Platen », nymphomane, follement ambitieuse et dépravée jusqu'à l'âme. Aussi avait-elle l'habitude de lui donner des coadjuteurs choisis parmi les officiers et même les simples soldats de la garde. Autant dire qu'elle avait réussi à faire de la cour de Hanovre, où l'ivrognerie était élevée à hauteur d'une institution, l'un des lieux les plus faisandés d'Europe.

Quant à l'héritier, Georges-Louis, il était franchement pire que son père. C'était une manière de hobereau tudesque, vulgaire, teigneux et sot, flottant généralement entre deux vins et pourvu d'une maîtresse : Catherine de Bush, la propre sœur de la Platen... « Groin de cochon », ainsi que le surnommaient gracieusement ses futurs sujets, passait avec elle le plus clair de son temps.

Sur ce fangeux décor, une femme se dessinait cependant à l'eau-forte : l'épouse de l'Electeur, Sophie, fille du roi détrôné de Bohême et détentrice originelle des quelques gouttes de sang anglais puisqu'elle était la petite-fille de feu Jacques Ier. Celle-là avait tant de hauteur qu'elle méprisait à peu près tous les princes allemands avec une particulière aversion pour son beau-frère, le duc de Celle, qui avait osé épouser « la d'Olbreuse », « une fille de rien » qu'elle appelait tout uniment « le tas de boue » ! La pauvre petite Sophie-Dorothée – elle n'avait que seize ans au moment de son mariage ! – allait en ressentir les effets et trouver en elle la pire des belles-mères !

Pourtant, les débuts du mariage avaient été encourageants. Sensible au charme de la ravissante poupée au teint de camélia, aux grands yeux gris, à la soyeuse chevelure d'un joli châtain clair traversé de mèches dorées qu'on lui offrait, Georges-Louis délaissa la Bush pour s'offrir une longue lune de miel avec celle qu'il appelait gentiment Fisette. Tant et si bien que deux enfants vinrent au monde. Hélas ! la venue du second marqua la fin des tendres sentiments de « Groin de cochon » qui se désintéressa presque totalement de sa femme pour les charmes opulents d'une géante de dix-sept ans que lui avait présentée Mme de Platen : Mélusine de Schulenburg.

On en était là quand, un soir de novembre 1688, les parquets du palais de la Leine à Hanovre crissèrent sous les talons de Philippe tandis qu'un chambellan clamait son nom au seuil du grand salon de réception où se tenait la Cour :

– Le comte Philippe-Christophe de Koenigsmark !

Sophie-Dorothée savait qu'il allait venir se présenter : elle s'était préparée à « le » revoir. Pourtant, le nom résonna dans son cœur avec une intensité qu'elle n'attendait pas. Plus encore lorsqu'elle le vit paraître et s'avancer d'un pas ferme vers le trône de son beau-père, traversant la foule des courtisans qui s'ouvrait devant lui en faisant entendre une rumeur flatteuse. Six ans avaient passé : Philippe était à présent un homme en pleine force, en pleine possession de ses moyens et, surtout, d'un charme dont la jeune femme éprouva aussitôt le pouvoir. En quelques instants la blessure mal refermée se rouvrit et se remit à saigner, laissant fuir le fiel qui l'empoisonnait, laissant place au bonheur de le revoir plus fier plus séduisant que jamais.

De son côté, Koenigsmark retrouva sa princesse avec une émotion qu'il se garda bien de laisser voir. Il ne lui avait pas fallu beaucoup de temps pour comprendre que dans cette cour à l'étiquette pesante et aux plaisirs presque toujours sordides, Sophie-Dorothée était surveillée, épiée, jalousée par tous ceux – et toutes celles ! – qu'elle gênait, qui la détestaient ou plus simplement l'enviaient. Elle était en effet plus ravissante que jamais. Plus touchante aussi, avec cette fragilité des êtres que l'on confine dans une atmosphère malsaine. Au milieu de ces gens, elle lui parut parée de la grâce et de la fraîcheur d'une églantine. En face d'elle, il sentit non seulement se réveiller les juvéniles sentiments d'autrefois, mais épicés à présent d'un désir dont la violence le surprit, tempéré toutefois par la compassion normale de tout homme de cœur en face d'un être malheureux.

Bien sûr, flairant le danger inscrit sur les faces brutales du mari et du beau-père, Philippe a caché soigneusement ce qu'il éprouvait. Une déception l'y a aidé : ce soir-là comme les jours suivants, Sophie-Dorothée a gardé les yeux obstinément baissés en sa présence. Ce qui lui a inspiré un doute : l'aurait-elle oublié comme elle en exprimait l'intention dans l'horrible lettre de rupture ?

Dans ces conditions, le nouveau colonel n'a pas tardé à s'ennuyer dans une cour où – à l'exception tout de même du théâtre ! – les meilleures distractions étaient des repas pantagruéliques où l'on vidait les tonneaux aussi facilement que les œufs à la coque. Ayant d'autres habitudes et d'autres exigences physiques, il a noué distraitement quelques aventures passagères avec des dames de la Cour ou des comédiennes. En outre, la mort de l'oncle « Conismarco » est venue faire diversion. Philippe est allé à Venise recevoir sa dépouille et une fortune non négligeable. S'il n'y avait eu l'obligation de ramener le défunt à Agathenburg – et aussi sa signature au bas de son contrat avec le Hanovre ! – il serait volontiers resté au bord de l'Adriatique.

Il est donc rentré mais, cette fois, avec suffisamment d'argent pour s'offrir une jolie maison non loin de Herrenhausen, le palais d'été, un peu à l'écart de la ville et dont les jardins à la française étaient la plus remarquable beauté[1]. Et pour l'aider dans son installation Philippe a fait venir sa jeune sœur qui, à ses multiples talents – cultivée, musicienne et artiste, elle parlait plusieurs langues ! – joignait le plus grand goût et un véritable savoir-faire de maîtresse de maison en dépit de son jeune âge. Aurore partit pour Hanovre avec Ulrica.

Elle allait y rester près de deux ans. Suffisamment longtemps pour avoir une claire idée d'un drame en train de se jouer. Au retour de Venise, Philippe, en effet, s'était aperçu très vite de l'intérêt qu'il avait éveillé chez Mme de Platen. La favorite de l'Electeur lui a fait savoir sans détour qu'elle souhaitait le rencontrer dans des endroits moins sujets aux courants d'air que les salons ou les galeries du palais. Un peu par désœuvrement, un peu par curiosité – la dame jouissait d'une réputation sulfureuse ! – un peu aussi pour le plaisir d'orner de cornes la tête emperruquée de son employeur, Koenigsmark a répondu à l'invitation et rejoint, certain soir, la Platen dans la chambre somptueuse de son domaine, Monplaisir.

Depuis un bon moment, déjà, la dame en ques-

1. Ils sont aujourd'hui à peu près la seule. La ville presque anéantie par les bombardements de la Seconde Guerre mondiale est jumelée à Hiroshima ! C'est tout dire.

tion a passé fleur mais elle est restée belle et surtout ardente et experte aux jeux de l'amour. Pour cet homme qui lui plaisait plus qu'aucun autre, elle a déployé tout son arsenal de séduction et d'artifices dans l'espoir de se l'attacher à jamais. Or, c'est le contraire qui s'est produit : le caprice d'un soir est devenu chez elle passion furieuse. Elle s'est mise à aimer le beau colonel avec une sorte d'emportement qui s'est traduit par un incroyable déchaînement sensuel.

Flatté peut-être d'être l'objet d'une passion aussi intense chez la maîtresse d'Ernest-Auguste, Philippe s'est laissé aimer par cette bacchante avec un certain plaisir. Aussi la Platen n'a-t-elle guère tardé à afficher ses sentiments avec une audace et une impudeur qui auraient pu provoquer un scandale si on ne l'avait sue aussi puissante.

Aurore se souvenait avec dégoût des scènes qu'il lui avait été donné de contempler. Par exemple, il n'était pas rare qu'au cours d'une promenade en voiture, la Platen s'asseye sur son amant pour se livrer à des embrassements qui n'avaient que fort peu à voir avec la civilité puérile et honnête. Il y eut aussi ce soir où, pénétrant dans un salon de Herrenhausen en compagnie de plusieurs dames, elle avait surpris le couple sur un canapé. Les voyant arriver, Philippe s'était hâté de demander de l'eau de la reine de Hongrie « pour la comtesse qui était en train de s'évanouir ». Personne ne fut dupe et les dames se retirèrent en ricanant pour aller raconter l'histoire à l'Electrice qui en fit des gorges chaudes. Aurore révoltée ne cacha pas à son frère sa façon de penser :

– Il faut que tu sois fou pour t'afficher ainsi avec cette femme qui a presque le double de ton âge ! Tu as envie de te retrouver au fond d'une geôle en attendant l'échafaud ?

– Rien à craindre de ce côté ! Elle règne sans partage sur le vieux duc. C'est si je la repoussais que je serais en danger.

– Mais, enfin, Philippe, je croyais que tu aimais... ailleurs ?

– Je n'ai pas changé mais, ailleurs comme tu dis, on ne se soucie pas plus de moi que si je n'existais pas. On ne me regarde même pas...

Ce fut dit avec tant d'amertume qu'Aurore se calma :

– Mais, dans ce cas, pourquoi cette femme ?

– Parce que je veux rester ici. Chose qui me serait impossible, si je la rejetais. Elle tient ce barbon d'Ernest-Auguste dans sa main. Je serais cassé de mon commandement et chassé en un clin d'œil. Je ne verrais plus celle qui...

– Si tu espères reconquérir son amour de la sorte tu t'y prends de bien étrange façon et si tu continues, c'est l'horreur que tu lui inspireras. Si ce n'est déjà fait !

– Tu le penses ?

– Je n'en sais rien. Si elle me réserve toujours un charmant accueil lorsque je vais la voir au palais, je ne suis pas dans ses confidences...

– Qui l'est alors ?

– Peut-être Eléonore de Knesebeck, sa demoiselle d'honneur qui ne la quitte guère, mais je la connais à peine. Elle est aussi discrète, aussi silencieuse que sa princesse...

– Ne peux-tu essayer de lui parler ? Peut-être réussiras-tu à apprendre ce que sa maîtresse pense de moi si l'affaire du canapé est allée jusqu'à elle...

– Si l'on considère la méchanceté qui règne sur cette cour, elle doit être au courant. Peut-être même l'aura-t-elle su avant la duchesse...

C'était en effet ce qui s'était passé. On n'ignorait rien, à Hanovre, du mariage manqué de Celle et Sophie-Dorothée comptait trop d'ennemis pour qu'on la laisse dans l'ignorance. A commencer par la sœur de la Platen, Catherine de Bush, l'ancienne maîtresse de Georges-Louis... Celle-ci se fit un plaisir de renseigner la princesse au moyen d'un billet. Anonyme comme il se doit. Après quoi l'Electrice en personne se hâta de rapporter le croustillant ragot au petit « tas de boue » avec une délectation cruelle.

Sophie-Dorothée en fut malade. Naturellement, on ne lui avait pas permis d'ignorer longtemps les rapports entre Mme de Platen et le comte de Koenigsmark. Elle en souffrait silencieusement, blessée à la fois dans son amour et dans sa délicatesse car, si elle pouvait admettre que Philippe se fût détourné d'elle – huit ans avaient passé depuis la fausse lettre de rupture ! – elle ne pouvait comprendre que le tendre amoureux d'autrefois se fût épris d'une furie telle que la Platen. Pourquoi était-il venu, d'ailleurs, sinon pour se venger en étalant à ses yeux sa passion pour une autre et sa perversité ?

Voyant la jeune femme dépérir, Mlle de Knesebeck, témoin des nuits sans sommeil, des larmes incessantes, de la fièvre qui la rongeait, s'affola et voulut en avoir le cœur net. Aurore n'eut aucune peine à s'entretenir avec elle dans les jardins du palais où elles se rencontrèrent comme par hasard. La sœur de Philippe n'y alla pas par quatre chemins. Au surplus, le temps manquait pour les grands développements oratoires. Son frère n'avait jamais cessé d'aimer sa fiancée d'autrefois. Il fallait lui donner un encouragement, sinon le malentendu installé depuis si longtemps risquerait de se prolonger indéfiniment...

Le soir même, à l'abri d'un bosquet dont l'ombre accentuait le crépuscule, elle recevait un court message pour son frère :

« Je vous aime plus qu'on n'a jamais fait. Je vous aime comme on n'a jamais aimé et je souffre comme on n'a jamais souffert... »

Ces quelques mots passèrent à la manière d'un ouragan sur Koenigsmark, balayant d'un seul coup ce qui encombrait sa vie quotidienne et en premier lieu la Platen. En un instant, sous l'œil surpris et vaguement inquiet de sa sœur, il redevint le tout jeune amoureux de Celle et, le billet s'achevant par un rendez-vous dans un bosquet du parc où Sophie-Dorothée avait coutume de s'isoler, il s'y précipita en criant à Aurore :

– Elle m'aime !... Je vais, enfin, être heureux !

Et ce fut le début d'un grand, d'un magnifique amour sous l'égide attendrie d'Eléonore de Knesebeck. Celle-ci était une Hanovrienne sentimentale, fervente lectrice de romans d'amour et de chevalerie, et elle prit à tâche de faciliter les rencontres entre les deux amants – ils le furent assez vite ! – grâce à un escalier secret découvert par hasard et qui, comme par un fait exprès, menait de la salle des Chevaliers de Herrenhausen aux appartements de la princesse héritière...

Tant qu'elle resta chez son frère, Aurore lui apporta toute l'aide dont elle était capable. Dans cette cour le plus souvent malveillante, il fallait se méfier de tout et de presque tous. Ne pouvant se rejoindre aussi souvent qu'ils le voulaient, Sophie-Dorothée et Philippe s'écrivaient des lettres si tendres qu'on ne pouvait se résoudre à les brûler. Aurore d'un côté, Knesebeck de l'autre les enfermaient dans un coffret dont la clé ne les quittait pas. La jeune fille, en particulier, était sensible à cette passion à deux voix qui s'exprimait jour après jour. Lorsqu'elle était seule au logis, elle ne pouvait s'empêcher de les relire au point d'en savoir certaines phrases par cœur :

« Vous m'avez ensorcelée, écrivait la princesse, je suis la plus amoureuse des femmes. Je vous appelle à moi jour et nuit... Je tiens à vous par des liens trop forts et trop charmants pour pouvoir jamais les rompre et tous les moments de ma vie seront employés à vous aimer malgré tout ce qui voudrait s'y opposer... »

Et Philippe écrivait – Aurore lisait souvent avant de transmettre ! – « A deux heures j'ai reçu la fatale nouvelle que le prince Georges se trouve dans vos bras. Dans quel désespoir m'a mis cette arrivée... » Ou encore, avant de partir pour un combat : « Si mon destin me veut assez de mal d'être estropié d'un bras ou d'une jambe, ne m'oubliez point et gardez un peu de bonté pour un misérable qui a fait son unique plaisir de vous aimer... »

Cependant, si Philippe et Sophie-Dorothée avaient choisi d'oublier le monde, celui-ci ne les oubliait pas et, au premier rang, il y avait la comtesse de Platen.

Elle a très mal supporté de ne plus rencontrer son amant que dans des circonstances officielles ou dans les couloirs du palais. Son orgueil a subi là une rude attaque. La sagesse aurait voulu que Koenigsmark prît quelques gants avec elle, qu'il espaçât leurs rencontres sous des prétextes divers en jouant un jeu assez subtil pour ne pas éveiller la jalousie d'une aussi redoutable adversaire, mais il n'était pas homme à s'encombrer de ces subtilités et, de toute façon, il était tout ce que l'on veut sauf un diplomate. Il ne mit plus les pieds à Monplaisir... Et cela en dépit des inquiétudes d'Aurore qui lui conseillait la prudence.

N'ayant jamais mis en doute le pouvoir de ses charmes, la Platen ne se tourmenta pas tout de suite. Son amant avait trop de succès auprès des femmes pour ne pas s'offrir une « fantaisie » de temps à autre. L'important était qu'il revienne. Mais cette fois, il ne revint pas. Alors elle chercha et trouva. Quand on possède le pouvoir, les espions se recrutent aisément.

La première à faire les frais des frustrations de la dame fut Aurore dont elle était persuadée qu'elle jouait un rôle important dans les amours de son frère. Il ne fut pas difficile de s'en débarrasser : la beauté de la jeune fille prenait chaque jour plus d'éclat, attirant autour d'elle un cercle de plus en plus nombreux d'amoureux et même de prétendants dont, cependant, elle n'encourageait aucun. Et surtout pas l'époux de Sophie-Dorothée qui se prit soudain pour elle d'un vif intérêt. Ce fut le prétexte : la Platen prévint le duc Ernest-Auguste du « danger » que la jeune comtesse de Koenigsmark représentait pour le ménage de son fils et n'eut aucune peine à obtenir satisfaction. Simplement, il y mit les formes : l'Electeur eut un entretien avec son colonel des gardes et, sur un ton paternel, lui demanda comme un service de renvoyer sa sœur à Agathenburg sous un prétexte quelconque afin de « préserver la bonne entente entre l'héritier et sa femme ». Ce qui ne l'empêcha pas, pour faire bonne mesure, d'envoyer un émissaire signifier sa volonté à la jeune fille.

Personne – surtout Philippe qui savait à quoi s'en tenir sur l'état exact du ménage princier ! – ne fut dupe. Ce soudain souci d'épargner sa belle-fille chez un homme qui n'ignorait rien des relations de son fils avec Mélusine de Schulenburg aurait été risible s'il n'avait été inquiétant. Philippe et sa sœur le comprirent fort bien, et Aurore fit ses bagages pour rejoindre Agathenburg où « l'appelait Amélie victime d'un accident ».

Elle partit donc, à la fois furieuse et désolée, mais pas autant que Mlle de Knesebeck... Ne constituaient-elles pas, ensemble, la plus sûre protection des deux amants ?

– Que vais-je faire sans vous ? A qui faire tenir les messages ? Avec qui préparer les rendez-vous ?

A cela au moins, Aurore apportait une réponse. Son frère avait auprès de lui une jeune Hanovrien,

Michel Hildebrandt, qui était son secrétaire. On pouvait d'autant plus se fier à lui que, vite attaché à Philippe, il exécrait en bloc la cour de Hanovre et ses princes tout en vouant à Mlle de Koenigsmark une admiration respectueuse proche de la dévotion. Navré de la voir partir, il trouva une petite consolation dans la mission de haute confiance dont elle l'investissait. Il savait presque depuis leur début à quoi s'en tenir sur les relations de son maître et de la princesse mais avait fait montre jusque-là d'une discrétion louable et dont Aurore, en lui recommandant de veiller à sa place sur son frère, le remercia. Puis, nantie des vœux de bon voyage parfaitement hypocrites de la bonne société, la jeune fille quitta Hanovre afin de rejoindre non le château familial mais Hambourg où les enfants de Christine von Wrangel possédaient une belle demeure et où Amélie se trouvait alors.

En embrassant Philippe avant de monter en voiture, Aurore avait certes les larmes aux yeux mais n'imaginait pas un seul instant que ce baiser serait le dernier...

– Pourquoi veux-tu absolument que ce soit le dernier ? s'insurgea Mme de Loewenhaupt, faisant ainsi comprendre à Aurore qu'elle venait de penser à voix haute. « A y réfléchir, le billet de Hildebrandt n'annonce pas sa mort. Il dit simplement qu'il a disparu depuis trois jours, et nous sommes là à nous désespérer comme si tout était fini ! C'est stupide !

– C'est pourtant ce que tu pensais quand nous avons reçu le message ? Au mieux, tu évoquais un cul-de-basse-fosse ! Qu'est-ce qui t'a fait changer d'avis ?

– La réflexion. Et peut-être aussi la prière. Nous deux connaissons Philippe, toi davantage que moi. Nous savons ses foucades, ses poussées d'enthousiasme, son goût de l'aventure...

– Pas depuis que lui et Sophie-Dorothée se sont retrouvés et ont pris conscience de leur passion mutuelle. Cet amour est devenu sa seule raison de vivre.

– Sans doute, mais nous aurons peut-être bientôt des nouvelles rassurantes. De quand date sa dernière lettre ?

– Il y a un mois, pendant que tu étais à Hambourg. Philippe m'a écrit de Dresde où il était retourné pour le couronnement de son ami Frédéric-Auguste, devenu duc-électeur de Saxe après la mort de son frère aîné[1]. Je ne te l'ai pas dit à l'époque, mais elle m'avait inquiétée autant que j'avais été soulagée de le savoir là-bas où il a reçu un accueil fraternel. Le nouvel Electeur lui a même offert un régiment avec le titre de major-général. J'avais espéré qu'il resterait en Saxe, mais ce dernier message m'enlevait toute illusion. Il m'écrivait qu'il repartait pour Hanovre et concluait par cette phrase : « Elle a besoin de moi autant

1. Un événement qui tombait bien. On venait de lui retirer son commandement et sa présence n'était plus « souhaitée ».

que j'ai besoin d'elle »... Depuis, je te l'avoue, je ne vis pas tranquille.

– Pourquoi as-tu gardé cela pour toi ? fit Amélie visiblement vexée. Il est mon frère comme il est le tien, même s'il n'a jamais caché ses préférences.

– Encore une fois, tu n'étais pas là et tu avais tes propres soucis. Je n'allais pas y ajouter mes craintes ?... Et tu as toujours désapprouvé la liaison de Philippe et de Sophie-Dorothée.

– Aux yeux de Dieu l'adultère est une faute et je ne suis pas certaine qu'un grand amour soit une excuse. Quant à toi, tu ferais mieux de rester ici et d'attendre d'autres nouvelles. Que feras-tu de plus en te rendant à Hanovre ? Même si c'est désagréable pour nous tous, les Hanovre vous ont bel et bien chassés, Philippe et toi.

– D'abord je verrai Hildebrandt et, en outre, j'ai conservé de bons amis...

Les deux sœurs achevaient de souper dans un petit salon dont les fenêtres grandes ouvertes donnaient sur les jardins que la nuit tombante rafraîchissait. C'était plus agréable que l'immense salle des festins où elles se fussent senties perdues à cause de toutes ces places libres. De la famille elles n'étaient plus que deux et le ressentaient cruellement. Amélie cependant fit honneur au repas, mais n'avait-elle pas « charge d'âme » ? Aurore, elle, se contenta de grignoter. Pour finir, elle but quelques gouttes de vin et se leva :

– Je vais voir où en est Ulrica de nos préparatifs !

– Alors, c'est décidé : tu pars ?

– Comprends que je ne peux pas faire autrement : il faut que je sache...

A son tour Amélie quitta sa place, avec un peu de difficulté. Sa grossesse l'encombrait plus que les précédentes et elle en ressentait davantage les contingences extérieures.

– Bien ! soupira-t-elle. Je ne peux pas t'en empêcher mais je voudrais obtenir de toi une... concession.

– Laquelle ?

– Puisque tu m'as demandé Gottlieb, je voudrais que tu prennes ma voiture... et mon nom. As-tu oublié qu'Aurore de Koenigsmark n'est plus admise à Hanovre ? Ce n'est pas le cas d'Amélie de Loewenhaupt qui n'y a jamais mis les pieds. Je sais que nous ne nous ressemblons pas, ajouta-t-elle, prévenant l'objection majeure, mais c'est sans importance dès l'instant où tu prends soin de garder ton visage dans l'ombre, ou sous un masque en rabattant le plus possible coiffe et capuchon...

– J'ai songé à prendre un costume masculin...

– Qui te ferait ressembler plus encore à Philippe ? Non, crois-moi, ma solution vaut mieux. Nous avons la même taille et si je ne suis pas – de loin ! – aussi belle que toi, ajouta-t-elle avec un rien d'amertume, tu pourrais t'arranger de façon que cela ne se remarque pas. Qu'en dis-tu ?

Aurore vint vers elle et l'étreignit :

– Que tu es la meilleure sœur qu'une femme puisse avoir, fit-elle plus émue qu'elle ne voulait le laisser paraître. Tu as raison, ce sera plus facile.

– Donc tu acceptes ?

– Bien sûr... et je vais prévenir Ulrica !

– Attends ! Je voudrais que tu me promettes quelque chose.

– Quoi ? fit Aurore en fronçant légèrement le sourcil.

– De revenir au plus vite si tu te sens le moins du monde en danger !

– Tu as peur, toi aussi ? Avoue-le !

– Oui et non. Les Hanovre sont des gens impossibles mais je pense sincèrement qu'ils ont dû y regarder à deux fois avant de faire disparaître Philippe d'une manière... définitive. C'est un Koenigsmark ! Un nom qui compte en Suède, en Allemagne, en France et surtout en Saxe. Ce qui fait beaucoup de voix qui pourraient demander des comptes.

– C'est à cet espoir que tu te raccroches ? La Platen est capable du pire, tu le sais, et Ernest-Auguste est dans ses mains comme une chiffe molle...

– Peut-être, lui répondit Amélie l'œil soudain farouche, mais je ne la crois pas idiote et nous ne sommes pas n'importe qui. Notre sang a écrit de belles pages de l'Histoire. Et l'on ne peut en user avec nous sans bien y réfléchir parce que nous sommes les Koenigsmark !

Sous le cri d'orgueil, il y avait des larmes. Aurore qui s'éloignait déjà revint sur ses pas, prit à nouveau sa sœur aux épaules et l'embrassa :

– Je vais faire en sorte qu'on s'en souvienne ! dit-elle gravement.

CHAPITRE II

UN AMI...

Durant les quelque cinquante lieues de mauvais chemins séparant Stade de Hanovre, Aurore s'efforça de chasser ses pensées pessimistes pour retrouver sinon la sérénité, du moins le calme dont elle avait le plus grand besoin et aussi ce courage dont elle n'avait jamais manqué jusque-là. Depuis qu'elle était montée en voiture en compagnie d'Ulrica, il semblait l'abandonner. Parce que, en dépit de son précédent séjour, elle allait s'enfoncer dans un inconnu probablement hostile où les rares amis dont elle espérait l'assistance n'oseraient peut-être plus la lui accorder.

Les tristes paysages défilant derrière les vitres du carrosse de voyage n'étaient guère réconfortants : des pâturages, des tourbières, des étendues mornes piquées par endroits de boqueteaux de bouleaux. Des fermes de briques noirâtres renforcées sous leurs pignons de colombages encore plus sombres... Tout cela, joint à la pluie qui s'était installée dans la nuit et développait une tenace grisaille, s'accordait pour faire de ce jour d'été une assez bonne copie d'un automne grincheux. Si les feuilles des arbres n'avaient été si vertes, on se serait cru en novembre : il faisait presque froid...

A l'intérieur du lourd véhicule, l'atmosphère n'était guère plus chaleureuse. Engoncée dans une sorte de pelisse d'un brun indécis doublée de fourrure grise, les ailes de sa cornette blanche rabattues sur son nez, Ulrica alternait les périodes de sommeil et celles de veille où elle ne cessait de récriminer contre l'inconfort du voyage, la folie qui avait poussé sa jeune maîtresse à l'entreprendre, et d'émettre des prédictions pessimistes. Selon elle, il y avait peu de chances qu'elles reviennent vivantes. En réalité, l'ancienne nourrice avait été ravie, jadis, de quitter Hanovre dont elle détestait en bloc la ville, les princes, la Cour et même les habitants, et l'idée d'y retourner ne l'enchantait pas. En outre, elle souffrait d'un genou dont l'articulation faisait des siennes. D'abord agacée, Aurore lui avait proposé de la ramener à Stade mais on lui avait répondu qu'aucune force humaine ne pourrait faire renoncer Ulrica à son devoir et son devoir lui ordonnait de suivre partout son ancien bébé afin de lui faire au moins un rempart de son corps si l'on tentait de l'assassiner. Ce qui ne pouvait manquer d'arriver ! On continua donc...

En dépit de la détermination d'Aurore, ces augures catastrophiques finirent par entamer ses certitudes et quand, au bout de quarante-huit heures de trajet, les murailles de Hanovre se dessinèrent sous le ciel bas que rayait le vol triangulaire d'une compagnie d'oies sauvages, elle se signa rapidement en marmottant une courte prière à laquelle Ulrica, bien réveillée, s'associa avec empressement.

Il était déjà tard. En arrivant au centre de la ville où s'était tenu le marché du vendredi, on eut quelque peine à franchir le tas de détritus qui débordaient de la halle jusqu'au bord de l'Altes Schloss, le vieux château médiéval qui servait surtout de caserne et de dépôt d'armes. Entre lui et la Leine, l'une des rivières qui arrosaient la ville, s'élevait la résidence de l'Electeur, dite Leineschloss ou château de la Leine. D'où en ce mois de juillet la famille ducale était absente, préférant les magnifiques jardins, les eaux vives et les beaux ombrages de Herrenhausen, le palais d'été qui se trouvait au nord-ouest de la ville, à un peu plus d'une demi-lieue.

Gottlieb, le cocher de Mme de Loewenhaupt, qui avait vu naître toute la famille Koenigsmark et dont Aurore avait réclamé les services, arrêta la voiture au milieu de la place et descendit pour aller aux ordres. Les gens de la ville ne prêtaient d'ailleurs qu'une attention distraite à cet équipage discret, de couleur neutre et couvert de boue, ne montrant pas le moindre signe distinctif.

– La nuit tombe et j'aperçois là-bas une auberge, Mademoiselle la comtesse. Pour ce que j'en ai vu elle me paraît convenable. Nous pourrions y aller ?

– C'est la maison Kasten, la meilleure de la ville et elle est très fréquentée, mais surtout par les officiers de la garde...

– Une auberge ? Pour quoi faire ? bougonna Ulrica. La maison de Monsieur Philippe était la nôtre il n'y a pas si longtemps. Nous n'avons qu'à y retourner. D'autant qu'il est peut-être revenu...

– Au fond, pourquoi pas ? approuva Aurore.

Elle expliqua le chemin à Gottlieb. Il n'était pas long, la demeure de Philippe se trouvant en lisière du parc qui faisait suite à la résidence ducale et à l'entrée de la longue allée plantée de tilleuls menant à Herrenhausen. Mais quand on fut en vue de la maison, Aurore ordonna d'arrêter : une obscurité absolue régnait dans cette jolie demeure où elle avait séjourné pendant près de deux ans. Aucune lumière à aucune fenêtre alors qu'à la nuit tombée tout était éclairé, d'habitude, même s'il n'y avait pas de réception. Philippe aimait que sa demeure brille dans l'obscurité, à la manière d'un phare, afin que ceux qui pouvaient avoir besoin de lui pussent la trouver aisément.

Devant cette masse ténébreuse, le cœur de la jeune fille se serra davantage et plus encore en observant que deux soldats montaient la garde devant ce qui ressemblait beaucoup à une coquille vide.

Ulrica, elle aussi, avait vu. Elle traça sur elle-même plusieurs signes de croix à toute allure mais ne dit rien. Une fois de plus, Gottlieb descendit et revint à la portière :

– Voulez-vous que j'aille leur parler ? proposa-t-il en désignant les sentinelles d'un mouvement de tête.

– Si tu veux... Dis-leur que tu arrives de Saxe chargé d'un message pour le comte de Koenigsmark...

Elle le suivit des yeux, le vit arrêter l'un des factionnaires tandis que l'autre continuait sa lente marche rythmée. L'entretien fut bref. Gottlieb revint au bout de peu d'instants.

– Monsieur le comte est absent de Hanovre. On ne sait ni où il est ni où il est allé ni quand il reviendra. Et les domestiques sont partis après lui. Descendons-nous à l'auberge maintenant ? Les chevaux sont fatigués...

– Toi aussi j'imagine, mais pas maintenant ! Je dois voir quelqu'un à tout prix. Conduis-nous Röselen Strasse. C'est près de l'hôtel de ville et je vais t'indiquer le chemin. Et n'oublie pas de m'annoncer sous le nom de ma sœur.

– A qui ?

– Au maréchal de Podewils. C'est un ami. Enfin, je crois, ajouta-t-elle en un murmure.

C'était en fait l'un des plus anciens... et des plus empressés même si leur dernier revoir s'était achevé sur une fausse note. Frédéric de Podewils était un Poméranien d'une cinquantaine d'années qui, dès son jeune âge, avait pris du service en France où il s'était battu avec honneur. Malheureusement, étant huguenot, la révocation de l'édit de Nantes l'avait convaincu de rentrer chez lui, où il s'était engagé. Très lié avec la duchesse-électrice de Celle du temps où elle s'appelait Eléonore d'Olbreuse, il connaissait Philippe de Koenigsmark depuis ses fiançailles rompues avec Sophie-Dorothée, qu'il avait accompagnée lors de son mariage et qu'il avait tenté d'aider de son mieux pendant les années difficiles tout en poursuivant une carrière militaire brillante. En outre, il n'avait jamais caché l'admiration que lui inspirait Aurore et cela avait été pour lui un déchirement qu'on l'eût choisi pour faire comprendre à la sœur de Philippe qu'elle n'était plus *persona grata* même si les apparences avaient été respectées.

– Je vous croyais mon ami, lui avait alors dit la jeune fille.

– Et plus encore, vous le savez.

– Alors pourquoi avoir accepté cette mauvaise mission dont vous saviez qu'elle me blesserait ?

– Parce que dans ce cas, on en eût choisi un autre plus brutal. En m'en chargeant, l'Electeur qui n'a jamais été votre ennemi a pensé que le choc serait moins rude...

– Autrement dit, c'est la Platen qui exige mon départ et comme il ne lui refuse rien, il s'incline, lui qui devrait commander !

Ils s'étaient séparés sur cet instant pénible et, en dépit du fait qu'il le lui avait demandé, elle ne lui avait donné aucun signe de vie. Jamais il n'avait reçu d'elle le moindre billet...

Elle y pensait, pour le regretter à présent, tandis que sa voiture roulait lentement dans les rues obscures... et quasiment désertes de Hanovre. Il était indéniable que la ville n'était plus la même. Aurore n'avait remarqué qu'un peu d'animation devant l'auberge Kasten alors qu'autrefois – et surtout en été – les gens vivaient portes et fenêtres ouvertes, entretenant un joyeux brouhaha. La bière coulait presque dans la rue sur fond de chansons à boire cependant que, dans les bas quartiers, ivrognes et filles de joie sévissaient jusqu'au lever du jour. Quant à la bonne société, ses distractions nocturnes étaient pratiquement aussi bruyantes. On bâfrait avec enthousiasme dans les riches demeures à l'égal des tavernes... A présent c'était le silence, comme si un couvercle pesait sur la ville...

Cependant, la « comtesse de Loewenhaupt » n'eut aucune peine à faire ouvrir devant ses chevaux le porche d'une des plus belles maisons de la rue. Le visage toujours voilé, elle suivit le laquais armé d'un candélabre qui la guidait le long d'un majestueux escalier de bois sculpté orné de trophées militaires dont elle gardait le souvenir jusqu'à une pièce de l'étage dont elle n'avait pas oublié non plus qu'elle était le cabinet d'armes du maréchal.

Il l'y attendait debout derrière une table sur laquelle une carte géographique était déployée, mais vint à elle dès qu'elle fut entrée et la salua d'un :

– Madame de Loewenhaupt ! Voilà un plaisir inattendu... Je...

Le reste de la phrase s'étrangla dans sa gorge : après une brève révérence, Aurore rejetait d'une main son capuchon de soie bleue et, de l'autre, écartait le masque placé sur son visage depuis les portes de la ville.

– Bonsoir, Monsieur le maréchal, dit-elle d'un ton aussi paisible que si elle l'avait rencontré la veille tandis que s'empourprait le long visage habituellement si pâle de son hôte :

– Vous ? exhala-t-il, une note d'affolement dans la voix. C'est vous ?

– C'est bien moi, fit-elle avec un sourire où entrait du défi. Cet homme lui avait parlé d'amour et demandé sa main il n'y avait pas si longtemps, puisque c'était peu avant qu'il lui signifiât la volonté de l'Electeur. Elle entendait l'en faire souvenir.

Marchant calmement jusqu'à la fenêtre grande ouverte, elle la ferma, vint s'asseoir dans le fauteuil que l'on ne songeait pas à lui offrir et ôta lentement ses gants à crispin tout en tenant Podewils sous le feu de ses yeux. La surprise le pétrifiait :

– Vrai, soupira-t-elle, je ne pensais pas produire un tel effet ! Me prendriez-vous pour Méduse, par hasard ?

– Non... non, certainement pas, mais admettez que l'on puisse être surpris. Votre visite est d'une folle imprudence. Si l'on savait...

Oh !... mais il commençait à l'agacer !

– Mais on ne sait pas ! assena-t-elle péremptoire. Si j'ai emprunté la personnalité de ma sœur c'est afin d'éviter de soulever des curiosités intempestives et il fallait que je vienne. Vous deviez vous en douter ? Quoi qu'il en soit, je veux savoir où est à cette heure le comte Philippe-Christophe de Koenigsmark, mon frère !

– Je n'en sais rien ! Sur mon honneur !

Pour échapper au regard bleu étincelant qui ne le quittait pas, Podewils avait fait deux ou trois tours dans la pièce puis, finalement, tirant à lui un tabouret vint s'asseoir en face de sa visiteuse, les coudes aux genoux, son long corps maigre cassé en deux pour lui parler de plus près. Il semblait avoir repris possession de lui-même jusqu'à ébaucher un sourire :

– Pardonnez un accueil peu courtois, comtesse ! Vous connaissez depuis longtemps les sentiments que je nourris pour vous et, en d'autres circonstances nul ne serait plus heureux que moi à cet instant où nous sommes seuls tous les deux... Votre beauté...

– Laissons là ma beauté, s'il vous plaît, et parlez-moi des « circonstances » en question ! Tenez, je vais vous aider : j'ai reçu un billet m'annonçant que Philippe, sorti un soir, n'était pas revenu chez lui de trois jours. Vous êtes proche de lui... du moins vous l'étiez. Proche aussi de la Cour. Alors que s'est-il passé ? Il a pris la fuite ? On l'a arrêté ?

– Encore une fois je l'ignore ! Je n'avais même pas connaissance qu'il était revenu. Je le croyais à Dresde et il n'y a guère qu'une semaine que je l'ai rencontré par hasard.

– Dans quel état d'esprit l'avez-vous trouvé ? Il m'avait écrit son intention de revenir ici et je m'en inquiétais justement parce que j'espérais qu'il resterait en Saxe...

– Moi aussi. Quant à son état d'esprit, comment vous le décrire ? Il m'est apparu fébrile, inquiet en dépit de l'orgueil qu'il mettait à le dissimuler.

– A-t-il revu la Platen ?

– Je ne sais pas.

– Je viens de voir sa maison, elle est pleine de ténèbres, paraît abandonnée, pourtant deux sentinelles montent la garde devant la grille. Pourquoi ?

– Je... ne... sais pas !

Soudain rouge de colère, Aurore bondit sur ses pieds si brusquement que le maréchal dut se redresser :

– Pour l'amour de Dieu, que savez-vous au juste ?

Podewils haussa des épaules découragées :

– Pas grand-chose... et pourtant j'ai l'impression que c'est encore trop pour la paix de mon âme...

– Mais encore ?

– Avez-vous remarqué l'atmosphère de la ville ?

– Oh oui ! Elle ressemble à un monastère. Pas de bruits, pas d'éclats, pas de musique. Même les ivrognes et leurs chansons à boire donnent l'impression qu'ils ont disparu de la surface de la terre ! Les tavernes sont muettes...

– Comme les gens de Hanovre, comme les casernes, comme le château, comme la Cour. Même le marché d'aujourd'hui manquait d'animation. Pourtant des bruits courent qui sont à peine des chuchotements...

– Et que disent-ils ?

– Que dans la nuit du 1er juillet, il y a eu un drame au palais de Herrenhausen et que depuis, votre frère n'a été vu nulle part. Quant à la princesse héritière, Sophie-Dorothée, elle serait gardée dans son appartement par des soldats sans que personne puisse l'approcher. Pas même ses enfants. Surtout pas sa suivante ! Mlle de Knesebeck serait emprisonnée... Mon Dieu, êtes-vous souffrante ?

Devenue livide, Aurore venait de se rasseoir cependant que ses mains tremblaient :

– Mais Philippe, Philippe ?... Que dit-on ?

– Rien. On en est réduit aux conjectures. Certains pensent qu'on l'a jeté dans une voiture pour l'emmener vers une quelconque forteresse, d'autres... qu'il n'est pas ressorti vivant du palais. D'autres enfin qu'il s'est enfui pour se réfugier à Dresde... mais ce ne sont pas les plus nombreux !

– Pourquoi ?

– Parce qu'il serait au moins passé chez lui prévenir son secrétaire, prendre peut-être un bagage. Dès le lendemain, sa maison a été fouillée de fond en comble

– Alors Hildebrandt a été pris ?

– Je ne le crois pas. Un de mes amis qui habite dans le voisinage a vu ressortir les soldats chargés de boîtes, de corbeilles ou d'objets divers, mais aucun prisonnier. Quant aux serviteurs ils avaient déjà pris la fuite... Tenez, buvez cela, ajouta le maréchal en offrant un verre de schnaps à sa visiteuse. Vous en avez besoin.

Elle accepta sans dire mot, avala l'alcool d'un trait, reposa le verre, se leva pour gagner une fenêtre donnant sur le jardin nocturne, et s'y appuya. Podewils la rejoignit, visiblement prêt à la soutenir en cas de faiblesse.

– Je vous ai dit ce que je savais. Qu'allez-vous faire à présent ?

– Il me faut réfléchir. Je ne vous cache pas que chemin faisant j'avais dans l'idée de demander audience à Sophie-Dorothée elle-même...

– C'eût été d'une folle audace... et extrêmement dangereux ! N'importe comment, c'est désormais impossible.

– Qui voir alors ?

Il s'enhardit à lui prendre une main dans les siennes et constata qu'elle était glacée :

– Personne ! Ce serait de la dernière imprudence. Si ces gens ont commis un crime ils n'hésiteront pas à en commettre un autre et vous pourriez ne jamais ressortir de Herrenhausen. Où pensiez-vous dormir cette nuit ?

– D'abord chez mon frère puis, quand j'ai vu ce qu'il en était, à l'auberge Kasten. Beaucoup d'étrangers s'y arrêtent et Mme de Loewenhaupt est une voyageuse comme une autre...

– Ne le croyez pas : Mme de Platen a partout des espions qu'elle paye grassement. Le nom de votre sœur lui est sans doute familier. Il serait plus sage de rester ici.

– Chez vous ?

– Pourquoi non ? Demain vous repartirez comme vous êtes venue, mais reposée ? C'était inconscience de venir à Hanovre, mais chez moi vous êtes en sûreté. Accordez-moi au moins le titre d'ami fidèle à défaut d'un autre ! Je saurai le mériter, soyez-en persuadée !

Elle ne répondit pas. Il reprit, plus pressant :

– Vous êtes lasse, pleine de tristesse et d'angoisse, et cette main est glacée. Laissez-moi prendre soin de vous pour quelques heures ! Ce fardeau est trop lourd pour vous et j'étais l'ami de Philippe.

Elle eut une petite grimace douloureuse :

– « J'étais » ?... Vous estimez qu'il est mort, n'est-ce pas ?

– Non. Je le redoute seulement mais n'y crois pas encore. Et il est toujours mon ami ! C'est en son nom que j'insiste pour vous garder !

– En ce cas j'accepte... très volontiers !

– Merci ! Revenez vous asseoir ! Je vais ordonner que l'on dételle vos chevaux et que l'on prenne soin de vos serviteurs...

– Je n'en ai que deux : le cocher Gottlieb et Ulrica qui fut ma nourrice !

Le mot amena un sourire sur le visage un peu sévère du maréchal :

– Ah, c'est bien ! Tellement mieux qu'une jeune cameriste à la tête folle ! Une jeune fille ne devrait jamais voyager sans sa nourrice !

Un moment plus tard, Aurore retrouvait Ulrica dans une vaste chambre à la fois pompeuse et austère, mais d'un certain confort relatif. Pas de tapis sous le grand lit à colonnes aussi dur qu'une planche, des sièges gothiques en chêne sombre, sculptés mais sans le moindre coussin pour en adoucir l'assise, des tentures vert foncé, des candélabres de fer forgé et, au mur, une tapisserie représentant le massacre des Innocents. En revanche, dans un coin, un domestique était en train d'allumer le poêle de faïence brune, à la mode du pays, qui répandit bientôt une chaleur bienvenue avec le temps affreux, froid et humide qui régnait à l'extérieur.

Le maréchal s'en était excusé auprès de sa visiteuse. Cette maison était celle d'un soldat, servie en majorité par des soldats, et les dames qui en franchissaient le seuil, pour un banquet par exemple, ne dépassaient jamais les limites des salons de réception :

– Vous devriez vous marier, Monsieur le maréchal, conclut Aurore tandis que son regard faisait le tour de son domaine provisoire.

– S'il n'avait tenu qu'à moi, je le serais depuis au moins deux ans et vous n'êtes guère charitable de me le reprocher.

– C'est vrai. Pardonnez-moi !... Je crois vous avoir déjà dit que j'avais peu d'attirance pour le mariage. Prendre soin de mon frère suffisait amplement à combler le besoin naturel chez toute femme de s'occuper d'un homme.

– ... mais pas celui de mettre au monde des enfants et de les élever.

– Je ne me sens pas la fibre très maternelle, fit-elle avec désinvolture tandis qu'Ulrica ôtait de ses épaules l'ample cape de soie ouatinée.

– Comme c'est dommage !... En ce qui me concerne, je vais vous rassurer : je vais convoler.

– Vrai ?

– Vrai. Il est largement temps que je me soucie d'assurer la pérennité des Podewils puisque mon frère aîné est mort il y a six mois sans avoir engendré. Dans quelques jours je rentrerai chez moi, près de Stettin, afin d'y épouser une jeune veuve dont les terres avoisinent les miennes...

– Ah ! émit Aurore tout de même un peu surprise mais qui se reprit vite. C'est une bonne nouvelle et je vous souhaite tout le bonheur possible...

– Oh, le bonheur !... Mon majordome va venir dans un instant prendre vos ordres pour le souper que l'on vous servira ici.

La porte se referma sur lui, ce qui permit à Ulrica de donner libre cours à sa mauvaise humeur.

– Qu'est-ce que nous faisons dans cette maison glaciale quand nous serions très confortablement installés à l'auberge ? Vous tenez absolument à vous compromettre ?

– Podewils pourrait être mon père. En outre, il

est fiancé, comme tu l'as entendu. Enfin, il pense qu'il eût été dangereux de passer la nuit chez Kasten, ajouta la jeune fille reprise par son anxiété.

– La nuit seulement ? On ne reste pas ?

– Non. Le maréchal m'a appris ce qu'il savait et, vu sa position, je ne vois pas qui pourrait m'en apprendre davantage. Pour le moment je préfère rentrer. Et surtout il faut que je réfléchisse... Va me chercher Gottlieb !

Mais Ulrica revint seule. Le cocher était sorti en annonçant qu'il allait faire un tour en ville après s'être informé de l'endroit où l'on buvait la meilleure bière.

– Et moi qui le croyais sérieux ! ragea Aurore. S'il finit sa nuit sous une table d'auberge à cuver sa bière, nous ne sommes pas près de repartir.

– Ce n'est pas son genre, protesta Ulrica. Je penserais plutôt qu'il est allé voir s'il ne pourrait glaner un renseignement ici ou là. Quant à la bière, celle qui le soûlera n'est pas encore au tonneau. Je le connais mieux que vous...

– Si tu le dis...

En effet, quand le lendemain à l'aube, la voiture se rangea devant le perron de l'hôtel du maréchal, Gottlieb, droit comme un *i* et frais comme l'œil, était sur le siège. Les adieux furent brefs. Podewils vint mettre sa visiteuse en voiture. Il était déjà en grand uniforme et dans la maison c'était le branle-bas de combat en perspective de la revue militaire que le duc Ernest-Auguste passerait dans la matinée. A Hanovre il y en avait une chaque semaine, l'Electeur tenant à s'assurer régulièrement de l'état des troupes dont il tirait une appréciable partie de ses revenus. Les Hanovriens étaient, comme les Hessois, des soldats réputés et l'Electeur en louait volontiers à l'empereur ou à d'autres princes selon les besoins. Autant dire qu'il les vendait car beaucoup – vaillance oblige ! – ne revenaient pas.

– La Garde va-t-elle défiler malgré l'absence de son colonel ? demanda la jeune fille tandis que son hôte lui offrait la main pour franchir le marchepied.

– Vous savez bien qu'il ne l'était plus. En outre, elle en a deux « à la suite[1] » mais à l'exception de ceux qui vont escorter Son Altesse, les autres resteront au palais. Quand vous reverrai-je ?

– Peut-être jamais ! Il se peut que nos routes ne se croisent plus. Sauf si mon frère y revenait, je n'ai pas le sentiment que j'aurai un jour envie de revoir Hanovre. Et je ne vois pas ce que je pourrais aller faire en Poméranie. Merci de m'avoir accueillie... et encore tous mes vœux !

Lorsque l'on fut hors de la ville, Aurore fit arrêter la voiture et descendit sans attendre qu'on lui ouvre la portière.

– Eh bien, où courez-vous encore ? ronchonna Ulrica déjà sur le point de s'endormir.

Sans répondre, elle fit quelques pas et escalada un talus d'où l'on pouvait contempler Herrenhausen et ses fameux jardins. En dépit de leur beauté et de

1. Qui prenaient le commandement en cas d'absence, de blessure ou d'autre empêchement.

leur abondante floraison, ceux-ci ne parvenaient pas à parer de la moindre grâce ce lourd bâtiment gothico-Renaissance dont de maladroites réparations soulignaient la décrépitude plus qu'elles ne la cachaient. Dans la tendre lumière de ce petit matin d'une belle journée – le mauvais temps avait disparu dans la nuit, chassé par un vent du sud-ouest – la « Maison des seigneurs » mettait une tache lugubre, d'un gris roussâtre et comme imprégné de sang séché. La jeune fille n'avait jamais remarqué à quel point elle était sinistre et, à la pensée de l'exquise, de la délicate Sophie-Dorothée, son cœur se serra. Qu'allait-elle devenir, prisonnière de ces murailles mais moins peut-être que de la haine de ceux qui prétendaient lui composer une famille ? Eloignée de ses enfants, privée de sa fidèle Knesebeck, quel sort lui réservait-on ? Et pour quel crime ? L'hypothèse la plus valable était sans doute qu'on l'avait surprise dans les bras de Philippe ou qu'on les avait attirés dans un piège. Mais qui ? Le mari ? Englué par sa Mélusine, il ne devait guère se soucier d'elle... A moins qu'un jaloux sans amour puisse être plus redoutable qu'un autre ?...

Plongée dans ses pensées, elle n'entendit pas venir Gottlieb qui s'arrêta derrière elle :

– Il y a eu du bruit, là-dedans, dans la nuit du 1er juillet, murmura-t-il.

– Comment le savez-vous ?

– La ville a l'air morte, comme ça, mais il y a du monde dans les tavernes... et il arrive qu'on cause...

– Quelqu'un « a causé » ?

– Plus ou moins ! Un jeune laquais encore novice qui était de service cette nuit-là. Il avait oublié un plateau dans la salle des Chevaliers et quand il a été le chercher, il s'est aperçu que toutes les issues en étaient closes, alors il s'est mis en quête du majordome pour lui exposer son problème mais l'autre lui a répondu qu'il n'avait pas à s'occuper de ça et d'aller se coucher. Il y est allé, bien sûr, mais dans la nuit, il est revenu sur ses pas et il a attendu, caché dans un coin.

– Et il a vu quelque chose ?

– Non. Les portes n'ont pas été ouvertes mais vers deux heures il a entendu un bruit d'armes conséquent, comme si on se battait à l'intérieur, puis au bout d'un moment il n'a plus rien entendu du tout.

– Les portes étaient toujours fermées ?

– Oui. Et elles ne se sont pas ouvertes.

– Ce garçon est resté là pendant la nuit entière ? Et il n'a pas eu peur ?

– Si, mais il avait encore plus envie de savoir. Au chant du coq seulement il est retourné dans son galetas.

– Et il n'a rien dit à personne ? Il n'a pas essayé d'en connaître davantage ?

– C'est un jeunot, mais il n'est pas fou. Il s'était déjà fait rembarrer en s'étonnant que les portes fussent fermées. Il l'a gardé pour lui mais ça devait le ronger parce qu'il est allé plus souvent boire de la bière à la taverne voisine. Quand je l'y ai trouvé, hier soir, il était à moitié soûl et le patron refusait de le servir sous prétexte qu'il avait les poches vides. On allait même le flanquer dehors quand je l'ai pris sous ma protection parce que je l'avais entendu bafouiller qu'il « savait » des choses. En faisant semblant de m'amuser de lui, je l'ai entraîné à une table et il a continué à boire jusqu'à ce qu'il s'écroule. Alors j'ai demandé au tavernier où il habitait, je l'ai chargé sur mon dos et je l'ai finalement abandonné sous un arbre dans l'avenue de tilleuls qui relie la ville à ce château. Mais entre-temps il m'avait raconté son histoire. Qu'en pensez-vous ?

– Qu'il vaudrait mieux qu'il ne boive plus et qu'il oublie. Dans ce pays-ci, cela pourrait lui coûter cher... mais, merci Gottlieb !

Une pièce d'or récompensa l'initiative du cocher, puis Aurore remonta en voiture plus inquiète que jamais, encore qu'elle ne démêlât pas clairement ce que Philippe aurait pu faire dans la salle des Chevaliers en plein milieu de la nuit. En outre, le mystérieux combat semblait n'avoir eu aucune suite puisque le valet n'avait vu sortir personne. Enfin, le jeune guetteur n'avait rapporté aucune parole, ni même aucun bruit humain. Seulement le froissement des armes... En résumé, rien n'assurait que Philippe y eût joué un rôle quelconque. Instinctivement, Aurore cherchait tous les moyens pour se rassurer mais elle était assez intelligente pour admettre que ses objections étaient fragiles si l'on pensait au fait que depuis la disparition de son frère, la princesse héritière était retranchée du monde... sans compter l'atmosphère inhabituelle qui régnait à Hanovre. En résumé, plus le temps passait et plus l'espoir de revoir bientôt Philippe allait s'amenuisant. En revanche, sa détermination à savoir la vérité et obtenir justice s'il était captif ou pis encore s'ancrait plus fermement que jamais dans son cœur. Dût-elle pour cela en appeler à toutes les cours allemandes et suédoises, voire même à l'empereur et au roi de France que les siens avaient tous servis avec honneur.

Cette décision lui rendit courage et ce fut dans un état d'esprit nettement différent de celui de son départ qu'elle regagna Agathenburg. On l'y attendait avec impatience, ainsi qu'elle put s'en apercevoir. A peine Gottlieb eut-il arrêté ses chevaux qu'un jeune homme dévalait les marches du perron pour venir lui ouvrir la portière en criant :

– Mademoiselle Aurore ! Quel bonheur !... J'allais repartir à votre recherche !

– Hildebrandt ? Vous êtes ici ? s'exclama-t-elle en reconnaissant le secrétaire de Philippe. Mais depuis quand ?

– Quelques heures seulement. Je m'étais d'abord rendu à Hambourg où je pensais vous trouver dans votre demeure du Binnenalster mais M. le comte de Loewenhaupt m'a dit que vous étiez encore au château... Dieu soit loué, vous voilà !

Dans sa hâte de mettre pied à terre, elle tomba presque dans ses bras :

– Enfin nous allons avoir des nouvelles ! J'espère qu'elles sont bonnes ?

– Pas trop, hélas !

L'expression heureuse s'effaçait déjà de l'aimable visage du jeune homme dont, jusque-là, Aurore avait apprécié l'humeur égale et l'imperturbable joie de vivre. A le regarder mieux, Mlle de

Koenigsmark décela des traces de larmes et des plis soucieux hier encore inexistants chez ce garçon de vingt-cinq ans dont elle savait quel attachement l'unissait à Philippe. Elle prit son bras pour rentrer dans le château, répondant par un sourire mécanique à la bienvenue des serviteurs et s'étonnant de ne pas voir accourir Amélie-Wilhelmine mais celle-ci, prise de douleurs dans la nuit, gardait la chambre. Aussi, après avoir indiqué à Michel Hildebrandt d'aller l'attendre dans son boudoir, Aurore se rendit-elle près de sa sœur, pour embrasser avec précaution une Amélie pâle et gémissante déjà aux prises avec les prémices de l'enfantement. Assise à son chevet, sa femme de chambre Louisa lui tenait une main et de l'autre essuyait constamment son visage en sueur.

– J'ai fait chercher le docteur Cornélius, dit-elle à l'arrivante après une courte révérence. La nuit n'a pas été bonne et la baronne souffre davantage.

– Mais enfin, remarqua Aurore, elle ne devait accoucher que dans deux mois. Que s'est-il passé ?

– Mme la baronne a fait un faux pas en sortant de la chapelle hier soir, d'où une chute sans gravité apparente. C'est seulement au petit matin que les douleurs ont commencé.

– Et le médecin n'est pas encore là ? s'emporta la jeune fille. Qu'on lui envoie une demi-douzaine de valets pour le ramener de force s'il le faut ! Elle ne peut pas rester de la sorte...

– C'est l'évidence même aussi me voilà ! clama le praticien qui arrivait en courant, les basques de son habit voltigeant derrière lui. Toutes mes excuses, Madame la baronne, mais la femme du bourgmestre a eu la même idée que vous et je viens de la délivrer, non sans peine, d'un garçon beaucoup trop gros pour une aussi frêle créature. Et ici que se passe-t-il ? ajouta-t-il en ôtant ledit habit qu'il jeta sur une chaise avant de retrousser les manches de sa chemise.

– Je crains qu'elle ne soit en train de perdre son fruit, émit Aurore qui venait de prendre la place de Louisa. Le temps n'est pas révolu...

– Si sept mois le sont, l'enfant peut être viable. Laissez-moi la place, comtesse, et donnez des ordres pour que l'on prépare le nécessaire ! Ah, j'allais oublier : où est son époux ?

– A Hambourg ! Il devait venir ces jours-ci.

– Envoyez-lui un messager. Qu'il vienne immédiatement ! On... on ne sait jamais ! Et puis allez vous changer ! Vous êtes un vrai nid à poussière !

Ainsi mise à la porte, Aurore s'adossa un instant au battant refermé pour laisser son cœur reprendre son rythme normal. Il battait la chamade depuis qu'elle était entrée dans la chambre. Trouver Amélie-Wilhelmine en train d'accoucher prématurément avec le risque afférent était le dernier coup d'un sort qui, décidément, ne faisait pas de cadeaux à la famille Koenigsmark. Il restait à apprendre les nouvelles apportées par Hildebrandt et qu'elle redoutait plus que jamais à présent.

Avant de rejoindre le jeune homme dans la petite pièce intime où elle aimait se retirer pour rêver, réfléchir et aussi écrire, Aurore passa par sa garde-robe où Ulrica, qui était occupée à défaire son bagage, se retourna et constata :

– Vous avez une tête à faire peur.

– Tu ne crois pas qu'il y a de quoi ? Le secrétaire de Philippe m'attend à côté pour me donner des nouvelles dont il vient de m'annoncer qu'elles n'étaient pas bonnes et nous avons maintenant Amélie qui va perdre son enfant... et peut-être sa vie !

– Ce n'est pas la première femme à qui ça arrive ! Et puis elle est solide ! Enlevons ces vêtements sales ! Je vais vous en préparer d'autres pendant que vous irez vous rafraîchir, fit-elle d'un ton où l'autorité se mêlait à l'affection. Ensuite je vous ferai monter de quoi vous rendre des forces. Ce n'est pas le moment de flancher !

– Pense aussi à Hildebrandt, dans ce cas ! Je ne sais même pas si l'on s'est occupé de lui depuis son arrivée...

Quelques minutes plus tard, elle rejoignait le jeune secrétaire. Il l'attendait sagement, assis sur une « chauffeuse », tenant sur ses genoux un paquet soigneusement ficelé sous plusieurs sceaux. Il se leva à l'entrée d'Aurore et salua sans lâcher son colis. Naturellement, elle désigna l'objet :

– Qu'est-ce ?

Il le lui tendit :

– Deux jours après la disparition de mon maître, Mlle de Knesebeck – que j'avais d'ailleurs vainement tenté de rencontrer – me l'a fait porter chez moi par un gamin qui le tenait caché sous sa blouse et que j'ai cru un instant muet jusqu'à ce qu'il me dise qu'on lui avait promis un thaler. Je ne sais comment elle a réussi à me l'envoyer car j'ai appris le lendemain qu'elle avait été mise au secret...

Avec une vive émotion, la jeune fille lut ce qui était écrit dessus : « A la comtesse Aurore de Koenigsmark, à garder scellé jusqu'à ce qu'il soit réclamé par la princesse héritière. Si, cependant, il ne l'était pas, à brûler sans ouvrir et sans lire le contenu. » Quant aux sceaux, de cire bleue, ils portaient les armes de Sophie-Dorothée.

Instinctivement, Aurore les larmes aux yeux serra ce dépôt contre son cœur et même y posa ses lèvres un court instant : ce ne pouvait être que les lettres d'amour écrites par Philippe.

– C'est après les avoir reçues que vous m'avez envoyé ce billet si court ?

– Oui. Je me suis précipité chez mon maître et j'ai ouvert les meubles où il gardait ses papiers. Mais quelqu'un était venu avant moi et je me suis trouvé aux prises avec un désordre incroyable que j'ai fouillé, sans rien trouver de compromettant d'ailleurs, et je commençais à vous écrire quand j'ai vu, dans la cour, des hommes que je savais au service de Mme de Platen. S'attarder eût été dangereux. Je me suis hâté de signer mes quelques mots, de les sceller et de les glisser dans ma poche puis je me suis enfui par les caves et en passant devant la maison de poste, j'ai remis mon billet tel qu'il était : le courrier pour Hambourg allait partir. Le lendemain, je suis retourné chez M. le comte où j'ai trouvé un désordre plus désolant encore et je me suis souvenu alors d'un paquet de lettres de Mme de Platen rangé dans un placard, mais il n'y était plus. Comme la première fois, rien n'avait été volé des affaires de mon maître que je vais devoir vous faire parvenir mais, en raison de la quantité, j'ai remis ce soin à plus tard : il était important que ceci arrive entre vos mains le plus tôt possible...

L'entrée d'un valet porteur d'un plateau d'argent l'interrompit. C'était le souper annoncé. La comtesse le fit déposer sur une table en ajoutant qu'elle servirait elle-même : les lettres de la princesse étaient sur une console et elle entendait les cacher sans être observée par qui que ce soit.

En dépit des protestations confuses du jeune homme, elle l'obligea à partager son repas mais une fois attablé, il y alla de bon cœur, en homme qui a dans les jambes une longue chevauchée. Elle, n'ayant guère d'appétit, reposa bientôt son couvert et se prit à réfléchir puis, quand Hildebrandt eut achevé son dessert, elle demanda :

– Vous dites n'avoir rien trouvé de compromettant lors de votre première visite. Cela veut dire que ce qui l'était – j'entends les lettres de la princesse que mon frère conservait comme un trésor – avait déjà été enlevé ?

Hildebrandt devint écarlate, se mit à tousser et chercha du secours dans sa chope de bière :

– J'ignore où M. le comte les cachait, mais il y a fort à craindre qu'en effet elles aient été retrouvées. La fouille a été vraiment très méthodique...

– Vous voulez retourner là-bas ?

– J'y suis obligé. Quand Mademoiselle est partie, M. le comte possédait déjà énormément d'objets personnels et de vêtements. Ce n'est rien à côté de ce qu'il y a à présent. J'ai compté environ deux cents habits et uniformes, quarante-sept pelisses, soixante et onze sabres, deux cents montres et je ne sais combien d'insignes d'ordres royaux souvent richement ornés. C'étaient avec les montres ses seuls bijoux. Mademoiselle connaît l'aversion qu'il avait pour les parures, les jugeant trop féminines. Je vais faire en sorte que la totalité vous parvienne... dès que la maison aura été vendue.

Le mot souleva la colère d'Aurore :

– Comme après une mort ?... La sienne ne fait de doute pour personne, n'est-ce pas, et pour vous non plus !

Le jeune secrétaire eut soudain l'air très malheureux :

– J'aimerais croire qu'il est toujours vivant mais... comment imaginer une fugue ainsi que l'on essaye d'en faire courir le bruit : il n'a rien emporté, pas même une chemise, et tous les chevaux sont à l'écurie !

– Qui s'en occupe puisque les serviteurs ont fui ?

– Les officiers de la Garde y veillent... Ce qui indique...

– Sa mort ? s'écria Aurore. Je la refuse. Vous dites qu'il n'a même pas emporté une chemise... mais quand on jette quelqu'un en prison, il est assez rare qu'on lui laisse le temps de faire ses bagages !

– Vous pensez qu'on l'a enlevé et qu'il est retenu en prison quelque part ?

– Pourquoi pas ? s'emporta Aurore, puisant une nouvelle confiance dans ses propres paroles. Pourquoi faut-il absolument qu'il soit mort ? En admettant que sa princesse et lui aient été dénoncés, surpris, je ne vois pas l'Electeur Ernest-Auguste faisant assassiner un Koenigsmark sous ses yeux ! C'est un homme impossible mais il sait contrôler ses colères et ce qui touche à son armée lui est cher. Mon frère commandait sa garde...

– Non. Quand il est parti pour Dresde il savait que son retour n'était pas souhaité et qu'il ne retrouverait pas son commandement s'il rentrait.

– Il m'a seulement écrit qu'il devait retourner à Hanovre pour Sophie-Dorothée...

– Pourtant, elle était absente lors de son retour.

– Où était-elle ?

– A Celle, auprès de ses parents. Elle n'a réintégré Herrenhausen qu'une petite semaine après lui.

– Il devait en avoir connaissance. En ce cas pourquoi ne pas l'avoir rejointe ? Il aurait pu s'entretenir avec elle à son aise. D'autant plus qu'il venait d'être nommé major-général par l'Electeur de Saxe et se trouvait donc désormais sous sa protection. Il n'avait plus rien à faire à Hanovre.

– Si, justement ! Il voulait mettre en vente sa maison et préparer son déménagement.

– Pourquoi ne l'avoir pas dit plus tôt ?, s'emporta Aurore. Hildebrandt, mon ami, il faut vous arracher les paroles ! Il n'y avait nulle d'offense pour le prince dans un retour on ne peut plus naturel puisqu'il s'agissait de liquider sa situation. Si vous me racontiez ce qui s'est passé le soir où il est sorti pour ne plus revenir ? Il était dix heures du soir selon votre billet. Donc vous n'aviez pas encore regagné votre logis. Il ne vous a pas dit où il se rendait ?

– Pas vraiment mais ce n'était pas difficile à deviner. Il avait reçu en fin de journée un message écrit au crayon et sans signature qu'il a froissé, déchiré et jeté à la corbeille après l'avoir lu. Il n'a plus prononcé une parole ensuite. Je vis bien qu'il était soucieux. Quand il est parti, j'ai cherché les morceaux. Un seul était vraiment lisible. Il portait : « ... ma princesse désire vous voir. Elle ne peut écrire s'étant brûlé la main... »

– Le message devait être de Mlle de Knesebeck ?

– Sans aucun doute. Après l'avoir reçu, mon cher maître semblait presque heureux. En sortant, il m'a confié : « Grâce à Dieu nous en aurons bientôt fini avec toutes ces comédies ! » Ce furent ses derniers mots !

– Encore une question et vous pourrez aller prendre du repos : a-t-il revu la Platen ?

– Je n'en sais rien. Pas à la Cour en tout cas, où il ne s'est pas présenté, mais peut-être s'est-il rendu chez elle, à Monplaisir. C'est même probable : j'ai vu venir à deux reprises un valet de la dame.

– Merci Hildebrandt !...

Vers la fin de la journée, à l'heure où les paysans revenaient des champs, Amélie-Wilhelmine accoucha d'un enfant dont le souffle à peine éclos s'éteignit. C'était une fille – son espérance après deux garçons ! – et elle était tellement épuisée après tant d'heures de souffrances qu'elle s'endormit une fois délivrée et ne sut pas tout de suite que l'enfant ne vivrait pas. Aurore était restée auprès d'elle depuis la fin de son entretien avec Hildebrandt, tenant une main que la douleur crispait dans la sienne et épongeant la sueur qui ne cessait de mouiller le front de sa sœur. Le combat fut si rude qu'un moment on put redouter que la jeune femme ne se relève pas et l'angoisse ne disparut qu'en entendant le médecin, alors occupé à se laver les mains dans la cuvette que lui tenait une caméariste, déclarer qu'elle s'en remettrait aussi bien que de ses couches précédentes.

– Néanmoins, il serait préférable que Mme de Loewenhaupt ne tente pas une nouvelle maternité.

– C'est à son époux qu'il faudrait le dire, docteur Cornélius, murmura Aurore.

– Pourquoi ? Il a déjà deux fils. Cela devrait lui suffire...

– Certes, cela devrait mais...

Dieu que c'était difficile à dire pour une jeune fille ! Son beau-frère, de religion austère, ne comprenait les rapports physiques entre mari et femme que dans l'unique but de procréer. Des rares et discrètes confidences de sa sœur – d'accord en tous points avec lui d'ailleurs ! – Aurore avait déduit que, chez son Frédéric, l'acte d'amour ne pouvait être soumis à aucune restriction. « Croissez et multipliez », avait dit le Seigneur, et Loewenhaupt espérait bien tirer de son épouse une vaste descendance. S'il ne devait plus approcher sa femme que pour le seul plaisir, il était capable de ne plus l'approcher du tout...

– Cela devrait lui suffire, en effet, articula-t-elle gênée sans oser regarder le médecin, mais celui-ci avait compris :

– Je vois ! soupira-t-il. Je lui parlerai... et je parlerai aussi à Mme de Loewenhaupt. Au fond, une femme dispose de certains moyens qui... que... enfin vous apprendrez cela quand vous vous marierez vous-même, ajouta-t-il, soudain conscient de s'adresser à une demoiselle.

L'entrée de deux cavaliers dans la cour mit fin à la conversation. Frédéric de Loewenhaupt arrivait en personne, flanqué de son aide de camp. Le médecin qui s'était approché de la fenêtre en même temps que la jeune fille en tira une conclusion immédiate :

– Il arrive à point.. Je vais pouvoir lui parler ! L'état d'épuisement dans lequel se trouve sa femme sera la meilleure explication...

Hélas ! l'époux d'Amélie ne prêta qu'une oreille distraite aux objurgations du Dr Cornélius, à l'indignation de celui-ci. Il alla embrasser sa femme, lui délivra quelques bonnes paroles en lui disant qu'elle aurait sûrement une fille la prochaine fois puis, saisissant sa belle-sœur par le bras, il l'entraîna dans la bibliothèque :

– Qu'est-ce que m'a raconté Hildebrandt ? Koenigsmark a disparu ?

– Ce n'est que trop vrai ! J'arrive de Hanovre. Il n'y a plus trace de lui depuis le soir du 1er juillet. Sa maison a été fouillée de fond en comble à deux reprises... et la princesse Sophie-Dorothée est autant dire prisonnière dans ses appartements de Herrenhausen. Quant à Knesebeck, sa suivante, elle a été arrêtée.

La bouche mince de Loewenhaupt se pinça de dégoût. Pas très grand mais sec, osseux même, il avait un visage en lame de couteau, une peau pâle qui ne rougissait jamais fût-ce dans la pire colère, des cheveux blonds et raides. Un maintien qui l'était tout autant et une intelligence uniquement tournée vers l'armée. En résumé, ce Suédois avait tout de l'officier prussien et Aurore, encore petite fille quand il avait épousé son aînée, s'était demandé ce que celle-ci pouvait bien lui trouver pour se tortiller en baissant les yeux et en arborant un sourire béat chaque fois qu'il posait les yeux sur elle. Certes il possédait certaines qualités : c'était un vaillant soldat et un honnête homme, mais son discours était aussi empesé que sa personne et son épouse, selon la petite sœur, était destinée à mourir d'ennui avant qu'il soit longtemps ! Amélie n'en fit rien, au contraire, et, définitivement amoureuse, s'efforça de se couler dans le même moule que son époux, avec une surprenante aisance. Ses affections familiales n'en furent pas affectées, cependant elle y joignit un orgueil de caste frisant parfois la morgue et une assiduité aux rites religieux dépassant de beaucoup ce qui se pratiquait à Agathenburg.

Les paroles qu'il laissa tomber n'étaient que son reflet :

– Quand on viole les lois du Seigneur et que l'on s'abandonne à l'adultère, on doit s'attendre à en subir le châtiment...

Le ton sentencieux acheva d'exaspérer Aurore :

– Vous ne trouvez rien d'autre à dire ? Philippe est peut-être mort ou enseveli dans une geôle infecte et vous n'y voyez que la main du Seigneur ? Je vous croyais son ami en plus de son beau-frère ?

– Je suis l'ami du soldat, pas du libertin !

– Subtil distinguo ! ricana-t-elle. C'est ce qui s'appelle avoir un cœur à tiroirs ! Dans lequel rangez-vous votre femme ? On vient de vous dire qu'elle a failli mourir et que si elle devait mettre un autre enfant au monde elle n'en réchapperait peut-être pas, et tout ce que vous avez trouvé à formuler c'est que la fille espérée serait pour la prochaine fois ? Vous êtes sourd, ou vous le faites exprès ?

La fureur de la jeune fille réussit à percer l'épaisse cuirasse de certitude de Loewenhaupt. Il leva un sourcil surpris :

– A-t-on vraiment dit cela ?

– Vous voulez que le Dr Cornélius vous répète sa mise en garde : il pourrait vous la chanter sur l'air du *Dies irae* ?

– Ma chère sœur, vous perdez le sens de la mesure !

– Vous le feriez perdre à n'importe qui. A présent souffrez que je vous quitte. J'aspire à un peu de repos car dès l'aube je me remets en chemin...

– Pour où, s'il vous plaît ?

– Celle ! Il faut que je m'entretienne avec la duchesse Eléonore.

Loewenhaupt émit un son bref qui était chez lui le signe d'une bruyante hilarité :

– Vos idées me semblent bien confuses ! Vous partez pour Celle à peine revenue de Hanovre alors qu'onze lieues seulement séparent ces deux villes et qu'en rentrant vous pouviez passer par Celle...

– Je ne l'ignore pas et mes idées se portent à merveille. C'est seulement en arrivant ici que j'ai appris certains détails qui m'incitent à refaire la majeure partie de mon voyage ! Satisfait ?

– Certainement pas ! Vous n'oubliez qu'une chose : votre sœur est souffrante. Ne devriez-vous pas vous en occuper ?

– Et vous ? C'est votre épouse, non ? Elle est tirée d'affaire et il ne lui est nécessaire que de se refaire des forces... et de recevoir beaucoup de tendresse. La vôtre me paraît particulièrement indiquée. Ceci au cas où vous n'auriez pas remarqué qu'elle vous aime...

Sur le point de quitter la place, Aurore se ravisa, une main sur la porte :

– Pendant que j'y pense, vous êtes toujours au service du prince-électeur de Saxe ?

– Certes, quoique que je sois en congé à la suite de ma dernière blessure...

– Alors, faites donc savoir à Frédéric-Auguste que les gens de Hanovre se sont permis d'escamoter le nouveau major-général qu'il a lui-même nommé. Comme il est aussi son ami cela me semble la moindre des choses, vous ne trouvez pas ?

Le ton était raide, exprimant un ordre plus qu'un conseil. Loewenhaupt eut un haut-le-corps, pinça les lèvres pour retenir peut-être une riposte mais capitula :

– Vous avez raison, je vais écrire sur l'heure et dès que ma chère épouse sera remise, nous rentrerons à Dresde.

Elle lui offrit enfin l'ombre d'un sourire :

– Voilà qui est parfait ! N'oubliez surtout pas que vous êtes le seul homme de la famille tant que l'on n'a pas retrouvé Philippe ! Cela oblige !...

CHAPITRE III

UNE LUEUR D'ESPOIR

Eléonore, duchesse de Celle, avait passé une mauvaise nuit. Ce n'était pas la première : c'était même en train de devenir une habitude. Déplorable, si l'on en croyait le grand miroir placé sur sa table à coiffer ! Et, ce matin, l'image qu'il renvoyait lui parut affligeante.

A cinquante-cinq ans, la mère de Sophie-Dorothée pouvait, jusqu'à ces derniers jours, s'estimer légitimement fière d'avoir su conserver la beauté que lui avait conférée son lointain Poitou, terre étrange habitée par les fées où il semblait que le sang des filles fût d'une qualité exceptionnelle, composée d'une sorte de magie. Deux d'entre elles avaient conquis l'amour du plus puissant des rois, celui qui n'avait pas craint de prendre le soleil pour emblème : Athénaïs de Montespan, à cette heure disgraciée, et Françoise de Maintenon qui régnait sur le fabuleux Versailles et dont on chuchotait qu'elle s'était fait épouser morganatiquement. Comme Eléonore l'avait été elle-même avant que son mariage hautement reconnu ne l'amène au trône de Celle mais, en contemplant son visage aux yeux las, à la bouche amère, elle sentait poindre le découragement. Les soins attentifs qu'elle donnait à sa personne réussiraient-ils à lui rendre l'éclat qu'elle avait su garder jusqu'à cette dernière visite de sa fille ?

Sophie-Dorothée était arrivée dans les derniers jours du mois de mai dans un état pitoyable, couverte de bleus, d'ecchymoses, un poignet bandé et même une mèche de ses beaux cheveux brun doré arrachée. Seule Mlle de Knesebeck l'accompagnait dans le carrosse sans laquais et sans armoiries que menait un seul cocher. A peine arrivée, elle s'était précipitée dans la chambre de sa mère et s'était jetée dans ses bras en sanglotant, aux prises avec une véritable crise nerveuse que l'on avait eu bien du mal à calmer. Il était en outre évident qu'elle brûlait de fièvre et, remettant à plus tard les explications, la duchesse l'avait fait porter dans sa chambre de jeune fille et appelé le médecin de la Cour. Ce fut seulement quand elle se fut endormie sous l'effet d'une drogue calmante qu'Eléonore interrogea Knesebeck, cette autre Eléonore qui était d'ailleurs sa filleule.

Celle-ci raconta comment, le matin même et alors qu'elle prenait son petit déjeuner, la princesse avait été jetée à bas de son lit par son époux. Fou de rage, la traînant par les cheveux, il l'avait bourrée de coups de pied et de coups de poing :

– Il a fallu l'arracher de ses mains sinon le prince était si fort enragé contre elle qu'il pouvait la tuer...

– Mais pourquoi ?

– A cause du comte de Koenigsmark, dont Votre

Altesse sait qu'il est depuis longtemps attaché à ma maîtresse par une... douce amitié. Celui-ci, qui se trouve actuellement à Dresde pour les fêtes de la prise de règne du nouvel Electeur de Saxe, se serait laissé aller, après boire dans un banquet, à dauber sur la comtesse de Platen, ses charmes flétris et les soins qu'elle prend pour leur redonner quelque fraîcheur.

– C'est presque de notoriété publique et, de toute façon, cela regarde le beau-père de ma fille, non son époux...

– Sans doute mais le comte Philippe ne s'en est pas tenu là : il a brocardé aussi la demoiselle Mélusine de Schulenburg qui... dont...

– Ne cherchez pas à finasser ! Qui est la maîtresse de mon gendre. Et alors ?

– Quelqu'un lui a rapporté le propos et elle est allée se plaindre au prince Georges. La suite, Votre Altesse vient d'en constater les effets : ma princesse m'a ordonné de lui chercher une voiture en criant qu'elle ne voulait pas rester une minute de plus dans un palais où l'on n'avait pour elle que de mauvais procédés et qu'elle n'y reviendrait plus !

– C'est la première fois que mon gendre se laisse aller à...

– Frapper ? Non, Madame. Cela arrive, au contraire, de plus en plus souvent quand Son Altesse a trop bu...

– Dire que ces gens-là se croient civilisés ! s'exclama la duchesse en faisant deux ou trois tours dans sa chambre. Bâfrer, se soûler et se vautrer n'importe où avec leurs maîtresses. Voilà leurs passe-temps ! Ma pauvre petite fille ! Elle a eu raison de se réfugier ici... mais je me demande ce que va en dire son père.

Elle s'attendait que Georges-Guillaume partage un tant soit peu son indignation et, peut-être même, qu'il pique une de ses fameuses colères. Or il n'en fut rien. Tout ce qu'il exprima fut un embarras certain et, si mécontentement il y eut, sa fille en fit les frais :

– Que d'embarras pour une querelle de ménage ! Sophie-Dorothée devrait savoir que ce genre d'inconvénient peut advenir entre époux...

– Vous ne m'avez jamais battue que je sache !

– C'est que vous ne l'avez jamais mérité. Les bruits qui courent sur notre fille et le jeune Koenigsmark ne sont guère de nature à contenter un mari...

– Des bruits ! Rien que des bruits alors que le mari en question étale jour après jour une maîtresse à qui il donne le pas sur sa femme et à laquelle il vient de faire un enfant !

– Peut-être, mais, croyez-moi, ma chère, il faut que Sophie-Dorothée réintègre le domicile conjugal...

– Encore faudrait-il en être capable. Elle est dans un état si pitoyable que j'ai dû appeler notre médecin. Elle a une forte fièvre et j'espère seulement qu'elle en réchappera ! Cela vaudrait au moins que vous fissiez entendre quelque mécontentement à Ernest-Auguste. D'autant qu'il est toujours votre frère !

– Oui, mais... vous savez à quel point m'inquiètent les agissements des Danois, qui ne cessent de menacer nos terres du nord, et j'ai demandé à Ernest-Auguste de m'envoyer des troupes de renfort qu'en bon parent il ne devrait pas me faire payer, acheva le duc d'un air tellement déconfit qu'Eléonore ne put retenir un bref éclat de rire.

– Cela vous amuse ? grogna-t-il.

– Cela pourrait m'amuser si les circonstances n'étaient aussi dramatiques. Venez voir ce que cette brute a fait de notre fille !

Force fut d'admettre que le cas était grave, même avant que le médecin ne le soulignât : sur le visage empourpré, les traces de coups étaient évidentes. La jeune femme délirait. Un délire tellement instructif qu'Eléonore décida de veiller elle-même avec la seule assistance de Knesebeck et d'une vieille servante qui avait vu naître Sophie-Dorothée. En peu de temps, les trois femmes purent mesurer la profondeur de la passion qui la liait à son amant.

Tandis que son époux se résignait à entreprendre avec son frère des pourparlers houleux, Eléonore désolée écoutait jour après jour, nuit après nuit, battre le cœur affolé de son enfant... Quand enfin la fièvre tomba, quand le danger s'éloigna, elle avait compris que renvoyer Sophie-Dorothée à Hanovre pouvait lui être fatal. Aussi, lorsque la malade, encore bien faible, lui confia son désir d'obtenir le divorce, se déclara-t-elle prête à l'y aider, confiante dans l'influence qu'elle possédait sur son mari pour obtenir satisfaction. C'était compter sans le ministre Bernstorff, l'homme qui avait monté jadis la comédie des fausses lettres pour séparer les deux amoureux. Il fit entendre au duc la voix sévère de la raison d'Etat : on ne divorce pas d'un prince dont les chances de devenir roi d'Angleterre allaient se précisant. Il y allait de la gloire de la maison de Celle.

Que répondre à cela ? Eléonore ne trouva rien, secrètement flattée à l'idée que le sang de ses ancêtres poitevins pût s'élever jusqu'au trône des Plantagenêts, des Tudors, des Stuarts. Sa fille n'était plus une jouvencelle de quinze ans mais une femme accomplie, une mère aussi qui devait prendre en considération l'avenir de son fils et de sa fille. Echapper à l'enchevêtrement des duchés, principautés et autres électorats qui composaient alors l'Empire pour accéder à l'une des plus prestigieuses couronnes européennes, cela demandait considération. D'autant que les Hanovre, après avoir admis que Georges-Louis s'était conduit comme une brute, faisaient les premiers pas vers la réconciliation en demandant le retour au bercail de la brebis égarée.

Quelques scènes mémorables opposèrent alors Sophie-Dorothée à son père. Tant qu'elle avait cru sa mère rangée à ses côtés, la jeune femme avait tenu bon mais quand elle comprit qu'elle était seule, elle finit par capituler. Non sans s'offrir un morceau de bravoure : tandis qu'on l'attendait à Herrenhausen avec tout l'apparat désirable, elle interdit à son cocher de s'arrêter et passa sans tourner la tête sous les yeux de son époux et de ses beaux-parents pour regagner le palais de la Leine. C'était pire qu'une insolence : une sorte de défi, presque une rupture publique...

Depuis, Eléonore ne savait plus rien de sa fille.

C'était comme si, en franchissant les murs de Celle, le carrosse avait basculé dans un autre monde, un monde dont ne revenait aucun écho. Sur le visage qu'elle contemplait dans le miroir avec une fascination morne, elle vit couler une larme. Qu'elle essuya d'un geste las puis, se levant, elle retourna s'asseoir sur son lit, luttant contre la tentation de s'y recoucher et de dormir jusqu'à la consommation des siècles.

C'était un symbole que ce lit surélevé par trois marches couvertes de tapis : celui de la réussite d'une femme et du rang qu'elle avait atteint. Enorme, drapé de soie écarlate à crépines d'or dont les angelots dorés retenaient le flot, il avait quelque chose d'impérial commandant le respect. L'étiquette sourcilleuse de la principauté ne prescrivait-elle pas aux femmes admises dans cette chambre de le saluer en passant devant qu'il soit occupé ou non, comme à Versailles ! Ce Versailles toujours rêvé sans jamais l'avoir contemplé mais dont elle se donnait l'illusion : il n'était pas un meuble de son appartement qui ne vînt de France et dans la plupart des salons, le pesant gothique avait reculé pour laisser place aux œuvres somptueuses d'André-Charles Boulle et de ses confrères...

Grâce à elle, le duché de Celle était devenu une sorte de parenthèse française coincée entre la Hollande et le Brandebourg prussien, et c'était sa fierté. A sa petite capitale teutonne perdue dans les sables de l'Aller Eléonore avait insufflé une vie nouvelle, transformant les douves des châteaux en jardins, construisant un théâtre « où le duc s'amusait tellement à courir de loge en loge et des foyers aux couloirs qu'il ne voyait même pas les spectacles ». A chaque carnaval débarquaient les danseurs de Paris, magnifiquement vêtus, et presque chaque jour quelque nouveauté arrivait de France, à commencer par les poupées des couturières qui, à chaque printemps, faisaient le tour des cours de l'Europe du Nord pour apporter les dernières modes de la capitale. L'époux d'Eléonore adorait d'ailleurs tous ces changements et avait même accepté qu'elle mît un peu d'ordre dans le protocole intérieur du château où les repas n'étaient plus annoncés à la trompette comme dans les casernes et aux mêmes heures. C'était le sénéchal qui s'en chargeait, assisté d'un page, en rappelant – pour les éventuels nouveaux venus ! – qu'il était interdit de s'injurier à table, de se jeter des os, du pain, voire une assiette pleine à la figure et de s'enivrer au point que l'on était obligé de ramener les ivrognes chez eux dans des brouettes. La cuisine elle aussi devint plus raffinée. Débarrassée des sempiternels choux et venaisons plus ou moins bien apprêtées, elle acquit une petite renommée dont le duc n'était pas peu fier. Enfin, Eléonore s'était faite la providence des huguenots français réfugiés, surtout ceux d'Aunis et de Saintonge, qui étaient assurés d'obtenir une place ou un grade dans l'armée. Oui, elle pouvait s'estimer satisfaite, encore que lui manquassent souvent les doux paysages de son Poitou natal...

De temps en temps, la duchesse renvoyait ses femmes afin de pouvoir « rêver en français » à l'écart des rudesses de la langue germanique. C'est ce qu'elle avait fait, ce matin, après le rite de la toilette, mais un coup d'œil à la pendule de parquet en marqueterie précieuse lui apprit que la récréation avait assez duré. D'ailleurs, quelqu'un grattait à la porte et entrait sans attendre la réponse. La baronne Berckhoff, dame d'honneur, fit son apparition. C'était aussi la plus ancienne et la plus fidèle amie de la duchesse dans une cour où elle n'en comptait pas beaucoup. Toutes deux étaient d'âge sensiblement égal. La révérence s'en ressentit : suffisamment profonde mais nettement moins longue :

– Une visite se présente pour Votre Altesse. Ne sachant s'il conviendrait de la recevoir, j'ai fait prier d'attendre.

– Y aurait-il une raison pour qu'elle ne convienne pas ? De qui s'agit-il ?

– La jeune comtesse Aurore de Koenigsmark, Madame.

– Ah !

Le nom résonnait désagréablement aux oreilles de la duchesse. Au bout d'un instant, elle s'enquit :

– Auriez-vous une idée de ce qu'elle veut, baronne ?

– Non, Madame... sinon qu'elle semble émue bien qu'elle s'efforce de le dissimuler. J'ajoute qu'elle ne demande pas : elle supplie que Votre Altesse lui accorde un bref entretien.

– En ce cas, allez la chercher !

Quelques secondes plus tard, Aurore pénétrait dans la chambre et s'abîmait en un profond salut qui étala autour d'elle l'ample mante à capuchon de taffetas brun à reflets dorés doublée de soie blanche et assortie à sa robe. Eléonore eut un léger soupir de soulagement. Dieu sait pourquoi, elle s'attendait à voir sa visiteuse toute de noir vêtue. En outre, celle-ci était habillée comme elle à la dernière mode de Paris mais, quand le ravissant visage se leva vers elle, l'impression de soulagement disparut : l'angoisse y était inscrite dans le cerne des yeux bleus et le pli d'amertume des lèvres fraîches.

– Vous avez demandé à me voir, comtesse, dit Eléonore d'une voix impersonnelle. Me confieriez-vous la raison d'une visite pour le moins... inattendue ?

– Je sais que j'aurais dû écrire à Votre Altesse pour solliciter une audience et je la supplie de me pardonner cette impolitesse, mais les jours que je vis depuis le début de ce mois m'ont poussée à venir jusqu'à elle.

– Je vous excuse d'autant plus volontiers que vous paraissez fort troublée. Remettez-vous et dites-moi ce qui vous amène !

– La disparition de mon frère, le comte Philippe-Christophe. Il a quitté sa maison de Hanovre...

– Il y était donc retourné ? coupa Eléonore en fronçant le sourcil. Il me semble avoir entendu dire que sa présence n'y était plus souhaitée et qu'il avait repris du service en Saxe ?

– En effet. Pourtant il y est revenu, poussé par une force à laquelle il ne pouvait plus résister.

Peu désireuse d'entendre préciser ce que pouvait être cette force, la duchesse se hâta d'enchaîner :

– Quoi qu'il en soit, il est sorti de chez lui...

– Le 1er juillet à dix heures du soir... et il n'y est jamais revenu.

– Depuis quand était-il de retour ?

– Deux ou trois jours, je crois.

Eléonore de Celle se livra à un rapide calcul mental. Ce devait être le 27 ou le 28 juin. Et Sophie-Dorothée était repartie le 28. Difficile de ne pas établir une corrélation ! Mais, bien entendu, elle n'en dit rien, se contentant de reprendre avec un soupir qui suggérait l'ennui :

– Donc votre frère a quitté Hanovre le 1er juillet. C'est un fait mais, ce que je comprends mal, c'est pourquoi vous vous adressez à nous. Pensez-vous qu'il soit venu ici ?

– Non. Je ne le pense pas, mais...

– En ce cas, c'est chez mon beau-frère de Hanovre qu'il faut vous rendre.

– J'en reviens...

– Et alors ?

– Personne n'a pu me dire ce qu'il est devenu. Il semblerait qu'il se soit volatilisé sans laisser la moindre trace. En revanche, sa maison a été fouillée de fond en comble par deux fois, ses domestiques se sont enfuis et la garde du prince a récupéré ses chevaux.

La duchesse se leva, passa près de sa visiteuse – qu'elle n'avait pas invitée à s'asseoir –, alla prendre sur une console un éventail de plumes blanches qu'elle agita mollement devant son visage :

– Et vous n'avez pas compris ? fit-elle avec un dédain signifiant qu'Aurore ne devait pas être fort intelligente. J'ai l'impression pourtant que c'est clair : votre frère est revenu à Hanovre contre le gré de l'Electeur ; il a été arrêté, jeté dans quelque prison où il attend son jugement... à moins qu'on ne l'ait reconduit à la frontière...

– Une arrestation qui ressemblerait à une embuscade ? Cela m'étonnerait, Madame. Ce ne sont pas... façons de prince. Un Koenigsmark, on s'en saisit au grand jour, ajouta la jeune fille avec orgueil. Mais si je suis venue à Votre Altesse c'est parce qu'il s'est passé cette nuit-là ou à l'aube du lendemain un événement grave qui l'intéresse au premier chef.

L'éventail cessa son gracieux va-et-vient et, dans la poitrine de la duchesse, le cœur manqua un battement :

– Et c'est ?

– La princesse héritière est enfermée dans ses appartements de Herrenhausen avec défense d'en sortir ou de recevoir... même ses enfants.

– Elle est... mais quelle sottise avez-vous ramassée là-bas ? Ma fille vient d'être sérieusement malade. Elle est fragile. Une rechute a dû se produire, alors le vulgaire ne perd pas une si belle occasion de fabuler et de clabauder ! Quelle infamie ! Et vous ne craignez pas de me la faire entendre ? Dites carrément que l'Electeur s'est saisi de sa personne !

Sans surprise, Aurore subissait à présent la colère de la duchesse et, chose étrange, plus Eléonore se montait, et plus le calme, à elle, lui revenait. Il lui restait un fait à révéler, elle n'hésita pas. Au point où elle en était !

– Je suis désolée d'apprendre que la princesse est souffrante. Elle doit, s'il se peut, l'être plus encore que ne l'imagine Votre Altesse puisqu'on lui a enlevé le réconfort que donne la présence d'une suivante aussi dévouée que Mlle de Knesebeck : celle-ci a été appréhendée et jetée en prison.

Il y eut un silence. Eléonore de Celle ferma les yeux et porta une main tremblante à sa gorge. Elle était devenue si pâle que sa visiteuse crut qu'elle allait s'évanouir. Elle s'approchait déjà, les mains tendues, prête à lui porter secours, mais elle n'eut pas le temps d'achever son mouvement. Les paupières de la duchesse se relevèrent brusquement, libérant un regard étincelant de fureur :

– Allez-vous-en ! gronda-t-elle. Sortez, vous et vos insinuations malveillantes dont le but n'est que trop clair ! Si vous pensiez nous intéresser à la cause de votre maudit frère, vous vous êtes trompée. Philippe de Koenigsmark n'a fait que du mal ici et s'il lui est arrivé malheur, c'est qu'il y a une justice au ciel ! Il n'a osé rentrer à Hanovre que pour essayer de reprendre sur ma fille sa détestable influence ! Nul n'ignore qu'il l'a poursuivie de ses assiduités durant des années et si elle est enfermée chez elle, c'est afin de la protéger des entreprises d'un aventurier sans scrupules qui a osé lever les yeux jusqu'à une future reine d'Angleterre ! Qu'il aille au diable, si ce n'est déjà fait et vous n'avez qu'à l'y rejoindre ! Berckhoff ! Berckhoff ! Venez !

Cette fois elle avait hurlé et la baronne qui ne devait pas être loin apparut à la seconde près. D'un doigt tremblant de fureur, Eléonore lui désigna la jeune fille qui semblait pétrifiée par cette explosion :

– Appelez la garde ! Faites jeter cette fille hors de chez moi, hors du palais où elle ne devra jamais remettre les pieds sous peine de prison ! Qu'on la ramène à la frontière du duché ! Et qu'elle soit maudite... maudite !

La voix se brisa sur le dernier mot et la duchesse alla s'abattre sur son lit, secouée de sanglots convulsifs qui effrayèrent la dame d'honneur. Celle-ci se tourna vers Aurore :

– Qu'avez-vous pu lui dire pour la mettre dans cet état ? chuchota-t-elle. Venez vite ! Je vais vous faire raccompagner et vous quitterez Celle sur l'heure.

Après avoir tiré sur le cordon de la sonnette pour appeler les femmes de la duchesse, elle conduisit Aurore jusqu'à l'antichambre dont la porte était gardée par deux sentinelles... Il y avait là un officier qui faisait les cent pas avec l'agitation de qui attend depuis un moment. La baronne l'arrêta :

– Monsieur d'Asfeld, j'ai un ordre pour vous de Son Altesse...

– C'est que justement j'attendais d'être reçu par elle. Je voulais...

– Plus tard, lieutenant, plus tard ! Vous devez d'abord accomplir la mission dont on vous charge. Voici la comtesse Aurore de Koenigsmark. Vous devez l'accompagner à sa voiture et, ensuite, prendre deux hommes et la ramener sous votre responsabilité à la frontière du duché.

– Laquelle ? Nord, sud, est ou ouest ?

– Nord. Mlle de Koenigsmark retourne chez elle à Hambourg, je crois ? Vous prendrez grand soin d'elle...

– C'est promis mais, auparavant, est-ce que Son

Altesse ne pourrait pas me recevoir juste un petit instant ?

– Son Altesse est souffrante et votre petit instant vous ne pouvez guère l'espérer avant demain... ou après, bien après au cas où vous n'exécuteriez pas ses ordres ! J'ajoute qu'elle n'est pas d'humeur !

– Tant pis ! Mais cela m'ennuie beaucoup...

Aurore qui observait la scène à travers le masque qu'elle avait remis en même temps qu'elle relevait son capuchon de soie, se mêla au débat :

– Est-il indispensable de déranger les projets de Monsieur ? Je vous promets de quitter Celle sans tarder, baronne. Rester serait mal vous remercier d'avoir quelque peu... adouci la volonté de la duchesse !

La dame d'honneur sourit pour la première fois et ce sourire était plein de chaleur :

– L'important est que l'on vous voie partir sous escorte. Inutile d'y ajouter une brutalité... que votre défunte mère ne me pardonnerait pas !

– Vous l'avez connue ?

– A Hambourg où je suis née, et longtemps avant mon mariage. Nous avons été inséparables pendant plusieurs années... Allez maintenant, ma chère, reprenez courage !... et pardonnez-lui, ajouta-t-elle tout bas. Depuis que notre princesse est repartie vers son époux, Son Altesse se tourmente énormément !

– Non sans raison, j'en ai peur. Ces Hanovre sont des brutes...

– Pauvre enfant !... Allons, lieutenant ! Faites ce que l'on vous commande !

Résigné, l'interpellé rectifia la position, claqua des talons en relevant le menton :

– Aux ordres de Son Altesse !

Puis se mit en devoir de précéder Aurore dans l'escalier.

Quelques instants plus tard, le carrosse enveloppé de quatre cavaliers reprenait la route de Hambourg après un bref arrêt à l'hostellerie où l'on avait passé la nuit, pour régler la dépense et reprendre les bagages. Ce dont Gottlieb se chargea. Nicolas d'Asfeld, raide d'un mécontentement qu'il n'osait pas exprimer, galopait à la portière d'Aurore, ce qui permettait à celle-ci de l'observer. C'était, en effet, un spécimen peu courant. Long, sec et maigre, il était roux comme une carotte avec des mains et des pieds interminables. Quant à son visage à la peau déjà tannée en dépit de son jeune âge – il ne devait guère dépasser vingt-deux ou vingt-trois ans ! – c'était à lui seul une sorte de gageure grâce à deux balafres qui lui tailladaient les joues : rien n'avait l'air d'y être à la bonne place, pourtant il trouvait le moyen de dégager un certain charme. Sans doute à cause de ses yeux d'un azur candide qui forçaient la sympathie. En outre, il devait aimer rire, cela se devinait au pli naturel de sa grande bouche.

Le train qu'il imposait à ce cortège restreint était rapide : il devait être pressé de retourner auprès de la duchesse. Dans la voiture, Aurore et Ulrica étaient secouées comme pruniers en août. Heureusement le poste-frontière n'était pas très éloigné et elles le virent venir avec soulagement. Asfeld s'arrêta pile à l'aplomb de la séparation des deux territoires et, ôtant son chapeau enfoncé jusqu'aux yeux, vint à la portière :

– Vous voilà hors du duché de Celle, Madame, et c'est ici que nous nous quittons. Il me reste à vous saluer en vous souhaitant un bon voyage.

Le ton était raide, à la limite de la politesse. Visiblement, il avait hâte d'en finir avec cette corvée ; il s'agissait finalement de renvoyer chez elle une indésirable, même si Mme Berckhoff y avait mis les formes. Sensible aux nuances et au moins aussi mécontente que lui, Aurore décida de le retenir un moment :

– Il n'aura pas de mal à être meilleur, lieutenant... d'Asfeld ? C'est bien cela ? Ou ai-je mal compris.

– Du tout, c'est bien cela et si...

– Grâce à vous nous arriverons couvertes de bleus. Qu'est-ce qu'il vous a pris de mener ce train d'enfer ?

– C'était normal, Madame, dès l'instant où il s'agissait de vous... expulser en quelque sorte ? Les choses eussent été différentes... oh !

L'interjection stupéfaite saluait le geste de la jeune fille qui venait de rejeter son capuchon et d'ôter son masque. Asfeld la regarda comme une apparition. Saint Paul sur le chemin de Damas devait avoir eu ce regard ébloui.

– Dites-moi ? fit-elle acerbe, les choses eussent été différentes si ?...

– Si... je vous avais vue, balbutia-t-il comme du fond d'un rêve. Vous êtes... merveilleusement belle !

Elle ne put d'empêcher de rire :

– C'est une habitude chez vous d'accomplir vos missions de telle ou telle façon selon le physique de ceux qui en sont l'objet ?

– Non... Oh non ! Je vous supplie de me pardonner de vous avoir si mal traitée. Mon excuse est...

– ... que vous avez hâte de rentrer afin d'avoir avec Son Altesse un entretien ne souffrant aucun retard ? Qu'attendez-vous ? Partez, nous n'avons plus rien à nous dire... sinon que j'espère ne vous revoir jamais... Allons Gottlieb ! enjoignit-elle à l'adresse de son cocher, et tâchez de me mener plus doucement même si moi aussi je suis pressée de quitter une terre à ce point inhospitalière !

– Non !... Non ! Je vous en supplie, Madame !... Encore un mot !

Pour seule réponse, elle referma la vitre, remit son masque et se rejeta dans son coin de carrosse tandis que le cocher enlevait ses chevaux. Alors seulement, elle éclata de rire. Ulrica ronchonna :

– Un de plus !

– Que veux-tu dire ?

– Vous le savez : un amoureux de plus ! N'importe, vous auriez pu vous montrer plus tôt ! Je suis aussi moulue que si j'avais reçu une volée de bois vert !...

Sans répondre, Aurore jeta un coup d'œil par l'étroite vitre arrière. Le jeune Asfeld était toujours là, planté sur son cheval au milieu de la route, la regardant s'éloigner. Il ne songeait même pas à remettre son chapeau.

Elle eût sans doute mieux mesuré l'importance du choc encaissé par l'officier si, par un tour de magie, elle avait pu assister à son retour au palais de Celle. Le hasard voulut qu'au moment où il mettait pied à terre dans la cour intérieure, la baronne Berckhoff y descendait. Elle vint alors à sa rencontre pour lui demander comment les choses s'étaient passées, s'étonnant de l'entendre répondre quelque chose d'inaudible et sans la regarder.

– Dites-moi, lieutenant, vous êtes fatigué à ce point ?

Il sursauta :

– Fatigué, moi ? Pas le moins du monde... Toujours aux ordres de Son Altesse, ajouta-t-il en claquant les talons.

– En ce cas je peux peut-être vous annoncer ?

– Moi ? A Son Altesse ? Pourquoi ?

– Mais voyons ! Avant que je ne vous envoie raccompagner la comtesse de Koenigsmark à la frontière, vous vouliez demander audience pour une affaire qui, selon vous, ne pouvait attendre.

– Ah oui ? En cas pardonnez-moi, baronne, mais je ne m'en souviens vraiment pas...

Il la salua et passa son chemin, un doux sourire aux lèvres et des étoiles dans les yeux.

– De deux choses l'une, murmura Mme Berckhoff, ou il est somnambule ou il est amoureux. J'aimerais mieux la seconde version : elle pourrait avoir son utilité...

Cependant Aurore, en reprenant son chemin, se sentait un peu moins crispée. Avoir usé sa colère sur ce jeune imbécile avait détendu ses nerfs mis à mal par la violence de la réaction de la duchesse Eléonore. Violence qui la révoltait. Quoi qu'ait pu faire Philippe – et son crime, si crime il y avait, était de pur amour – il ne méritait pas tant de mépris, tant de haine de la part d'une femme qui, autrefois, lui montrait toujours beaucoup de grâce au point que l'on pouvait se demander si elle n'était pas tombée sous le charme de l'amoureux de sa fille...

Qu'elle ait peur pour elle se pouvait concevoir, la situation de Sophie-Dorothée était dangereuse, mais était-ce une raison pour refuser de compatir aux angoisses d'une sœur ? Duchesse régnante, Eléonore pouvait obtenir de son époux qu'il interroge l'Electeur de Hanovre, son propre frère, sur ce qui s'était passé dans la nuit du 1er juillet...

Le retour à Agathenburg fut plus morne encore que celui de Hanovre. L'espoir qui venait de s'envoler était de taille. Restait à apprendre ce qui s'était passé durant son absence... Mais de ce côté-là tout semblait aller mieux. A son arrivée, Aurore trouva sa sœur dans le jardin où elle se promenait – à petits pas sans doute mais bel et bien sur ses pieds ! – au bras de Liselotte, sa femme de chambre. L'apparition d'Aurore lui arracha une exclamation de joie :

– Je me faisais tellement de souci pour toi ! dit-elle en l'embrassant. As-tu été convenablement reçue ?

– De prime abord oui, mais ensuite cela s'est gâté et si tu veux le savoir j'ai été reconduite à la frontière par un peloton de cavalerie.

– Toi ? Une comtesse de Koenigsmark ?

– Eh oui ! On dirait que nous nous dévaluons

de jour en jour, soupira la jeune fille. La duchesse se ronge d'inquiétude pour sa fille et semble trouver commode de charger notre Philippe de tous les péchés. Sans lui, Sophie-Dorothée n'aurait jamais dévié de sa morne ligne de princesse héritière, mais ce qu'elle n'a pas l'air de vouloir comprendre c'est que ce n'est plus une enfant mais une jeune femme de vingt-sept ans, mère de famille, d'esprit vif et délié, douée en outre d'une volonté propre et d'un caractère pas toujours facile. Rien de la douce agnelle qui se laisse mener par son maître au bout d'un ruban de satin bleu. Elle a seulement un an de moins que Philippe. Ce dont j'enrage, c'est que ces deux-là sont faits l'un pour l'autre et qu'on a brisé leurs fiançailles par un moyen franchement infâme. Les responsables, ce sont les gens de Celle qui ont commis le crime ! Seule la mort peut briser un tel amour ! Et encore !...

– Calme-toi !... Si je t'entends, tu n'as pas appris grand-chose ?

– Rien... Sinon un détail. A l'hôtellerie, en bavardant avec la patronne, Ulrica a appris que Sophie-Dorothée a passé tout le mois de juin dernier chez ses parents, qu'elle a même été malade, mais qu'elle serait partie brouillée avec son père et en claquant les portes ! Les gens de Celle ont toujours aimé leur petite princesse et ils se soucient d'elle parce que, pour eux, ceux de Hanovre ne sont rien d'autre que des demi-sauvages... Et ici ? Hildebrandt est revenu ?

– Pas encore mais Frédéric est parti pour Dresde avertir le nouveau prince de la disparition de son général... De toute façon, il devait retourner en Saxe, son congé étant achevé.

– Espérons qu'il réussira ! En attendant...

Un véritable hurlement lui coupa la parole :

– Ne me dis pas que tu vas encore repartir ?

– Qu'est-ce qui peut te le faire croire ?

– Je te connais, tu sais ? Depuis que nous sommes sans nouvelles de Philippe, tu ne tiens pas en place.

Un instant, la jeune fille garda le silence, puis, relevant sur sa sœur son regard mouillé, elle murmura avec une tristesse infinie :

– C'est vrai. Cet universel silence dans lequel on veut enfermer Philippe m'est intolérable. Il faut que je sache ! Tu vois, j'ai constamment l'impression qu'il m'appelle, qu'il attend de moi le secours. Alors je cherche, dans l'espoir qu'un vent favorable m'apportera un signe, une piste. Peut-être que si je faisais le tour de toutes les forteresses de ce maudit Hanovre, les pierres me parleraient ? Au temps jadis, le trouvère Blondel, cherchant son maître, le roi d'Angleterre Richard au cœur de lion, a parcouru l'Autriche en long et en large jusqu'à ce qu'enfin une voix s'élève des profondeurs d'une tour...

– Tu t'épuiserais en vain. L'époque des chevaliers n'est plus et à errer ainsi comme un oiseau affolé, tu n'y gagnerais qu'un peu plus d'amertume et moi je me rongerais d'inquiétude.

Aurore regarda sa sœur sans songer à dissimuler son étonnement. La calme... on pourrait presque dire la froide Amélie cuirassée par ses certitudes, cacherait-elle plus de tendresse qu'elle ne voulait l'admettre ? Elle sourit d'ailleurs à l'interrogation muette de sa cadette et serra un peu son bras contre elle :

– Reste avec moi ! pria-t-elle en conclusion. A deux on se sentira plus fortes.

Un nouveau silence mais, cette fois, ce fut la jeune fille qui le rompit :

– Dis-moi le vrai de ta pensée ! Tu le crois... mort ?

– Le vrai ? C'est que je n'en sais rien. Il me paraît impensable qu'un prince – quel qu'il soit ! – ait osé attirer un homme tel que Philippe dans je ne sais quel traquenard. Mais ça, c'est l'orgueil de notre nom qui le souffle et, au fond, plus j'avance dans la vie et plus je pense que la brutalité des premiers âges est toujours bien vivante. Sous la soie, le velours et les joyaux changeant au gré des modes, il y a toujours le même homme de chair et d'os avec ses faiblesses, ses terreurs et ses haines. Alors qui peut savoir ?...

En rentrant au château, Aurore décida de se ranger, au moins pour l'instant, à l'avis de sa sœur et d'attendre les nouvelles qui pourraient lui parvenir. Son entrevue avec la duchesse de Celle lui laissait un goût amer. Elle n'avait pas envie, pour le moment tout au moins, d'essuyer d'autres rebuffades inhérentes sans doute à son sexe. On en userait de façon différente si elle était capable de mettre l'épée à la main pour se faire rendre raison, dans cette Allemagne qui n'avait pas fini de lécher les blessures de la guerre de Trente Ans et dans laquelle on s'entretuait volontiers entre princes « souverains » quand il ne s'agissait pas de repousser l'envahisseur danois ou suédois. Le bruit des armes retentissait toujours dans un endroit ou dans un autre.

Cependant, à une faible femme il restait un instrument non négligeable à condition de savoir s'en servir : la plume. A ces jeux-là Aurore était experte, parlant et écrivant plusieurs langues dans un style plein d'élégance que pouvait même ennoblir encore le souffle poétique né d'une imagination vive et féconde[1]. Elle s'installa donc à son petit bureau placé devant sa fenêtre ouverte sur le cours paisible de la Schwinge, tailla une demi-douzaine de plumes d'oie et, les trempant dans l'encre de l'indignation, se mit à l'ouvrage. En variant le ton, toutefois : on n'écrit pas à l'empereur comme à l'un de ses vassaux ! Le premier sur la liste fut naturellement Ernest-Auguste de Hanovre à qui elle demanda, purement et simplement, compte du sort de son frère en se gardant d'évoquer Sophie-Dorothée de quelque manière que ce soit. Ensuite, elle appela au secours le chef de nom et d'armes de la maison de Brunswick à laquelle appartenaient l'Electeur de Hanovre ainsi que le duc de Celle : le duc Antoine-Ulrich de Brunswick-Wolfenbüttel qui avait jadis demandé la main de Sophie-Dorothée pour son fils. Celui-là, elle en était certaine, avait d'autant moins digéré l'affront de la rupture. En outre, il était catholique et des plus lié à la cour de

1. Toutes qualités qui s'épanouirent chez son arrière-arrière-petite-fille George Sand (Aurore Dupin, baronne Dudevant). D'une Aurore à l'autre !...

Versailles. Elle fit vibrer la corde émotionnelle sur le sort d'une princesse toujours regrettée avec l'espoir que, par ce truchement, le bruit en irait jusqu'aux oreilles de Louis XIV. Ensuite, ce fut le tour du duc de Mecklembourg-Schwerin, important s'il en fut parmi les proches voisins. Plusieurs autres princes passèrent ainsi sous sa plume. Pas tous : il y en avait trop[1] et certaines maisons ne s'intéressaient en aucune façon à ce qui se passait dans les Etats du Nord. Elle finit cette première série par le roi de Suède et l'empereur Léopold Ier, rappelant au Wasa de Stockholm comme au Habsbourg de Vienne l'éclat des services rendus par les siens à leurs couronnes respectives et suppliant que l'on voulût bien obliger le Hanovre à remettre son frère en liberté. Elle se refusait, en effet, à croire que l'on eût osé attenter à la vie du dernier des Koenigsmark. Le seul à qui elle n'écrivit pas fut le nouveau maître de la Saxe puisque son beau-frère s'était chargé de l'avertir...

Il ne restait plus qu'à attendre...

C'était le genre de situation qu'elle supportait le moins facilement, la patience ne faisant pas partie de ses vertus. Pendant plusieurs jours on put la voir errer à travers l'immense demeure et ses jardins, dont elle ne rentrait jamais sans passer par la chapelle. Pas pour prier Dieu, encore qu'elle n'omît jamais les oraisons quotidiennes, mais, comme elle l'avait fait au premier jour, pour s'adresser aux

1. Plus de six cents !

mânes de ses impétueux ascendants : son père, son oncle et son grand-père dont elle ne doutait pas que leur vaillance leur eût valu une place de choix dans un paradis guerrier plus proche de l'antique Walhalla peuplé d'impétueuses walkyries que d'un Ciel perpétuellement limpide et pur où des théories d'anges et de bienheureux gravitaient autour du trône de l'Eternel en célébrant ses louanges... En fait, Aurore sommait plus ou moins ces souverains qui avaient fait trembler l'Europe de s'occuper plus activement d'un descendant en tous points digne d'eux...

Les premières réponses qui arrivèrent à Agathenburg étaient décourageantes. Des chefs-d'œuvre d'hypocrisie ! On plaignait beaucoup la comtesse de Koenigsmark atteinte si cruellement dans ses affections mais on ne voyait pas comment on pouvait agir dans une affaire privée de la famille de Hanovre et sur le développement de laquelle un apaisant silence semblait désirable. Aurore et sa sœur les lisaient avec des larmes de rage :

– Des lâches ! Ce sont tous de lâches ! s'indignait la jeune fille. Ces gens auraient-ils peur du vieil Ernest-Auguste et de son abominable fils ?

Plus lucide et plus froide, Amélie traduisait autrement :

– Ils n'ont pas peur de ce qu'ils sont... mais de ce qu'ils ont à présent une chance de devenir. On meurt beaucoup à Londres ces temps-ci. Que pesons-nous en face de la couronne d'Angleterre ? Personne ne rompra des lances pour nous...

– Pour nous peut-être pas, mais pour la future reine d'Angleterre ? Car si Georges-Louis accède au trône, Sophie-Dorothée l'y accompagnera. Quelques-uns de ces princes pourraient se soucier de son sort ?

Cela semblait logique, pourtant il n'en fut rien. Même l'empereur fit savoir à la comtesse de Koenigsmark qu'il ne souhaitait pas intervenir dans une affaire familiale concernant seulement les duchés de Hanovre et de Celle, autrement dit deux frères. En réalité il n'avait pas la moindre envie d'indisposer le Hanovrien qui lui fournissait de si bons soldats lui permettant d'économiser le sang de ses sujets...

Au fil des jours, l'horizon s'assombrit...

L'arrivée soudaine de Loewenhaupt dans les premiers jours de septembre apporta une éclaircie en ressuscitant l'espoir. Frédéric-Auguste de Saxe, dès qu'il avait été mis au courant, écrivit en personne à son « cousin » une lettre fort sèche, réclamant le retour à Dresde de son major-général... Il en reçut une réponse qui le mit en fureur. Après les formalités d'usage, l'Electeur demandait avec grossièreté « qu'on ne lui cassât pas la tête avec cette histoire, que ledit gentilhomme était un libertin fieffé habitué à vivre dans la débauche et qu'on ne savait pas en somme ce qu'il était devenu ».

– Cette réponse a mis le prince hors de lui, expliqua l'époux d'Amélie. Il faut avouer qu'on n'est pas rustre à ce point ! Aussi a-t-il envoyé à Hanovre l'un de ses conseillers, le général Banner, pour exiger en son nom le « général de cavalerie saxonne comte de Koenigsmark » sous peine de représailles. Nous en sommes là pour l'instant.

Banner est toujours à Hanovre où il se fait de plus en plus menaçant, réclamant au moins une enquête poussée sur une disparition aussi inexplicable.

– Dieu soit loué ! soupira Aurore en se laissant tomber dans un fauteuil. Nous avons enfin un défenseur !

C'était un tel soulagement que famille et serviteurs se rendirent ensemble à la chapelle pour chanter des psaumes à la gloire du Seigneur. Il ne restait qu'à attendre, avec confiance, le résultat de l'intervention saxonne. Frédéric-Auguste n'était-il pas, avec l'Electeur de Prusse et celui de Bavière, le plus puissant des princes allemands ? Et de tous il était le plus riche. Le spectre de la future couronne britannique ne l'impressionnait pas.

Une semaine durant ce fut la détente, le retour aux occupations préférées. Aurore retrouva son écritoire, mais pour le seul plaisir de laisser courir son imagination. Son clavecin aussi dont elle jouait en artiste. Un automne précoce s'installait, charriant des nuages et de la pluie, mais les deux sœurs n'en firent pas moins de longues promenades à cheval dans la campagne ou à pied dans le parc et au bord de la rivière. Puis le froid vint et des feux flambèrent dans les grandes cheminées de marbre auprès desquelles il faisait bon s'attarder, un ouvrage ou un livre dans les mains, en écoutant crépiter les bûches et en savourant ces derniers jours à Agathenburg où les Koenigsmark séjournaient seulement l'été. La mauvaise saison, les deux sœurs la passaient à Hambourg dans la belle demeure que leur avait léguée leur mère. Ses dimensions moins imposantes que celles du palais de Stade permettaient d'y vivre plus confortablement. Les fils d'Amélie y étaient nés et y avaient passé leur enfance avant d'être envoyés, avec serviteurs et gouverneurs, dans les domaines paternels de Suède selon la coutume des grandes familles. D'où ce désir de leur mère d'avoir une fille qu'on lui aurait laissée. Quant à Dresde, la comtesse de Loewenhaupt n'y séjournait pas souvent, son époux, comme presque tous les soldats au service d'un prince étranger, n'y possédant qu'une sorte de pied-à-terre convenant aussi bien à son besoin de se sentir libre qu'à une avarice certaine. Marié à une Koenigsmark fortunée, il trouvait normal qu'elle vécût les trois quarts du temps sur les domaines de la famille et en compagnie de sa sœur.

La bienheureuse semaine s'achevait à peine quand, un soir, alors que les deux sœurs s'apprêtaient à passer à table, le majordome vint annoncer qu'un cortège de quatre chariots bâchés et de trois cavaliers se présentait à la porterie du château, mais il n'eut pas le loisir d'en dire davantage : Michel Hildebrandt trempé comme une soupe surgit sur ses talons. Il faisait en effet un temps épouvantable. Le vent froid de la Baltique proche soufflait en tempête et l'on venait de fixer à un jour prochain le départ pour Hambourg :

– Je demande votre pardon, nobles dames, d'arriver ainsi sans avoir prévenu, mais on m'a contraint de quitter Hanovre dès que tout a été emballé et, vu le temps, j'ai pensé qu'il fallait marcher au plus vite. Nous ne sommes que trois pour protéger le convoi contre une mauvaise rencontre toujours possible.

– Vous n'avez pas à vous excuser, dit Aurore. Nous ramenez-vous les biens de notre frère ?

– Ses affaires personnelles. Heureusement que l'on m'a permis de les enlever avant la mise en vente !

– Comment cela, la mise en vente ? protesta Amélie. En admettant qu'il soit arrivé malheur au comte Philippe, c'est à nous qu'il appartient d'en décider ?

Une boule se noua dans la gorge d'Aurore :

– Cela veut-il dire qu'on le considère comme... mort ?

– Oui et non. Le bruit – discret ! – court d'un duel qui l'aurait opposé à un officier, le comte de Lippe, où il aurait eu le dessous...

Une série d'éternuements lui coupa la parole et apitoya la jeune fille :

– Mon pauvre ami ! Vous coulez comme une gouttière et l'on vous tient là à vous interroger ! Dépêchez-vous d'aller vous sécher, vous changer et boire quelque chose de chaud puis revenez ! Nous vous attendrons pour souper...

– Oh merci, merci infiniment ! Soyez tranquille pour le chargement, vos gens et les miens doivent l'avoir mis à couvert...

Quand il revint, sec et impeccable, les deux sœurs le laissèrent se restaurer avant le jeu des questions. Ce fut Aurore qui commença :

– Cette histoire de Lippe ne tient pas debout. Je le connais parfaitement : il était l'un des amants de la Platen, ce qui ne l'empêchait pas de me faire la cour. Il n'a jamais eu le moindre mot avec mon frère. En outre, un duel n'a jamais été un sujet de mystère. Si Philippe avait été tué on l'aurait rapporté chez lui et son vainqueur n'aurait pas pris la fuite. Et puis à quel propos, cette querelle ?

– Mme de Platen. Le comte Philippe lui serait revenu et la chose aurait déplu à Lippe.

– A cause de cette vieille garce ? s'insurgea Aurore. Mais si tous ceux qui l'ont eue devaient s'entretuer, la population mâle du Hanovre serait diminuée de moitié !

– Quoi qu'il en soit la cour de Herrenhausen s'en tient à cette explication. Le comte de Lippe a tué son adversaire et pris la fuite...

– ... en emportant le cadavre ? Comme c'est vraisemblable !

– De toute façon, le comte Philippe n'aurait jamais dû revenir à Hanovre où il n'était plus souhaité. Ce qui est étrange, c'est que l'on ait su ce retour tant il a été discret : j'en suis témoin. Mais il fallait bien répondre quelque chose au général Banner qui montrait les dents au nom de l'Electeur de Saxe en train de perdre patience.

– Et il s'en est contenté ? s'étonna Amélie à son tour. Il aurait pu exiger que l'on cherche... et que l'on trouve Eberhardt de Lippe. Ce n'est pas un homme à se cacher. Surtout pour un duel.

– On s'en occupera plus tard, coupa Aurore. La maison maintenant ! De quel droit l'avoir vendue sans nous prévenir ?

– Les créanciers, Mademoiselle ! Et Dieu sait s'il y en avait !

– A ce point-là ? Mais enfin mon frère était... est riche ! C'est notoire !

Visiblement embarrassé, Hildebrandt but quelques gorgées de bière, essuya la mousse de ses lèvres et toussota deux ou trois fois pour s'éclaircir la voix :

– Je le pensais. Pourtant – et c'est un fait – j'ai trouvé dans ses papiers de nombreuses créances, souvent lourdes. Monsieur le comte était un grand seigneur : il dépensait sans compter pour son faste personnel, l'éclat de sa maison et le bien-être de ses hommes. En outre, il était extrêmement généreux avec qui le sollicitait. Enfin... enfin il y avait le jeu !

– Il jouait ? s'étonna Amélie. J'étais persuadée qu'il détestait cela ?

– Je le croyais aussi, fit sa sœur en écho.

– Je ne peux dire que ce que je sais, Mesdames. Toujours est-il que le duc Ernest-Auguste a ordonné la vente de la maison, des chevaux et des meubles. Heureusement, la somme retirée a suffi à éteindre les dettes et j'ai pu récupérer tous ses effets personnels...

– Nous nous en occuperons demain, soupira Aurore. Pouvez-vous nous dire ce que devient la princesse Sophie-Dorothée ?

– Personne ne l'a revue depuis la fatale nuit de juillet. Elle est enfermée dans son appartement gardé militairement. Un médecin et deux servantes veillent à son entretien. Des servantes de Mme de Platen !

Aurore bondit :

– De cette femme ? Mais de quel droit ? C'est à n'y pas croire ! N'y a-t-il pas assez de domestiques au palais ?

– Toutes sont plus ou moins attachées à la princesse héritière. Elles pourraient l'aider à fuir. Rien à craindre avec les gens de...

– La Platen ? gronda la jeune fille. J'aurais dû y penser plus tôt ! Elle était folle de mon frère et il n'est revenu que pour Sophie-Dorothée ! Malheureusement, elle fait ce qu'elle veut du vieil Ernest-Auguste...

– Oh, elle est plus puissante que jamais. Son époux a même été nommé premier ministre !

– Beau choix en vérité ! Un pantin dont la tête porte une forêt de cornes. J'en suis sûre à présent : cette femme sait ce qu'il est advenu à mon frère. Elle est capable de le retenir captif ! N'est-ce pas la meilleure manière de l'avoir enfin pour elle seule ?...

Elle s'était levée et arpentait la salle, les bras croisés sur la poitrine et l'œil flambant. Et sa colère allait croissant au rythme de ses pas :

– Il faudra bien qu'elle me le rende ! Dussé-je la faire enlever comme elle a enlevé Philippe et la mettre à la question jusqu'à ce qu'elle parle ! Je n'aurai plus trêve ni repos avant de savoir la vérité ! Philippe ! Je te le jure, j'arriverai à te retrouver !...

Inquiète de la voir s'enfiévrer de la sorte, Amélie la rejoignit et la freina en la prenant dans ses bras :

– Oui, nous y parviendrons ! Et je t'aiderai de toutes mes forces mais pour l'amour de Dieu, calme-toi. L'agitation ne sert à rien et nous avons plus que jamais besoin de sang-froid et de réflexion. Si cette femme a enlevé Philippe, elle ne sera pas facile à atteindre car elle doit être fortement gardée. Suffisamment en tout cas pour être sûre de son impunité...

– Je sais. Les obstacles seront nombreux mais, sur ma vie, je l'atteindrai où qu'elle soit !

Rentrée dans sa chambre, Aurore moucha toutes les bougies et, tirant un fauteuil près d'une fenêtre, s'y installa pour la nuit à écouter les déchaînements de l'ouragan. Sa violence orchestrait celle de son cœur. Elle y voyait une réponse du Ciel à son propre bouleversement, un encouragement à la lutte sans merci qu'elle allait entreprendre pour sauver Philippe, son Philippe ! Le seul homme qu'elle eût jamais aimé d'amour. D'un amour dépassant de beaucoup le plus chaud sentiment fraternel. La tempête qui l'environnait, hurlant sous le bas des portes et secouant les hautes fenêtres dont les huisseries gémissaient, était en train de la dépouiller de tous les faux-semblants où elle s'abritait, les lui arrachant l'un après l'autre pour ne laisser qu'une vérité brutale, une vérité aveuglante : si à vingt-quatre ans elle était encore vierge, si, parée d'une exceptionnelle beauté, elle ne cessait de repousser soupirants et demandes en mariage, c'était parce qu'il était le seul à qui elle eût souhaité se donner. En un mot parce qu'elle était follement, éperdument amoureuse de lui...

Quand la lumière crue de la vérité l'inonda, portée par la zébrure fulgurante d'un éclair, Aurore se laissa tomber à genoux et pria avec des sanglots pour que cet amour défendu n'attire pas sur Philippe et sur elle la malédiction du Ciel...

CHAPITRE IV

UN ÉTRANGE DOCUMENT

A la surprise d'Amélie, Aurore dès l'aube et sans se soucier du mauvais temps – qui se calmait peu à peu ! – fit ouvrir les caisses à l'abri d'une remise et transporter leur contenu dans l'appartement principal : celui du seigneur d'Agathenburg, inoccupé depuis des années puisque le dernier possesseur, son frère aîné, était allé mourir en Morée dans les bras de l'oncle vénitien. Philippe lui-même ne l'avait jamais habité lors de ses – rares et toujours rapides ! – séjours au château, lui préférant sa chambre de jeune homme. Il lui revenait de droit, cependant, comme chef de nom et d'armes de la famille, et, en y procédant à l'installation de ses affaires, Aurore affirmait sa confiance dans sa survie plus encore qu'un devoir pieux. Elle exigea que les nombreux vêtements fussent rangés comme il convenait dans les armoires, les armes disposées en trophées sur les murs, les montres et les ordres militaires souvent enrichis de pierres précieuses enfermés dans des coffres. Tout fut arrangé comme si le maître devait reparaître du jour au lendemain. Elle exigea que les plus beaux draps fussent mis au grand lit à colonnes que l'on recouvrit ensuite de sa courtepointe de brocart. Sachant qu'il aimait écrire, même s'il se souciait peu de l'orthographe, elle veilla à ce que le bureau fût équipé de papier, de plumes, d'encre, de sable et de cire à cacheter – le cachet aux armes se trouvait avec les autres objets – et ce qui pourrait lui être nécessaire. Assise dans un fauteuil, Amélie la regardait faire. Finalement elle soupira :

– Tu ne penses pas que c'est trop ? Je sais que tu crois profondément, comme moi, que nous le reverrons un jour ou l'autre, mais n'est-ce pas vouloir forcer le destin que de mettre ces choses en place comme s'il devait être là demain ?

– Non. Il est désormais le seigneur et, même absent, il faut que chacun ici en ait pleine conscience. Je laisserai des ordres pour que tout soit maintenu dans l'état où je vais le laisser. Ah ! ajouta-t-elle en se tournant vers Potter le majordome, faites préparer de quoi allumer le feu dans la cheminée !

Amélie hocha la tête avec un nouveau soupir :

– Si nous partons après-demain, tu pourrais peut-être emporter un ou deux objets à Hambourg ?

– Mais j'y compte bien puisque que j'ai mis cela de côté, dit-elle en désignant une magnifique épée de cour au pommeau enrichi de diamants que Philippe avait souvent arborée aux palais de Hanovre, une montre en or, très simple, qu'il emportait en campagne et sa plus vieille pelisse en épais drap noir, garni de loutre, celle qu'il avait le plus souvent portée et où s'attardait son odeur.

C'était tellement précieux pour évoquer sa présence !

Quand cet agencement fut terminé, Aurore fit refermer volets et portes, remit les clés à Potter et regagna sa chambre pour vaquer aux préparatifs de son voyage.

Le lendemain, les deux sœurs quittaient Agathenburg après le départ de Michel Hildebrandt qui retournait à Hanovre rapatrier ses chariots et mettre ordre à ses affaires personnelles. Celui-là au moins repartait plein de joie : Mlle de Koenigsmark ne l'avait-elle pas engagé à son service en raison de son savoir et de la fidélité dont il avait toujours fait preuve envers Philippe ?

D'accord avec Mme de Loewenhaupt, la jeune fille ressentait le besoin, étant donné la situation, d'avoir auprès d'elle quelqu'un n'ignorant rien de ses difficultés. Une confiance qui avait touché d'autant plus le jeune Hanovrien qu'il était, depuis leur première rencontre, amoureux d'elle. Sans jamais oser, bien sûr, le lui montrer mais la pensée de vivre désormais dans son orbe l'emplissait d'un bonheur dont il s'efforçait de contenir l'exubérance à un moment où elle risquait d'être malvenue. Cependant, il ne rejoindrait pas dans l'immédiat son nouveau poste : Aurore l'avait prié de demeurer encore quelque temps à Hanovre afin d'observer comment les choses allaient se dérouler au palais : il était impensable que Sophie-Dorothée y restât enfermée jusqu'à la fin de ses jours ! Tôt ou tard, il faudrait bien que l'Electeur prenne une décision. A moins qu'il ne choisisse – et cela

Aurore le redoutait – de laisser pourrir l'affaire jusqu'à ce que le silence l'étouffe. Un silence qu'une issue fatale pourrait rendre définitif. Il existait pour un potentat sans scrupules tant de moyens de faire disparaître une prisonnière encombrante ! Et pourquoi donc pas un prisonnier ?

Mais cette idée-là, Aurore la repoussait obstinément. Philippe était vivant ! Il fallait qu'il le soit ! Elle était persuadée que s'il lui arrivait un malheur, elle le ressentirait dans sa propre chair.

Sûre d'avoir là-bas un observateur plus que fiable, elle allait continuer à demander l'aide de ceux qui, dans toute l'Europe, pouvaient détenir une once d'influence sur les gens de Herrenhausen. Depuis Hambourg, les communications avec le monde entier devenaient plus faciles. La puissante cité qui, au XIIe siècle, avait fondé avec Brême et Lübeck – cette dernière étant l'initiatrice – la célèbre Hanse des marchands destinée à protéger leurs ports et leurs navires tout en contrôlant le lucratif transport maritime dans la mer du Nord et la Baltique. Elle conservait son statut de ville libre que respectait l'empereur. Le trafic y était intense même après les ravages laissés par la meurtrière guerre de Trente Ans, la prospérité évidente et les bâtiments publics fastueux. On y côtoyait des gens venus des quatre coins du monde[1]. Pas seulement des marchands mais aussi des artistes, des penseurs

1. Réunissant plus de 160 cités y compris des ports baltes comme Tallinn et Riga, la Hanse exerçait son pouvoir dans tout le nord de l'Europe et jusqu'à l'ouest de l'Angleterre. Elle avait décliné, mais commerce et richesses y restaient vivants.

et des esprits comme l'étrange reine Christine de Suède qui avait séjourné là quelque temps.

Après la mort de leur père, les enfants Koenigsmark avaient été élevés en grande partie chez leur mère, Christine de Wrangel, dans la belle demeure donnant sur le Binnenalster, le lac intramuros que prolongeait, hors murailles, l'Aussenalster plus vaste encore et dont on pouvait franchir l'entrée par un pont. L'endroit planté d'arbres était magnifique et, en raison des nombreux canaux reliant la ville au port situé sur le profond estuaire de l'Elbe, Hambourg ne craignait pas de se déclarer la Venise du Nord. Une Venise de briques allant du rose au violet. Le gothique tardif de la cité antique se hérissait de clochers pointus et de tours que dominait, telle une souveraine, celle de la Sankt Michaeliskirche dont on disait qu'elle était la plus haute du monde. Ce qui avec ses 132 mètres était bien possible !

L'hôtel Wrangel était l'un des plus vastes et des plus riches du quai. Les deux filles de Christine aimaient à y revenir parce qu'elles s'y sentaient chez elles davantage que dans l'immense Agathenburg dédié à la gloire militaire des Koenigsmark. C'était une demeure aux dimensions plus féminines où elles retrouvaient maints souvenirs d'une mère qui la leur avait donnée dans ses dispositions testamentaires. Christine y avait vécu jusqu'à son mariage et n'avait pas hésité à l'extraire formellement de l'héritage où, généralement, le fils aîné ramassait tout. Sage entre les sages, la filleule d'une reine qui l'était moins pensait mettre ainsi ses filles à l'abri des catastrophes financières inhérentes au jeu et aux dilapidations des hommes : au moins elles auraient un toit...

Aurore y pensait en retrouvant sa chambre ouverte par ses deux fenêtres sur l'eau calme du Binnenalster. L'annonce de l'état des finances de Philippe l'avait secouée. Cela signifiait qu'il ne restait pas grand-chose de l'énorme fortune bâtie par le grand-père, le maréchal Jean-Christophe, et l'oncle « Conismarco » dont le jeune homme était devenu l'unique dépositaire par la force des choses. Elle se demandait même, au cas où elle eût accepté de donner sa main à l'un de ceux qui l'avaient demandée, s'il serait encore possible de lui constituer une dot. Par chance le mariage ne la tentait pas, ne l'avait jamais tentée. Sans nul doute parce que aucun de ses soupirants ne supportait la comparaison avec Philippe. En lui était la perfection et, avec son image au fond des yeux, au fond du cœur, elle se savait incapable de s'émouvoir pour un autre. A moins qu'il ne fût prince régnant, et là ce ne serait pas l'amour qui parlerait en elle, mais l'orgueil du sang. Un souverain ou rien ! Telle était sa devise. Or il y avait fort à craindre à présent que le fléau de la balance ne descendît sur « rien » ! Amélie au moins s'était mariée à temps !

Aurore n'en éprouvait aucune amertume. Revoir ce frère trop aimé et le revoir vivant était désormais le but unique de sa vie.

Tandis qu'Ulrica et une chambrière commençaient à défaire ses coffres et ranger ses affaires, elle ouvrit l'une des fenêtres et s'y accouda. La tempête avait lavé le ciel, ne laissant derrière elle que de petits nuages blancs, voletant comme des plumes contre l'azur léger que rayait déjà un vol d'hirondelles en route vers le sud. Aurore respira avec délices l'air chargé d'iode et de sel dont sa langue chercha le goût sur ses lèvres. La mer était doublement proche à Hambourg, ouverte à la fois sur la Baltique et sur celle du Nord, et elle l'avait toujours aimée.

– Vous allez prendre froid, fit derrière elle la voix bougonne d'Ulrica. En même temps, elle sentit sur ses épaules la douceur d'une écharpe duveteuse qu'elle resserra machinalement autour d'elle, et sourit :

– Merci ! Tu as raison. A cause de cette belle lumière je ne m'en rendais pas compte.

– C'est quand il est trop tard qu'on s'en aperçoit ! Et cette année l'hiver sera précoce.

La maison, avec ses grands poêles de faïence blanche, ne le craignait pas mais il n'en allait pas de même dans les prisons dont certaines tuaient aussi sûrement que la hache du bourreau, quoique plus lentement et donc de façon plus cruelle. La jeune fille repoussa avec horreur l'image de Philippe enchaîné au fond d'une fosse humide dont l'eau finirait par geler, sans lumière et sans espoir. L'évocation fut cependant la plus forte et lui arracha un sanglot.

– Allons, ne vous mettez pas martel en tête ! fit Ulrica, plus fine que son aspect rugueux ne le laissait supposer et qui, parfois, faisait preuve d'une curieuse clairvoyance. Le comte Philippe est un jeune homme vigoureux et il aime trop la vie. Où qu'il soit il luttera de toutes ses forces pour s'en sortir. C'est « une Koenigsmark[1] » de la meilleure trempe !

Elle avait dit ce qu'il fallait. Aurore vint l'embrasser :

– Fasse le Ciel que tu aies raison ! Si seulement nous pouvions apprendre où il est retenu !

– Pour faire évader quelqu'un il faut de l'argent. Et si j'ai bien compris il ne nous en reste guère.

– Il en restera toujours assez ! Dussé-je vendre tout ce que je possède et jusqu'à ma dernière paire de souliers !

Le ton était farouche, pourtant la nourrice se mit à rire :

– Vous auriez bonne mine ! Et je ne crois pas que Monsieur Philippe aimerait vous voir pieds nus et en haillons ! Il est tellement fier de votre beauté et de votre élégance !

Même dans une ville aussi animée que Hambourg, le retour des deux sœurs n'était pas passé inaperçu. D'anciens amis se manifestèrent. Moins peut-être qu'avant le drame mais pas beaucoup. Hambourg, fière de son statut de ville libre, n'avait de comptes à rendre à personne, fût-ce à l'empereur qui se gardait prudemment de contrarier ses édiles : elle était beaucoup trop riche pour cela !

Deux jours après leur arrivée, un jeune homme à la mise modeste mais soignée vint, le chapeau

1. Allusion à une épée d'un modèle particulier due au génie de l'oncle « Conismarco » et qui portait le nom familial.

sous le bras, demander si la comtesse de Koenigsmark accepterait de lui accorder un moment d'entretien pour une affaire de la plus haute importance. Le valet qui lui ouvrit alla en référer à Potter qui vint en personne voir de quoi il retournait et demanda à l'arrivant pourquoi il n'avait pas donné son nom.

– Parce que je n'ai pas l'honneur d'être connu d'une si haute dame. Je suis comptable à la banque Lastrop... et j'ai des choses à dire, affirma-t-il avec une poussée d'énergie destinée à masquer son manque d'assurance.

– C'est bon ! Suivez-moi !

Ils trouvèrent Aurore assise dans un salon donnant sur le petit jardin – une charmille autour d'une fontaine avec deux bancs de pierre – qui tenait l'arrière de la maison. Elle lisait un livre, ou plutôt elle tenait un livre ouvert retourné sur ses genoux et rêvassait mais offrit un sourire au jeune homme, visiblement très ému, que Potter introduisait en lâchant du bout des lèvres un nom tellement commun que c'en était presque une gageure :

– M. Hans Müller demande à parler à Mademoiselle.

Ce genre de préambule n'était pas de nature à rassurer le garçon. Il se confondit en salutations accompagnées d'un bredouillement quasi inintelligible. Apitoyée, Aurore lui indiqua un tabouret afin qu'il retrouve une assise au propre comme au figuré, puis demanda avec douceur :

– Qu'avez-vous à me dire ?

Heureux soudain de se voir traiter si gracieusement, il se sentit plus à l'aise :

– Mademoiselle la comtesse, j'ai à vous révéler une chose d'importance. Voilà : je suis comptable à la banque Lastrop et le... hasard m'a permis de découvrir un document qui devrait intéresser...

Tout en parlant, il extrayait du fond de son chapeau, qu'il avait tenu jusque-là plaqué contre sa poitrine, une lettre qu'il déplia soigneusement avant de l'offrir :

– Tenez ! L'auteur en est M. le comte Philippe-Christophe de Koenigsmark, frère de Votre Seigneurie et...

Aurore ne l'écoutait plus... Elle venait de reconnaître l'écriture... et l'orthographe hautement fantaisiste de son frère. C'était un signe distinctif de tous les guerriers de la famille : bien qu'ils aimassent écrire ils n'avaient jamais perdu de temps aux raffinements superflus de l'orthographe dès l'instant où l'on se faisait clairement comprendre ! Mais à mesure qu'elle lisait, l'étonnement d'Aurore se changeait en stupeur : la lettre annonçait au banquier Lastrop l'envoi imminent d'une somme de quatre cent mille thalers[1] ainsi que des bijoux d'une grande valeur au nombre desquels était le rubis « Naxos » dont la forme rappelait celle de l'île du même nom. Cette magnifique pierre prise aux Turcs avait été offerte à « Conismarco » peu avant sa mort en Grèce par le nouveau et illustre doge de Venise, Francesco Morosini, le « Péloponnésiarque », sous lequel il servait. En récompense du sang versé au service de Venise. La lettre préci-

1. Monnaie allemande en argent ou en or, le thaler est l'ancêtre du dollar.

sait que Lastrop devait garder ces biens en dépôt après s'être remboursé des dettes contractées par Philippe et mis à part deux sommes de dix mille thalers pour ses sœurs au cas où elles se trouveraient démunies.

La jeune fille lut et relut l'incroyable épître. Où donc son frère avait-il pu trouver une somme pareille alors qu'on le disait ruiné ? Elle releva sur le jeune homme un regard plein d'interrogation :

– Comment se fait-il que vous m'apportiez ceci ? Ne serait-ce pas plutôt M. Lastrop qui... » et comme Müller se contentait de triturer son chapeau en gardant les yeux attachés au tapis, elle ajouta : « Ignorerait-il votre démarche ? »

Soudain, le timide jeune homme se transforma en furie. Dressé sur ses pieds et l'œil flamboyant, il clama :

– Oh ! Lui il l'ignore, mais je compte sur Mademoiselle la comtesse pour lui faire rendre gorge ! C'est un monstre, un véritable monstre que cet homme... et aussi un voleur ! Et un homme sans cœur ni entrailles ! Comme je lui demandais de m'avancer quelques thalers pour venir en aide à mon grand-père malade, il m'a jeté à la porte en disant qu'il tenait pas bureau de charité. Alors...

– Alors vous avez pensé, avec juste raison d'ailleurs, qu'en m'apportant ce document – qui est d'une grande importance pour notre famille, je ne le nie pas ! – vous trouveriez chez moi plus de compréhension ?

– Exactement !

– Je n'en doute pas. A combien se montait la somme que Lastrop vous a refusée ?

– Dix thalers... mais ce n'est pas ce qui importe ! Je ne les lui avais demandés que pour voir ce qu'il dirait. J'ai vu... et comme je savais où était cette lettre, je l'ai prise et me voici... tout à votre service, gracieuse demoiselle !

Aurore ne put s'empêcher de rire :

– A mon service ? ? Mais je n'ai guère besoin d'un comptable, Herr Müller !

– Ce n'est pas ce que j'ai voulu dire. J'espère seulement que, lorsque vous aurez réussi à faire rendre gorge à ce voleur, vous vous souviendrez de moi...

– Sans aucun doute... mais qu'allez-vous faire dorénavant puisque vous avez perdu votre place ?

– Un bon comptable n'est pas en peine d'en trouver une autre à Hambourg. Je demanderai seulement à Mademoiselle la comtesse de me garder le secret.

– Cela va de soi. En attendant...

Le laissant seul un moment, elle alla dans sa chambre, prit dix thalers dans la cassette où elle gardait son argent et revint les mettre dans la main du jeune homme mais à sa stupéfaction, il les refusa :

– Mademoiselle la comtesse est trop généreuse... mais je n'en ai pas besoin.

– Cependant... votre grand-père ?

– Se porte à merveille ! Je voulais seulement un prétexte pour quitter cet homme qui est le plus malhonnête que je connaisse. Je suis déjà engagé à la banque Pretzen, à Lübeck. C'est là que Mademoiselle la comtesse me trouvera quand...

Il retrouvait sa timidité et se tortillait en pétrissant son chapeau, ne sachant visiblement comment prendre congé. Cela fit sourire Aurore qui, spontanément lui tendit la main :

– Soyez certain que je ne vous oublierai pas, Herr Müller... et que vous avez droit à mon entière gratitude !

Devenu ponceau, il s'inclina sur cette main qu'il osa à peine toucher et sortit à reculons en manquant de se prendre les pieds dans le tapis. Restée seule, Aurore lut pour la troisième fois mais plus lentement l'étrange papier qui lui posait une foule de points d'interrogation. Son authenticité était incontestable. Seul Philippe pouvait en être l'auteur mais encore une fois, d'où avait-il tiré cette somme fabuleuse dont bien peu de princes allemands pouvaient se vanter de posséder l'équivalent. Et ces bijoux ? D'où Philippe qui n'en portait jamais les sortait-il ? La présence parmi eux du rubis offert par le doge les accréditait. Aurore savait qu'il avait fait partie de l'héritage recueilli à Venise après la mort de l'oncle. Elle savait aussi qu'après avoir songé à le faire monter sur la garde de son épée de parade, Philippe y avait renoncé afin de ne pas indisposer l'Electeur Ernest-Auguste dont il connaissait la cupidité, car c'était vraiment une très belle pierre. N'ayant rien à cacher à sa jeune sœur, Philippe lui avait même montré la cachette, dans une boiserie de sa chambre, où il le conservait, dans le but qu'elle sût où le trouver en cas de malheur. Et à présent la jeune fille se reprochait de n'y avoir plus pensé quand la nouvelle de la catastrophe lui était tombée dessus. Le choc avait été si violent qu'elle en était encore étourdie. Cependant, il fallait songer à se faire restituer ce véritable trésor : il permettrait d'acheter nombre de complicités lorsque l'on aurait enfin découvert l'endroit où Philippe était tenu captif, car elle en était sûre maintenant : on l'avait jeté au fond d'une quelconque forteresse. Quelqu'un avait eu connaissance de cette fortune qu'il avait réunie secrètement. Peut-être pour fuir loin de Hanovre avec Sophie-Dorothée ? Après tout, les bijoux auraient pu être ceux de la princesse ? Toujours est-il que ce quelqu'un, ignorant ce que Philippe avait pu faire de ces richesses, avait dû choisir de l'incarcérer pour le faire parler plutôt que de le tuer bêtement.

Au retour d'Amélie d'une visite à l'église voisine – beaucoup plus pieuse que sa sœur, elle s'y rendait souvent dans l'espoir d'obtenir du Très Haut le secours que refusaient les hommes – Aurore lui montra la lettre. Son aînée en conçut une joie telle qu'elle la jugea excessive :

– Dieu soit loué mille et mille fois qui apporte à mes prières une si magnifique réponse ! s'écria-t-elle en esquissant un mouvement pour se jeter à genoux et rendre grâces mais Aurore la retint :

– Un peu de calme, veux-tu ? Nous louerons le Seigneur autant que tu voudras quand ces biens nous auront été rendus. Ce qui n'est pas évident. Si le jeune Müller n'avait pas subtilisé le message, nous serions dans la plus totale ignorance. Or, nous sommes ici depuis plusieurs jours et notre retour n'est pas passé inaperçu. D'où vient alors que ce Lastrop ne nous ait pas rendu visite ?

Un instant interdite, Amélie ne tarda guère à trouver une réponse :

– Il doit penser que nous n'avons pas besoin d'argent. Philippe ne mentionne-t-il pas qu'il doit tenir dix mille thalers à notre disposition au cas où nous serions dans la gêne ? Comme nous le sommes, la seule chose à faire est d'aller lui rendre visite. Ce que nous ferons dès demain...

C'était dit d'un ton si posé qu'Aurore ne put s'empêcher de rire :

– Ma parole, tu as raison !... Cependant, remettons aussi à demain les louanges au Seigneur. Il ne faut pas oublier que le jeune Müller tient son patron pour une franche canaille... ou peu s'en faut ! Nous verrons ce qu'il en est.

Le banquier habitait sur l'un des canaux menant au port une belle maison gothique en briques rouge foncé à laquelle des pignons à redents donnaient une vague allure de tour crénelée. L'activité se situait au rez-de-chaussée mais c'était une activité mesurée, calme, comme il convenait à un établissement bien ordonné. Le maître lui-même tenait ses assises dans une pièce du premier étage où menait un escalier en bois sombre, lourd et ornementé comme les meubles Renaissance dont l'un, un coffre imposant à grosses ferrures, s'appuyait à une ancienne tapisserie dans les tons verdâtres.

Lastrop ressemblait à sa maison : c'était un homme lent et lourd. Lorsqu'il quitta sa table à écrire pour venir au-devant de ses visiteuses, celles-ci eurent l'impression qu'une des armoires murales venait de se mettre en marche. Entre l'épaisse perruque brune à la frisure serrée – qui ne trompait personne à cause des poils gris qui en dépassaient – et l'habit de même couleur à boutons d'argent éclairé d'un rabat blanc, le visage soigneusement rasé était large, rouge, luisant comme une pomme d'api longuement astiquée, jovial au demeurant mais sous l'arcade basse et touffue l'œil enfoncé était celui d'un renard à l'affût.

Il se dépensa en mille civilités pour recevoir les nobles dames qui voulaient bien honorer son modeste établissement et se déclara d'emblée tout prêt à les servir en toutes choses avant même de leur avoir offert des sièges. Tant de révérence mit Aurore sur ses gardes : elle n'aimait pas que l'on en fît trop. Cependant elle se garda de le montrer et en s'installant dans le fauteuil raide tendu de cuir repoussé, elle lui offrit un sourire aimable :

– Nous ne vous dérangerons pas longtemps, Herr Lastrop, dit-elle. Mme de Loewenhaupt et moi-même venons simplement vous demander de nous remettre les vingt mille thalers que notre frère, le comte Philippe-Christophe de Koenigsmark, vous a confiés en précisant qu'ils devaient être tenus à notre disposition.

Les épais sourcils remontèrent d'un seul coup pour laisser voir deux prunelles noires empreintes de la plus entière stupéfaction.

– Vingt mille thalers ? A moi confiés par M. le comte ? Et à quelle occasion ?

Sans se démonter, la jeune fille prit le portefeuille qu'Amélie tenait entre ses mains, en sortit la lettre qu'elle déplia avec soin sans la donner :

– Nous tenons ici copie d'une lettre aux termes de laquelle notre frère vous annonce le départ d'un important envoi de... quatre cent mille thalers plus une somme équivalente en bijoux divers...

Elle n'alla pas plus loin : le banquier sautait en l'air :

– Quatre cent mille thalers ?... Et encore autant ?... Mais c'est de la folie, brama Lastrop devenu apoplectique. D'où tenez-vous cela ?

– Je viens de vous le dire. Au cours de son dernier courrier, notre frère nous a fait parvenir copie, de sa main – en fait c'était l'authentique ! –, de ce message qui accompagnait son envoi. Lisez plutôt ! ajouta-t-elle en offrant le papier.

Elle sut tout de suite qu'il l'avait reconnu parce qu'en le lisant elle le vit pâlir – ce dont elle aurait cru incapable cette face rubiconde ! – et qu'en le tenant la main tremblait légèrement. Elle surprit aussi le rapide regard qu'il glissa vers le fond de la pièce où était une armoire armée de pentures de fer. Cependant il se reprit vite et, au bout de quelques secondes, rendit le papier à sa visiteuse :

– Je n'ai jamais reçu cette lettre, affirma-t-il en appuyant sur chaque mot. Et moins encore cet envoi inouï. Il s'agit là d'un vrai trésor qui ne saurait passer inaperçu et soyez persuadée que si je l'avais reçu je le saurais, conclut-il avec un petit rire qui se voulait spirituel.

Amélie qui n'avait pas encore ouvert la bouche prit la parole sur le ton froid qui lui était habituel :

– Ainsi, vous n'avez jamais reçu cette lettre ?

– Non, Madame la comtesse, cent fois non !

– Fort bien ! Venez, ma sœur, nous partons... Non, ne nous raccompagnez pas ! ajouta-t-elle en voyant le banquier se lever... Nous connaissons le chemin !

Elle sortit dignement, suivie d'Aurore, mais, arrivée à l'escalier, elle revint précipitamment sur ses pas. Ainsi qu'elle l'avait supposé, Lastrop avait ouvert l'armoire et y fourrageait fébrilement. En la revoyant, il devint écarlate :

– Vous... vous avez oublié quelque chose ?

– Nous avons oublié de vous dire que nous vous tenons pour un menteur. La lettre n'est pas une copie : elle vient de cet endroit où quelqu'un vous l'a volée avant de nous la remettre ! Dans ces conditions, peut-être pouvons-nous aussi vous considérer comme un voleur... avec la suite qui peut en découler ?... Je vous souhaite une bonne santé, Herr Lastrop !

Et, toujours aussi majestueuses, les deux sœurs regagnèrent leur voiture pour rentrer chez elles. Elles n'y étaient pas depuis un quart d'heure que le banquier s'y présentait.

– Là ! triompha Amélie. Je te l'avais dit, qu'il n'en resterait pas où nous l'avons laissé. Voyons à présent ce qu'il a dans son sac à malice !

Elles le rejoignirent dans le salon où elles avaient ordonné qu'il fût introduit. Il y faisait les cent pas et prit à peine le temps d'un salut avant d'aborder le sujet brûlant :

– Il faut que nous parlions ! s'écria-t-il d'entrée. Je veux bien admettre avoir menti mais je refuse de passer pour un voleur.

– Ce qui signifie ? dit, sans le regarder, Aurore qui faisait toute une affaire de détacher son éventail de sa ceinture orfévrée.

– Que j'ai reçu la lettre mais elle seulement. Jamais, sur mon honneur, le chargement mirifique qu'elle annonçait. D'ailleurs, comme vous l'avez sans doute remarqué, elle est datée du 29 juin dernier et...

– Et ?

– Si j'en crois ce que j'ai entendu dire c'est le surlendemain que M. le comte a disparu. Peut-être n'a-t-il pas eu assez de temps pour achever ses préparatifs d'expédition ?

– Où le prenez-vous ? laissa tomber Aurore. N'écrit-il pas qu'il « envoie » ? Donc l'argent et les bijoux sont partis avec la lettre...

– C'est impossible ! Savez-vous quel poids représentent quatre cent mille thalers d'argent ? Sans compter les bijoux. On ne saurait mettre une telle masse dans un portefeuille confié à un messager. Impossible ! Beaucoup trop spectaculaire pour un homme revenu clandestinement à Hanovre et sans doute surveillé. Beaucoup trop dangereux !...

– Où voulez-vous en venir ?

– A ce que j'ai dit en entrant, Mademoiselle la comtesse : la lettre m'est effectivement parvenue... mais c'est tout ! Sur le salut de mon âme, je vous jure que cette fortune n'est jamais arrivée jusqu'à moi.

Lastrop semblait sincère. Les deux sœur échangèrent un regard. Aurore demanda :

– Qu'a-t-il pu arriver selon vous ? Je connais mon frère : s'il écrit qu'il envoie c'est que la chose est accomplie. Sinon il aurait écrit « je vais envoyer », ou « j'enverrai demain, ou ce soir... ». Le chargement a dû partir en même temps que la lettre. Qui vous l'a apportée ?

– Le messager normal des postes. Et si vous me permettez de donner un avis, plusieurs éventualités se présentent : ou bien la personne qui accompagnait cette fortune a jugé préférable de la garder pour elle...

– Mon frère n'aurait jamais rien confié d'aussi important à quelqu'un dont il n'aurait pas été absolument sûr ! coupa Aurore.

– En ce cas il ne reste plus qu'une seule réponse : les dangers des mauvais chemins. L'homme a été attaqué, dévalisé et peut-être tué. Pour ma part, si une nouvelle m'en revenait, soyez certaines, Madame et Mademoiselle la comtesse, que je vous le ferais savoir aussitôt !

Il se retira peu après, laissant les deux femmes dans une grande perplexité. Quelque chose n'allait pas dans cette histoire et ce quelque chose était Michel Hildebrandt. Si une personne possédait la confiance de Philippe c'était lui. Or il n'avait jamais fait allusion à ce trésor tellement inattendu. Au contraire, il n'avait pas caché l'état délabré de la fortune de son maître :

– Serait-il moins honnête que nous ne l'avons cru jusqu'à présent ? souffla Amélie sans prononcer de nom mais la pensée d'Aurore cheminait dans le même sens et elle n'eut pas besoin de traduction :

– C'est impossible ! fit-elle avec humeur. Philippe l'aime beaucoup et ne pourrait s'être trompé à ce point sur un être qui vit auprès de lui depuis des années ! Et toi et moi l'avons toujours apprécié. Alors de deux choses l'une : ou Philippe pour une raison ou pour une autre a choisi quelqu'un d'autre pour acheminer son trésor jusqu'à Hambourg, ou il en a chargé son secrétaire et je le proclame dans ce cas le plus fantastique comédien de ce temps ! Ou alors c'est nous qui sommes idiotes !

Amélie haussa des épaules désabusées :

– Qui peut savoir l'effet produit sur un jeune homme honnête par la vue d'une telle fortune ? Te rends-tu compte de ce que représentent quatre cent mille thalers et un coffre de joyaux ?

– Oh, très bien ! On peut même se laisser tenter pour moins que ça ! Mais vois-tu, jusqu'à preuve du contraire, j'aurais plutôt tendance à garder ma confiance à Hildebrandt. En revanche, et même s'il en a juré sur sa vie, je ne suis pas encore certaine que nous devions croire aveuglément ce qu'a dit Lastrop... C'est un banquier... et pas vraiment sympathique.

– C'est vrai aussi. Que faisons-nous ?

– Toi rien pour le moment. Quant à moi je vais écrire à Hildebrandt en lui demandant de revenir aussi vite que possible. Et fais-moi confiance pour lui arracher la vérité. S'il y en a une !

Un moment plus tard, la lettre sous le sceau des Loewenhaupt était portée par un valet à la maison de poste.

Et les jours se remirent à couler sous un ciel d'automne qui n'avait jamais autant pleuré. Un ciel gris et bas, pesant comme un pont écroulé, succédait inexorablement à des tempêtes charriant de si noirs nuages que l'on finissait par ne plus distinguer le jour de la nuit. Mais le plus pénible était le silence. Au bout d'un mois, non seulement le secrétaire n'avait pas reparu mais le message d'Aurore n'avait reçu aucune réponse et, dans la belle demeure sur le Binnenalster, l'espoir diminuait encore plus vite que la lumière. On n'avait plus de nouvelles de personne. Pas même de Loewenhaupt qui, parti on ne savait où, ne jugeait pas utile d'écrire. A Hambourg, le trafic habituel marchait au ralenti et rares étaient les bateaux qui se risquaient à redescendre l'estuaire de l'Elbe ou celui de la Trave jusqu'à Lübeck marquant l'ouverture sur la Baltique. Enfermée dans ses murailles, repliée sur ses richesses, la vieille cité hanséatique semblait faire le gros dos sous les coups de boutoir des vents furieux. On se serait cru au cœur de l'hiver alors qu'on n'en était pas encore là...

Sans nouvelles des siens, Amélie priait de plus en plus, et Aurore de moins en moins. La plus jeune enrageait de cette captivité forcée à quoi l'obligeaient les éléments en furie. Il y avait maintenant deux mois qu'elle avait prié Hildebrandt de la rejoindre, et il n'avait même pas envoyé un mot d'explication ou d'excuses. Ce silence générait le doute : se pouvait-il que le fidèle secrétaire, incapable de résister à l'attrait d'une fortune rapide, eût été impliqué dans la disparition du trésor ? C'était difficile à croire mais à mesure que passaient les jours sans apporter de réponse, le soupçon se renforçait, d'autant plus qu'en dépit du temps épouvantable des coursiers parvenaient toujours à relier le puissant port aux autres Etats d'Allemagne.

La veille de Noël, l'interminable ouragan se calma. Plus de vent, mais une neige douce qui se mit à tomber durant des heures, enveloppant choses et gens de son épais manteau pour la plus grande joie des enfants. Ce soir on pourrait aller en bandes par la ville en chantant les vieux noëls et recevoir en échange des gâteaux et des bonbons. Les voix enfantines avaient quelque chose de magique, de rafraîchissant, et Aurore, quand elle eut vu le petit groupe s'éloigner dans l'épaisse couche blanche avec ses galoches et ses vêtements de laine aux couleurs vives, sentit le calme lui revenir en même temps qu'une ferme décision :

– Je ne peux plus rester ici à me ronger les sangs ! Dès la fin des fêtes je repars. Seule !

Le mot arracha aussitôt à sa sœur un cri de protestation :

– Seule ? Sans Ulrica ni...

– Sans personne d'autre qu'un cheval ferré à glace... et un costume de cavalier. Le mutisme de Hildebrandt m'est insupportable et je veux retourner à Hanovre voir ce qu'il devient !

– Tu es folle ! On ne te laissera pas entrer dans la ville !

– En tant qu'Aurore de Koenigsmark, j'en suis persuadée, mais pourquoi refuserait-on disons... Hugo de Mellendorf, un jeune homme de bonne famille faisant le tour des principautés allemandes pour s'ouvrir l'esprit et se chercher peut-être un destin ?

– Trouve autre chose comme but ! Hanovre est bourrée de sergents recruteurs qui auront tôt fait de t'enrôler dans la première compagnie en formation.

– Jamais de la vie. Je suis noble et... et de santé fragile. Il faut qu'avant trois jours j'aie pu obtenir un passeport à ce nom.

– Sois un peu raisonnable et essaye de patienter...

– Je n'ai que trop patienté !

– Je voulais dire, laisse s'achever cette période. Après le 1er janvier les jours reprendront leur cours normal.

– Et le temps relativement doux peut redevenir exécrable !... Bon, c'est entendu nous finissons l'année ensemble puisque aussi bien personne n'est venu nous tenir compagnie ! ajouta-t-elle plus doucement en se penchant pour embrasser Amélie.

Loewenhaupt, en effet, ne s'était pas montré, mais d'autre part Amélie aurait pu se rendre à la Gardie, en Suède, afin de passer Noël avec ses fils. La profonde fatigue qu'elle traînait depuis ses relevailles et aussi le temps l'en avaient dissuadée, tout autant que son désir de rester auprès de sa sœur. Ce dont celle-ci ne pouvait se défendre d'être touchée. Mais elle n'eut pas à se préoccuper d'un faux passeport. Au matin du 1er janvier, un cavalier mettait pied à terre devant le portail de la maison, confiait son cheval à un valet d'écurie avec force recommandations et, pour finir, demandait à être reçu par Mlle la comtesse de Koenigsmark.

– Qui dois-je annoncer ? demanda le laquais.

– Je le dirai personnellement à la comtesse. Contentez-vous de préciser que je viens de Celle avec une mission particulière de Son Altesse Mme la duchesse.

Un instant plus tard, dans le salon, décoré de branches de sapin enguirlandées d'argent et de houx couvert de petites boules rouges, Nicolas d'Asfeld se matérialisait sous l'œil surpris d'Aurore et s'inclinait devant elle. Il était visiblement fatigué mais, au-dessus de ses habits mouillés et tachés de boue, son curieux visage asymétrique rayonnait d'une joie qui, pour être intérieure, ne l'apparentait pas moins à un bienheureux arrivant à la porte du paradis.

– Bonjour baron ! fit-elle tandis qu'il balayait le tapis des plumes découragées de son chapeau. Puis-je savoir ce qui me vaut un honneur aussi inattendu ? On me dit que la duchesse Eléonore vous envoie ? C'est fort étonnant si je m'en tiens à la façon dont elle m'a reçue à la fin de l'été dernier.

– En effet, Son Altesse m'envoie. fit-il tandis qu'un sourire radieux s'étalait sur son visage couturé.

Il n'en dit pas plus, continuant à regarder Aurore avec une sorte de béatitude qui ne tarda pas à lui taper sur les nerfs qu'elle avait plutôt sensibles ces derniers temps.

– Et... c'est tout ? Elle ne vous a confié aucune mission et vous êtes venu simplement me saluer ?

– Ouiiii... non !

Et, pliant le genou devant la jeune fille comme si elle était une souveraine, il lui remit une lettre dont elle fit sauter le cachet d'un doigt nerveux. Elle émanait en effet de la duchesse Eléonore et le texte en était court : après deux phrases excusant plus ou moins sa conduite lors de leur dernière rencontre, celle-ci priait instamment Mlle de Koenigsmark de bien vouloir suivre son messager « en y mettant le plus de discrétion possible afin d'examiner avec elle une affaire de la plus haute gravité ».

Songeuse, Aurore replia la missive et, cherchant des yeux le messager, vit qu'il était toujours à genoux :

– Que faites-vous là ? Relevez-vous, voyons ! Je ne suis pas le Saint-Sacrement !

– Pour moi vous êtes davantage ! fit-il avec âme mais en obéissant.

– Savez-vous ce que m'écrit la duchesse ?

– Que je dois vous conduire vers elle en prenant des précautions. Il est important que votre rencontre demeure secrète, récita-t-il. Si Son Altesse le duc en était avisé, les conséquences pourraient en être désagréables.

– Je veux bien le croire et souscris à l'avance. Encore faut-il que vous m'expliquiez ce qu'elle entend par l'« affaire » ? Il ne saurait être question, j'imagine, que je me rende à Celle dans mon carrosse armorié avec cocher et laquais et qu'en cet équipage je débarque dans la cour d'honneur du palais en robe de présentation ? Nous sommes d'accord ?

– Oh !... Entièrement !

– Alors que faisons-nous ? Et d'abord asseyez-vous, lieutenant ! Vous êtes trop grand !

Cette fois il obtempéra avec empressement, repliant son long corps sur un tabouret où il se tint assis modestement, les genoux pliés et en serrant son chapeau contre sa poitrine à la manière de Hans Müller. Puis, après s'être raclé la gorge deux ou trois fois, il expliqua :

– C'est chez la baronne Berckhoff que vous vous rencontrerez. Dans sa maison de ville. Il serait imprudent que vous veniez au palais et une auberge ne serait pas convenable. Il vous faut un équipage... modeste. Vous pourriez être, par exemple, une marchande à la toilette...

– Ce qui me donnerait le droit d'aller directement au palais ? Vous n'y connaissez rien, lieutenant !... Mais, j'y pense, vous a-t-on remis un passeport pour moi ?

– Naturellement. Le nom est en blanc afin que vous puissiez choisir ce qui vous plaira.

En même temps, il tirait de son dolman un rouleau de papier d'où pendait un sceau qu'il tendit à la jeune fille. Celle-ci le lut attentivement. Elle s'assit un instant devant son petit bureau, elle ajouta quelques mots avant de le rendre à l'officier :

– Voilà ! Je suis désormais Hugo de Mellendorf votre jeune cousin... ou celui de la baronne. Vous choisirez vous-même...

Il eut un haut-le-corps et tourna vers la jeune fille un regard indigné :

– Un garçon ? Vous voulez passer pour un garçon, vous ? Impossible !

– Voulez-vous me dire ce qui s'y oppose ?

– Mais... tout ! Vous ne donnerez le change à personne. Nulle n'est plus... féminine que vous !

– Vous désirez parier ? Où avez-vous pris logis ?

– Je... je n'ai pas encore choisi. Je pensais...

– Loger chez moi ? C'est cela qui ne serait pas

convenable. Optez donc pour l'auberge Moser, face à l'hôtel de ville. Ce n'est pas loin et c'est une excellente maison. Je vous y rejoindrai demain matin à huit heures. Soyez prêt à partir. Moi je le serai.

Il ne put pas faire autrement que d'en passer par où le voulait Aurore. Celle-ci relisait d'ailleurs avec un sourire satisfait le passeport désormais inutilisable pour tout autre que Hugo de Mellendorf... Fort mécontent, Asfeld dut se contenter d'un simple geste – amical mais distrait ! – de la main en réponse à son profond salut.

Aurore, elle, était enchantée. Ce n'était pas la première fois qu'elle songeait à emprunter l'aspect d'un jeune homme afin de voyager plus commodément et plus légèrement : un simple portemanteau au lieu d'un coffre encombrant et un cheval – muet par définition ! – au lieu des ronchonnements perpétuels de cette chère Ulrica ! Quant à ce benêt qui allait l'escorter, elle était déjà sûre de son pouvoir sur lui. C'était incroyablement reposant pour l'esprit même si la route, en hiver, risquait de l'être moins mais c'était sans importance. Ce qui en avait, c'était l'appel inattendu de la duchesse de Celle. Que pouvait bien lui vouloir l'arrogante mère de Sophie-Dorothée ?

Le reste de la journée se passa en préparatifs. Naturellement, Ulrica n'avait pas perdu une si belle occasion de pousser les hauts cris. D'autant plus amers qu'elle avait l'impression d'être écartée : sa nourrissonne n'avait plus besoin d'elle et le lui signifiait brutalement. C'était inexact ainsi qu'Aurore le lui expliqua, mais il y avait là un trop beau prétexte à dramatiser pour qu'elle le laisse passer.

Toute autre fut la réaction d'Amélie. Même si elle était choquée dans ses principes par la décision de sa sœur, elle se garda de le lui laisser voir parce qu'elle devinait une espérance au bout de cette mascarade. Il y avait des mois que l'absence de nouvelles les étouffait toutes deux. Le rendez-vous que demandait l'ex-Eléonore d'Olbreuse allait peut-être leur apporter un élément nouveau, une piste pour retracer les derniers pas de leur frère. Elle poussa même l'obligeance jusqu'à l'aider dans son équipement, en puisant dans la garde-robe de son mari. Aurore et lui étaient à peu près de taille équivalente : si Loewenhaupt était de stature moyenne à l'échelle masculine, la jeune fille était grande pour une femme, ce qui les faisait se rejoindre. Quelques retouches la mirent en possession d'un justaucorps de velours prune descendant jusqu'aux genoux, cachant des culottes du même tissu. Les manches à vastes revers montraient les poignets de la chemise de fine toile et se terminant au cou par une cravate mousseuse formant jabot. Un long gilet complétait l'ensemble avec des bas qui disparurent dans des bottes à entonnoir. Des gants à crispin, un feutre noir garni de courtes plumes grises et un manteau de cheval noir doublé de fourrure rase achevèrent la transformation. Seuls les cheveux présentèrent une difficulté. Ceux d'Aurore étaient longs, épais et soyeux, impossibles à enfouir sous une perruque. Amélie trouva la solution avec une fine résille de tulle noir laissant libres quelques mèches autour du visage, le reste étant noué sur la nuque par un ruban ainsi que la mode commençait à le proposer. L'ensemble était très réussi néanmoins et, le soir venu, quand elle passa en revue ses nouveaux habits disposés sur les sièges de sa chambre, Aurore éprouva un peu de tristesse. Elle aurait tant voulu porter les vêtements de Philippe ! Mais, taillés pour un homme de haute stature et superbement musclé, ils étaient nettement trop grands pour elle. Même la vieille pelisse qu'il avait portée depuis qu'il était tout jeune homme ne pouvait aller, ce qu'elle déplora. Cela aurait été tellement merveilleux de pouvoir emporter avec elle son odeur ! Ce soir il lui manquait plus cruellement que jamais. Il était toujours si tendre avec elle ! Au point – on le lui avait dit – d'éveiller la jalousie de la Platen et même de Sophie-Dorothée... Au point qu'elle s'était prise à regretter, dans le secret de son cœur, que le lien du sang s'oppose à d'autres accomplissements...

Elle savait que l'amour charnel pouvait exister entre frères et sœurs et, parfois, elle s'était demandé si elle l'aurait écarté. Il était beau comme un dieu et la culture poussée que Christine de Wrangel avait donnée à sa fille lui avait appris que les dieux s'unissaient entre eux... Debout devant son miroir, elle s'observa pendant de longues minutes. Elle se savait très belle, mais l'était-elle assez pour attirer l'amour d'un dieu ? L'image que lui renvoyait la glace était plutôt rassurante. La lumière des bougies dorait légèrement son teint qu'encadrait à merveille la splendeur de sa chevelure de jais lustré. Elle faisait scintiller ses larges prunelles d'azur et caressait la fleur humide de ses lèvres roses. Pour mieux se voir, elle défit sa robe, sa jupe, laissa tomber ses jupons, sa chemise. La beauté de son corps l'enchanta tout en la désolant. Etait-il condamné à se faner lentement sans avoir connu l'épanouissement, sans avoir porté de fruit puisque seule une divinité était digne de se le voir offrir et que celui qu'elle aimait passionnément...

Non, il n'était pas mort ! Il ne pouvait pas être mort, sinon il ne resterait plus à elle-même qu'à en finir avec une existence dépourvue d'attraits. Peut-être serait-ce la punition dont le Ciel frapperait son crime, car aimer son frère comme un amant était passible du bûcher. Mais mourir avec lui n'eût été qu'un bonheur de plus !

Saisissant alors la pelisse noire, elle y réfugia sa nudité avec un frisson délicieux quand la fourrure caressa sa peau puis elle alla se jeter sur son lit, secouée de sanglots désespérés...

CHAPITRE V

CE QUE LA DUCHESSE AVAIT À DIRE

En dépit de cette nuit troublante où elle n'avait guère dormi et d'une halte de quelques heures dans une auberge de campagne pour reposer les chevaux, Aurore était à peine fatiguée lorsque l'on franchit les remparts de Celle. Elle avait découvert que galoper en habit d'homme sur une monture à l'allure souple et régulière était moins pénible que de se faire secouer interminablement dans un carrosse plus ou moins bien suspendu dont les roues ne vous épargnaient aucune ornière, aucune roche affleurante, aucune fondrière. Et Dieu sait que les landes de Lunebourg formant le nord du duché de Celle n'en manquaient pas. En outre, le temps ayant choisi de se stabiliser sur un petit froid sec et le ciel montrant quelque clarté, ce paysage qu'elle avait jugé sinistre lors de ses précédents voyages se parait d'une sorte de poésie sauvage sous les couleurs changeantes des nuages courant d'un bout à l'autre de l'horizon et du goût de sel et d'iode charrié par le vent de nord-ouest.

En revanche, la surveillance constante dont l'accablait son compagnon l'irritait et ôtait de l'attrait à ce que l'on pouvait appeler une aventure dont elle attendait beaucoup. Après son entrevue avec la duchesse, elle était décidée à pousser jusqu'à Hanovre afin de savoir ce qu'il était advenu de Hildebrandt... Aussi l'œil rond de Nicolas d'Asfeld continuellement fixé sur elle comme l'aiguille aimantée de la boussole sur le nord magnétique l'agaçait-il au point qu'elle finit par lâcher :

– Pour l'amour de Dieu, baron, ne pouvez-vous regarder autre chose que moi ? Je n'ai nullement l'intention de vous fausser compagnie.

– Je n'en doute pas un seul instant, Mademoiselle, mais j'ai ma consigne.

– Qui est ?

– De ne jamais vous perdre de vue et de veiller à ce que vous parveniez saine et sauve au rendez-vous. Son Altesse y tient énormément !

– Que d'attentions ! Mais de là à partager une chambre avec vous à notre halte d'hier soir...

– Tout à fait normal dès l'instant où deux hommes voyagent ensemble, et ce n'est pas moi qui vous ai obligée à vous vêtir de la sorte ! En outre, la maison était bondée et c'était l'unique chambre libre, se hâta-t-il d'ajouter pour prévenir une protestation qui d'ailleurs ne vint pas. Chacun ayant dormi tout habillé, l'une sur le lit et l'autre par terre sur son manteau. Aurore se contenta d'espérer que la baronne Berckhoff pourrait lui offrir une hospitalité plus conforme à ses habitudes : elle détestait en effet renoncer à sa toilette du soir et dormir dans ses vêtements du jour.

On fut chez elle le lendemain à la tombée de la

nuit. C'était l'une des plus belles maisons de Zöllner Strasse, une ancienne et vaste demeure à colombages dont le maître pignon s'ornait de peintures allégoriques un peu effacées par le temps, disposées autour de l'aigle impériale et d'un blason compliqué dans les tons rouge, noir et or. On y pénétrait par une voûte passant sous la maison et débouchant dans une cour plantée d'arbres défeuillés autour d'un vieux puits coiffé d'une dentelle de fer forgé. Un valet d'écurie surgit pour s'emparer de la monture d'Aurore tandis qu'Asfeld restait en selle et saluait :

– Vous voilà à bon port, comtesse... et débarrassée de moi par la même occasion, dit-il. A présent je vais rendre compte..

Il fit volter son cheval et disparut sous la voûte si vite que la jeune fille n'eut pas le temps d'ouvrir la bouche. D'ailleurs, en mettant pied à terre, elle vit la baronne Berckhoff venir à sa rencontre avec un sourire :

– Entrez vite ! fit celle-ci, vous devez être lasse ! Puis baissant la voix tout en glissant son bras sous celui de la voyageuse, elle lui confia : « J'avoue que je ne m'attendais pas à recevoir un jeune seigneur mais l'idée n'est pas mauvaise, au contraire. Son Altesse sera satisfaite. »

– Quand la verrai-je ?

– Sans doute viendra-t-elle bientôt prendre de mes nouvelles. Je suis censée être souffrante, expliqua-t-elle en montrant la canne dont elle étayait une démarche prudente.

– Vous vous êtes blessée ?

– Une chute qui a réveillé une ancienne douleur.

Ce qui m'empêche de rester debout durant des heures au palais comme l'étiquette m'y oblige. C'est arrivé il y a quatre jours... quelques minutes après que la duchesse eut dépêché vers vous le jeune Asfeld. C'était le seul dont nous puissions être sûres : vous êtes devenue son idole et il se ferait hacher pour vous. J'espère qu'il vous a bien soignée ?

– Trop ! Beaucoup trop ! Il m'a couvée de l'œil tout au long du voyage comme si j'étais du lait sur le feu...

Sans cesser de parler, les deux femmes étaient arrivées dans la salle principale de la maison où le couvert était mis devant une cheminée de pierre sculptée, digne d'un château et dans laquelle brûlait une pyramide de bûches.

– On peut servir à l'instant si vous le souhaitez, proposa la baronne mais peut-être préférez-vous vous rafraîchir dans votre chambre ?

– Ma foi non, si vous le permettez ! Je suis gelée et je meurs de faim mais j'aimerais me passer les mains à l'eau... Quant aux vêtements, si vous tenez à souper avec une femme il vous faudra me prêter une robe !

– Non, vous êtes parfaite ainsi et ma maison est la plus sûre du duché. Pour tous ici vous êtes une amie de notre pauvre princesse venue secrètement aux nouvelles...

Un voile passa sur l'aimable visage de Charlotte Berckhoff qui d'un doigt rapide essuya une larme indiscrète.

– Mon Dieu ! souffla Aurore. Qu'est-il arrivé ?

Une servante entrait avec une cuvette, un pot à

eau et une serviette, obligeant au silence. La voyageuse se lava les mains rapidement puis les deux femmes passèrent à table où la baronne dit les grâces avant de s'asseoir :

– Bénissez, Seigneur, la nourriture que nous allons prendre...

La soupe aux quenelles de foie était épaisse, chaude et réconfortante mais peu propice à la conversation. On l'absorba sans dire mot mais quand on eut servi une oie aux choux et aux pruneaux, la chaleur du plat et le temps requis pour sa dégustation permirent de causer. Ce fut Aurore qui ouvrit le feu :

– Je ne vous cache pas ma surprise en recevant le billet de Son Altesse. Nous nous étions quittées en termes si froids... pour ne pas dire pire.

D'une serviette délicate, la baronne essuya la mousse de bière qui ornait sa lèvre supérieure :

– Elle est comme cela : coléreuse, imprévisible, trop orgueilleuse pour ne pas avoir eu à en souffrir. Entre la chambre des filles d'honneur de la princesse de Tarente à Breda et le palais où vous l'avez vue, la distance est énorme. Il lui a fallu avaler bien des couleuvres avant de parvenir au sommet et elle a parfois tendance à faire payer aux autres ce qu'elle a eu à souffrir, mais elle est bonne au fond... et surtout elle est malheureuse. D'autant plus qu'elle refuse de l'admettre.

– A cause de sa fille ?

– Evidemment. Ceux qui la connaissent peu ne s'en doutent pas tant elle tient à garder les apparences, mais moi qui suis son amie, la seule peut-être depuis des années, je sais lire derrière le fard du visage et la hauteur du maintien. Notre princesse est son seul enfant... et elle en était si fière ! On peut dire qu'elle l'a élevée avec amour. Elle aurait tellement voulu qu'elle soit heureuse !... Hélas !... Elle a commencé à trembler lorsqu'on l'a donnée à son cousin Georges-Louis après qu'on lui eut enlevé votre frère. Le Hanovrien est un porc. Et maintenant, parce qu'elle n'a pu oublier son amour de jeune fille, on s'apprête à la briser.

– De quelle façon ?

– Elle l'est déjà... et de toutes les façons !

La voix de la duchesse Eléonore venait de répondre du seuil obscur de la porte. Vivement relevées, les deux femmes saluèrent cependant que la visiteuse s'avançait vers le feu pour se laisser tomber dans l'un des grands fauteuils de cuir clouté abandonnés par leurs occupantes... Elle avait abandonné sur le tapis sa pelisse de renard noir que la baronne se hâta de ramasser pour la déposer sur un autre siège, mais ses robes de velours et de satin violet sombre brodées de perles de jais comme son collier et ses boucles d'oreilles annonçaient un deuil qui n'osait pas encore dire son nom. Lorsqu'elle tendit vers le feu ses mains à demi couvertes de mitaines noires en dentelles, et celles qui l'observaient purent les voir trembler. Aussitôt Charlotte Berckhoff se jeta à genoux auprès d'elle :

– Madame, Madame !... Vous m'épouvantez ! Qu'est-il arrivé ?

– Le duc et moi sommes rentrés de Hanovre il y a une heure.

– Vous y êtes allés ?

– En hâte. Il nous fallait voir ces misérables sceller le sort de ma fille... Puis, tournant la tête vers Aurore : « Ah, vous êtes là, comtesse ? Merci d'être venue mais j'ai failli ne pas vous reconnaître, ajouta-t-elle avec l'ombre d'un sourire.

– Il m'a semblé qu'il me serait plus facile d'être utile à Votre Altesse sous ce costume qu'encombrée de jupons. A présent, si elle consentait à me dire ce qu'elle attend de moi...

– A dire vrai, je ne le sais trop pour le moment. Ce que j'ai vu et entendu là-bas m'a bouleversée et je me demande quelle aide je pourrais apporter à ma fille...

Elle raconta alors comment les Hanovre venaient de réunir une Haute Cour consistoriale composée de quatre ecclésiastiques et de quatre laïcs sous la présidence du conseiller privé von Busch. Ils avaient invité les Celle à y assister.

– J'ai la conviction que ces hommes étaient de braves gens empêtrés de ce qu'on leur demandait mais attentifs à respecter scrupuleusement le serment d'impartialité et de justice qu'on leur avait fait prêter. Ils savaient qu'ils allaient avoir à examiner puis à prononcer une séparation « équitable » entre Georges-Louis et son épouse. Ce qu'ils ne savaient pas, c'est qu'en réalité, ils devaient juger une épouse adultère, déjà privée de liberté et à qui il s'agissait d'ôter quelque chance que ce soit de retrouver un jour un mode d'existence au moins acceptable. Ils n'eurent même pas le choix de la sentence !

– La princesse a été interrogée ? demanda Mme Berckhoff.

– Oui. Elle est apparue comme le fantôme du désespoir, entièrement habillée de noir, si pâle qu'elle m'a épouvantée. Elle semblait absente et aussi peu concernée que possible par ce qui se déroulait autour d'elle. Pourtant, alors qu'il était question à l'origine de prononcer sur une mésentente dans le couple héritier, elle a été immédiatement accusée... et convaincue d'adultère avec le défunt comte Philippe-Christophe de Koenigsmark...

Le cri d'Aurore lui coupa la parole :

– Le défunt ?... Il est donc mort ? Où ? Quand ? Comment ?

– Le comte de Platen, premier ministre, qui représentait l'époux outragé, ne l'a pas dit. Il a éludé les questions que posait à ce sujet le président Busch mais il suffisait de regarder le visage de ma pauvre enfant pour sentir qu'on l'en a persuadée. D'où ce deuil sévère qu'elle avait choisi.

– Mais enfin, reprit la baronne, comment Mgr le duc et vous-même, Madame, avez-vous permis que la princesse soit traitée de la sorte ? Ce devait être insupportable...

– Aussi ne l'ai-je pas supporté et j'ai protesté hautement, mais mon époux a exigé que je me taise... Je me suis alors aperçue qu'il épousait entièrement le ressentiment des Hanovre. Platen a produit les lettres de Sophie-Dorothée trouvées chez Koenigsmark et malheureusement il n'y était pas seulement question de son amour. Vous souvenez-vous, ma bonne Berckhoff, de ce séjour qu'elle fit ici après que son mari l'eut à moitié assommée ?

– Dans quel état ! Nous l'avons soignée et réconfortée de notre mieux mais ce ne fut pas facile.

– Vous n'avez pas oublié non plus cette violente dispute qui l'a opposée à son père parce qu'il refusait de lui donner de l'argent. Elle se plaignait d'être quasiment réduite à la mendicité quand elle avait apporté une dot importante. Alors que les favorites croulaient sous les bijoux et le faste, on lui avait pris une partie des siens pour en parer la grosse Mélusine. Elle disait que ce qui venait de se passer faisait déborder le vase. Elle ne voulait plus user ses jours à trotter indéfiniment derrière l'Electrice Sophie sa belle-mère dont le passe-temps favori consistait à arpenter pendant des heures et à vive allure les allées de Herrenhausen et de ses environs. Elle voulait être hautement reconnue et non traitée de petit « tas de boue » – vous savez que le grand tas de boue c'est moi – et, puisque l'on en était là, obtenir de vivre séparée de son époux dans une résidence personnelle avec un statut adéquat.

– Cela m'aurait semblé sage.

– A moi aussi, mais vous connaissez l'avarice de son père. A l'entendre, elle n'avait qu'à s'arranger pour se faire restituer une partie de sa dot. Lui ne donnerait pas un kreutzer de plus... et elle est partie là-dessus ! Par malheur, les maudites lettres disaient bien autre chose ! Ce qu'elle voulait, c'était fuir en France en compagnie de son amant revenu exprès pour la chercher. En outre, elle ne se privait pas d'y railler les mœurs de son beau-père avec la Platen et de s'y plaindre de son père comme de son époux, traitant l'un de « vieux tyran » et l'autre de bourreau. De cet instant mon époux est devenu son ennemi, plus acharné peut-être que l'Electeur Ernest-Auguste. Et je l'avoue, je l'ai rendu furieux en essayant de prendre la défense de mon enfant.

« – S'il me vient aux oreilles que vous tentez de l'aider en quoi que ce soit, m'a-t-il dit, vous aurez le choix entre repartir pour la France et rejoindre cette fille dénaturée dans le logis qu'on lui destine ! »

– Et c'est cela le plus odieux, soupira la duchesse à présent en larmes. Le divorce est prononcé avec interdiction de se remarier alors que Georges-Louis pourra reconvoler quand il voudra. Les enfants sont enlevés à leur mère qui ne les reverra plus. Enfin, puisqu'elle tenait tellement à quitter Hanovre, elle vivra désormais sur notre territoire de Celle mais sous surveillance étroite et dans un lieu dont elle n'aura le droit de sortir que pour une promenade quotidienne et sous bonne escorte. Naturellement, elle n'a le droit de recevoir personne. Sauf son père... et moi à condition qu'il y consente, et quiconque tentera de l'approcher le paiera de sa tête !

Un pesant silence envahit la pièce. La duchesse Eléonore sanglotait sans plus de retenue et ses deux compagnes semblaient frappées par la foudre. On n'entendait que le crépitement du feu et les pleurs de cette mère écrasée de douleur.

Aurore et la baronne réagirent au même instant. Pendant que la seconde à genoux devant sa maîtresse lui parlait doucement en essuyant ses larmes, la première osa demander :

– Sait-on quel est ce lieu ?

– Ahlden !

– Oh non !

Le cri de protestation, c'était la baronne qui l'avait poussé. Ses mains se joignirent devant sa bouche et comme Aurore tournait vers elle un regard interrogateur, elle expliqua :

– C'est aux confins du duché l'endroit le plus déshérité des landes de Lunebourg. Une forteresse des bords de l'Aller régnant sur une terre noire faite de graviers jamais séchés. Rien n'y pousse sinon de maigres champs de sarrasin. Des murs rébarbatifs avoisinant un village minable où vivent quelques paysans rudes dont certains ont travaillé dans les mines de sel... Oh, mon Dieu ! Il n'est pas possible qu'on l'envoie dans un tel lieu !

La duchesse tira son mouchoir, se moucha, ce qui étancha un peu ses larmes, puis fit entendre un ricanement encore plus triste :

– C'est tellement possible que mon époux vient d'ériger ce désert en duché ! Car ne vous y trompez pas, ce n'est pas une prisonnière que l'on y expédie mais une suzeraine ! Elle y aura des serviteurs, une garde de quarante soldats, et l'on va aménager les lieux autant que faire se pourra ! Pas de paille humide des cachots ! Pas de fers ! Des tapis, des meubles et des vêtements conformes à son nouveau rang ! Ce serait risible si ce n'était si tragique ! Ma pauvre petite ! Si le chagrin ne la tue pas, Ahlden s'en chargera... Donnez-moi à boire, Berckhoff !... Quelque chose de fort !

Elle avait pâli tout à coup et, les yeux fermés, se laissait aller contre le dossier de son fauteuil... La baronne remplit vivement un verre d'eau-de-vie et le lui porta :

– Vous êtes souffrante, Madame ! Tout cela est trop pour vous !...

– Ce n'est rien !... Mes nerfs je pense. Cela va passer.

Elle but une gorgée prudemment, puis vida le verre d'un seul coup et se redressa :

– Je dois rentrer à présent.

Son malaise qui la laissait décolorée et légèrement tremblante lui avait fait oublier Aurore. Celle-ci se rapprocha en la voyant se lever :

– Votre Altesse a-t-elle oublié qu'elle m'a fait venir de Hambourg ? Elle doit avoir une raison ?

– C'est vrai ! J'avais oublié. Pardonnez-moi, comtesse ! C'est dû à l'angoisse qui m'étreint... dit-elle en se rasseyant. En outre, l'importance de certaine disparition s'est amoindrie devant le drame qui nous frappe. Lorsque nous avons fouillé les appartements de ma fille – de Son Altesse Sérénissime la princesse héritière électorale de Hanovre ! cracha-t-elle dans une soudaine poussée de fureur – on s'est aperçu qu'il manquait la part des bijoux qu'elle avait apportés en se mariant, qui lui étaient donc les plus chers, plus le collier de diamants offert par son époux à la naissance de son fils. On suppose qu'elle les a remis à votre frère puisque apparemment elle s'apprêtait à fuir avec lui. Je voulais vous demander de me les rendre afin que je puisse les lui restituer ou tout au moins les utiliser pour la sortir de ce... de cette impasse...

– Encore faudrait-il que je les aie ! Puis-je vous rappeler, Madame, que mon frère a disparu et qu'il serait mort de manière si mystérieuse que nul n'est capable de révéler ni où ni de quelle façon ? Son assassin ou celui qui l'a fait enlever devrait pouvoir répondre à votre question, émit la jeune fille avec amertume. Mais puis-je savoir comment Votre Altesse a eu connaissance de ces joyaux envolés ? Je croyais le silence absolu établi depuis le 1er juillet entre sa cour et celle de Hanovre, la princesse Sophie-Dorothée étant au secret !

L'hésitation de la duchesse fut sensible. Elle tourna la tête pour fixer son regard sur sa dame d'honneur comme pour lui demander son aide, mais celle-ci ne réagit pas... Elle se résigna :

– J'ai surpris une conversation entre le prince, mon époux, et notre chancelier Bernstorff. J'ai appris ainsi que celui-ci entretenait depuis longtemps des relations amicales avec le comte et la comtesse de Platen. Cette femme aurait été autorisée par l'Electeur Ernest-Auguste à faire fouiller l'appartement de sa belle-fille.

Une brusque colère enflamma Mlle de Koenigsmark :

– Les gens d'une putain reconnue autorisés à plonger leurs mains sales dans les affaires d'une princesse héritière ? Et le duc de Celle a admis cela ? Et Votre Altesse ne s'en est pas indignée ?

– Je n'étais pas censée entendre, je vous le répète. Quant à mon époux, seule l'indisposait, hélas, la disparition des joyaux.

– Auxquels en étaient joints d'autres, peut-être plus précieux encore, appartenant à ma famille comme le gros rubis « Naxos » offert par le doge de Venise, Francesco Morosini, qui venait d'être investi du pouvoir suprême alors qu'il commandait les troupes vénitiennes dans le Péloponnèse. La pierre a été remise à notre oncle, Othon-Wilhelm, dit « Conismarco », en remerciement des services éminents rendus par lui durant la campagne et du sang qu'il avait versé. Le joyau, sublime, provenait du trésor ottoman mais Morosini aimait comme un frère cet homme dont la vaillance égalait la sienne et c'est sa main auguste qui, un peu plus tard, lui a fermé les yeux au mépris de la contagion quand la peste l'a emporté devant Modon. Lui encore qui prit soin de ses biens et ordonna qu'ils fussent remis à mon frère, Philippe.

Le paisible et riche décor de la noble demeure s'effaça soudain à l'appel de cette voix orgueilleuse, laissant entrer la splendeur de la mer sous le soleil, le fracas des combats entre galères de pourpre et d'or dont les voiles et les flammes claquaient dans le vent...

Il y eut un silence, peuplé seulement par la respiration haletante d'Eléonore de Celle :

– Comment, murmura-t-elle enfin, pouvez-vous savoir que ce joyau avait rejoint ceux de ma fille ?

Aurore tira de son justaucorps la lettre de Philippe :

– J'ai reçu ceci... mais j'ajoute, afin que Votre Altesse ne se réjouisse pas trop vite, que le banquier Lastrop jure sur la Bible de ses pères n'avoir rien reçu d'autre que ce message. Le chargement ne lui est jamais parvenu.

La duchesse parcourut avidement le texte et s'exclama :

– Quatre cent mille thalers ? Mais c'est fou ! Je ne pense pas que notre trésorerie en possède la moitié et l'on disait le comte Philippe ruiné...

– Il voulait peut-être qu'on le croie. Mon sentiment est que l'héritage qu'il est allé chercher à Venise était vraiment très important...

– Et vous n'avez pas connaissance que ce que cette fortune est devenue ?

– Non, mais j'ai l'intention de me renseigner. Quand M. d'Asfeld m'a porté la lettre de Votre Altesse j'avais déjà décidé de me rendre à Hanovre sous ce déguisement.

– C'est de la folie ! jeta la baronne Berckhoff. Si vous étiez reconnue vous risqueriez...

– ... de rejoindre mon frère dans sa prison ou dans la mort ? Chère baronne, c'est ce que je désire le plus au monde. Cela ne me causerait donc aucune peine. Mais auparavant, je souhaite apprendre ce qu'il est advenu du secrétaire de mon frère, Michel Hildebrandt. Il m'a rapporté tous ses effets personnels mais n'a pas fait la moindre mention du chargement en question.

– Peut-être l'ignorait-il ? Un secrétaire sert habituellement à écrire des lettres. Or vous dites que celle-ci est de la main du comte Philippe. Imaginez qu'il se soit méfié de lui ? Dans ce cas il est suspect au premier chef.

– J'y ai pensé, admit la jeune fille. D'autant plus qu'il n'a répondu à aucun de mes appels, aucune de mes lettres. Aussi dois-je me rendre impérativement à Hanovre... quel que soit le danger ! J'ai besoin de savoir !

– Ce que je peux comprendre, coupa la duchesse, son calme revenu. Et je vais vous aider. Entrer seule dans la ville, même sous cet aspect, est une folie. Il vous faut un compagnon... et un asile ne serait-ce que pour un seul jour.

– Oh, fit la baronne en souriant, je crois que le compagnon est tout trouvé : j'ai l'impression que le jeune Asfeld tomberait malade si Votre Altesse désignait quelqu'un d'autre.

– Il m'agace ! trancha Aurore. Il me surveille comme si j'était un pot de lait posé sur le feu ! répéta-t-elle.

– Sans doute en fait-il un peu trop, mais cela tient à ce qu'il est amoureux de vous, dit Charlotte Berckhoff. Je m'étonne que vous ne l'ayez pas remarqué ?

– Si... bien sûr, mais je crois que c'est ce qui m'irrite. C'est un benêt...

– Certainement pas, vous pouvez en être persuadée ! Cependant je reconnais qu'en face de vous, il a tendance à perdre tous ses moyens. Traitez-le avec quelque douceur et il s'épanouira comme une fleur au soleil.

Le rude visage du lieutenant n'évoquait en rien une tendre corolle aussi, voyant Aurore esquisser une grimace, l'aimable baronne reprit :

– Si vous pensez trouver mieux je ne vous en empêche pas mais, vu l'urgence, sincèrement, je vous conseille de lui faire confiance. Surtout si on lui dit que votre sécurité, votre vie peut-être, vont dépendre de lui.

– De toute façon, interrompit la duchesse, je ne peux déplacer que lui sans que l'on pose des questions. Maintenant, parlons de l'asile.

– Il ne devrait pas y avoir de difficulté, fit Mme Berckhoff qui semblait avoir réponse à tout. Peter Stohlen qui dirige le théâtre à la Cour possède une vaste maison proche du Leineschloss, où il reçoit les différentes troupes passant dans la ville puisque jusqu'à présent, l'Electeur n'a pas encore réussi à s'en attacher une. Il y a toujours foule chez lui et, n'importe comment, deux étrangers passeront inaperçus. En outre, il a épousé une ancienne femme de chambre de l'Electrice Sophie, remerciée pour ne pas dire chassée à la suite d'une bizarre affaire d'éventail perdu dont la Platen cachait à peine qu'il lui plaisait. Que croyez-vous qu'il advint ? L'éventail disparut et ne fut pas retrouvé. Mais Hilda était responsable de cette partie de la garde-robe ducale et comme il fallait bien trouver une coupable cet honneur lui échut. L'Electeur lui fit comprendre qu'il lui serait agréable qu'elle se sacrifie. En récompense elle épousa Peter Stohlen, ce qui était une façon élégante de s'en débarrasser. Il était d'ailleurs amoureux d'elle et ce fut un bon mariage. Or je connais bien Peter, qui est né à Berckhoff, frère de lait de mon défunt époux. J'ai donc offert un présent lors du mariage, ce dont Hilda m'a été reconnaissante. J'ajoute qu'elle n'a pas pardonné au couple grand-ducal de l'avoir prise comme bouc émissaire...

– On peut la comprendre, remarqua Aurore, mais elle et son époux connaissaient mon frère et je lui ressemble.

– Pas à ce point, et l'on peut toujours ajouter quelque artifice. Au demeurant, elle sera heureuse de vous héberger. Justement parce que votre visage lui en rappellera un autre. C'est une femme très... vraiment très sentimentale !

– Vous voulez dire qu'elle avait un faible pour lui ?

– Elle n'était pas la seule et vous le savez. Je vais vous donner une lettre pour elle. Officiellement vous pourriez être deux amis d'enfance censés rechercher un jeune cousin fugueur, et l'idée vous serait venue d'explorer le milieu des comédiens. Vous n'imaginez pas le nombre de gens que l'on y trouve et qui n'ont rien à y faire !

– Mais pourquoi ?

– Oh, les raisons sont multiples : échapper à une famille trop contraignante, envie de voir du pays, entrer dans des châteaux, changer de personnalité ou même suivre le destin d'un acteur ou d'une actrice en les rejoignant sur les planches afin d'y vivre jusqu'au bout une histoire d'amour.

– C'est vrai ! soupira Aurore devant qui Charlotte venait d'ouvrir des perspectives insoupçonnées. Les comédiens vont partout, entrent partout, et nul ne peut dire ce qui se cache sous leurs masques...

– N'est-ce pas que mon idée est bonne ? Vous pourrez faire entière confiance à Hilda. Et comme elle fait ce qu'elle veut de son époux et de son beau-père qui vit avec eux...

– Reste à savoir si le baron d'Asfeld acceptera ?...

– Cela, j'en réponds, coupa la duchesse. J'admets

qu'il ait un air quelque peu empaillé, mais il pourrait vous réserver des surprises. Fiez-vous à lui.

Les choses étant ainsi réglées, la duchesse allait se retirer quand Aurore demanda la permission de poser une dernière question. Ce qui lui fut accordé.

– Votre Altesse sait-elle ce qu'il est advenu de Mlle de Knesebeck ? Je l'ai connue lorsque je tenais la maison de mon frère et... j'avais de l'amitié pour elle.

Elle n'ajouta pas qu'elles avaient servi, l'une comme l'autre, de boîtes aux lettres à ce grand amour que l'on venait de briser, mais il y avait une chance pour que la duchesse s'en doutât. Son regard, d'ailleurs, s'attarda un instant sur la jeune fille avec une immense tristesse :

– Ma pauvre filleule ! C'est bien à vous, comtesse, de vous en souvenir parce que c'est elle qui va payer le plus cher. Les juges de Hanovre l'ont chargée au maximum. Tout est sa faute Alors, détenue jusqu'à présent dans l'une des geôles de Leineschloss, elle doit être en route à cette heure pour la forteresse de Scharfeld où elle est condamnée à finir ses jours au secret.

– Scharfeld ? Où est-ce ?

– Dans le Harz. Non loin du mont Brocken sur lequel on dit que durant la nuit de Walpurgis se rassemblent les sorcières. C'est de cela qu'on a fini par l'accuser. Elle aurait empoisonné l'esprit de ma fille avec ses conseils perfides. Elle est le serpent qui, dans le jardin d'Eden, a incité Eve à la désobéissance fatale...

– C'est idiot ! remarqua la baronne. Jamais fille

n'a eu besoin de conseils pour tomber amoureuse d'un beau garçon. Et ces gens ont vu de la sorcellerie là-dedans ? Ce serait à mourir de rire si ce n'était à pleurer !

– Ne riez pas ! Elle a échappé de justesse au bûcher ! Raccompagnez-moi à la voiture, baronne ! Je suis très lasse. Quant à vous, comtesse, j'espère vous revoir bientôt. Peut-être parviendrons-nous, en nous alliant, à adoucir le sort de ma pauvre enfant !

– Il n'y a qu'un seul remède à son mal : retrouver mon frère vivant ! Aidez-moi dans ce sens, Madame, et vous n'aurez pas de plus fidèle servante que moi...

– Dieu nous entende toutes deux !

Elle se signa rapidement puis, reprenant les fourrures qu'elle avait abandonnées en entrant, Eléonore de Celle s'en alla, raccompagnée jusqu'à sa voiture par Charlotte Berckhoff.

Quand celle-ci revint, ce fut pour annoncer à Aurore qu'Asfeld viendrait la chercher peu avant sept heures, lorsque s'ouvraient les portes de la ville. Puis elle demanda à sa visiteuse si elle souhaitait un chocolat chaud avant de se mettre au lit. Aurore refusa :

– En revanche, ajouta-t-elle, il me semble qu'un verre de cette eau-de-vie qui a si bien réussi à Son Altesse me ferait plaisir.

– Combien vous avez raison ! approuva la baronne en riant. Et si vous désirez le savoir j'en bois quelques gouttes chaque soir. Je n'en dors que mieux ! En outre, c'est un excellent moyen de sceller une amitié toute neuve. J'espère en effet que vous voudrez bien considérer à l'avenir cette maison comme la vôtre. En souvenir de cette chère Christine, votre mère !

Cette nuit-là, Aurore dormit comme un ange. Nécessité de réparer sans doute la fatigue d'une longue chevauchée mais aussi par cette qualité de sommeil que procurent la confiance et la certitude de s'abandonner entièrement au confort d'un lit amical... C'était tellement appréciable.

Le soleil levant – si l'on pouvait appeler ainsi la curieuse lumière jaunâtre étendue sur la triste campagne – la trouva trottant au côté de Nicolas sur la route de Hanovre. L'atmosphère, sans être franchement cordiale, s'était détendue entre eux. Visiblement, Asfeld était enchanté de servir de mentor « sine die » à son ami d'enfance Hugo de Mellendorf qui avait entrepris de visiter les diverses cours allemandes pour retrouver un cousin fantôme et se construire un destin convenant à un jeune homme de bonne souche mais de petite santé ce qui, surtout à Hanovre, représentait la meilleure parade contre les recruteurs d'Ernest-Auguste toujours prêts à enrichir leur cheptel d'une nouvelle unité. Aussi, sur le conseil de Charlotte Berckhoff, les belles couleurs d'Aurore se cachaient-elles à présent sous une couche de crème jaunâtre qui avec ses cheveux noirs et ses longs yeux qu'elle tenait à demi fermés lui conférait un curieux air asiatique. Cette fois, elle était à peu près méconnaissable.

Le vent soufflant dans le bon sens et le temps ayant consenti à rester sec, on atteignit Hanovre peu avant l'heure du souper mais, cette fois, Aurore n'hésita pas sur le chemin à prendre et les mena tous deux à la maison Stohlen où l'hiver étaient hébergées les troupes de comédiens assez courageux pour braver le froid, la neige et les mauvaises routes. Le plus souvent des Allemands qui, s'ils avaient l'honneur d'être appelés parfois au château, faisaient en général la joie des gens de la ville dans le théâtre accolé au Leineschloss voisin. Aux beaux jours venaient des comédiens français, très à la mode depuis que la princesse Palatine, Elisabeth-Charlotte nièce de l'Electrice Sophie, avait épousé le duc d'Orléans, frère de Louis XIV, et vivait dans le prestigieux Versailles. Ils donnaient alors leurs représentations dans le théâtre de verdure de Herrenhausen où ils étaient fort prisés. Surtout depuis que l'Electrice Sophie, en personne, s'était donné le plaisir de jouer Médée dans la pièce de M. Corneille.

Contrairement à ce qu'avait dit la duchesse de Celle, la maison Stohlen était vide. Ou à peu près. Il ne s'y trouvait que le couple Stohlen et le beau-père de Hilda, le vieux Thélonius qui, pris par le théâtre sur le tard – il était autrefois caviste au château –, s'y était jeté à corps perdu et faisait encore merveille dans les rôles de vieillard quinteux et atrabilaire. Au demeurant le meilleur homme du monde... Tous trois accueillirent les voyageurs avec un plaisir évident. Ils n'avaient rien à refuser à la baronne mais ne purent confirmer ce qu'avait annoncé la duchesse. Cela faisait des mois que personne n'était venu poser son sac chez eux, et l'hiver guère plus rude que d'habitude n'y était pour rien. La ville et ses princes étaient trop étroitement imbriqués pour que le drame des uns ne déteignît pas sur l'autre :

– Depuis que l'on sait la princesse héréditaire enfermée et son amant disparu, confia Hilda à Aurore tandis qu'elle la conduisait à sa chambre, celle-ci ayant demandé à se coucher tout de suite, nous n'avons reçu aucune troupe venant de France ou même d'Italie. En outre, cela fait maintenant deux mois que l'on ne voit plus non plus l'Electeur. Il est malade au point de ne plus assister aux revues militaires qu'il aime tant. C'est « Groin de... », je veux dire son fils, qui s'en charge et comme il passe ses nuits à boire avec sa Mélusine, il a toutes les peines du monde à se tenir à cheval... Ce qui fait d'autant plus mauvais effet sur les troupes qu'ici personne – et surtout pas les femmes ! – n'arrive à oublier le beau colonel de la Garde qui transformait ces revues en une véritable fête. Rien qu'à le voir dressé sur son splendide cheval noir dont les jambes fines dansaient sous lui, avec son sourire à belles dents blanches et les plumes de son chapeau que le vent ébouriffait, on se sentait fondre le cœur. Et maintenant il n'est plus là...

Aurore n'eut garde de laisser passer l'occasion :

– On ne sait toujours pas ce qu'il est devenu ?

– Ma foi non. On a dit toutes sortes de choses : qu'il s'était battu en duel et qu'il avait été tué, puis qu'il avait été surpris avec sa princesse par le mari qui l'aurait étendu raide mort. Comme si c'était possible : il avait une tête de plus que « Groin de cochon » et savait manier les armes. Mais, n'importe comment, il aurait fallu l'enterrer et il y avait l'envoyé du prince de Saxe qui faisait un bruit de tous les diables en réclamant au moins son corps. Finalement, on l'a officiellement déclaré « disparu ». Il se serait enfui avec une de ses maîtresses. Alors que la Platen le surveillait comme l'avare sa cassette !... Et puis maintenant ce drame : le divorce avec deux petits enfants qui n'ont pas vu leur mère depuis des mois ! On l'a renvoyée chez elle à ce qu'il paraît et moi je l'ai vue partir. Si on peut appeler ça voir : un carrosse aux mantelets baissés entouré de vingt cavaliers armés jusqu'aux dents. Alors, vous savez, ce genre d'atmosphère n'est guère propice aux divertissements...

– Va pour le château, mais le peuple pourrait vouloir se distraire ? Vous ne jouez plus rien ici ?

– Le peuple ? Si vous voulez que je vous dise tout, il a peur. Il ne sait pas pourquoi au juste mais il a peur ! Sur l'ordre de l'Electrice, on a bien essayé de jouer une espèce de « mystère » pour Noël avec les quelques comédiens amateurs qu'on a au pays parce que les troupes itinérantes nous évitent. Cette représentation s'appelait *La Tentation d'Adam et Eve ou le Paradis perdu*. D'ordinaire ça plaît assez à cause de... parce qu'on coud les héros de l'histoire dans une toile couleur de chair avec une petite ceinture en feuilles de figuier et que le public espère toujours que la toile va craquer. Il y a aussi des anges et des diables qui dansent en chantant – je devrais dire il y avait parce que le pasteur Schlumpf a défendu qu'on les fasse danser ensemble, ce qui a posé un problème. Enfin mon beau-père, qui jouait le Père éternel avec une immense perruque et une barbe de fleuve, n'a pas retrouvé son costume. Il a joué en robe de chambre à ramages. Vous imaginez ?

– Oh oui ! fit Aurore qui ne pouvait s'empêcher de rire tout en dégrafant son manteau qu'elle jeta sur une chaise. Ce faisant, elle dénoua le ruban noir, sans doute relâché, qui nouait ses cheveux sur sa nuque et d'un mouvement spontané secoua la tête pour les libérer. Elle comprit qu'elle avait commis une imprudence en voyant s'arrondir les yeux de Hilda, brusquement figée sur place :

– Mon Dieu ! fit celle-ci en joignant les mains. Vous êtes Mademoiselle la comtesse de...

Vivement, celle d'Aurore s'appliqua sur sa bouche :

– Pour l'amour du Ciel, taisez-vous ! Vous pourriez nous perdre tous !

Mais, habituée à faire face aux situations les plus diverses, Hilda Stohlen se remettait vite :

– N'ayez crainte ! chuchota-t-elle en faisant asseoir la jeune fille sur un escabeau pour achever de dénouer ses cheveux et les brosser. Seriez-vous le diable en personne envoyé par Mme la baronne, que cette maison vous serait grande ouverte ! Or, vous n'êtes pas le diable mais quelqu'un que je suis très heureuse de revoir. Mais nous parlerons plus tard. Pour l'instant, vous allez vous coucher et je vais donner une autre chambre à votre compagnon puisque la moitié de la maison est vide. A moins que vous ne préfériez...

– Non ! Nous sommes seulement compagnons de voyage. La duchesse Eléonore l'a chargé de veiller sur moi... et bien que je n'aie rien à lui reprocher, je préfère dormir seule.

D'un seul coup, Hilda déborda d'une activité

dont on aurait pu croire incapable cette petite femme rousse et replète qui, ayant joué jadis les coquettes, ne se déplaçait qu'avec une certaine lenteur et un balancement des hanches incompatible avec toute agitation. En un tournemain, elle eut mis des draps au lit, ajouté des bûches dans la cheminée, apporté un pot d'eau chaude, cherché une chemise de nuit en toile assez fine et fait lever Aurore pour l'aider à se déshabiller, tout cela sans dire un mot. Ce ne fut quc quand sa visiteuse grimpa sur les trois matelas empilés qu'elle reprit son discours :

– Voilà ! Je vais dire que vous êtes... souffrant et que je me charge entièrement de vous. La servante ne mettra pas les pieds ici. Tout à l'heure je vous apporterai une soupe bien chaude, des saucisses...

– Pas de saucisses s'il vous plaît ! La soupe suffira. En outre une malade doit manger légèrement. Mais un verre de vin me ferait plaisir !

– Vous l'aurez ! Je vais revenir dans un moment avec ce qu'il faut. En attendant, je vous enferme et je garde la clé sur moi. Lottie est une brave fille mais elle aime un peu trop les beaux garçons... Je vais lui confier votre garde du corps...

– Si elle aime les beaux garçons, elle sera déçue ?

– Ah ? Vous trouvez ? A moi il me paraît plutôt séduisant ! On voit immédiatement que c'est un homme, un vrai...

– Ce qui n'est pas mon cas, évidemment, sourit la jeune fille qui redevint grave pour soupirer :

– Merci de ce que vous faites ! Du fond du cœur !

– Ce n'est rien ! Voyez-vous... j'aimais beaucoup le comte Philippe, qui bavardait toujours avec moi quand il venait au théâtre... Il m'a même envoyé des fleurs. Et vous avez ses yeux...

Ne jugeant pas utile d'expliquer davantage, elle sortit sans oublier de refermer soigneusement derrière elle, laissant Aurore essayer de remettre de l'ordre dans ses esprits. Tout avait été si vite ! Livrée à elle-même, à présent, elle se demandait si justement ce n'était pas trop rapide et si elle pouvait faire entière confiance à son hôtesse. Qu'elle eût aimé Philippe n'était pas surprenant. N'était-il pas l'homme le plus séduisant qu'il y eût au monde ? Restait à savoir si Hilda Stohlen avait dit la vérité sur leurs relations. Et si les choses avaient été différentes de ce que la comédienne avait raconté ? Si une brève aventure qui aurait mal tourné n'aurait pas inspiré à cette femme quelque ressentiment ? Elle semblait tellement heureuse d'avoir la sœur sous son toit ! Un peu trop peut-être ? Et puis il y avait cette porte fermée à clé. N'eût-il pas été suffisant d'interdire à la servante de troubler le repos du jeune voyageur ?

Arrivée là de ses cogitations, Aurore sauta à bas du lit et, sur ses pieds nus, courut à l'unique fenêtre. Couverte de buée, elle ne permettait de voir que la vague silhouette d'un arbre derrière lequel il y avait une maison dont le toit, comme les branches, était couvert de neige. En outre on était au second étage et si les murs du logis étaient peints ainsi que nombre de maisons en Allemagne du Nord, il n'y avait guère de saillies permettant l'escalade ou la descente... Y en eût-il eu, d'ailleurs, qu'elles n'eussent apporté à Aurore qu'une aide morale. Hilda avait emporté ses vêtements pour les faire sécher et elle se voyait mal s'enfuyant par les rues, pieds nus et en chemise de nuit. Au fond, à y réfléchir c'était idiot ! Charlotte Berckhoff ne lui avait-elle pas dit qu'elle pouvait faire entière confiance au couple Stohlen ? Les braves gens existaient à Hanovre comme partout ailleurs et les gens des palais ou autres châteaux ne déteignaient pas fatalement sur leurs sujets.

Elle venait de réintégrer son lit quand Hilda revint avec un plateau chargé d'un couvert, d'une soupière, de petits pains ronds réchauffés au four, d'un peu de beurre, de confiture de prunes et d'un pichet de vin dont elle versa un fond de verre avant de le tendre à sa pensionnaire :

– Goûtez ! fit-elle. Je n'ai malheureusement pas de vins français, mais celui-là vient de Heidelberg et n'est pas mauvais.

Il était même excellent et le moral d'Aurore s'en trouva remonté. Elle attaqua sa collation dont elle ne laissa pas une miette, après quoi elle se laissa glisser sous les couvertures avec une vraie sensation de bien-être. Hilda poussa l'attention jusqu'à la border, mais ne s'en alla pas pour autant.

– J'imagine, commença-t-elle après un moment d'hésitation, que vous n'allez pas nous rester longtemps puisque nous ne logeons pas la moindre troupe de théâtre ces temps-ci et que, par définition, celui que vous cherchez n'y est pas.

– C'est la version officielle, répondit Aurore après une brève hésitation, mais maintenant que vous savez qui je suis, cela n'a plus beaucoup d'importance. L'idée était de Mme Berckhoff lorsqu'il s'est agi de nous trouver un logis plus sûr qu'une auberge. Connaissez-vous Michel Hildebrandt ?

– Son nom me dit quelque chose mais j'avoue que je le situe mal.

– Il était le secrétaire de mon frère jusqu'à la disparition de celui-ci et s'était engagé à devenir le mien dès qu'il aurait mis ordre à ses affaires en Hanovre. Or, je n'ai plus de nouvelles de lui...

– Et c'est lui que vous cherchez. Est-ce qu'il n'habitait pas la maison de M. le comte ?

– Si. Bien sûr. Du moins jusqu'à sa disparition, mais il était d'ici et avait hérité de ses parents un bien dans Sankt Klemens Strasse, près de l'église, et c'est là qu'il a dû retourner.

– Voulez-vous que j'envoie mon époux demander après lui ?

– Non, merci. A cette heure tardive, cela pourrait éveiller des curiosités. J'irai dès le matin avec Nicolas.

Le jour suivant, aussi gris que le précédent, les trouva en effet aux abords de l'église, flânant le nez en l'air avec l'allure tranquille d'étrangers qui visitent une ville inconnue. Aurore eut vite repéré la maison Hildebrandt, facile à reconnaître avec ses murs jaunes sur l'un desquels on avait peint une sorte d'ange pourvu d'ailes beaucoup trop petites pour sa taille.

– S'il arrive à voler avec ça il n'ira pas loin, remarqua Asfeld entre ses dents. Ce qui lui valut un coup d'œil surpris : Aurore n'aurait jamais imaginé que son compagnon pût avoir si peu que ce soit le sens de l'humour. Cela méritait d'être encouragé et elle lui sourit :

– En tout cas, je me demande s'il y a quelqu'un là-dedans. Les volets sont fermés.

– Il est encore tôt et votre « secrétaire » ne se lève peut-être pas de bonne heure ? Je vais sonner.

Joignant le geste à la parole, il empoigna la chaîne suspendue près de la porte et l'agita vigoureusement à plusieurs reprises, mais sans faire surgir le moindre signe de vie.

– On dirait qu'il n'y a personne, remarqua-t-il en déclenchant un nouveau carillon qui, cette fois, fit apparaître à la fenêtre d'un logis voisin une tête d'homme coiffée d'un bonnet qui tonna :

– Qu'est-ce que vous avez à faire ce tintamarre du diable ? Vous n'avez pas encore compris qu'il n'y a personne ?

– Je m'en rends compte, fit Nicolas sans se démonter, mais je suis venu de loin pour rencontrer M. Hildebrandt et vous me voyez fort contrarié de son absence. Sauriez-vous par hasard où il est ?

L'homme au bonnet grommela des mots intraduisibles et referma sa fenêtre... qui se rouvrit presque aussitôt pour livrer passage à un visage de femme. Elle cria :

– Patientez un moment ! Je descends !

Un instant plus tard, enveloppée d'un vaste châle et chaussée de sabots, une dame replète dont le capuchon recouvrait un chignon de nattes en cheveux gris surmonté d'un affiquet de ruban noir les rejoignait, arborant une mine compatissante qui fit froncer les sourcils d'Aurore.

– Vous cherchez ce pauvre M. Hildebrandt ?

demanda-t-elle en frottant l'une contre l'autre ses mains à demi couvertes de mitaines de laine noire. Vous étiez de ses amis peut-être ?

– Pourquoi « étiez » ? gronda Aurore qui n'aimait pas plus l'air confit de la bonne femme que la rudesse de son époux. Lui est-il arrivé quelque chose ?

– Ça on peut le dire ! Pauvre jeune homme ! Toujours si poli ! On ne le voyait pas souvent, surtout après la mort de ses pauvre parents qui étaient bien les voisins les plus paisibles et les plus obligeants qui soient. Nous en parlons souvent, Herr Acker et moi. Herr Acker est mon mari et il ne faut pas lui en vouloir s'il se montre parfois un peu grincheux. Ce sont ses rhumatismes, vous savez et avec ce temps...

Le discours risquait de durer, Nicolas y mit fin sans trop de douceur :

– Pardon, madame mais si nous compatissons aux douleurs de monsieur votre époux, c'est de Michel Hildebrandt que nous sommes en peine. Que lui est-il arrivé, s'il vous plaît ?

– Il est mort, mon pauvre monsieur...

– Mort ? lâchèrent simultanément Aurore et Asfeld. Mais comment ?

– Oh, bien vilainement ! Il ne méritait pas ça mais vous savez...

Refrénant difficilement l'envie de prendre cette femme aux épaules pour la secouer comme un prunier, Aurore s'écria :

– Mais enfin comment est-il mort ? Dites-le, par tous les diables !

Son dernier mot lui valut un regard horrifié et la femme se signa précipitamment :

– Il a été assassiné !... Là, devant sa porte ! On l'a trouvé hier matin dans la neige, un grand couteau planté dans le dos, juste en travers du seuil. Même que son corps empêchait de fermer la porte... Vous vous sentez mal, jeune homme ? ajouta-t-elle à l'intention d'Aurore. Les jambes fauchées par ce nouveau coup du sort, elle s'était assise sur le montoir à chevaux.

En dépit du froid, la petite scène que jouaient depuis un instant les trois personnages avait éveillé les curiosités. Des gens, rapidement couverts de ce qui leur était tombé sous la main, s'approchaient, mais quelqu'un fut plus rapide qu'eux : le pasteur de l'église voisine. Un coup d'œil lui suffit pour comprendre ce qui venait d'arriver et il opposa aussitôt sa haute silhouette aux curieux :

– Je vous en conjure, mes frères ! Rentrez chez vous ! Si ces jeunes gens sont de la famille du mort, il ne faut pas que votre indiscrétion ajoute à leur chagrin. Je vais m'en occuper. Quant à vous, allez prier ! Cela sera meilleur pour tout le monde !

Sa voix profonde comme un bourdon de cathédrale, le feu impérieux de ses yeux lui conféraient sans doute une grande influence. Le flot s'arrêta net puis reflua lentement. A regret visiblement, mais il reflua. Telle une meute à l'ordre d'un piqueur. Celui-ci se tourna vers les deux étrangers :

– Je suis le pasteur Cramer, dit-il. Seriez-vous de la famille ? Il me semblait pourtant que le malheureux n'en avait plus.

– Seulement des amis, répondit Asfeld pour laisser à Aurore le temps de se remettre. Nous venons de Hambourg et nous ne sommes que de passage dans cette ville, mon jeune cousin et moi, et l'idée nous est venue de saluer Herr Hildebrandt avec qui nous avons lié connaissance au cours d'un de ses séjours à l'hôtel Wrangel. Or nous tombons sur cette catastrophe à laquelle nous ne comprenons rien et qui nous atterre.

– Comment vous appelez-vous ?

– Je suis Nicolas Asfeld et voici Hugo Mellendorf, répondit-il, avalant volontairement les particules. Auriez-vous la bonté, Monsieur le pasteur, de nous dire pour quelle raison on a tué ce malheureux Michel et aussi ce que l'on a fait de son cadavre ? Les gens de M. le bourgmestre s'en sont chargés je pense...

– Non. C'est moi. Il est dans la crypte de l'église et en souvenir de ses parents qui étaient les meilleurs gens du monde, je compte m'occuper de ses funérailles...

– Mais enfin, coupa Aurore, n'y aura-t-il pas enquête de la police ducale ? Il faut savoir qui l'a tué...

– Le palais a déclaré qu'il laissait ce soin à la police urbaine...

– Ce qui signifie que l'assassin peut dormir tranquille, fit la jeune fille avec une colère dont elle ne fut pas maîtresse... Oh, c'est indigne, indigne ! Ce garçon a-t-il cessé d'être sujet de l'Electeur parce que...

La main de Nicolas lui serra discrètement le

bras pour lui faire comprendre qu'elle en disait trop et en même temps il demandait :

– Pouvons-nous le voir afin de nous recueillir ?

– Bien sûr ! Suivez-moi !

Laissant la femme Acker assez perplexe rejoindre des commères que son intervention avait tenues à l'écart mais qui étaient toujours présentes, le pasteur dirigea les deux jeunes gens vers l'église dont, en sortant, il avait pris soin de fermer la porte. Rien dans son visage ne permettait de deviner ce qu'il pensait, mais quand il les eut fait entrer sous la voûte gothique où il faisait plus froid encore qu'à l'extérieur, il referma à deux tours de clé avant de les guider vers l'étroit escalier descendant à droite de l'autel. L'église était sombre mais la crypte l'était davantage en dépit des deux bougies allumées de part et d'autre d'un cercueil en bois rustique posé sur des tréteaux. Un cercueil dans lequel reposait Michel Hildebrandt, les mains croisées sur sa poitrine.

A cette vue, Aurore tenta de retenir un sanglot mais la main de Cramer se posa sur son épaule tandis qu'il murmurait :

– Ne craignez pas de donner libre cours à votre chagrin, Mademoiselle de Koenigsmark ! Vous êtes ici dans la maison de Dieu mais aussi d'un ami...

CHAPITRE VI

ÉTRANGE INCOGNITO !

Trop choquée par ce qu'elle voyait, Aurore ne s'étonna même pas d'avoir été reconnue. Un prie-Dieu était disposé devant le jeune mort. Elle s'y laissa tomber plus qu'elle ne s'agenouilla et, le visage enfoui dans ses mains, essaya de prier. C'était déjà difficile de mettre deux idées sensées bout à bout, alors trouver les mots capables d'attirer sur elle la clémence du Ciel ! En plein désarroi, elle ne savait que répéter :

– Pourquoi, mon Dieu ! Mais pourquoi ?...

Tout en versant des larmes abondantes, elle osait à peine regarder ce visage à jamais immobile, hier encore plein de vie et de projets. Elle revoyait le sourire qu'il avait eu lorsqu'elle lui avait annoncé qu'elle souhaitait le garder auprès d'elle, et c'était un crève-cœur de plus parce qu'il ne faisait aucun doute que ce pauvre garçon était mort pour elle...

Elle aurait pu rester là des heures si la main du pasteur ne s'était posée sur son épaule :

– Venez ! Vous avez besoin de réconfort et aussi de parler. Allons chez moi !

Elle accepta d'un hochement de tête et se releva :

– Quand comptez-vous l'enterrer ?

– Demain auprès de ses parents. Ce soir au prône j'inviterai les fidèles à venir prier pour lui.

– Nous y serons aussi.

– Sûrement pas ! J'espère même que vous allez quitter cette ville au plus vite...

Sans lui répondre, Aurore fit le tour des candélabres et, se penchant sur le corps, posa un instant ses lèvres sur le front du jeune homme pour un dernier adieu. Il lui sembla alors qu'une ombre de sourire passait sur ce visage auquel la mort avait apporté une sérénité qu'elle ne lui avait jamais connue. Puis, sans attendre les autres, elle remonta l'escalier.

La maison du pasteur Cramer, voisine de l'église, n'offrait aucun signe particulier. Austère et peu meublée, comme il convenait à un ministre célibataire, elle était d'une propreté irréprochable par les soins d'une gouvernante déjà âgée dont la vêture réussissait à être encore plus sévère que celle d'une religieuse catholique : rien que du noir avec juste un mince liséré blanc autour de la coiffe et du col remontant jusqu'au menton. Sans demander l'avis du pasteur, elle ouvrit, devant les étrangers, un petit parloir éclairé par une seule fenêtre faisant face à une grande croix de bois où trois bancs et une demi-douzaine d'escabeaux composaient tout le mobilier. Aurore choisit l'un de ceux-ci cependant que les deux hommes restaient debout, et la jeune fille ne put s'empêcher de se demander à quelle sorte de réconfort Cramer avait fait allusion : il n'y avait même pas de feu dans la cheminée !

Il dut deviner ce qu'elle pensait car, avant que la femme n'eût refermé la porte, il lui proposa un peu de lait chaud. Qu'elle refusa. Elle avait hâte à présent de retourner chez Stohlen. Aussi questionna-t-elle : pourquoi son hôte semblait-il si pressé de les voir quitter la ville ?

– Simplement parce que vous êtes en danger, fit-il avec un haussement d'épaules. Comme tout ce qui touche ou a touché de près comme de loin à votre frère. Michel Hildebrandt vient de vous en apporter la preuve tragique. Après avoir déménagé la demeure du comte, il n'aurait jamais dû revenir.

– Je ne vois pas pourquoi. Il était du pays, il y possédait un peu de bien et c'était grâce à ses compétences, à son honnêteté et à la sympathie qu'il inspirait que mon frère l'avait engagé en tant que secrétaire. Celui-ci ayant... disparu, il était normal qu'ayant accompli son devoir envers nous, il revienne à son foyer.

– Vous devriez m'accorder autant de confiance que Michel m'en gardait. Je n'ignorais pas qu'il souhaitait quitter définitivement Hanovre pour s'attacher à votre maison. Il n'était là que pour essayer d'en apprendre davantage sur l'absence d'un maître qu'il refusait de croire définitive...

– Comme moi-même, Monsieur le pasteur.

– Je ne peux pas vous le reprocher... encore que je craigne fort que vous n'entreteniez une illusion. Chacun ici est persuadé qu'il ne reviendra plus...

– Que c'est commode ! Cela a permis la hâte indécente avec laquelle on a mis à sac sa maison avant de la vendre avec ses chevaux et je n'arrive pas à comprendre par quel tour de force Michel Hildebrandt a réussi à sauver ses effets personnels.

– Les créanciers ayant été payés, il était difficile de le lui interdire. D'autant qu'il l'a fait au grand jour, au vu et au su de tous, afin d'apporter quelque adoucissement à une famille en deuil...

La patience d'Aurore allait s'amenuisant. Elle n'était pas venue discourir sur les probabilités du sort de Philippe :

– Puisque tout le monde, et vous le premier, êtes persuadé de la fin tragique de mon frère, vous devez bien étayer cette conviction sur une base solide ?

– Comment l'entendez-vous ?

– Oh, c'est élémentaire. Il est mort dites-vous ? Ce qui veut donc dire qu'on l'a tué. Alors moi je veux savoir qui ? Vous devez bien avoir une idée là-dessus ?.. Et ne me parlez pas du comte de Lippe ? Ce n'était qu'un leurre. Alors qui ?

Le maigre visage strictement rasé se contracta un instant comme sous l'empire d'une douleur :

– En vérité, je n'ai aucune certitude. Rien que des doutes. D'ailleurs confirmés par la mort de Hildebrandt... Je suis persuadé que son assassin est le même que celui du comte Philippe.

– Son assassin ? Il en aurait fallu plus d'un pour ôter la vie à mon frère.

– Vous avez peut-être raison, si l'on considère qu'après la mort de ce pauvre garçon, sa maison a été pillée comme la vôtre. La méthode était la même, la main devait l'être aussi.

– Mais enfin, personne n'a rien vu ? lança Nicolas qui, à son tour, perdait patience.

– Peut-être, mais l'on se taira et si j'avais une certitude je la garderais pour moi. D'abord parce que mon ministère interdit la dénonciation...

– Vous préférez laisser courir les meurtriers ? ironisa Aurore avec amertume.

– Non, mais la disparition du comte Philippe est devenue un secret d'Etat. Par conséquent mortel. N'oubliez pas que la Saxe demande des comptes. Et tout ce qui peut rappeler son souvenir sur cette terre de Hanovre doit disparaître. C'est pourquoi je vous supplie de repartir sur-le-champ...

– Avec le respect que je vous dois, Monsieur le pasteur, laissez-moi vous dire que chacun est libre de sa destinée donc de risquer sa vie...

– La vôtre, oui. Pas celle des autres ! Je dois vous préciser que même l'aubergiste chez qui vous devez loger est en danger si quelqu'un vous reconnaît. Et je vous ai reconnue, comtesse Aurore ! Alors partez !... Je parle, croyez-le, dans l'intérêt des gens de ce pays autant que du vôtre !

– Je ne cherche pas mon intérêt, pasteur Cramer, mais la vérité. Puisque vous vous êtes annoncé, dès l'abord, comme un ami, prouvez-le !

– Mais je le prouve en vous implorant de vous en aller sans chercher plus avant : il n'y a déjà que trop de sang versé... sans compter les morts vivants.

– A qui faites-vous allusion ?

– A celle que l'on a affublée de ce titre dérisoire de duchesse d'Ahlden... et à Eléonore de Knesebeck qui ne reverra sans doute plus la couleur du ciel.

Ces deux-là, j'en suis convaincu, savent la vérité... mais je ne vois pas comment vous pourriez la leur demander.

Aurore ne sut que répondre. Son regard bleu essayait de percer le secret de ce visage à ce point immobile que ce devait être le résultat d'un long entraînement. Il savait quelque chose... et peut-être encore plus qu'elle ne l'imaginait. Le sort de Sophie-Dorothée et celui de sa suivante n'étaient connus que depuis bien peu de temps. Or il semblait n'en rien ignorer... Pour s'en assurer, elle demanda comme par inadvertance :

– Pauvre Eléonore ! Je ne connais pas les prisons du Leineschloss mais en pleine ville, une aide pourrait lui venir...

– Elle n'y est pas. C'est dans une forteresse du Harz qu'elle a été transportée. Il faut prier pour elle !

Il était tombé dans le piège. Comment ce pasteur de quartier pouvait-il être au courant des décisions d'un tribunal secret qui n'avait siégé que quatre jours plus tôt ?... A moins qu'il n'en ait fait partie ? Mais il serait inutile de le lui faire remarquer. Elle se contenta de lui offrir un faible sourire en quittant son tabouret :

– Eh bien, il me reste à vous remercier, Monsieur le pasteur. A la fois de votre accueil et des soins que vous prenez de la dépouille mortelle d'un ami cher. Soins auxquels vous me permettrez de participer, ajouta-t-elle en tirant de sa bourse une pièce d'or... qu'il refusa :

– Vous n'êtes pas dans une église catholique où l'on fait payer les prières et un apparat hors de saison, fit-il avec un mépris qui empourpra les joues de la jeune fille :

– Vous auriez pu accepter... ne serait-ce que pour secourir des pauvres gens en son nom ? Ou, cette église, qui est la mienne, se contente-t-elle de leur offrir des prières pour apaiser leurs maux ? Quoi qu'il en soit, je vous salue, Monsieur le pasteur.

– Vous allez suivre mon conseil et rentrer chez vous ?

– Je ne vois pas ce que je pourrais faire d'autre...

– C'est la sagesse. Que Dieu vous accompagne !

En se retrouvant dans la rue, Aurore et son compagnon marchèrent pendant un moment sans parler. Ce fut seulement quand on franchit le pont sur la Leine qu'Asfeld émit comme s'il se parlait à lui-même :

– Je commence à me demander s'il n'y a pas un espion dissimulé derrière chaque coin de rue ?

– Pourquoi dites-vous cela ?

– J'explique. Vous êtes ici sous un faux nom, sous des habits de garçon et une apparence qui est loin d'être la vôtre. Si je vous rencontrais quelque part, telle que vous voilà, je ne pense pas que je vous reconnaîtrais. Or, où que vous alliez, il y a quelqu'un qui n'hésite pas à vous appeler Mlle de Koenigsmark. Passe encore pour Hilda Stohlen qui était plus ou moins éprise de votre frère, qui connaît parfaitement la Cour et vous a vue lors de votre séjour à Hanovre. Mais ce ministre d'une église écartée du centre de la ville ? Vous l'aviez déjà rencontré ?

– Non, j'en suis sûre ! Il a une physionomie, une allure que l'on n'oublie pas et, croyez-le, je possède une excellente mémoire, en particulier des visages. Or, il s'est déclaré mon ami. Un ami qui sait des choses et qui refuse dans mon intérêt, comme il se doit, de les partager avec moi...

– Il a tout de même dit que Mlle de Knesebeck a été envoyée dans le Harz, que la princesse Sophie-Dorothée « règne » désormais sur un désert. D'où sort-il ces informations ? Je n'ai vu aucune proclamation placardée sur les murs et il n'est pas d'usage que l'Electeur de Hanovre fasse appel aux services d'un crieur public. Alors ?

– Alors, le mystère reste entier et j'y inclus la mort de Michel Hildebrandt. Il est revenu ici depuis plusieurs semaines, n'a pas répondu à mes lettres, et il est assassiné le jour de notre arrivée... Qu'est-ce que ça signifie ?

– J'aimerais le savoir. L'hypothèse la plus vraisemblable est que vous êtes constamment surveillée. Peut-être même depuis Hambourg.

– Ce qui supposerait une sorte de réseau plutôt coûteux. Et aux ordres de qui ? Dans l'état actuel des choses nous n'avons nul moyen de le savoir encore que je pencherais volontiers pour Ernest-Auguste et ses Platen, mari et femme. Ceux-là ont les moyens alors que nous n'en avons guère. Que conseillez-vous ?

– D'aller raconter ce que nous venons d'apprendre à Son Altesse la duchesse de Celle... et de ne pas nous éterniser dans ce lieu où l'on dirait bien qu'il pourrait pleuvoir des poignards.

Et je n'ai qu'un seul dos à mettre entre eux et vous !... Auriez-vous envie d'acheter des tissus ?

Aurore venait, en effet, de s'arrêter devant la boutique d'un drapier, mais c'était pour dévisager son « garde du corps » avec un œil neuf. Elle l'avait pris jusque-là pour un benêt, regrettablement amoureux d'elle sans doute et doté d'un grand courage, mais incapable d'aligner bout à bout trois idées intelligentes. Et voilà qu'elle se surprenait à causer avec lui comme avec un ami dont les avis méritaient au moins l'examen et qui, en outre, n'était pas dépourvu d'humour. En vérité c'était à n'y pas croire.

– Aurais-je dit une stupidité ? s'inquiéta-t-il.

Elle eut un petit rire moqueur :

– Absolument pas ! Je viens seulement de comprendre que je vous avais mal jugé. C'est donc moi qui suis stupide : vous êtes quelqu'un de bien en réalité... et j'ai l'impression que nous allons être amis !

– Je... oh, merci !

Il devint soudain rouge vif et, sous ce regard amusé qui le détaillait, il se remettait à bredouiller. Aurore, alors, glissa son bras sous le sien pour reprendre le chemin comme feraient deux camarades :

– Pour en revenir à notre problème : nous allons suivre l'avis du pasteur Cramer et prendre la route du retour. Quitte à tenter plus tard une autre expérience !

– Et si vous me laissiez la tenter seul, cette autre expérience ? Depuis que nous avons quitté l'église et chaque fois que quelqu'un vous regarde je m'attends à le voir se précipiter sur vous en vous appelant...

– Ça suffit ! Ne vous en chargez pas vous-même ! Mais, dites-moi, il ne vous paraît pas que cette ville est en train de s'agiter ?

Il était incontestable que, depuis leur sortie de Sankt Klemens, la respiration de Hanovre avait pris un rythme croissant à mesure que l'on avançait vers le centre... Des formations militaires allaient prendre position à droite ou à gauche sous le commandement d'un officier ; on se hâtait de décorer les maisons des artères principales au moyen de bannières corporatives ou de tapisseries pendues aux fenêtres. Au marché, les ménagères avaient cessé de flâner cependant que des groupes d'hommes se réunissaient, souvent la pipe à la bouche, pour débattre entre eux d'un sujet apparemment passionnant.

– On dirait qu'ils attendent quelque chose ? remarqua Nicolas. Un hôte qui vient seulement de s'annoncer peut-être car cela sent l'urgence...

Aurore voulait interroger l'un des discoureurs mais Nicolas s'y opposa :

– Je suis persuadé que les Stohlen sont au courant...

Il avait raison. Lorsqu'ils arrivèrent au théâtre, ils trouvèrent Peter Stohlen dans le vestibule en conversation animée avec le chambellan du palais, personnage fort déplaisant dont Aurore gardait un souvenir exécrable à cause de sa déplorable manie, lors des bals à la Cour, de lancer des fruits confits dans le décolleté des plus jolies femmes pour avoir le plaisir d'aller les y rechercher. Cette fine plaisanterie faisait beaucoup rire l'Electeur Ernest-Auguste auquel, bien sûr, il offrait le privilège d'officier en personne. Aurore y avait eu droit et lui en gardait rancune. Aussi choisit-elle de s'abriter derrière son compagnon pour traverser ledit vestibule. D'ailleurs l'entretien s'achevait. Si l'on pouvait appeler ainsi la série d'ordres péremptoires déversée sur la tête du malheureux Stohlen, au bord des larmes, dont la partie, en ce duo, consistait à émettre de timides objections que l'autre n'écoutait même pas.

Finalement, le haut personnage abandonna sa victime et sortit en lui lançant une dernière flèche du Parthe :

– Faites en sorte que ce soit prêt à l'heure dite ! Et s'il vous manque des danseuses, allez en chercher dans les bordels. Les filles sont souvent affriolantes et seront ravies de se montrer à la Cour...

Quand il fut parti, Stohlen trouva juste la force de s'asseoir sur les marches menant à la salle et de tirer son mouchoir pour éponger son front trempé de sueur en dépit de la température glaciale.

– Que vous arrive-t-il ? demanda Nicolas. Vous avez l'air accablé.

L'autre leva sur lui des yeux noyés :

– Il y a de quoi. L'Electeur de Hesse-Cassel, notre voisin, se rend à Hambourg et il a envoyé ce matin un coureur demander à notre prince l'hospitalité pour la nuit... en toute simplicité ! Mais on sait ce que ça veut dire ! S'il n'est pas reçu avec tous les honneurs dus à son rang, il trouvera le moyen de se fâcher et comme il cousine avec Son Altesse l'Electrice... Vous avez dû remarquer que la ville s'affaire déjà à se parer en dépit du temps qu'il fait.

– Je ne comprends pas, remarqua Aurore. Un cousin fait partie de la famille, il me semble ? Or, avec ce qui vient de se passer ici, il devrait comprendre que ce n'est guère le moment de danser, de festoyer et de tirer des feux d'artifice ?

– Mais il ne s'est rien passé, mon jeune monsieur, intervint Hilda qui vint s'asseoir auprès de son époux en serrant un châle de laine autour de ses épaules. Rien ! Sinon quelque chose de très heureux pour l'Electrice Sophie ainsi que pour Mme de Platen. Le prince héritier vient de se séparer... en parfait accord, d'une épouse que la première a toujours traitée comme une fille de peu, et dont la seconde était férocement jalouse. Il convient donc, au contraire, de festoyer joyeusement avec le premier cousin venu afin qu'il puisse proclamer partout la félicité qui règne chez nous, conclut-elle avec amertume. Et nous, il nous faut participer de notre mieux à ces réjouissances...

– Tu ne devrais pas parler de la sorte, Hilda ! En attendant, je ne sais pas ce que nous allons faire. On m'ordonne de représenter pendant le festin dans la salle d'honneur le ballet *Les Plaisirs d'Alexandre* que nous avions donné avec la troupe venue d'Heidelberg. Quant à ce dont nous disposons, la moitié est au lit avec la gorge prise. Je ne suis pas Dieu, moi, et je ne peux pas changer en cinq minutes des moribonds en guillerets batteurs d'entrechats...

Dieu dut le prendre en pitié car, l'instant suivant, le chambellan Rögen se matérialisait de nouveau, mais cette fois accompagné du secrétaire de l'Electrice. Les yeux pleins d'angoisse, les deux époux s'étaient relevés pour les saluer, s'attendant au pire. Or, il n'en fut rien :

– Il y a contrordre, annonça l'intendant. Son Altesse s'oppose à ce que l'on joue ce qu'elle appelle « une farce ridicule », et dit que l'hôte apprécie surtout la musique et, en particulier les chanteurs mâles. Un concert pendant le souper serait indiqué. A la suite de quoi l'on danserait. Grâce au Ciel, si nous n'avons pas de troupe théâtrale à demeure – ce à quoi il faudrait porter remède ! – les musiciens de la Cour sont fort convenables. Ils feront danser après le repas et peuvent accompagner un chanteur digne de ce nom. Votre rôle, Stohlen, se borne donc à nous en trouver un. Un bon, évidemment. Agréable à regarder s'il vous plaît. Le duc est difficile !

La petite flamme de retour à la vie qui s'était rallumée dans les yeux du pauvre Peter s'éteignit comme une chandelle sous un verre. Il essaya une échappatoire :

– Pourquoi « un » chanteur et pas un chœur ? Celui de la cathédrale est excellent !

– Sans doute, sans doute, mais il ne s'agit pas de faire entendre des chants religieux. Pendant un banquet ce serait choquant ! Comprenez-moi : il nous faut un jeune homme, bien fait, avec une belle voix, connaissant les opéras italiens que le duc adore. *Orphée* de Monteverdi, par exemple, ou *La Pomme d'or* de Cesti, ou encore les œuvres de ce Lulli qui fait les délices de la cour de France !

– Mais où voulez-vous que je trouve cet oiseau

rare ? Nous avons quelques interprètes de chansons traditionnelles mais aucun n'est capable de chanter un opéra !

– Cherchez, mon ami, cherchez ! Après tout c'est votre rôle !

Et les deux hommes repartirent, satisfaits d'avoir rempli leur mission. Si la soirée était un four, ce ne serait pas leur faute. Le vestibule du théâtre retomba dans le silence des grandes tragédies. Au point qu'Aurore n'osait même pas annoncer son départ : elle avait l'impression d'abandonner un bateau en train de prendre l'eau. Elle échangea un coup d'œil avec Nicolas mais celui qu'il lui renvoya pétillait et soudain, elle entendit :

– Si vous avez dans vos tiroirs les partitions de l'*Orphée* ou de la *Pomme*, je peux peut-être vous aider.

– Vous ? s'étrangla Stohlen.

– Pourquoi non ?

Et, à la stupeur générale, il entonna a capella le grand air d'*Orphée*. Il possédait une voix à la fois puissante, souple et un peu basse, qui sidéra Aurore mais ramena à la vie le pauvre directeur du théâtre ducal.

– Nous sommes sauvés ! s'exclama-t-il dès la fin de la seconde strophe. Sauvés ! Mon cher Monsieur, je ne vous remercierai jamais assez ! Vous chanterez au palais ce soir !

– Oui, mais à une condition : je veux chanter masqué au cas où quelqu'un me reconnaîtrait. En outre, avec ces cicatrices, ma figure n'a rien de séduisant...

– L'idée est bonne : le masque suggère le mystère. Mais le duc vous demandera de l'enlever.

– Il suffira de prétendre qu'il cache une affreuse blessure...

– Je suis sûre que cela donnera du piquant... auprès des dames surtout ! remarqua Hilda. Eh bien, je crois que nous sommes tirés d'affaire ?...

– Et vous ? demanda Stohlen en s'adressant à Aurore. Est-ce que vous chantez ?

– Non. Je suis seulement assez musicien. Je joue de la harpe et de la guitare.

Elle mentait, car elle possédait une très jolie voix, mais par trop féminine pour s'accommoder de son costume masculin. En outre, on l'avait déjà suffisamment reconnue dans cette ville. S'afficher sous les illuminations du palais avec les regards de toute la Cour tournés vers elle serait tout simplement du suicide... Il avait suffi de la proposition tellement inattendue de cet animal d'Asfeld pour faire glisser une sueur froide, fort désagréable, le long de son dos et elle s'était demandé un instant s'il ne devenait pas fou : à peine une heure plus tôt, il prêchait la fuite dans les plus brefs délais... D'autre part, son goût secret de l'aventure s'en trouvait excité. Pénétrer dans ce maudit Leineschloss dont les murs devaient garder l'écho des sanglots de Sophie-Dorothée, c'était à la fois inattendu et passionnant. Elle avait soudain envie de voir ces visages détestés dans l'espoir d'y lire... quoi au fait ? une expression, une grimace, un regard...

Tandis que Peter emmenait Nicolas pour lui faire essayer des costumes de théâtre, elle prit Hilda à part :

– Ce que je vais vous demander est de la folie mais je voudrais moi aussi pénétrer dans le palais.

La comédienne la dévisagea avec inquiétude puis ses traits s'adoucirent :

– On va y penser mais il va falloir d'abord trouver un pseudonyme pour votre compagnon. Nous pourrions dire, par exemple, que nous l'avons rencontré à l'auberge Kasten où il faisait étape, avec son valet, en se rendant chez le grand-duc de Bade. Notre duc à nous déteste trop ce dernier pour lui demander des renseignements. Ensuite, il faudra filer dès l'aube demain matin.

– Nous ne demandons que cela. Nous venions même vous dire adieu afin de quitter Hanovre avant la nuit. Le secrétaire de mon frère a été assassiné et moi j'ai été reconnue par le pasteur qui s'est chargé de l'enterrer. Le sol devient brûlant mais...

– ... mais vous voudriez assister à la soirée. On va essayer d'arranger cela... C'est dommage tout de même d'être obligée de vous cacher. Votre présence eût assuré le succès du concert.

Il n'était pas rare, en effet, que, dans les cours européennes, certains hauts personnages se donnent le plaisir de mettre la main à la pâte et de participer à un ballet, un opéra ou un concert... En France, par exemple, et en particulier dans les premières années de son règne, Louis XIV avait une passion pour la danse et se montrait dans des ballets fastueux. En temps normal, il aurait été naturel pour Aurore de se faire entendre ou de danser quelques pas de ballet, mais ce soir l'initiative de Nicolas allait les faire évoluer sur un terrain singulièrement glissant. Cependant elle n'avait pas peur. Ce qu'elle éprouvait, c'était une sorte d'attente. Parce qu'il allait se passer quelque chose : son subconscient le lui soufflait...

La nuit venue, affublée d'une ample perruque blonde et d'une moustache assortie, vêtue d'un costume rouge et bleu semblable à celui des musiciens de la Cour et une guitare sur le dos, elle pénétrait à la suite de Stohlen et de Nicolas, masqué de blanc et superbement accommodé de satin bleu et de rubans d'argent, dans le palais de la Leine qu'elle connaissait si bien. Il était déjà tard et le festin était commencé depuis un moment. On avait même dû boire pas mal si l'on en jugeait les bruits provenant de la salle d'honneur où s'entassait une centaine de personnes parlant toutes à la fois et dont certaines criaient, proposant des « Santé ! », ce qui faisait que l'on n'entendait pratiquement pas les musiciens chargés de la musique de fond.

Stohlen les mena jusqu'à une pièce à l'écart où ceux qui devaient distraire les convives d'un souper quelconque déposaient leurs affaires et attendaient qu'on les appelle. Ce soir elle était vide et leur guide les fit asseoir en disant qu'il allait voir où l'on en était. Il revint d'ailleurs presque aussitôt, armé d'un plateau sur lequel il y avait deux gobelets et un pot de vin dont Aurore se servit immédiatement une bonne rasade. Ce n'était pas elle qui devait chanter mais elle se sentait la bouche aussi sèche que si elle venait de traverser un désert.

– Vous avez peur ? s'inquiéta Nicolas.

– Pas vous ?

– Pas vraiment. Il y a peu de risque que l'on connaisse ma figure ici et, sous ce masque, il y en aura encore moins. J'espère que vous ne m'en voulez pas ?

– De nous avoir embarqués dans cette galère alors que nous aurions pu prendre la poudre d'escampette au plus vite ? Non. Je me demande si le Ciel ne vous a pas inspiré. Mais dites-moi : avez-vous d'autres talents en réserve ?

– Non, rassurez-vous ! Je danse mal et je ne sais pas tourner le madrigal. Quant au chant, je le dois à ma mère. Mon père a été longtemps ambassadeur à Florence où j'ai passé plusieurs années. Elle s'y est prise d'engouement pour l'opéra et, quand elle s'est aperçue que j'avais une voix, elle m'a fait donner des leçons. Pour son seul plaisir. Ce qui exaspérait mon père mais elle fait de lui ce qu'elle veut. Elle est encore très belle, vous savez, de ce côté je ne lui ressemble pas !

– Cela vaut mieux, je pense. Votre père n'aurait peut-être pas aimé ce que vous ferez ce soir. Connaît-on votre talent à Celle ?

– Seule, la baronne Berckhoff... et elle me garde le secret. C'est mieux pour ma réputation. Chez nous, vous le savez, on apprécie surtout les militaires. Ce que je suis des pieds à la tête et, pour le moment, votre serviteur.

« Ô combien précieux ! » pensa Aurore en se gardant de donner son sentiment sur le sujet.

D'ailleurs Peter Stohlen revenait. Le duc de Hesse-Cassel, qui ne semblait pas s'amuser énormément, réclamait le chanteur qu'on lui avait promis. Nicolas assura son masque, prit la guitare et le suivit. Aurore se glissa derrière lui mais s'arrêta à l'entrée de la salle, mêlée aux serviteurs et aux curieux qui s'y massaient.

Une bouffée d'odeurs désagréables lui sauta au visage : viandes, choux, gibiers, vin, bière, pâtisseries, sauces, poissons, la totalité de ce dont regorgeaient les cuisines du palais se mélangeait avec les parfums des soupeurs, hommes ou femmes, pour former des relents pénibles. Les dalles étaient souillées de flaques de vin ou de bière, jonchées d'os ou même de morceaux de viande que se disputaient les chiens. Pourtant le coup d'œil était magnifique sous les hauts plafonds à caissons dorés et enluminés. L'immense table en U, telle qu'on la concevait au Moyen Âge, était cernée par une fresque de personnages chatoyants, scintillants, d'où partaient des rires, et des chansons à boire. Les musiciens de la Cour se tenaient au milieu de cette belle salle, Renaissance comme le palais, que réchauffaient de belles tapisseries et deux vastes cheminées où flambaient des troncs d'arbre.

Un silence se fit à l'entrée de Nicolas que le maître des cérémonies conduisait par la main. Le Hessois eut l'air enchanté et prit un petit face-à-main d'or pendu sur sa poitrine par une chaîne pour détailler l'arrivant. D'où elle était, Aurore l'entendit proclamer avec un gros rire qu'il était bien bâti et qu'il fallait voir si le ramage correspondait au plumage. Ce qui parut le comble de la drôlerie et déchaîna une tempête de rires courtisans assaisonnée de plaisanteries de mauvais goût tandis que Nicolas allait prendre sa place au milieu des musiciens.

En dépit de l'échantillon qu'il en avait donné précédemment, Aurore n'arrivait pas à chasser son inquiétude. Selon elle, il était à peu près impossible de s'improviser chanteur de théâtre et elle ferma les yeux quand les violons préludèrent. Il est vrai que les convives faisaient un tel bruit que, au fond, si Nicolas n'était pas à la hauteur cela n'aurait pas beaucoup d'importance. D'autant qu'une bonne moitié était déjà ivre. Mais à peine eut-il lancé les premières notes que l'invité d'honneur hurlait un « taisez-vous tous ! » tonitruant qui généra un silence immédiat et rouvrit les yeux de la jeune fille. Elle put alors détailler les personnages de la table d'honneur figés dans une immobilité quasi minérale. L'Electeur Ernest-Auguste avec son visage poupin vermillonné par les libations et ses yeux larmoyants. Sa femme Sophie dont les grandes joues plates s'empourpraient à la moindre colère, maniant furieusement son éventail d'ivoire pour pallier son mécontentement de s'être entendu intimer l'ordre de se taire. Georges-Louis, plus « Groin de cochon » que jamais, qui dodelinait de la tête comme un qui lutte contre le sommeil, sa main rivée au bras d'une géante blonde, rose et molle qui était sa Mélusine.

Le regard d'Aurore ne fit qu'effleurer l'invité qui, renversé dans son fauteuil, semblait sur le point de se pâmer, cherchant la Platen qu'elle n'eut pas de peine à trouver : vêtue et empanachée d'écarlate

« comme le bourreau », elle tenait la gauche de l'invité, en symétrie avec la princesse-électrice dont les bleus évanescents couverts de perles contrastaient violemment avec son rouge. Cruelle, Aurore nota les ravages que la débauche imprimait sur ce visage arrogant. Celle que l'on disait « la plus belle femme d'Europe » avec une évidente flagornerie vieillissait mal et plâtrait à présent d'une couche de blanc épaisse d'un pied des traits en voie d'affaissement qui n'en tiraient aucune amélioration. Le menton avait doublé de volume et, sur les yeux couleur d'émeraude, les paupières se plissaient. Seule la gorge découverte à la limite de la décence semblait encore belle et ferme bien que les baleines du corset y fussent sans doute pour quelque chose. Celle-là ruisselait de diamants et de rubis dont les scintillements brouillaient la vue... mais, soudain, Aurore eut un hoquet et perdit ce plaisir essentiellement féminin qu'elle éprouvait à détailler la favorite vieillissante : une chaîne de pierres précieuses sertissait le décolleté, se rejoignant entre les seins rebondis sur un splendide joyau que la sœur de Philippe reconnut avec une fureur qu'elle eut peine à contenir : c'était, monté en broche et entouré de diamants, le rubis « Naxos » avec lequel cette misérable femme osait se pavaner !

Le choc fut si violent qu'Aurore dut se retirer dans le vestibule de la salle pour y chercher l'appui d'une banquette où elle se laissa tomber tandis que l'effort produit pour se maîtriser la faisait blêmir et lui mettait la sueur au front. L'un des serveurs qui s'étaient rassemblés à la porte s'en aperçut :

– On dirait que tu n'es pas à ton aise, mon garçon ? Tu es le valet du chanteur ?

– Son... son accompagnateur habituel. Ne t'inquiète pas !... Ce n'est rien. La chaleur peut-être ?

– Ici, dans les courants d'air ? En plus tu es tout blanc... Attends ! Je vais te chercher un remontant.

Ce brave homme revint au bout d'un instant avec un gobelet de vin qu'il voulut mettre dans les mains d'Aurore mais celles-ci tremblaient tellement qu'il y renonça et la fit boire lui-même.

– Là !... Doucement !... Ça va te requinquer. C'est de la malvoisie...

En effet, Aurore se sentit mieux rapidement. La chaleur du vin chassa la vague de froid qui l'avait envahie. En remerciant le garçon, elle s'étonna qu'il ait pu lui donner un vin de cette qualité...

– Dans cette maison, quand il y a un festin, on peut se servir comme on veut. Le majordome s'enivre encore plus vite que Son Altesse. Tiens, je te laisse le reste ! Il faut que je retourne à mon service... On dirait que ton maître a du succès.

En effet, un tonnerre d'applaudissements saluait la fin de l'air que Nicolas dut bisser et même trisser avant qu'on lui permette de chanter une autre mélodie. C'était un vrai triomphe mais, justement, c'était trop pour Aurore. Elle n'avait qu'une envie : se réfugier dans un coin tranquille, obscur et silencieux de préférence, pour y prendre un peu de repos et mettre de l'ordre dans ses idées. Loin de la Platen, surtout ! La haine que cette ignoble femme lui inspirait l'aveuglait et la rendait sourde au point de perturber son esprit toujours si clair. Une seule pensée surnageait : inutile de chercher ce qu'avait pu devenir l'envoi de Philippe à Lastrop : la Platen avait fait main basse dessus... Restait à savoir comment ?

Décidée à rentrer chez les Stohlen, elle chercha celui qui l'avait secourue pour qu'il prévienne Nicolas, ne le trouva pas et confia son message à l'un des musiciens qui, profitant d'un moment où le chanteur s'accompagnait lui-même à la guitare, s'était esquivé pour satisfaire un besoin urgent.

Elle atteignait l'escalier d'honneur où s'alignaient des hallebardiers monumentaux quand le serviteur qu'elle avait cherché la rejoignit et la prit par le bras.

– Pas par-là ! fit-il. Tu n'as droit qu'à l'escalier de service que je vais te montrer...

Quand ils ne furent plus à portée d'oreilles étrangères, il changea subitement de ton :

– Veuillez me pardonner d'avoir osé vous tutoyer, Mademoiselle la comtesse, mais je ne pouvais pas faire autrement. Si vous voulez rentrer, je vais vous accompagner. Vous risquez de mauvaises rencontres cette nuit... les autres aussi d'ailleurs !

Elle se figea sur place et le regarda avec accablement. Encore un ! Alors qu'elle se croyait si parfaitement grimée ! Mais elle était trop lasse pour prendre la peine de nier :

– Comment m'avez-vous reconnue ? soupira-t-elle.

Il se mit à rire et glissa un objet dans sa main :

– Quand on arrive avec une moustache, il vaut toujours mieux l'avoir encore à la sortie... avec le respect que je dois à Mademoiselle ! En outre, j'étais l'un des valets de pied de M. le comte :

Donner ! Joachim Donner !... encore tout à votre service...

Cette fois elle le regarda et, en effet, se souvint de ce visage plein et avenant, de ce sourire paisible qu'elle n'eut aucune peine à habiller aux couleurs d'autrefois.

– Joachim Donner !... Oh oui, je me souviens ! Vous étiez de ceux dont mon frère réclamait le plus souvent les services. Quand je suis revenue à Hanovre, après avoir appris sa disparition, je me suis rendue directement à sa demeure et je n'ai plus rencontré âme qui vive. Qu'étiez-vous devenus, vous, ses serviteurs ?

– Deux jours après son départ on nous a fait savoir qu'il s'absentait pour longtemps, que la maison serait fermée et que nous devions rentrer au palais dont, soit dit en passant, la plupart d'entre nous avaient été détachés.

– Et vous n'en avez pas été surpris ?

– Si, naturellement... et désolés aussi. Nous étions bien chez M. le comte. Ce qui n'est vraiment pas le cas ici ou à Herrenhausen. En dépit de ses coups de gueule c'était un plaisir de le servir... et davantage encore Mademoiselle !

– Aucun de vous n'est allé chez Mme de Platen ?

– Deux, mais, outre qu'ils ne venaient pas des palais, j'ai toujours été persuadé qu'ils sortaient de chez elle et qu'ils étaient là pour surveiller notre maître.

– Je me demande s'il existe un endroit à Hanovre où elle n'a pas d'espions...

– Pas seulement à Hanovre. L'époux de la dame

est premier ministre, ce qui lui permet d'élargir ses vues.

Sortis du Leineschloss par une petite porte, on fut rapidement devant la maison Stohlen où Hilda devait veiller si l'on en jugeait par les deux fenêtres éclairées. Aurore se tourna vers Joachim et, d'un geste spontané, lui tendit une main que, confus, il osa à peine toucher :

– Merci de m'avoir ramenée à bon port, Donner ! Puis-je vous demander de me rendre encore un service ?

– Ce que Mademoiselle voudra. C'est au sien que j'aimerais revenir !

– Il pourrait se faire. J'habite l'hôtel Wrangel à Hambourg... Et au sujet de ce service, je voudrais que vous veilliez sur mon pseudo-maître. Je ne serai tranquille que lorsqu'il sera rentré...

– Je ferai de mon mieux mais, si Mademoiselle la comtesse le permet, je ne serai tranquille, moi, que lorsqu'elle aura quitté cette ville !

– Demain matin si tout va bien. Moi aussi j'ai hâte de partir.

Elle retint de justesse le « quoique » qui lui venait. Ce garçon lui était sympathique et elle savait que Philippe le voyait ainsi, mais la prudence conseillait de ne pas trop se livrer. Pour le moment il en savait assez et elle le laissa s'enfoncer dans la rue obscure. Quant à ce qu'elle avait failli confier imprudemment, c'était son envie soudaine d'aller rôder autour de « Monplaisir », la riche demeure des Platen à mi-chemin entre le Leineschloss et Herrenhausen, mais cela ne l'aurait avancée à rien. En dépit du fait que les maîtres étaient absents, la maison devait être étroitement gardée. Surtout si elle recelait le trésor que Lastrop n'avait jamais vu arriver. Ce qui, après ce qu'elle venait de voir, ne faisait plus le moindre doute pour Aurore.

Ainsi qu'elle le pensait, elle trouva Hilda assise près de sa cheminée, en robe de chambre et bonnet de laine, en train de boire du lait chaud additionné de rhum :

– En voulez-vous ? proposa-t-elle. Il fait un froid d'enfer cette nuit.

– Volontiers ! accepta Aurore en tirant un fauteuil pour se rapprocher du feu vers lequel elle tendit ses mains glacées. J'ai eu une sorte de malaise ce soir et j'ai préféré revenir. Nicolas n'avait d'ailleurs pas besoin de moi et s'accompagne parfaitement lui-même à la guitare.

– Et... cela a marché ?

– Un vrai triomphe ! Qui, je l'espère, ne va pas s'éterniser parce que je voudrais repartir au petit matin.

– Si j'étais vous je n'y compterais pas trop ! Si votre ami a soulevé l'enthousiasme du prince de Hesse, il va vouloir se l'attacher.

– Il ne peut pas demander ça. Ce serait faire injure à son hôte que vouloir lui prendre un chanteur entendu chez lui...

– C'est juste ! Mais Son Altesse l'Electrice Sophie pourrait aussi vouloir le garder ?

– Ce qui serait pire ! Seigneur Dieu ! Je n'aurais jamais imaginé que ce garçon pouvait soulever les foules. Où est-il allé chercher une voix pareille ?

Hilda se mit à rire :

– C'est ce qu'on appelle un don de Dieu et Dieu

distribue ses dons comme bon lui semble, vous savez que ses voies sont impénétrables.

– Tellement même que l'on a souvent du mal à le suivre ! Ce doit être ce que les Anglais appellent l'humour...

Incapables d'aller se coucher, les deux femmes restèrent à attendre et finirent par s'endormir dans leurs fauteuils respectifs.

Le retour en trombe de Nicolas et de Stohlen les réveilla en sursaut.

– Je désespérais de réussir à leur échapper, dit le premier. Je suis enroué tant ils m'ont fait chanter !... Grâce au Ciel, ils sont presque tous ivres à ne voir plus clair. Cela a été ma chance mais à présent, il faut filer d'ici... et en vitesse... Dépêchez-vous de vous préparer, comtesse ! Vous devez être lasse et je vous prie de m'en excuser...

– Mais enfin pourquoi cette hâte ? demanda Hilda

Ce fut son époux qui lui répondit :

– Ils étaient trois là-haut à se le disputer. L'Electeur, le Hessois et la Platen... encore que Monseigneur l'ait réduite au silence par un maître coup de poing qui l'a envoyée au pays des rêves... mais elle en sortira. Il faut se presser !

– Il n'est que cinq heures, objecta Aurore. Les portes de la villes sont closes...

– On peut en sortir par le parc de Herrenhausen. Je vais vous conduire !

– Vous risquez d'avoir des ennuis, objecta Aurore, et je ne voudrais pas payer si mal votre hospitalité et votre amitié !

– Ne vous tourmentez pas ! répondit Peter

Stohlen gaiement. Celui qui risque d'en avoir, c'est Kasten l'aubergiste puisque j'ai dit que je vous avais trouvés chez lui.

– Il renverra chez vous, forcément.

– Ne vous tourmentez pas, vous dis-je ! Je sais d'avance ce que je raconterai. Ne perdez pas de temps ! Je descends préparer les chevaux et je vous attends à l'écurie...

Un quart d'heure plus tard, les deux voyageurs disparaissaient dans la profonde obscurité qu'engendre la dernière heure précédant le lever du jour. Ils purent s'engager dans l'allée des tilleuls menant au palais sans rencontrer âme qui vive. Ils tenaient leurs chevaux en bride en leur pinçant les naseaux pour les empêcher de hennir. Leur chance voulut qu'à ce moment il se mit à neiger.

– Voilà qui va effacer vos traces, constata Peter avec satisfaction. Allez, et que Dieu vous garde !

– Que surtout il vous garde tous les deux !

Après avoir embrassé le brave homme comme elle avait embrassé Hilda, Aurore enfourcha son cheval et rejoignit Asfeld qui avait pris le trot avant de passer au galop. La route était vide et filait à travers une campagne déjà blanche. La neige tombait à gros flocons mais doucement, comme si une main céleste éparpillait négligemment le contenu d'un gigantesque édredon de plume. Il faisait moins froid tout à coup.

Le jour se levait quand on aperçut la frontière. On n'avait rencontré personne depuis Hanovre, mais une sentinelle faisait les cent pas entre une cabane peinte aux couleurs de Hanovre et la barre de bois à contrepoids placée en travers du chemin.

A vingt mètres de là, le même dispositif se retrouvait sous les couleurs des Brunswick-Lunebourg, ducs de Celle. Asfeld retint son cheval :

– Le saut d'obstacles vous fait-il peur, comtesse ?

– Absolument pas ! Et j'avouerais que j'aime assez ça !

– Alors, on y va !

Lançant sa monture au galop de charge, Nicolas tira de sa poche un papier d'où pendait un sceau au bout d'un ruban rouge et brailla en franchissant l'obstacle :

– Mission spéciale de Mgr le prince Electeur !

Il passa tel un éclair sous les yeux ensommeillés du factionnaire, immédiatement suivi par Aurore, et renouvela l'exploit en arrivant sur le poste frontière de Celle, mais en variant le texte. Cette fois, ce fut :

– Ordre de Son Altesse Mme la duchesse de Celle !

La phrase résonnait encore que les deux cavaliers avaient déjà pris leurs distances. Quant aux sentinelles, elles n'avaient pas compris ce qui leur arrivait. On fut à Celle juste avant la fermeture des portes et l'on gagna la maison de la baronne Berckhoff. Aurore, pour sa part, était rompue. Cette chevauchée forcenée après une nuit sans sommeil l'avait menée aux limites de sa résistance. Elle tomba dans les bras de la baronne accourue dans la cour à l'annonce de leur arrivée :

– Faites-moi l'aumône d'une soupe chaude et d'un lit, mon amie ! lui dit-elle. Il me semble que je ne tiens plus debout...

– Vous les aurez et plus si vous le désirez. Sans oublier le temps de vous reposer. Et vous, lieutenant, remontez-vous au château ou puis-je vous offrir à souper ?

– Le souper sera bienvenu. Nous courons depuis Hanovre d'où il était urgent de sortir et nous n'avons fait halte qu'un moment dans une mauvaise auberge, le temps de faire reposer les chevaux et d'avaler une choucroute qui avait dû mariner dans du vitriol !

– Apportez-vous de bonnes nouvelles ? demanda-t-elle en les accompagnant à la salle à manger où le couvert n'était mis que pour elle. Elle en commanda aussitôt deux autres et réclama du vin d'Espagne et des bretzels tandis qu'on allongerait le menu.

– Bonnes, non. Intéressantes, oui, répondit Nicolas qui avait retrouvé sa raideur militaire comme par magie. Mais n'en devons-nous pas la primeur à Son Altesse ?

– Je peux la faire prévenir si vous vous sentez le courage de répondre à ses questions. Elle est seule au palais. Le duc est parti pour trois jours chasser dans les marais de l'Aller.

– Que peut-il bien chasser là-bas et en plein hiver ? remarqua Nicolas.

– Peut-être des remords. C'est du moins ce que je veux espérer, répondit Charlotte Berckhoff. Les marais entourent Ahlden...

Un valet apportait une soupière d'argent et l'on se mit à table tandis que planait l'ombre désolée de la princesse captive au milieu de ces terres inhospitalières. Les grâces dites, chacun mangea en silence. La baronne avait envoyé prévenir la duchesse et l'on se borna, tout en absorbant un copieux repas, à vanter la chaleur de l'accueil reçu chez les Stohlen grâce à la baronne. Autrement dit, on parla surtout d'eux et de l'atmosphère qui régnait à Hanovre. On en était au dessert composé d'une compote de prunes et de craquelins quand la duchesse Eléonore entra en coup de vent. Elle avait dû sauter de son carrosse l'écho des roues ferrées à peine éteint. Elle ne s'encombra guère des politesses de l'arrivée.

– Alors ? fit-elle seulement en prenant place dans le fauteuil que lui avançait sa suivante. Qu'avez-vous appris ?

Ce fut Aurore qui ouvrit le feu :

– Que le secrétaire vient d'être assassiné et que, de toute évidence, les joyaux que sa lettre annonçait à Lastrop ont trouvé refuge chez la Platen. Ce qui donne à penser que l'argent y est aussi. Je pense qu'elle a eu connaissance par l'un de ses nombreux espions de ce que préparait mon frère et, s'il est parti de Hanovre, le chargement n'a pas dû aller loin.

De sous les paupières rétrécies d'Eléonore de Celle, un éclair de colère s'échappa :

– Comment pouvez-vous en être sûre ?

– Hier soir, à la fête donnée au Leineschloss pour le duc de Hesse-Cassel, le rubis « Naxos » brillait sur la gorge de cette femme. Et, croyez-moi, Madame, je le connais parfaitement, la dernière fois que je l'ai vu...

L'émotion nouait sa gorge et une larme lui

monta aux yeux. Ce qui eut le don d'agacer la duchesse...

– Ah, vous n'allez pas vous mettre à pleurer ! Racontez, Asfeld !... A moins que vous ne soyez vous aussi atteint de sensiblerie ?

– Aux ordres de Votre Altesse !

Le récit gagna sans doute en clarté mais, dépouillé de sentiment, il ressemblait davantage à un rapport militaire qu'à la relation romantique d'une aventure dont le danger n'était pas exclu. Aurore ne put s'empêcher de le lui faire remarquer :

– Vous chantez comme un ange, mon ami, mais vous racontez comme une commission d'enquête.

Nicolas s'empourpra mais n'eut pas le temps de protester. La duchesse s'écriait :

– Il chante ? Voilà qui est nouveau ! Et il chante quoi ?

– L'opéra, Votre Altesse... la romance, les... les chants de guerre, émit le malheureux devenu ponceau.

– Et comment se fait-il que nous ne le sachions pas ? s'indigna Eléonore remontée sur son trône par le truchement du pluriel de majesté.

– Parce que je ne pensais pas que cela pût intéresser Votre Altesse. C'est un mince talent de société. Ma mère trouvait que j'avais une voix agréable et m'a fait donner des leçons. Je chante surtout pour mes camarades de régiment... et à l'église... avec les autres ! Si j'ai mentionné ce fait à Peter Stohlen, c'est uniquement pour le tirer d'embarras. Le pauvre ne savait plus que faire. Avec ces gens de Hanovre, il faudrait posséder une baguette magique pour les servir comme ils l'entendent...

– C'est moi qui vous entendrai, mon garçon, et pas plus tard que demain ! Je verrai ensuite à vous faire détacher à mon service personnel. En attendant, continuez donc votre histoire, comtesse ! On en était au moment où vous rentriez chez les Stohlen pour leur faire vos adieux... et pas d'émotion superflue, je vous prie !

– Aux ordres de Votre Altesse. C'est justement là qu'intervint l'épisode du chant...

Et Aurore, prise par le jeu d'ailleurs, raconta comment s'était passée leur soirée sans omettre le moindre détail. Les deux femmes l'écoutèrent avec une attention passionnée mais, quand elle eut fini, la duchesse parut tomber dans une profonde rêverie. Accoudée à son fauteuil, le menton reposant sur la paume de sa main où scintillaient des améthystes et des diamants, elle fixait les flammes comme si elle en attendait une réponse. Les autres, osant à peine respirer, se gardèrent prudemment de la troubler. Cela dura si longtemps qu'Aurore, exténuée, faillit s'endormir. Un coup de coude de Charlotte Berckhoff l'en sauva au moment même où la duchesse revenait sur terre et s'adressait à elle :

– Que comptez-vous faire, à présent, comtesse Aurore ?

– Rentrer à Hambourg, s'il plaît à Votre Altesse.

– Je ne suis pas certaine, justement, que cela me plaise. Qu'y ferez-vous ?

– Discuter de ces choses avec ma sœur, Mme de Loewenhaupt, après quoi, je compte en appeler au nouveau prince-électeur de Saxe qui est le meilleur ami de mon frère pour le mettre au courant de ce que nous venons de voir.

– Qu'espérez-vous ? Qu'il déclare la guerre à Ernest-Auguste, aille assiéger Hanovre et passe à la question ceux qui ont trempé dans cette vilaine affaire ? Vous risquez de rester longtemps sans nouvelles car cela prendra un bon moment. Je pense qu'il devrait y avoir mieux à faire... Ma bonne Berckhoff, verriez-vous un inconvénient à garder Mlle de Koenigsmark près de vous pendant quelques jours ?

– Absolument pas ! Au contraire, répondit celle-ci avec un sourire à l'adresse de la jeune fille. A quoi pensez-vous, Madame la duchesse ?

– Je vous le dirai demain ! Venez au château après ma toilette et amenez cette jeune dame, en vêtements féminins s'il vous plaît ! Je vous fais confiance pour y remédier. Elle passera pour celle de vos femmes qui veille sur vous jusqu'à ce que votre jambe soit guérie. Un léger grimage suffira : peu de gens la connaissent ici. Sinon pas du tout, et mon époux ne sera pas rentré. Quant à vous, ajouta-t-elle en se tournant vers Asfeld, vous rentrez à vos quartiers mais attendez-vous à être appelé chez moi à tout instant. Si vous étiez de garde ce serait une bonne chose.

– C'est que je ne sais plus guère où en sont les tours de garde. Absent, Monseigneur a dû emmener du monde...

– Sans doute, sans doute ! C'est ce que nous verrons !

Elle repartit comme elle était venue, dans une

sorte de tourbillon en rassemblant ses velours, ses fourrures et ses coiffes de dentelle, disparaissant aussi subitement qu'un fantôme mais laissant derrière elle un intense parfum de rose et de jasmin...

Aurore n'avait même pas eu le temps d'une révérence.

– Qu'a-t-elle dans l'idée ? demanda-t-elle.

– Avec elle on ne peut jamais savoir, fit la baronne en allant prendre le bras de son invitée. En attendant, venez dormir ! Vous en avez le plus grand besoin !

CHAPITRE VII

LA PRISONNIÈRE D'AHLDEN

Ce fut sans aucun plaisir qu'Aurore pénétra le lendemain dans la chambre de la duchesse. Elle en avait gardé un trop mauvais souvenir ! Pourtant l'atmosphère n'était plus la même. Le ballet des chambrières venait de s'achever autour d'Eléonore qui, assise à sa table de toilette s'examinait avec attention dans le miroir, prête à une immédiate critique mais non, tout était parfait. Autour de la « fontanges » de rubans violets et de dentelle empesée, les beaux cheveux argentés s'ordonnaient admirablement, laissant couler avec grâce deux longues boucles le long du cou.

– Alors, ma bonne Berckhoff ! Vous nous revenez ? s'exclama-t-elle en voyant paraître les deux femmes dont l'une s'appuyait d'une main sur une canne et de l'autre à l'épaule de sa compagne. Comment va cette jambe ?

– Comme Votre Altesse peut le voir. Il me faut encore du secours. Surtout avec tous ces escaliers ! soupira-t-elle.

– Que ne vous faites-vous porter par des laquais ? Ils sont là pour cela, que diantre ! Tenez, asseyez-vous et, vous, petite, restez à ses côtés. Puis d'un geste qui englobait la coiffeuse et les autres : « Merci, c'est impeccable. Je n'ai plus besoin de vous !... A l'exception d'Ilse toutefois ! »

Une jolie fille blonde se détacha du groupe et revint se tenir modestement à la tête du lit dont elle arrangea les oreillers, assez loin pour n'être pas gênante si la duchesse baissait le ton, mais celle-ci ne dit rien avant que les portes ne fussent refermées. Encore se leva-t-elle pour s'assurer en personne qu'aucune oreille indiscrète ne traînait autour de sa chambre. Après quoi, prenant la soubrette par la main, elle revint s'asseoir devant son miroir de Venise.

– Voici Ilse Fizen, présenta-t-elle. Vous l'avez déjà vue ici, baronne, bien qu'elle n'y soit pas depuis longtemps.

– Votre Altesse l'a recueillie l'automne dernier, où elle l'avait trouvée exténuée et blessée au cours d'une chasse ?

Vue de près, la jeune fille était moins belle qu'Aurore ne l'avait cru tout d'abord. La silhouette était charmante, la chevelure blonde semblait magnifique sous le bonnet de mousseline blanche orné de rubans roses et les yeux, grands et agréablement fendus, d'un bleu très doux. Malheureusement une balafre qui allait du coin de la bouche à la tempe gauche abîmait l'un des profils de cette jeune fille qui pouvait avoir vingt-deux ou vingt-trois ans, tirant vers le bas le coin d'un œil. Elle semblait douce et timide, ce qui fit comprendre à Aurore qu'elle avait devant elle une victime.

– Ilse est hanovrienne, poursuivit la duchesse. Elle était la fille unique d'un garde-chasse de l'Electeur qui venait d'être tué par un sanglier. Comme elle était devenue orpheline et sans ressources, la Platen l'a prise en tant que femme de chambre. Un caprice qui lui était passé par la tête ! Jusqu'au jour où l'Electeur Ernest-Auguste a remarqué sa beauté et fait auprès d'elle des travaux d'approche. La Platen, alors, est entrée dans une fureur dont elle seule a le talent : elle devint monstrueuse. C'est sa cravache qui a défiguré Ilse mais le corps porte d'autres cicatrices car elle l'avait d'abord obligée à se déshabiller. Ensuite, l'un des valets-à-tout-faire qu'elle doit payer grassement a emporté Ilse à demi morte jusqu'à la frontière du duché. Il l'y a abandonnée dans les broussailles. Où nous l'avons trouvée. Quand elle a été guérie, je l'ai gardée près de moi.

– A l'entière satisfaction de Votre Altesse il me semble, précisa Mme Berckhoff tandis que la jeune fille pliait vivement le genou pour baiser la main d'Eléonore. Celle-ci lui sourit :

– C'est bien, ma fille ! A présent, va dans l'antichambre. Le lieutenant d'Asfeld doit y attendre mes ordres. Amène-le-moi !

Quand Ilse eut disparu aussi légère qu'une ombre, la duchesse reprit :

– Elle n'était malheureusement plus à Hanovre au moment de la disparition du comte Philippe, ce que nous pouvons déplorer. Cependant, elle n'en est pas moins précieuse parce qu'elle est intelligente et observatrice. J'ai acquis la certitude que nulle ne connaît aussi bien qu'elle les habitudes de la Platen, ses serviteurs ainsi que la configuration intérieure de ce « Monplaisir » dont elle est si fière et où elle joue à la sultane. Ilse a tout visité, tout examiné et, surtout, elle possède une mémoire prodigieuse... Ah ! Les voici ! ajouta-t-elle quand la jeune fille revint accompagnée de Nicolas

Réintégré dans son uniforme vert doré sur tranche et sa raideur militaire, Asfeld avait belle allure. Aurore n'en regretta pas moins, en son for intérieur, le chanteur aux rubans de satin bleu sous son masque blanc. Ce n'était sans doute qu'une apparence, mais combien plus attirante que la réalité ! Au garde-à-vous devant la duchesse qu'il venait de saluer, il attendait qu'elle lui adresse la parole. Celle-ci eut un petit rire moqueur :

– Repos, lieutenant ! Posez votre chapeau et votre épée sur ce coffre et asseyez-vous ! Il y a là un tabouret.

– Votre Altesse ! protesta-t-il, choqué.

– Eh quoi ? Je suis votre souveraine, il me semble ? Alors je vous dis de vous asseoir. Ce n'est pas à l'officier que je m'adresse mais à cet artiste qui, avant-hier, soulevait l'enthousiasme de cette méprisable cour de Hanovre... J'entends que vous le fassiez revivre !

Habitué à recevoir des commandements aussi divers que variés, Asfeld ne broncha pas, se contentant de demander :

– A quelle occasion, s'il plaît à Votre Altesse ?

– Vous le verrez. En tout cas, pas ici : vous retournez chez mon beau-frère de Hanovre !

Le jeune homme était à peine assis. Il se retrouva debout :

– Votre Altesse ! C'est impossible !

– Impossible n'est pas français et vous n'imaginez pas à quel point je me sens française en ce moment. Je répète donc : vous retournez à Hanovre mais pas au Leineschloss. Vous irez directement chez la comtesse de Platen !

– Moi ? Chez cette...

– Mégère, putain, guenipe, ribaude, succube... je vous offre un large éventail d'épithètes. Cependant vous irez et elle vous accueillera à bras ouverts, croyez-moi ! Nulle femme au monde n'est aussi sottement vaniteuse que cette garce. Vous m'avez bien dit qu'à la fin du concert, elle s'était presque battue pour vous avec Hesse-Cassel et son vieil amant Ernest-Auguste, et même que celui-ci avait imposé sa façon de voir avec un vigoureux coup de poing ?

– C'est vrai mais...

– Donc j'ai raison. Vous allez chez elle, vous la charmez et surtout, vous vous arrangez pour fouiller à fond sa maison...

– Si Votre Altesse permet que je l'interrompe, coupa Aurore, M. d'Asfeld était avec moi quand il s'est produit devant l'Electeur et chez la Platen, je risque d'être reconnue...

– Aussi n'irez-vous pas. J'ai besoin de vous... ailleurs ! Revenons à vous, lieutenant ! Mlle de Koenigsmark ne vous l'a peut-être pas dit mais, au cours de votre concert elle a remarqué au cou de la femme un très beau rubis jadis offert à son oncle par le doge de Venise. Cela prouverait qu'elle a réussi à s'approprier un envoi important en argent et en joyaux envoyé au banquier Lastrop à

Hambourg à la veille de la disparition du comte. La plupart des bijoux appartenaient sûrement à ma fille.

– Et Votre Altesse veut que je... vole ce rubis ?

– Pourquoi pas, mais ce n'est pas le plus important. Je veux que vous examiniez la cassette, les papiers, le maximum de ce qui touche à cette femme. Je veux aussi, ajouta-t-elle avec un coup d'œil à Aurore, que vous essayiez d'apprendre si elle est impliquée dans la disparition du comte Philippe. Naturellement vous y allez seul – votre « accompagnateur » sera tombé malade – mais, avant de partir, vous allez passer de longues heures en compagnie d'Ilse, la femme de chambre qui vient de vous introduire et que la Platen a chassée et meurtrie naguère. Elle vous expliquera ce que vous devez savoir sur le château de Monplaisir : la disposition des pièces, des meubles et principalement l'endroit où elle cache ses secrets... en admettant que la dame ne vous les confie pas sur l'oreiller !

– Sur l'oreiller ? Votre Altesse ne veut pas...

– Que vous deveniez son amant ? Il est plus que probable qu'elle vous lancera le mouchoir. Vous êtes jeune, agréablement bâti et pas plus laid qu'un autre. Surtout sous le masque puisque vous passez pour défiguré. Sans compter votre voix. C'est plus qu'il n'en faut pour éveiller la convoitise de cette vieille gaupe ! On raconte que même ses valets passent dans son lit.

– Mais je ne pourrai jamais, protesta le malheureux. Votre Altesse doit savoir que pour accomplir certains... gestes, il est nécessaire à un homme d'avoir un minimum de...

– D'appétit ? fit la duchesse narquoise. Arrangez-vous pour en avoir ! Soûlez-vous ou prenez un aphrodisiaque quelconque mais agissez en sorte de la satisfaire !

– Si je peux me permettre, flûta Charlotte Berckhoff, certains bruits me sont revenus des quatre vents car la réputation de cette dame n'est plus à faire. Elle disposerait de plus de moyens d'obtenir satisfaction qu'une bacchante ou une servante de Vénus...

Aurore, de son côté, ne dit rien. Elle regardait Nicolas avec une sincère compassion et une légère appréhension. Il était visiblement désespéré de débattre d'un tel sujet en sa présence. D'ailleurs, il n'osa pas la regarder et cela la toucha davantage que les regards énamourés dont il la couvait quand il s'imaginait qu'elle ne le voyait pas. Il n'en avait pas moins été pour elle un excellent compagnon en tous points digne de confiance et elle comprit qu'il lui fallait l'aider ne serait-ce qu'un peu. Elle se leva pour aller poser une main sur son épaule. Qu'elle sentit trembler sous le drap d'uniforme :

– C'est beaucoup vous demander ou aurais-je tort ? fit-elle avec une infinie douceur. Mais vous ne manquez pas de vaillance et c'est une guerre comme une autre que nous entreprenons. Madame la duchesse – et c'est naturel ! – veut savoir quel rôle exact joue cette femme dans le malheur de sa fille et moi je suis de plus en plus persuadée qu'elle est au courant de ce qui s'est passé. Si, grâce à vous, mes doutes pouvaient se dissiper...

Uniquement conscient à cette minute de la main

soyeuse posée sur lui, Nicolas leva sur la jeune fille un regard où elle lut que, pour elle, il accepterait de traverser l'enfer lui-même.

– En ce cas, je la tuerai ! J'en fais le serment !

– Je vous le défends !... En tout cas pas avant moi ! Je veux être présente !

– Quoi qu'il en soit, l'affaire est close, intervint Eléonore qui avait observé avec un vif intérêt la courte scène. Et, rassurez-vous, Asfeld ! Si vous deviez payer de votre personne, ce ne serait jamais qu'un mauvais moment à passer. En outre, il se peut que la chance soit avec vous et que votre mission soit brève. Alors vous reviendrez ! Ces gens veulent du théâtre, ils vont être servis...

Nicolas se leva, rectifia la position et, claquant des talons :

– Aux ordres de Votre Altesse Sérénissime ! Quand dois-je partir ?

– Dès qu'Ilse vous aura mis au courant de tout ce qui vous sera utile. Ah, j'allais oublier : possédez-vous un serviteur de confiance, quelqu'un d'absolument sûr ?

– Josef, mon valet qui est aussi mon frère de lait.

– Dans ce cas, emmenez-le et laissez-le à l'auberge la plus proche de « Monplaisir » où vous serez sans doute logé. Il est bon que l'on puisse nous donner des nouvelles... quelles qu'elles soient !

Sur ces fortes paroles qui ne péchaient pas par excès d'optimisme, elle congédia le jeune homme. Il salua profondément, non sans regarder Aurore comme s'il ne devait la revoir de sa vie, et rejoignit

Ilse dans le cabinet d'écriture de la duchesse où ils allaient passer un long moment.

Eléonore de Celle attendit que la porte se fût refermée sur eux. Alors seulement, elle se tourna vers ses deux visiteuses...

Quelques jours plus tard un luxueux carrosse de voyage aux portières frappées des léopards d'or, du lion d'azur, des faucilles d'argent et de l'étoile d'or sur champ de gueules des ducs de Brunswick-Lunebourg franchissait la porterie du palais de Celle sous la protection d'une dizaine de cavaliers de la garde. Un instant encore, et il s'arrêtait brièvement devant la maison de la baronne Berckhoff : juste le temps pour celle-ci de se hisser à l'intérieur avec l'assistance de deux laquais. L'atmosphère légèrement brumeuse était très froide et justifiait un habillement quasi polaire : sur plusieurs épaisseurs de jupes, jupons, de vêtements de velours et d'écharpes de soie sans compter les coiffes qui lui entouraient entièrement la tête, la baronne portait une chaude mante noire à large capuchon entièrement doublée de petit-gris comme le grand manchon de velours où disparaissaient ses doigts gantés de mitaines de laine.

La duchesse Eléonore qui lui tendit la main pour l'aider à prendre place était emmitouflée comme elle ; la seule différence étant que sa mante était doublée de zibeline. Autrement, pour la forme et la couleur, les vêtements étaient identiques. En outre, une couverture de martre était posée sur ses genoux :

– Vous avez l'air gelée, ma pauvre Berckhoff ! fit-elle en riant quand sa dame d'honneur eut réussi à se caser auprès d'elle. Vous sentez-vous bien ?

– Assez bien, Madame, et j'en remercie Votre Altesse. Elle sait combien je suis frileuse, mais grâce à Dieu ma jambe va mieux !

– Vous n'aurez pas froid. Nous avons là des chaufferettes garnies de braises et sous cette bonne couverture nous nous réchaufferons mutuellement. Allez, cocher !

Le marchepied fut relevé, la portière refermée et la voiture dont les mantelets étaient à moitié baissés reprit son chemin, franchissant la porte de la ville comme si elle se rendait à Hambourg puis obliquant rapidement à gauche pour rejoindre la route menant à Verden et à Brême. Ce voyage représentait une victoire de la duchesse et, confortablement enfoncée dans les coussins de velours, la tête appuyée au dossier, elle fermait les yeux pour mieux en goûter la saveur : elle avait réussi à arracher à son époux la permission de rendre visite à sa fille. Ce qui n'avait pas été sans peine...

Lorsqu'il était revenu, trois jours auparavant, de « chasser l'oie sauvage » dans les marais de l'Aller, le duc était de si mauvaise humeur que sa femme jugea prudent de ne pas ironiser sur la maigreur du tableau de chasse. Elle savait bien qu'il était allé là-bas pour une tout autre raison et en avait eu confirmation quand, le rejoignant au salon des Arts avant de passer à table, elle l'avait trouvé les mains au dos et la tête dans les épaules, tournant autour d'un guéridon tel un vieux sage chinois autour d'une idée essentielle tandis que la Cour, visiblement inquiète, se massait à l'autre bout de l'élégante pièce, peu désireuse d'entamer un dialogue qu'elle sentait périlleux. Eléonore, elle, n'avait que faire de ces dialogues : elle connaissait à fond son Georges-Guillaume et, au fil des ans, avait appris à ne pas le redouter. Elle alla s'asseoir aux environs de la table en question :

– Eh bien, mon ami, vous êtes satisfait de votre petit voyage ? Les choses vont-elles à votre convenance ?

Il arrêta sa promenade devant elle et grogna :

– La chasse était bonne. Merci !

– Oh, ce n'est pas à cela que je faisais allusion, fit-elle, baissant tout de même la voix pour ne pas être entendue des autres. Je voulais savoir si vous êtes satisfait des conditions d'existence que votre abominable frère vous contraint de faire à notre fille, sur nos propres terres ?

– A votre place, Madame, j'éviterais un sujet dont vous savez qu'il me fâche.

– Il ne vous fâche pas, il tourmente votre conscience. Ce n'est pas pareil ! Cependant il y a de quoi ! Se faire le geôlier de son enfant pour complaire à un souverain étranger...

– Etranger ? Vous parlez de mon frère !

– C'est encore pire puisque vous le laissez agir chez vous à sa guise ! Non, mon seigneur époux, vous ne me ferez pas croire que cette situation vous met à l'aise et si vous n'êtes pas à prendre avec des pincettes c'est que votre conscience vous tourmente.

– Laissez ma conscience où elle est et sachez

qu'elle ne me fait aucun reproche. Et... là-bas, tout va au mieux !

– En vérité ?

– En vérité ! A présent passons à table !

– Une minute s'il vous plaît ! Vous dites que tout va pour le mieux, j'en suis enchantée, mais je le serais davantage si je pouvais m'en assurer par moi-même.

Il s'apprêtait à filer vers la salle à manger dont deux laquais venaient d'ouvrir les doubles portes mais s'arrêta et tourna vers elle un regard noir :

– Il ne saurait en être question ! Allons, venez !

– Je ne bougerai d'ici que satisfaite. C'est dire que nous allons causer. Aussi faites-moi donc le plaisir d'envoyer ces gens souper ailleurs ! Cela leur laissera le choix entre jeûner ou aller à l'auberge.

– Mais l'étiquette...

– Vous me faites rire avec votre étiquette. Nous ne sommes pas à Versailles où elle régente des êtres civilisés. Ce qui n'est pas le cas chez nous. Allons, mon ami, ajouta-t-elle avec une grâce soudaine, il vous est tellement pénible de souper en tête à tête avec moi ? Puis comme il hésitait encore : « Décidez-vous ou je m'en charge personnellement ! »

Il s'exécuta de mauvaise grâce et offrit sa main à son épouse pour la conduire à la table ducale autour de laquelle plusieurs autres gravitaient qui allaient rester vides...

– J'ai toujours apprécié l'intimité ! fit Eléonore en dépliant sa serviette tandis que son regard ironique faisait le tour de l'immense salle aux boiseries dorées, aux plafonds peints de personnages mythologiques et où il n'y avait plus qu'eux, le maître d'hôtel et un nombre restreint de serviteurs. Pour se donner du courage, Georges-Guillaume engloutit d'un trait une chope de bière dont le contenu devait approcher celui d'une bouteille. Sa femme le laissa faire puis observa :

– Vous n'êtes pas raisonnable : vous allez encore vous plaindre de ballonnements. Votre santé m'est chère, vous le savez !

– Tant que ça ? grogna le duc. Je me demande vraiment pourquoi ?

– Un reste de tendresse sans doute et aussi le souci de mon avenir. Si vous n'étiez plus là, votre frère se ferait une joie de mettre la main sur vos terres puisqu'en enfermant notre seule enfant avec interdiction de se remarier, il l'a rayée du même coup de la succession. Dieu seul sait, d'ailleurs, quelle longévité on lui accorderait ! C'est la raison pour laquelle je veux la voir...

– Et moi je ne le veux pas !

– Pourquoi ? Craignez-vous à ce point mes reproches quand j'aurai constaté quelles conditions de vie sont les siennes ?

– Elle n'a pas à se plaindre. Ne pouvez-vous me croire sur parole ?

– Non, parce que depuis ce jugement inique, elle a cessé de trouver grâce aux yeux de son père. Il lui reste ceux de sa mère et vous n'avez pas le droit de l'en priver ! En outre, ne suis-je pas la seule, avec vous, qui ait le droit de lui rendre visite ? De surcroît, on lui refuse ses enfants !

– Les enfants sauront suffisamment tôt que leur mère s'est conduite comme une putain...

– Pour la raison qu'elle aime un autre homme que « Groin de cochon » ? Auprès de qui elle n'a pas trouvé un instant de bonheur et qui la trompe ouvertement avec la grosse Schulenburg ? J'ai eu plus de chance, moi : je n'ai jamais aimé que vous...

Mais, en le regardant, elle se demandait où était passé le beau prince qu'elle avait connu à Breda, qui faisait rêver les filles et pour lequel la palatine Sophie eût volontiers échangé son Ernest-Auguste de Hanovre. Les beaux yeux gris qu'elle avait adorés disparaissaient sous les bouffissures de la graisse et s'injectaient de sang... De cela, elle se garda prudemment d'en faire état. Son appel au cher passé semblait en effet avoir atteint son but : il avait reposé la chope que l'on venait de lui remplir et la considérait d'un œil songeur :

– Vous contenterez-vous d'une simple visite ? Disons... d'une heure et sans intention de séjourner... Vous serez rentrée demain soir ? C'est tout ce que je vous accorde.

– N'exagérons rien ! Je vous rappelle qu'il fait un temps abominable.

– Attendez le printemps en ce cas !

– Non. C'est maintenant que je veux y aller. Il me faut deux jours car je ne sais à quelle heure j'arriverai et je suppose que les portes sont closes à la nuit tombante. Je n'y résiderai pas. Il doit certainement y avoir une auberge que vous connaissez puisque vous en venez !

– Oui, mais affreuse et ruineuse. Faites-en l'économie et dormez dans votre voiture si nécessaire !

L'avarice à présent ! Cet exécrable défaut qui, léger dans sa jeunesse, en était venu à l'envahir complètement. S'il n'y avait eu l'orgueil du rang et, surtout, la crainte de faire piètre figure à côté des fastes des Hanovre, il était probable que la cour de Celle eût vécu chichement...

– Vous êtes gracieux ! fit-elle sans songer à cacher son mécontentement. Oubliez-vous qu'il fait froid, que je ne saurais me déplacer sans une escorte et que vous pouvez nous condamner tous à la pneumonie !

– Soit ! Va pour deux jours ! Mais pas un de plus ! Quand partez-vous ?

– Après-demain, je pense. Et naturellement j'emmène la baronne Berckhoff ! Elle m'est indispensable.

– Va pour la baronne mais elle ne devra pas franchir l'enceinte du château...

Eléonore remercia du bout des dents, envahie d'une profonde tristesse en face de cet homme qu'elle avait cru noble et bon, et qui, pourtant, obnubilé par l'ombre de la couronne anglaise étendue sur son frère de Hanovre, ne songeait plus qu'à s'en faire le plat valet !

C'était à cela qu'elle songeait tandis qu'emporté au galop de ses six solides mecklembourgeois ferrés à glace, son carrosse s'enfonçait dans la brume encore légère du matin qui se ferait peut-être plus dense en traversant les landes. Respectant son silence, sa compagne semblait s'être assoupie.

Se penchant sur elle, la duchesse écarta la

capuche et le bavolet de dentelle de la coiffe pour découvrir le visage endormi qu'elle contempla un instant avant de se signer précipitamment. Puis elle les remit en place et, s'enfonçant dans son coin, la main passée dans la dragonne de soie grise, elle se mit à prier le Saint-Esprit. Elle n'aurait pas trop de cette aide toute-puissante pour mener à bien la petite conspiration qu'elle avait imaginée.

En effet, les traits qu'elle venait de contempler n'étaient pas ceux de l'excellente Charlotte Berckhoff mais ceux d'Aurore de Koenigsmark, dont Asfeld avait vanté les dispositions à la comédie durant leur équipée commune chez les Stohlen. En outre, si elle était un peu plus grande que la baronne, la sœur de Philippe était de la même taille qu'elle-même. D'où l'idée de l'emmener afin de l'introduire au château d'Ahlden en ses lieu et place. Il suffirait qu'avant de descendre de voiture, elles échangent leurs mantes semblables à l'exception de la fourrure. Aurore endosserait ses zibelines et serait menée auprès de Sophie-Dorothée.

La raison de ce changement tenait en une seule mais navrante circonstance. Sophie-Dorothée refuserait formellement de s'ouvrir à sa mère qu'elle accusait de partager les vues aussi étroites qu'impitoyables de son père par crainte de se voir répudiée, elle qui n'était née que dans un château poitevin et non aux marches d'un trône princier.

L'avouer à sa jeune compagne avait mis à l'épreuve l'orgueil de la duchesse, mais elle savait que sa fille se confierait plus volontiers à la sœur de son amant qu'elle avait connue durant les deux années qu'Aurore avait passées à Hanovre et qui, en outre, lui ressemblait... C'était un coup d'audace inouï qui pouvait valoir la mort à la jeune fille et, pour sa part, une ignominieuse répudiation, mais l'ancienne Eléonore d'Olbreuse portait en elle le sang de ces chevaliers francs qui avaient affronté victorieusement et chassé de leurs terres les redoutables cavaliers maures d'Abd al-Rahmane, et l'éloge de celui des Koenigsmark n'était plus à faire.

Une dizaine de lieues séparait Celle de ce bout de terre que l'on venait d'élever au rang de duché, mais le chemin n'était pas facile. A mesure que l'on approchait, le silence devenait plus profond entre les deux femmes. Eléonore priait cependant qu'Aurore, réveillée, s'enfonçait dans ses pensées, répétant en quelque sorte le rôle excitant que, de toute façon, elle ne jouerait qu'une fois. Enfin, vers le milieu de l'après-midi, Ahlden fut en vue.

C'était la partie la plus méridionale des landes de Lunebourg, la plus basse et la plus désolée aussi. Là, même en été, point de genévriers ou de bruyères comme dans le Nord rocheux. Un paysage d'une laideur et d'une tristesse indicibles, sans forme ni couleur. Une eau grise, des graviers, des plaques d'herbe rare et jaune avec à l'horizon, pour délimiter le ciel de la terre, un rideau de grêles sapins aux fûts dégarnis ressemblant davantage à la grille d'une prison qu'à un élément de végétation. Quant au château, il dressait sur une boucle de l'Aller qui fournissait l'eau de ses sources, ses murailles de brique d'un rouge sang séché renforcées de colombages de fer en forme de croix et ses tours aveugles où veillaient des soldats l'arme sur l'épaule. Aurore ne put s'empêcher de frissonner et le froid n'y était pour rien. Difficile de croire que cette rivière était la même qui chantait à Celle !

Escorte et carrosse s'arrêtèrent devant le pont-levis relevé. L'officier qui commandait vint au bord de la douve, levant la tête vers le crénelage où se penchait une silhouette. Il annonça d'une voix forte la duchesse de Brunswick-Lunebourg-Celle et ordonna que le pont soit abattu et la herse ouverte.

L'autre sur sa tour bredouilla quelque chose de peu intelligible d'où il ressortit qu'il allait prévenir M. le gouverneur. L'instant suivant, la lourde plaque de madriers renforcée de ferraille descendait lentement en grinçant et vint s'encastrer dans son logis à quelques mètres des chevaux. Presque simultanément accourut le maître des lieux : Auguste-Henri von Wackerbach, un homme entre deux âges dont la figure n'avait rien d'avenant mais annonçait un buveur de bière confirmé. Pas rasé, il avait dû être surpris dans son négligé : sa perruque donnait de la bande, sa tunique copieusement galonnée d'or était à peine boutonnée et il tenait son chapeau à l'envers. Visiblement inquiet, il vint à la portière à laquelle Eléonore se pencha sans tarder, son visage encore masqué. Wackerbach se cassa en deux :

– Que... que désire Son Altesse ?

– Voir ma fille ainsi que ce laissez-passer m'en donne l'autorisation, fit-elle en présentant le document que le « gouverneur » prit avec autant de précautions que s'il s'agissait d'un fer rouge.

– C'est que... il est déjà tard. Mme la duchesse

vient juste de rentrer de sa promenade et c'est l'heure où elle se repose.

– Peu importe ! Je veux la voir, vous dis-je !

Ce disant, elle écartait le masque de velours noir afin qu'il vît nettement son visage courroucé qui, à l'évidence, l'effraya. Il essaya encore, sottement, de gagner un temps inutile :

– Et... l'autre dame ?

– La baronne Berckhoff, ma dame d'honneur. Elle n'est pas autorisée à voir la princesse et restera dans la voiture sous la garde de l'escorte... à laquelle vous pourriez peut-être offrir des boissons chaudes !

– Ma... Madame la duchesse compte... coucher céans ?

– Non. Nous chercherons une auberge ! Il suffit maintenant ! Avancez, cocher ! ajouta-t-elle en se rejetant en arrière et en remettant son masque...

La voiture se mit en marche lentement. A l'intérieur, il faisait très sombre.

– C'est le moment ! souffla la duchesse. Prenez garde ensuite à bien jouer votre rôle ! Et que Dieu soit avec vous !

Rapidement elles ôtèrent leurs mantes qu'elles échangèrent en même temps que leurs places. Les vêtements qu'elles portaient en dessous étant rigoureusement semblables, les masques aussi, c'était à s'y méprendre. Eléonore ôta ses bagues et le bracelet à ses armes qu'elle tendit à son double.

– Il ne faut rien négliger, murmura-t-elle. Faites très attention de surveiller votre voix – depuis la veille, Aurore s'était consciencieusement efforcée de copier le timbre légèrement enroué par un reste de rhume qui facilitait les choses.

On avait franchi le pont-levis, la voûte gothique où s'encastrait la herse et à laquelle succédait une porte à pentures de fer. La voiture s'arrêta au milieu d'une cour qui ressemblait davantage à un puits qu'à une cour d'honneur digne de ce nom. Dans la lumière pauvre d'un crépuscule précoce que trois ou quatre torches plantées dans les grilles s'efforçaient de pallier, Aurore vit des poules en liberté et même un cochon qui, près de la porte ouverte des cuisines, dévorait les détritus qu'on venait de lui jeter. Quel décor pour la délicate créature qu'aimait Philippe !

Soutenue par l'officier d'escorte, elle descendit précautionneusement du carrosse pour se diriger vers une tourelle abritant l'escalier. Dans un château normal, un laquais aurait dû l'y attendre armé d'un candélabre. Là, c'était un soldat tenant une torche dont la flamme rabattue par un coup de vent manqua d'effleurer son visage heureusement protégé par le masque.

– Prenez donc garde, maladroit ! gronda-t-elle du ton exact qu'eût employé Eléonore.

L'homme marmotta une vague excuse et la précéda dans la vis de pierre aux marches usées dont les murs, ayant dû être hâtivement nettoyés, laissaient paraître des traces de salpêtre. Cela sentait affreusement l'humidité...

A l'étage, on pénétra dans une antichambre meublée d'une tapisserie, d'un coffre et de deux bancelles où veillaient deux gardes. Au-delà, il y avait une assez vaste pièce où de lourds meubles Renaissance, du velours jaune et de rares dorures s'efforçaient de composer un salon. Un vieux gentilhomme y jouait aux échecs avec une dame presque aussi âgée que lui mais à l'annonce de la duchesse ils se levèrent pour la saluer. Celle-ci leur rendit une brève inclination de la tête :

– Je veux voir ma fille, leur dit-elle sans prêter attention aux noms qu'ils prononçaient pour se présenter. A eux deux, ils devaient composer la majeure partie de la « cour » d'Ahlden. A ce moment, la porte s'ouvrit sous la main d'une femme de chambre portant des vêtements pliés sur son bras. Elle eut à peine le temps d'esquisser une révérence devant cette femme majestueuse somptueusement vêtue dont la mousseline des coiffes cachait la majeure partie de la figure. Celle-ci l'écarta de la main et franchit la porte avant qu'elle n'eût le loisir de la refermer, puis rabattit elle-même le battant en ordonnant :

– Qu'on nous laisse seules !

Ainsi qu'elle le pensait, elle se trouvait dans la chambre de Sophie-Dorothée et la vit assise, près de la cheminée de pierre, dans une cathèdre d'ébène garnie de coussins, regardant sans les voir les jeux des flammes dont le reflet donnait un peu de vie à son visage aux yeux clos... Habillée de velours noir sans un bijou, sans la moindre dentelle pour en adoucir la rigueur, les mains abandonnées sur ses genoux, elle semblait incroyablement fragile et désolée. Tout cela Aurore l'observa le temps d'un éclair. Son entrée tumultueuse à souhait avait réveillé la jeune femme qui, instantanément, fut debout :

– Veuillez me pardonner, Madame, mais je ne souhaite pas votre venue !

– Dans ce cas, fermez les yeux. Je désirais vous parler. C'est il me semble chose naturelle et dont jusqu'à présent on ne m'a pas accordé licence.

Elle repoussa d'une main ses dentelles et de l'autre posa un doigt sur sa bouche.

– Vous !... souffla Sophie-Dorothée, qui l'instant suivant entrait dans le jeu avec une étonnante présence d'esprit, ce qui soulagea infiniment sa visiteuse. « Il est évident que je ne peux vous en empêcher ! » enchaîna-t-elle avec un soupir de lassitude.

Imitant l'espèce de majesté désinvolte qui caractérisait la duchesse, Aurore vint tendre ses mains dégantées à la chaleur du feu en les frottant l'une contre l'autre :

– Il fait un froid d'enfer, aujourd'hui, dit-elle en baissant la voix comme si elle accusait un moment de fatigue. Ce qui allait permettre un dialogue inaudible depuis le salon.

Ensuite, elle tira le siège placé de l'autre côté de la cheminée pour le rapprocher de celui de « sa fille » mais en prenant bien soin de lui faire tourner le dos à la porte :

– Maintenant, causons ! dit-elle avec satisfaction en étendant ses jambes vers la flamme.

– Voulez-vous que je vous fasse servir une collation ? demanda Sophie-Dorothée dans le même registre vocal. Du chocolat... du thé ?

– Rien, merci ! Cela signifierait faire entrer une servante. Je n'ai pas l'intention de m'attarder, mais il faut que je vous pose certaines questions...

– J'y répondrai de mon mieux mais, en premier lieu, où est ma mère ?

– En bas, dans la voiture, sous le manteau de la baronne Berckhoff. Nous avons fait l'échange pendant que nous franchissions les défenses et après qu'elle se fut fait reconnaître. Grâce à Dieu nous sommes de même taille et je commence à croire que je suis une assez bonne comédienne...

La prisonnière – on ne pouvait guère l'appeler autrement ! – eut l'ombre d'un sourire :

– Vous pouvez en être sûre. Que voulez-vous savoir ?

– Ce qui s'est passé exactement dans la nuit du 1er au 2 juillet dernier. A Herrenhausen, je suppose ?

– Vous supposez juste. Nous nous préparions à nous enfuir votre frère et moi !

– Où ?

– A Wolfenbüttel pour commencer. Vous vous souvenez peut-être qu'avant la demande de Hanovre, j'étais promise au fils du duc Antoine-Ulrich et qu'il a suffi d'une visite de l'Electrice Sophie pour jeter tout à bas et même changer le cœur de mon père. Les Wolfenbüttel sont nos cousins, nos proches voisins, outre le fait qu'ils sont charmants. D'un instant à l'autre ils sont devenus l'ennemi, catholique de surcroît et surtout ami du roi de France. Quand Hanovre m'est devenu insupportable, je leur ai écrit pour demander asile, pour quelque temps, avant de passer en France. Et l'asile m'a été accordé de grand cœur. Nous avons donc fait nos préparatifs et nous devions fuir au soir du 2 juillet afin de profiter d'une absence de l'Electeur Ernest-Auguste mais il s'est trouvé souffrant et sa présence compliquait les choses. Alors j'ai prié ma chère Knesebeck d'écrire un mot à Philippe, le priant de passer me voir au palais, par notre chemin habituel, entre onze heures et minuit. Pour se faire ouvrir les portes, il devait siffler quelques notes des *Folies d'Espagne* de Corelli qui était notre signal. Il est venu...

– Mais pourquoi l'avoir appelé ? Ne suffisait-il pas de lui écrire que le rendez-vous était remis ?

Le regard sombre, si joliment pailleté, de Sophie-Dorothée s'évada, plein de douleur :

– Il fallait que je puisse le lui dire moi-même. Vous n'imaginez pas le degré qu'avaient atteint sa jalousie et sa hâte de partir. Il n'en pouvait plus de me savoir aux mains de mon époux. C'était d'ailleurs uniquement pour m'emmener qu'il était revenu de Dresde et moi, je l'avoue, j'aspirais de toute mon âme à en finir une bonne fois avec les mensonges, les demi-vérités, les masques et cette hypocrisie que nous étions obligés de pratiquer. Nous ne demandions qu'à pouvoir nous aimer loin de l'atmosphère fétide de Hanovre.

– Donc il est venu. Et ?

Le délicat visage s'empourpra :

– Et au lieu d'un entretien de quelques minutes, nous avons commis la folie de nous aimer. Il y avait des mois que nous n'avions connu ce merveilleux bonheur. Cela a convaincu Philippe et il a consenti à modifier ses plans. Nous nous voyions déjà hors d'atteinte, galopant au-delà de la frontière vers notre premier asile... et vers le bonheur. C'était tellement délicieux que nous avons oublié l'heure. Knesebeck cependant veillait, morte d'inquiétude, nous répétant que le jour se lève tôt en été. Nous nous sommes séparés. Philippe m'a dit : « A dans trois jours ! » et il s'est envolé comme une fumée... Je ne l'ai plus jamais revu... Ensuite il y a eu ce cauchemar, la colère de mon beau-père, la haine de mon époux, le mépris de ma belle-mère. Ma précieuse Knesebeck m'a été enlevée ; on a mis des gardes à ma porte... mais le pire c'était que l'on m'a appris qu'il était mort.

– Où ? Quand ? Comment ?

– Je ne sais pas. Lorsque le ministre Platen m'est venu annoncer cette horrible nouvelle, j'ai voulu courir chez mon beau-père. A tout prendre c'est encore auprès de lui que j'avais auparavant trouvé quelque gentillesse, mais au sortir de mon appartement deux hallebardes se sont croisées devant moi. C'est ainsi que j'ai su que j'étais captive. Et, le soir, avant de se coucher, mes enfants ne sont pas venus m'embrasser comme d'habitude... Depuis le désespoir me tient et j'ai perdu jusqu'à l'envie de vivre. Alors, ici ou ailleurs !...

– Vous en a-t-on donné la preuve ?

– Est-ce que l'on donne des preuves à la femme adultère que j'étais désormais ? On n'a même pas voulu me dire ce que l'on avait fait du corps de Philippe. S'il avait été rendu à sa famille...

– Je ne serais pas là. A moi aussi on m'a dit qu'il avait été tué. En duel d'abord, contre le comte de Lippe ! Ce qui n'a pas de sens. A l'ambassadeur de Saxe envoyé par l'Electeur réclamer son général, on a parlé d'escapade qui aurait mal tourné. Il n'a rien voulu en croire, demandant qu'au moins on lui permette de ramener la dépouille en Saxe. Moi, je refuse d'admettre une mort que l'on est incapable de prouver... Par quel chemin Philippe a-t-il quitté votre appartement ?

– Celui par lequel il y était entré et qui donne directement sur les jardins.

– Et si celui-là avait été fermé ?

– Je ne vois pas par qui, mais en ce cas il aurait pu passer par la salle des Chevaliers. C'est évidemment plus long...

– J'ai appris par un de mes serviteurs qu'il y avait eu au cours de cette nuit du bruit à cet endroit et l'idée m'est venue que votre époux, ou son père, avaient pu le faire arrêter, jeter dans une voiture et transporter dans un donjon éloigné, ce qui expliquerait l'absence de cadavre...

Il y eut un silence puis soudain, Sophie-Dorothée se pencha pour saisir les deux mains d'Aurore. Dans ses yeux brillait une étincelle qui ressemblait à une lueur d'espoir :

– Vous pensez sincèrement ce que vous dites ? Vous croyez qu'il pourrait être...

Elle n'osa pas prononcer le mot. Peut-être par crainte de son trop grand espoir. Aurore serra entre les siennes les mains si froides :

– Captif quelque part ? Oui. C'est à cette idée que je m'accroche depuis que je le sais disparu. Alors, je cherche et je vais chercher encore. Je compte me rendre en Saxe. Le jeune Electeur est à la fois riche et puissant. En outre, il aime Philippe comme un frère. C'est le seul jusqu'à présent qui ait fait quelque chose et, avec son aide, je pourrai obtenir davantage. Le Hanovre n'est pas l'Europe que je sache et le nombre de ses forteresses n'est pas si grand...

Déjà elle réenfourchait son rêve dont elle put voir le reflet sur le visage tendu vers elle : la femme à demi morte qu'elle avait en face d'elle était en train de revivre. Elle l'entendit murmurer :

– Oh, si vous pouviez le retrouver, je supporterais plus vaillamment ma captivité ! Le savoir libre ! Quel bonheur !

– Mais il n'y en aurait pas de possible pour lui sans vous !

– Me faire sortir d'ici ? Ce serait difficile ! Ce château est mieux gardé que la trésorerie d'Etat. Je sors chaque jour, en carrosse afin que tous puissent me voir, mais vingt cavaliers enveloppent ma voiture et je n'ai pas le droit de descendre. Ce n'est pas, croyez-le, par souci de ma santé : on me montre afin que l'on puisse se convaincre que je suis toujours présente... et toujours la même.

– L'amour peut renverser des montagnes et Philippe vous aime.

« Comment pourrait-il en être autrement », songea-t-elle en regardant plus attentivement la princesse. Cette admirable chevelure d'un brun mordoré, ces yeux noirs pailletés d'or, ce teint délicat, cette bouche exquise ! Sans compter la grâce d'un corps dont la sévère robe noire n'arrivait pas à dissimuler les formes voluptueuses... Sophie-Dorothée n'était plus une jeune fille. Elle avait eu deux enfants qui l'avaient délivrée des mièvreries adolescentes. Elle était de la tête aux pieds faite pour l'amour et la passion de Philippe, sa folle jalousie aussi trouvaient leur justification dans cette femme adorable. Le constater lui procura un léger pincement au cœur mais elle-même aimait son frère au point d'accepter tous les sacrifices que réclamait son bonheur.

Jetant un coup d'œil à l'horloge de parquet logée dans un coin, elle vit que le temps passait vite. Trop vite ! Il fallait se hâter.

– Quand vous organisiez votre fuite de Hanovre quels préparatifs avez-vous faits ?

– Oh, c'était surtout Philippe qui s'en chargeait ! Moi je m'étais contentée de lui remettre l'argent que je pouvais avoir et une partie de mes bijoux, ceux que je préférais. Pourquoi me demandez-vous cela ?

– Un banquier de Hambourg détenait une lettre de Philippe lui annonçant l'arrivée de joyaux au nombre desquels était son rubis « Naxos » et aussi une somme de quatre cent mille thalers...

– Quatre cent mille ? Mon Dieu ! D'où pouvaient-ils venir ? Je sais qu'il rassemblait secrètement des fonds en vue de notre départ commun mais je n'aurais pas imaginé une somme pareille ?

– S'il l'a écrit c'est que c'était vrai, mais le banquier n'a rien reçu.

– Aurait-il osé s'en emparer ?

– Je l'ai cru d'abord mais ne le pense plus. Une circonstance que je n'ai pas le temps de vous expliquer m'a permis de voir le rubis familial au cou de la Platen. L'envoi a dû être détourné par ses gens. Par le truchement du duc, le Hanovre entier est sous la griffe de cette femme...

– Oh, je sais ! Et surtout qu'elle me haïssait autant et plus que ma belle-mère ! Elle était folle de Philippe et le cachait si peu que je n'ai jamais compris la raison pour laquelle son amant en titre et le reste de la famille lui accordaient un tel pouvoir ! Pensez-vous qu'elle aurait pu jouer un rôle dans la disparition de Philippe ?

– Pourquoi non puisqu'elle fait ce qu'elle veut d'Ernest-Auguste ? Elle peut très bien avoir obtenu un ordre d'arrestation pour qu'il soit enfermé dans l'un de ses châteaux... J'ai envoyé...

Elle s'interrompit. Dans le miroir placé au-dessus de la cheminée, elle venait de voir s'entrouvrir la porte sous la main du vieux gentilhomme. Elle comprit que le temps imparti était écoulé et reprit plus haut et en se levant :

– Je suis rassurée, ma chère fille, de vous voir aussi raisonnable ! Mais il faut que vous me promettiez de prendre plus grand soin de votre santé ! Le confinement ne vous vaut rien...

– Ce n'est pas moi qui l'ai demandé, Madame ! J'avoue d'ailleurs que je me sens souvent lasse !

– Je vais en toucher un mot à votre père ! Il vous faut davantage d'exercice... et plus d'air !

Aurore remettait ses coiffes en place quand Sophie-Dorothée demanda :

– Ne m'embrasserez-vous pas, ma mère ? Votre visite m'a réconfortée et je vous demande excuses de vous avoir si mal accueillie au début de notre entretien.

Emue aux larmes, Aurore ouvrit les bras. Les deux jeunes femmes restèrent un instant serrées l'une contre l'autre :

– Ayez confiance, ma princesse ! chuchota Aurore. Je reviendrai.

– Au fait, avez-vous reçu « ses » lettres ?

– Absolument !

– Si vous revenez... apportez-m'en une ou deux... s'il vous plaît !

– Promis !

– Prenez garde à vous ! Et... remerciez ma mère !

En traversant la chambre, Aurore n'eut pas à faire d'efforts pour dissimuler son visage. Le mouchoir qu'elle tira pour essuyer ses larmes suffit amplement. Répondant d'un signe de tête au profond salut du vieux couple, elle se jeta dans l'escalier au bas duquel le gouverneur Wackerbach l'attendait. Elle eut l'audace de lui demander :

– Qui sont ces gens qui vivent avec ma fille ? Je ne les connais pas.

– Oh, ce sont des personnes de qualité ! Le comte et la comtesse von Neudorf. La cour de Hanovre les a recommandés pour leur venir en aide parce qu'ils sont ruinés !

Des Hanovriens ! Elle aurait dû s'en douter !

– Ne pouvait-on trouver mieux pour tenir compagnie à une jeune princesse ? Ils ont chacun un pied dans la tombe, lâcha-t-elle avec une rage dont elle ne fut pas maîtresse.

L'autre se mit à patauger :

– C'est... c'est possible mais... je n'y suis pour rien ! Votre Altesse devrait savoir... ce sont les ordres et...

– Il suffit ! Essayez de vous rappeler à l'occasion que vous êtes aux ordres de mon seigneur époux !

Et, se mouchant une dernière fois avec vigueur,

elle s'engouffra dans la voiture dont un laquais lui tenait la portière ouverte. Le cocher fit faire demi-tour à ses chevaux, cependant qu'à l'intérieur, la duchesse et Aurore changeaient à nouveau de personnalité. Ce qui permit à Eléonore de remettre la tête à la portière au moment où l'on franchissait le pont-levis sur lequel Wackerbach était accouru pour un ultime salut :

– Souvenez-vous de mes paroles, major ! Je reviendrai !

Après quoi elle ferma la vitre et se rejeta en arrière :

– Alors ? Comment l'avez-vous trouvée ? Et qu'a-t-elle dit ?

– Ses derniers mots ont été pour Votre Altesse. Elle m'a demandé de la remercier... et de l'embrasser !

– C'est ce qu'elle a dit ?... Vraiment ?

– J'en fais serment !

– Oh, mon Dieu !... Merci... merci !

Sous le choc de l'émotion, la carapace de froideur dont s'enveloppait Eléonore se fissura pour laisser voir la mère. Une mère bouleversée qui étreignit soudain Aurore en pleurant.

– Il faudra revenir, Madame la duchesse, chuchota-t-elle. Je le lui ai promis. Elle a tellement besoin de se sentir aimée.

– Je m'en souviendrai. Racontez maintenant !

Elle n'en eut pas le loisir. Le capitaine commandant l'escorte fit faire halte au carrosse et vint, chapeau bas, demander les ordres :

– Nous ne pourrons pas rentrer à Celle cette nuit, Madame la duchesse. Il recommence à neiger : le chemin va se faire plus difficile et les hommes comme les chevaux doivent se reposer !

– Arrêtez-vous au prochain village digne de ce nom. Il y aura bien une auberge que vous réquisitionnerez. J'avoue qu'à moi aussi une soupe chaude et une chope de bière me feraient plaisir. Pas vous, baronne ?

– Oh, sans aucun doute, Madame. Avec un peu de chance, Votre Altesse trouvera peut-être un verre de vin !

Elle savait, en effet, qu'Eléonore détestait la bière et n'en buvait que quand il lui était impossible de faire autrement ou encore pour complaire à son époux...

La voiture repartit.

– Pensez-vous, comtesse, que la chance soit avec nous aujourd'hui ? demanda Eléonore au bout d'un instant.

Celle-ci lui offrit un sourire éclatant :

– J'en suis certaine, Madame. Nous avons pu faire du bon travail. J'espère qu'il en est de même pour Nicolas d'Asfeld...

Elle avait raison. Non seulement l'auberge que l'on investit littéralement était propre mais sa cave contenait quelques fûts de vin. Quant à Nicolas, du temps allait s'écouler sans apporter de nouvelles...

DEUXIÈME PARTIE

LES FLAMMES DE LA PASSION

1695-1696

CHAPITRE VIII

UNE LETTRE DE DRESDE

La duchesse Eléonore rendue à ses obligations, son palais et son époux... ne se priva pas de faire entendre à celui-ci quelques vérités premières tant l'avait mise hors d'elle le fait qu'il se fût abaissé à autoriser que sa fille soit « confiée » à des Hanovriens sur les terres des Brunswick-Lunebourg :

– C'est tout bonnement intolérable à moins que vous ne me disiez dans quel placard se trouve le cadavre qui vous livre pieds et poings liés à Ernest-Auguste ? Ce n'est pas, je l'espère, celui de Koenigsmark ?

A sa surprise, elle le vit pâlir, ce qui n'était pas un mince exploit pour cette face perpétuellement empourprée par les abus de la table.

– Qu'allez-vous chercher là ? grommela-t-il en choisissant un fruit confit dans un drageoir placé à portée de sa main. Ses dents n'étant plus ce qu'elles avaient été, il le grignota avec autant de prudence que de délectation. Cet exercice lui procura les quelques secondes de réflexion rendues nécessaires par l'attaque brutale de sa femme.

– Eh bien ? s'impatienta celle-ci.

– Un moment, s'il vous plaît ! Nous sortons de table et vous devriez savoir qu'une digestion harmonieuse est indispensable au bon état de ma santé. Si vous étiez une épouse attentive, vous auriez à cœur de vous en soucier davantage ! Ce que ferait une honnête Allemande mais c'est notre très grande faute, à nous autres souverains, d'aller nous enticher de ces filles du Poitou français nourries au lait de la sorcellerie...

Il essayait de noyer le poisson mais, sachant qu'elle le rattraperait quand elle le voudrait, la duchesse entra dans son jeu :

– Vous autres souverains ? A qui faites-vous allusion ?

– A cet abominable Bourbon, Louis le quatorzième, empêtré entre sa Montespan qui voulait l'enherber et sa Maintenon qui le noie dans l'eau bénite ! Notez que vous m'en voyez ravi ! Plus elles le maltraiteront et mieux je me porterai...

– Quand vous vous livrez à des comparaisons vous n'y allez pas de main morte ! Entre vous et le Roi-Soleil, j'aperçois une légère différence. Mais revenons à notre propos ! Pourquoi notre fille est-elle servie chez nous par des Hanovriens ?

Il essaya de s'extraire de son fauteuil mais Eléonore avait, d'un geste, renvoyé les laquais et il n'y avait plus personne pour l'aider à en sortir. Il se résigna :

– Mon frère m'a fait observer – avec justesse il faut bien l'admettre ! – qu'un entourage fourni par lui serait plus apte à faire respecter les termes du divorce. Les gens de chez nous sont trop attachés à leur princesse. Elle aurait tout obtenu de leur indulgence. Peut-être même serait-elle déjà en fuite...

– Avec qui ? Un fantôme ? Philippe de Koenigsmark est le seul homme avec qui la liberté aurait du prix...

– « Etait » le seul homme. Grâce à Dieu, il est mort !

– Vous en êtes sûr ? Si c'est le cas, vous devriez en informer sa famille et aussi vos pairs que la comtesse Aurore appelle à son aide, sans compter le plus puissant : le jeune Electeur de Saxe qui pourrait venir chercher les armes à la main une réponse que l'on n'a pas encore eu le courage de lui donner. Quant à notre fille, elle est brisée par la douleur et n'a pas besoin d'une collection de bourreaux attachés à elle avec la bénédiction de son propre père ! Vous devriez penser qu'un jour vous aurez des comptes à rendre ! Pas à votre maudit frère mais à Dieu !

– Madame !

Mais elle n'était déjà plus là. Mince et restée souple, elle n'avait pas besoin d'aide pour quitter son fauteuil et avait choisi de laisser son époux à ses réflexions...

A la prière de Charlotte Berckhoff, Aurore resta quelques jours chez elle. Le temps étant redevenu exécrable, le prétexte était tout trouvé et l'excellente femme qui aimait Sophie-Dorothée depuis l'enfance, qui avait connu Philippe au temps de leurs fragiles fiançailles, était heureuse de pouvoir parler d'elle. Sous le manteau de l'âtre où flambaient des troncs de pins odorants, elles passaient de douces soirées à évoquer des souvenirs et renforçaient d'autant les liens de leur amitié.

Celle-ci se forgeait aussi dans leur inquiétude commune au sujet de Nicolas d'Asfeld. Commune et grandissante à mesure que passaient les jours sans apporter la moindre nouvelle du jeune homme. Avait-il réussi à se faire admettre chez la Platen, à la charmer en chantant à ses pieds accompagné de sa guitare ? Ou, démasqué au propre comme au figuré, avait-il été jeté en prison ou pis encore ? C'était l'une des raisons pour lesquelles Aurore s'attardait chez son amie : connaître quel destin le jeune homme avait rencontré chez l'abominable comtesse. L'autre étant qu'elle s'y trouvait bien...

Charlotte était de ces femmes qui, en déclarant à un hôte qu'il pouvait se considérer comme chez lui, énonçait une simple vérité. Prendre ses habitudes dans cette demeure bénie de Dieu était facile. Trop peut-être et au bout d'une semaine, Aurore émit des scrupules :

– Me gêner ? protesta la baronne. Alors que votre présence est une joie de chaque instant ? Vous me rendez ma jeunesse, ces jours d'insouciance que nous partagions Christine et moi Vous lui ressemblez énormément !

– C'est gentil de me le dire et j'avoue que j'ai peine à m'éloigner tant qu'Asfeld n'a pas donné au moins signe de vie.

– Je partage votre sentiment et vous en êtes consciente. Mais vous devriez écrire à votre sœur qui, elle aussi, doit s'inquiéter : le courrier pour Hambourg part demain matin. Un valet irait porter votre lettre.

Les postes impériales étaient le privilège des princes von Thurn und Taxis et, s'inspirant du modèle français[1], reliaient entre elles par coureurs toutes les villes de quelque importance et fonctionnaient de façon satisfaisante. Cela supposait une vaste organisation et une cavalerie nombreuse mais les revenus qui en découlaient allaient assurer l'énorme fortune de la famille princière. La lettre partit donc et Aurore, qui, dans son anxiété, en venait à oublier le reste du monde, sentit ses remords à retardement s'apaiser.

On n'avait guère de nouvelles, non plus, du palais. La duchesse avait autorisé la baronne Berckhoff à poursuivre une convalescence qui, lors de leur voyage à Ahlden, lui était apparue insuffisante, ce dont on lui était reconnaissante car la présence constante de la maîtresse de maison préservait celle d'Aurore dont personne au palais ou en ville n'avait la moindre idée.

Eléonore vint deux fois, en plein jour et très officiellement, prendre des nouvelles de sa dame d'honneur et, la seconde, ne cacha pas son inquiétude :

– C'est tout de même étrange qu'Asfeld n'ait pas encore donné signe de vie. Il doit bien imaginer notre anxiété ?

– Cela ne lui est peut-être pas possible. S'il a réussi à plaire à la Platen, surtout si elle lui a décou-

1. En France, la poste avait été créée par Louis XI.

vert d'autres charmes que sa voix, il est possible qu'elle l'ait mis sous clé. Ce serait assez dans sa manière. Il y a de la mante religieuse dans cette femme.

– Voilà qui est rassurant, observa Aurore. Cependant la Chancellerie du palais ne reçoit-elle aucune dépêche, officielle ou autre, en provenance de Hanovre ?

– Les nouvelles officielles sont d'une platitude inouïe... quant aux autres, je n'ai jamais eu accès aux rapports des espions que mon époux et en particulier Bernstorff, son chancelier, entretiennent là-bas comme dans les autres cours souveraines. Ce dernier me déteste d'autant plus que je n'ignore pas ses bonnes relations avec le premier ministre Platen. En revanche, le silence que nous subissons présente, à y réfléchir, un bon côté : si une catastrophe quelconque avait eu lieu, il ne manquerait pas de m'en informer. Il y puiserait même une joie toute particulière.

– Dans ce cas, dit Aurore, je vais ressusciter Hugo von Mellendorf et retourner à Hanovre !

– A aucun prix ! lâchèrent avec un bel ensemble la duchesse et la baronne... Ce serait suicidaire, ajouta la première, et, en outre, si vous étiez prise vous pourriez nous mettre en danger – le mot n'est pas trop fort ! –, la baronne et moi-même.

– Me croyez-vous assez lâche ou assez sotte pour vous mettre en cause ? s'indigna la jeune fille. Je suis une...

– Koenigsmark, nous le savons, coupa Eléonore, mais ce que vous ignorez c'est de quoi ces gens sont capables. Ce qu'Ilse a subi ne vous en donne qu'une faible idée !

– Je ne suis pas Ilse et j'appartiens à la haute noblesse d'Europe. Ils n'oseront pas !

– Ils ont bien osé tuer votre frère.

– Non !

Ce fut un cri, un refus sorti de ses entrailles parce qu'il n'y avait pas en elle la moindre fibre qui acceptât cette hypothèse ! Charlotte Berckhoff en fut remuée :

– D'où tirez-vous cette foi, cette force ? De Dieu ?

– Certes je le prie, je l'implore de me rendre mon frère mais tant que je ne l'aurai pas vu mort, je n'y croirai pas ! Philippe est une force de la nature capable de tenir tête à n'importe quel ennemi !

– Sauf au poignard qui frappe dans le dos, à la main prétendument amie qui glisse le poison dans un verre avant de l'offrir, murmura la duchesse avec compassion. Il y a mille manières de faire passer de vie à trépas qui ne s'y attend point. Fût-il un surhomme ! Cela dit, gardez votre conviction ! L'amour peut abattre des montagnes... et peut-être avez-vous raison. En attendant, je vais envoyer une personne de confiance à Hilda Stohlen. Ce serait le diable si elle ne parvenait pas à apprendre quelque chose. Et vous, efforcez-vous à la patience ! C'est, croyez-moi, une grande vertu...

C'était aussi une grande parole, mais Aurore n'eut guère le temps de la mettre en pratique : vers le milieu de la matinée du lendemain, la voiture de Mme de Loewenhaupt menée par son cocher

Gottlieb pénétrait dans la cour de la baronne Berckhoff. Elle apportait un mot d'Amélie priant sa sœur de rentrer à Hambourg pour une affaire urgente.

– Elle aurait pu m'écrire de quoi il s'agit, s'insurgea la jeune fille. Décidément, dans cette famille on cultive de plus en plus la manie du secret !

Mais bon gré mal gré il fallait obtempérer et deux heures plus tard, après avoir embrassé Charlotte trois ou quatre fois, en l'adjurant de la prévenir dès qu'elle saurait des nouvelles, Aurore monta en voiture pour reprendre le chemin de Hambourg. Son amie avait beau lui répéter qu'une nouvelle urgente ne signifiait pas forcément une mauvaise nouvelle, elle éprouvait quelque peine à s'en convaincre : il arrivait assez souvent à Amélie de faire une montagne d'une taupinière.

C'était vraiment une excellente nouvelle et, en arrivant à Hambourg, Aurore trouva sa sœur dans un état d'excitation inimaginable pour une personne dont le maintien habituel se départait rarement d'une certaine solennité. A peine descendue de carrosse, elle reçut dans ses bras une Amélie qui riait et pleurait tout à la fois :

– Enfin te voilà ! Mon Dieu ! j'avais l'impression que tu ne reviendrais jamais ! Pourquoi as-tu tant tardé ? Pourquoi...

– Un peu de calme, voyons ! Je t'ai écrit avant-hier une lettre où je t'expliquais... Mais tu n'as pas dû la recevoir encore, réfléchit-elle à haute voix.

Gottlieb m'a ramenée à un train d'enfer comme s'il y avait le feu à la maison. Evidemment il n'a rien voulu me dire, te réservant la primeur de cette fameuse nouvelle !

– Il n'aurait plus manqué qu'il me prive de ce plaisir ! Tu vas être transportée de joie !

Aurore se sentit pâlir :

– Il s'agit de Philippe ?... allons, dis vite à présent ! Cela seul pourrait me transporter de joie...

Comprenant qu'elle en avait peut-être fait un peu trop, Amélie se calma aussitôt :

– Non... Non, hélas ! Pardonne-moi si j'ai pu te laisser espérer... Oh, c'est stupide à la fin ! Entrons d'abord ! Viens te réchauffer et je te montrerai les lettres !

Bras dessus bras dessous les deux sœurs pénétrèrent dans la maison, mais il était évident qu'Amélie avait peine à maîtriser son exultation bien qu'elle s'en voulût d'avoir causé une fausse joie. Elle la conduisit à sa chambre où Ulrica l'attendait. Beaucoup moins primesautière, celle-ci lui servit en guise d'accueil :

– Ah vous voilà tout de même ! Je commençais à me demander si l'on vous reverrait un jour !

Elle se hâta de la débarrasser de ses vêtements de voyage pour l'envelopper dans une confortable robe de chambre, des petites mules fourrées, et l'asseoir au coin du feu en annonçant qu'elle allait lui chercher du chocolat chaud. Pendant ce temps Amélie qui s'était éclipsée quelques instants revenait, tenant une lettre à la main, et tirait un tabouret capitonné pour s'installer en face de sa sœur :

– Il faut que je te dise, pour commencer, que le

prince-électeur de Saxe, Frédéric-Auguste, vient de nommer mon époux général et il lui donne une maison afin de me permettre de tenir notre rang à sa cour. Il a eu la bonté de m'en informer personnellement et voici ce qu'il t'écrit à toi, conclut-elle en présentant une lettre dont le sceau brisé fronça le sourcil de sa cadette. Ce que voyant, elle se hâta d'expliquer :

– Excuse-moi d'en avoir pris connaissance mais ignorant où tu étais et s'il était même possible de te joindre, j'ai pensé, étant donné la qualité de celui qui t'écrit, qu'il fallait que je sache quoi répondre au cas où...

– Arrête ! Tu as eu entièrement raison. Voyons maintenant cette lettre.

En termes dont le ton officiel n'excluait pas une certaine chaleur, Frédéric-Auguste évoquait son amitié pour le comte de Koenigsmark ; et son très vif désir de recevoir à sa cour la comtesse Aurore, laissant entendre qu'il souhaitait lui apporter toute l'aide dont il pouvait disposer afin d'éviter de nouvelles larmes aux plus beaux yeux du monde...

– Enfin ! exhala la jeune fille en laissant l'épais papier armorié s'échapper de ses doigts. Depuis que Philippe a disparu j'espère ce geste, cette main tendue. Certes, un émissaire a été par lui envoyé en Hanovre, mais s'il a réclamé il n'a pas osé le faire avec fracas. A présent, cela va changer et je suis sûre qu'un aussi grand prince va tout mettre en œuvre pour retrouver Philippe !

– ... et pour éviter d'autres larmes à d'aussi beaux yeux, ironisa Amélie. Il n'a pas l'air de se soucier autant des miens.

– Que veux-tu dire ?

– Qu'il se donnerait peut-être moins de mal si ta réputation de beauté n'était venue jusqu'à lui, fit-elle en riant. Le prince passe pour aimer les femmes et je suis persuadée qu'il s'empresserait moins auprès d'un laideron.

– Quoi qu'il en soit, il promet son aide et c'est ce que je veux retenir de sa lettre. Il ne nous reste plus qu'à préparer notre départ pour Dresde !

– A propos, si tu me disais ce que tu as fait pendant ton séjour à Celle ?

– Attends, je viens d'arriver et, pense ce que tu veux, je n'ai pas perdu mon temps. Ainsi, j'ai acquis la certitude que l'envoi annoncé par Philippe à Lastrop a été détourné par la Platen.

Suivit, naturellement, le récit que réclamait Amélie, assorti de l'inquiétude éprouvée par Aurore au sujet de Nicolas.

– Je t'avoue que nous ne savions plus que faire, Charlotte Berckhoff et moi, et, sans ta bonne nouvelle, je serais encore là-bas. En fait... elle ne sera vraiment bonne que lorsque j'aurai mesuré le secours que m'offre le prince.

Mais Amélie n'était pas revenue de la stupeur où l'avaient plongée les aventures d'Aurore :

– Tu es allée vraiment à Ahlden ? Tu as vraiment vu la princesse ?

Aurore sentit la moutarde lui monter au nez :

– Veux-tu me dire pour quelle raison je m'évertuerais à fabriquer pour toi un conte à dormir debout ? Je n'ai jamais menti, que je sache !

– Je te demande pardon, mais tu sais que depuis l'arrivée de ces lettres il m'arrive de perdre la tête et, je le confesse, il y a des moments où ton audace m'effraie...

– Alors je te conseille de t'y habituer parce que ce n'est que le commencement. Michel Hildebrandt assassiné, la Platen parée du rubis « Naxos », le calvaire de Sophie-Dorothée et la disparition d'Asfeld : tu ne crois pas que cela mérite toutes les audaces ?

Retirée dans sa chambre après le repas du soir, Aurore, avant de se coucher, écrivit une longue lettre à la chère baronne pour la mettre au courant de ce qui lui arrivait et la prier d'en informer la duchesse Eléonore...

Ensuite, elle chercha le paquet de lettres rapporté par le pauvre Hildebrandt, le posa sur son petit bureau et resta là un moment à le contempler sans oser l'ouvrir. Il allait falloir s'y résoudre pourtant, afin d'en faire parvenir deux ou trois à Sophie-Dorothée. Pas davantage pour qu'elles soient plus faciles à cacher – sans doute sous le baleinage d'un corsage – afin d'apporter un peu de chaleur à la séquestrée d'Ahlden. Mais lesquelles ? Lorsque, d'une lame prudente, elle eut fait sauter les sceaux, coupé les liens et défait le double emballage de forte toile et de papier, elle eut devant elle quatre paquets noués de rubans bleus, chacun représentant une année d'amour... En ouvrant le premier elle s'aperçut que la lettre était datée du 1er juillet 1690. Tout juste quatre années avant la nuit de Herrenhausen ! Elle vit là un signe et déplia la feuille avec précaution. Puis elle eut un instant d'émotion en découvrant la grande écriture de Philippe et son orthographe insensée qui aurait pu amuser si la passion exprimée ne s'était inscrite en lettres de feu.

« Je suis à présent à l'extrémité », écrivait-il d'Ath où il était alors cantonné, « et je n'ai d'autre moyen de me sauver qu'une lettre de votre incomparable main. Si j'étais assez heureux d'en recevoir je serais du moins un peu consolé. J'espère que vous serez assez charitable de ne point me refuser cette grâce et puisque vous causez mon affliction il est juste que vous me consoliez aussi... Si je n'écrivais à une personne pour laquelle j'ai autant de respect que d'amour je trouverais des termes qui exprimeraient mieux ma passion... »

La lettre achevée, Aurore en prit une autre puis une autre encore. Il y avait là ce que Philippe avait vécu durant quatre années et la jeune fille comprit qu'elle ignorait bien des choses concernant ce frère qu'elle croyait connaître comme elle-même. Tout y était exprimé en véritables cris de passion :

« Je ne pourrais jamais cesser de vous aimer et vous ferez tout le malheur de ma vie comme vous en faites tout le bonheur... » mais aussi des reproches et les échos d'une jalousie rongeante, douloureuse comme un cancer.

A la lecture des lettres de Philippe, elle pouvait deviner celles de Sophie-Dorothée, où s'exprimait sans doute autant d'amour mais peut-être aussi la peur de son entourage, de ces gens qui la haïssaient, de ces châteaux sinistres où elle étouffait...

« Qu'est-ce qu'une lettre d'amour sinon un certificat de souffrance, un témoignage écrit que le chemin de croix a été parcouru pas à pas avec ses paliers de jalousie, de soupçons et de terreurs par deux êtres que l'absence affole... »[1]

L'une après l'autre les lettres s'ouvraient, livraient leur charge d'amour et de douleur, puis se refermaient tel un oiseau repliant ses ailes. Ou comme le papillon auquel Philippe se comparait dans l'un des derniers billets :

« Vous me dites que vous êtes née pour m'aimer. Moi je crois être né aussi pour en mourir. Le papillon qui brûle à la chandelle sera mon sort. Je ne peux éviter mon destin. »

Une étrange impression d'irréalité se dégageait de ces papiers brûlants. Les deux amants avaient établi entre eux un code au cas où l'un d'eux s'égarerait. Assez puéril d'ailleurs et dont Aurore trouva la clé sans trop de peine. Elle découvrit que l'Electeur Ernest-Auguste était don Diègue, le mari le Réformeur, le duc de Celle le Grondeur et la duchesse le Pédagogue. A la Platen allait fort bien l'épithète de « Grosse Dondon » tandis que Sophie-Dorothée devenait « Cœur gauche » à cause d'une certaine propension à la maladresse. La belle-mère Sophie devait se contenter d'un chiffre : 200 (?). Koenigsmark était Tircis, encore que ce roi des tempêtes n'eût pas grand-chose à voir avec un aimable berger. Enfin, ce ne fut pas sans stupeur qu'Aurore se découvrit sous le vocable plutôt flatteur encore que mystérieux de la Sultane ou l'Aventurière. Ce dernier lui donna à penser que son frère la connaissait mieux qu'elle ne le faisait,

1. In Paul Morand, *Sophie-Dorothée de Celle*.

peut-être parce qu'ils portaient en eux un égal goût du risque et du dépaysement...

La nuit s'achevait quand Aurore replia la dernière lettre et renoua les quatre rubans avant de reconstituer soigneusement le paquet en laissant de côté les trois billets qu'elle avait choisis : ceux où l'inguérissable amour de Philippe explosait avec le plus d'ardeur. Sophie-Dorothée en nourrirait sa douleur mais y réchaufferait son cœur...

Elle enveloppa son choix, le lia d'un ruban qu'elle scella de trois cachets verts à ses armes, y joignit une missive pour Charlotte Berckhoff et glissa le tout dans une poche intérieure de son ample cape de voyage. Il était inutile de les confier à la poste : la route qui allait les emmener en Saxe, elle et Amélie, passait par Celle avant de poursuivre par Brunswick, Halberstadt, Leipzig, pour s'achever à Dresde. Il serait facile – et surtout beaucoup plus sûr – de les livrer à domicile. En mains propres si possible, mais de toute façon à destination...

Quelques jours plus tard, on fermait la maison de Hambourg et les deux sœurs accompagnées de leurs gens quittaient la ville sans imaginer un instant qu'elles n'y reviendraient pas de sitôt et que, pour Aurore, la route qui s'ouvrait sous un soleil encore timide mais déjà printanier n'était autre que celle du destin...

Dans sa hâte d'arriver, Aurore appréhendait la longueur du voyage. Pourtant, lorsque l'on eut laissé derrière soi l'immense plaine du Nord avec ses maigres bouleaux, ses gravières et ses éternels champs de choux, tirant davantage sur le jaune que sur le vert, elle s'intéressa au paysage devenu plus aimable, plus accidenté aussi. Comme le printemps avançait au rythme de la voiture – moins vite tout de même encore que le mauvais état des chemins fût une sérieuse cause de ralentissement –, l'herbe reverdissait et les arbres fruitiers se couvraient de fleurs à mesure que l'on descendait vers le sud-est. L'air aussi se faisait plus doux. Tous agréments qui apportèrent un apaisement à l'humeur d'Ulrica, qui passa du noir au gris et du gris à une sorte de blanc légèrement bleuté, mais qui n'alla jamais jusqu'au rose. Même lorsque, en atteignant Dresde après des jours et des jours, elle découvrit la ville tendrement enserrée dans une boucle de l'Elbe mais une Elbe si claire, si bleue qu'elle refusa de croire que c'était réellement le même fleuve qu'à Hambourg. Ce n'était pas possible : son Elbe à elle était au moins deux fois plus large et d'une teinte nuancée d'ocre. Amélie lui expliqua patiemment que l'on était plus près des sources nées dans les montagnes proches, mais elle tenait à son idée qu'elle étayait sur le postulat qu'elle ne voyait pas pourquoi, si c'était bien le même cours d'eau, l'on ne s'était pas contenté de le suivre, ce qui eût été plus agréable : au moins on serait resté au même niveau au lieu de cette perpétuelle succession de montées et de descentes qu'on l'avait obligée à endurer et qui lui mettait « l'estomac à l'envers »... Ce qui ne l'empêchait cependant pas de dévorer dans les auberges où l'on faisait halte.

Aurore, elle, se désintéressait du débat. Elle regardait Dresde et s'en enchantait. Que cette ville, encadrée par les collines verdoyantes que l'on appellerait plus tard la Suisse saxonne, avait de charme ! Les alentours composaient un cadre romantique de rocs, d'eaux vives et de forêts à la riche cité encore défendue par de claires murailles au-dessus desquelles s'enlevait le vieux château-palais, le Residenzschloss, dominé par une tour si haute que la jeune fille ne se souvenait pas d'en avoir vu de telles[1].

Amélie, de son côté, connaissait Dresde où elle avait séjourné à plusieurs reprises avec son époux. Elle donna donc à Gottlieb les indications nécessaires pour trouver la maison accordée par le prince à son général. Ce qui était la simplicité même puisqu'elle se situait au bord du fleuve et presque au pied de la résidence princière. Pas très vaste, elle était faite de pierre blanche, qui changea Aurore des éternelles briques foncées du Nord. Sa façade élevée à pignon étagé s'ornait de peintures en grisaille que le rouge vermillon du toit à double pente faisait ressortir avec élégance. Une cour, un jardinet et des écuries la complétaient.

Les voyageuses venaient de pénétrer dans leur nouvelle demeure, guidées par un certain Kempen

1. La ville qu'Aurore découvre, quoique séduisante, n'est pas encore la merveille détruite en 1945 par les bombes alliées et que les habitants ont reconstruite à l'identique. La plupart des monuments qui en font la gloire comme le Zwinger, l'Opéra, et les plus belles églises seront l'œuvre de ce Frédéric-Auguste qu'elle va rejoindre et de ses descendants.

qui semblait cumuler les fonctions de gardien et de majordome, quand Loewenhaupt fit son apparition dans tout l'éclat de son nouveau grade pour leur souhaiter une hâtive bienvenue : il était retenu ce soir au palais mais reviendrait les chercher le lendemain afin de les présenter à la mère et à la femme de l'Electeur ainsi que l'exigeait le protocole pour les dames appelées à la cour.

Lui toujours si compassé faisait preuve d'une fébrilité nouvelle. Après les avoir embrassées, conduites à vive allure à travers la maison et ramenées dans le salon principal où il leur précisa que Kempen se chargerait de leur présenter leurs nouveaux serviteurs, il s'apprêtait à s'esquiver quand Amélie, qui l'observait d'un œil d'abord surpris puis légèrement réprobateur, le saisit par sa manche :

– Un instant s'il vous plaît ! Vous voilà bien pressé.

– Je vous ai déjà dit, ma chère, que Son Altesse m'a accordé un moment pour venir vous saluer dès que nous avons été prévenus de votre arrivée mais que nous étions en plein conseil !...

– Cinq minutes de plus ou de moins ne changeront rien à l'affaire et je suppose que « Son Altesse » ne tient pas son regard fixé sur une pendule pour mesurer la durée de votre absence ?

– En... en effet, mais pourquoi tenez-vous tant à me retenir ?

– Pour vous dire que si je trouve cette maison charmante, je la trouve aussi un peu petite. Quatre chambres, ce n'est pas suffisant ! Et puisque vous êtes à poste fixe maintenant, je pensais faire venir les enfants ? Depuis le temps qu'ils sont chez les vôtres, ils finiront par ne plus reconnaître leur mère !

– Il n'est pas question de les faire venir actuellement. Quant à cette maison, mettez-vous dans la tête que nous avons de la chance de l'avoir. Sachez que Dresde compte quelque quarante mille habitants et qu'il en arrive de nouveaux chaque jour. Monseigneur envisage des travaux énormes pour l'embellissement de sa capitale et c'est la raison pour laquelle architectes et maîtres d'œuvre nous arrivent en nombre. Sans compter la noblesse de Saxe attirée par la réputation de faste et de générosité de notre prince. Alors estimez-vous heureuse qu'il vous donne cette « petite » maison ! Pas si petite d'ailleurs...

– Ah, vous trouvez ? On en logerait trois comme elle dans notre hôtel de Hambourg et je ne parle pas d'Agathenburg...

Frédéric s'approcha de sa femme, lui prit la main qu'il tapota gentiment avant de poser dessus un baiser rapide :

– Allons, prenez patience ! Vous verrez que vous finirez par la trouver très suffisante ! Cela dit, je vous prie de m'excuser ! Je viendrai vous chercher demain aux environs de quatre heures. Soyez prêtes et vous, ma chère sœur, faites-vous très belle !

– Pourquoi moi ? demanda Aurore qui peinait à reconnaître son beau-frère. Il me semble que pour aller saluer des princesses, les atours de votre femme sont aussi importants que les miens. En outre, nous savons ce qui convient !

Loewenhaupt rosit, ce qui était la façon de rougir chez cet homme au teint pâle et qui, dans les mauvais jours, virait au blême :

– Pardonnez-moi ! La langue m'a fourché ! Cela vient de ce que je suis préoccupé par trop d'idées. Naturellement je voulais vous recommander de briller de tous vos feux. Pour... pour l'honneur de la famille ! Sur ce, je vous donne le bonsoir.

Elles restèrent face à face, aussi perplexes l'une que l'autre.

– Qu'est-ce qui lui prend ? émit Aurore l'œil fixé sur la porte par laquelle venait de s'esquiver son beau-frère. Je ne l'ai jamais vu ainsi.

– Moi non plus, avoua Amélie, mais au fond il est peut-être simplement heureux de son avancement et de la faveur marquée que lui montre le prince à travers nous. C'est bien naturel !

– Pas au point de changer le sien. On dirait qu'il mijote quelque chose. Quant à savoir quoi ?

Mais Amélie, fatiguée, refusait de discuter plus longuement :

– Réfléchis tant qu'il te plaira mais moi, si tu veux le savoir, je vais faire avancer le souper et me jeter ensuite dans mon lit. Je suis rompue...

– Tu as raison. Demain il fera jour...

Comme promis, Frédéric ne reparut que le lendemain à l'heure dite, mais dans un carrosse de la Cour. Cependant, avant d'y faire monter « ses » femmes, il passa une sorte d'inspection qui eut le don d'agacer Aurore :

– Que vous arrive-t-il, mon frère ? Dirait-on pas que vous vous disposez à nous faire vendre au marché ?

– N'y voyez pas offense, ma sœur. La cour de Saxe est infiniment plus brillante et plus fastueuse que les autres, à l'exception peut-être de la Bavière. Il convient de se mettre à l'unisson... mais je dois avouer que vous êtes parfaites, mesdames, ajouta-t-il avec satisfaction.

Il n'exagérait pas. Elles avaient joué le contraste et l'effet était réussi : le gris tourterelle très doux enrichi de superbes dentelles de Malines convenait à la blondeur d'Amélie. Quant à Aurore : velours noir et satin blanc relevés d'agrafes de perles et de rubis du même rouge que ses mules de satin dépassant l'ourlet de sa robe, des bijoux identiques aux oreilles et dans son épaisse chevelure noire dont elle avait banni la « fontange » qui, selon elle, n'avait que trop duré dans la mode allemande. Aucun joyau ne venait rompre la ligne ravissante de son cou gracieux ni de sa gorge dont la blancheur était à elle seule une parure. Elle était à peindre.

Il suffit de quelques minutes pour les mener à la vaste cour d'honneur du Residenzschloss dont les dimensions surprirent Aurore. Bâti au temps de la Renaissance, il s'y ajoutait déjà la marque du temps présent et plusieurs ailes se rejoignaient pour composer un ensemble impressionnant de majesté et d'harmonie grâce aux « sgraffites », ces peintures en grisaille qui unissaient le tout, s'enroulant avec élégance autour de la tour d'escalier.

L'intérieur était d'une surprenante richesse. L'or

s'y étalait à profusion et les meubles, souvent florentins, étaient incrustés d'écaille, d'ivoire, de malachite, de lapis-lazuli, de corail et de diverses pierres semi-précieuses. Un chambellan attendait les visiteuses au pied du grand escalier de marbre et Loewenhaupt s'effaça tandis qu'elles suivaient le dignitaire jusqu'aux appartements de l'Electrice douairière qui tenait sa cour comme d'habitude en lieu et place de sa belle-fille qu'une timidité quasi maladive en rendait incapable. Elle se contentait d'y assister, sagement assise auprès de sa belle-mère.

Quand la double porte de la salle de réception s'ouvrit devant les visiteuses, ce fut celle-ci qu'elles aperçurent en premier sur un fauteuil à haut dossier placé sur une estrade au fond d'une longue pièce où se tenait beaucoup de monde. Lequel se fendit par le milieu pour livrer passage à Aurore et à Amélie à l'annonce de leurs noms.

Veuve de l'Electeur Jean-Georges III, la princesse Anna-Sophia, fille du roi de Danemark, avait seule en Saxe le droit de porter le titre d'Altesse Royale, mais elle le portait avec une fierté exempte d'arrogance. Encore jeune cependant, sa blondeur nordique était devenue blancheur à la suite du drame qui avait coûté la vie à son fils aîné Jean-Georges IV. Ce malheureux était tombé sous l'emprise d'une belle intrigante, Mlle de Neitsch, qui avait pris sur lui un empire absolu et entendait le conserver même après son mariage avec une cousine, charmante d'ailleurs. Pour mieux l'assurer, la Neitsch avait convaincu Jean-Georges que sa femme se consolait avec son frère cadet, Frédéric-Auguste, l'ami de Koenigsmark, dont les conquêtes féminines faisaient déjà parler de lui. Les deux frères eurent une violente dispute à la suite de laquelle Jean-Georges se précipita chez sa femme l'épée à la main dans l'intention de l'embrocher. Avec sa force herculéenne, le cadet l'avait empêché de commettre ce crime en l'emportant furieux dans sa chambre où il l'enferma. Après quoi, laissant leur mère apaiser les esprits, Frédéric-Auguste partit pour l'Espagne, y causa une tragédie – sa maîtresse du moment fut empoisonnée par un mari jaloux –, revint en Allemagne où à Bayreuth il s'éprit de la fille du margrave de Brandebourg, la mignonne et timide Christine-Eberhardine qu'il ramena à Dresde pour l'épouser au milieu de grandes fêtes qu'un deuil imprévu vint interrompre : la Neitsch contracta la petite vérole et en mourut en quelques jours. Désespéré, Jean-Georges rééditant Jeanne la Folle refusa de se séparer du cadavre qu'il ne cessait d'étreindre et qu'il fallut bien lui arracher pour procéder aux funérailles, mais à ce régime il avait contracté l'horrible mal et mit sept jours à en mourir. Frédéric-Auguste devenait Electeur, d'où de nouvelles fêtes auxquelles Philippe de Koenigsmark participa avec joie. Mais la douleur de la mère fut extrême. Elle l'endura avec une exemplaire dignité, assistée par la douceur de sa timide belle-fille et l'affection du nouveau prince. Grâce à Dieu, ce ménage-là marchait bien !

Amélie et Aurore avaient trop l'habitude des cours pour être impressionnées par ce chemin ouvert devant elles au milieu d'une assistance curieuse et de ses chuchotements. Elles s'avancèrent calmement jusqu'à l'espèce de trône où siégeait la princesse et, côte à côte, plongèrent à la même seconde et à la distance prescrite par l'étiquette dans de parfaites révérences. Dont elles furent remerciées par une inclinaison de la tête et un double sourire.

– Comtesse de Loewenhaupt, comtesse de Koenigsmark, soyez les bienvenues à notre cour, déclara Anna-Sophia d'une voix étonnamment grave pour une femme. Il y a longtemps que nous souhaitions vous y voir. Votre place, Madame de Loewenhaupt, s'y trouve naturellement marquée auprès du général, votre époux, dont nous apprécions la valeur. Mais il était tout aussi naturel que vous demeuriez quelque temps auprès de votre sœur afin de partager de façon plus étroite le deuil qui vous frappe. A présent, il nous est apparu que le moment était venu de réunir sous notre protection une famille si cruellement touchée. Nous avons pensé qu'ici, loin de ce Hanovre qui, de toute façon, fut le théâtre d'un drame, vous trouveriez plus facilement l'oubli.

La voix d'Aurore s'éleva, respectueuse mais ferme :

– Avec la permission de Votre Altesse Royale, je ne cherche pas l'oubli, Madame... mais la vérité et, selon ce qu'elle serait, la vengeance...

– La vengeance appartient à Dieu, comtesse ! Laissez-la-lui et songez à vous-même ! Vous êtes très belle, jeune... Et à ce propos, quel âge avez-vous ?

La question était peu courtoise et il fallait être

quasi-reine pour la poser, surtout en public, mais elle fit sourire Aurore :

– Vingt-six ans, Madame.

– Et pas encore mariée ? Auriez-vous vécu parmi des aveugles ?

– Non pas. J'ai eu de nombreux soupirants mais n'en ai accepté aucun.

– Et pourquoi ?

– Que Votre Altesse Royale me pardonne mais aucun ne me plaisait. Ma sœur s'est mariée par amour. J'ai prétendu faire de même et m'en tiens là.

– Bravo ! clama depuis la porte une voix sonore. Grande parole ! Le mariage sans amour doit être une chose horrible !

En même temps, le parquet grinçait sous le pas solide d'un homme de très haute taille en costume de chasse vert, le chapeau sur la tête et une cravache à la main, devant lequel l'assistance se courba comme un champ de blé sous un vent violent. Aurore comprit que le prince-électeur de Saxe effectuait son entrée et s'inclina à l'exemple des autres. En quelques enjambées il eut rejoint sa mère qu'il embrassa après avoir jeté son chapeau à terre d'un geste désinvolte. Il embrassa ensuite sa femme devenue cramoisie avant de revenir aux visiteuses.

– Heureux de vous revoir, Madame de Loewenhaupt ! fit-il en offrant sa main à Amélie pour la relever avant d'en faire autant pour Aurore dont, cette fois, il garda la main dans la sienne : « Voici donc enfin la comtesse Aurore ! »

Un silence soudain s'étala sur une longue

minute : celui que l'on appelait déjà Auguste le Fort regardait la sœur de Philippe avec une intensité qui la fit rosir mais elle ne baissa pas les yeux. Pas par défi ou hardiesse malséante, mais parce qu'il la fascinait.

– Comme vous lui ressemblez ! murmura-t-il. Et pourtant aucune des grâces de la femme ne vous manque alors qu'il était la virilité personnifiée !... Je suis infiniment heureux de vous recevoir !

La gorge serrée, elle ne trouva pas de réponse mais il n'en attendait pas. Simplement il leva la main d'Aurore jusqu'à ses lèvres avant de la laisser retomber... et repartit comme il était venu sans rien ajouter. Tous ceux qui étaient présents suivirent une sortie qui les prit de court : il ne leur laissa même pas le temps de saluer mais quand il eut disparu un chuchotement passa sur la salle telle une risée sur un lac... Aurore, elle, n'avait pas bougé. Sentant qu'il fallait faire quelque chose, Amélie se retourna vers les deux princesses et sourit :

– Je sens que le moment est venu de nous retirer, dit-elle d'une voix soyeuse à force de douceur. Ma sœur et moi ne voulons pas abuser du temps de Vos Altesses... ni de leur bonté !

Elle n'aimait pas beaucoup, en effet, le fugitif froncement de sourcils d'Anna-Sophia ni l'air suffoqué de sa belle-fille. Cependant, la douairière retrouva aussitôt un sourire :

– Votre visite nous a fait grand plaisir, comtesses, et nous espérons que vous la renouvellerez souvent ! N'est-ce pas, ma fille ? ajouta-t-elle à l'adresse de Christine-Eberhardine qui approuva d'un signe de tête.

Leur congé étant ainsi accepté, les deux sœurs repartirent sans plus de hâte qu'à l'arrivée et le murmure les accompagna jusqu'à l'escalier où, d'ailleurs, elles ne retrouvèrent pas Loewenhaupt. Et ce fut seulement lorsqu'elle eut repris place dans le carrosse qu'Aurore réagit.

– Que s'est-il passé ? demanda-t-elle en passant la main sur ses paupières comme si elle s'éveillait.

– Il semble que tu aies fait grande impression sur le prince.

– Tu crois ?

– Oh, j'en suis certaine et tout le monde s'en est rendu compte. Je n'ai jamais vu une présentation se dérouler ainsi. C'est pourquoi j'ai préféré écourter. Je ne nous voyais pas vraiment échanger des propos mondains avec les princesses après qu'elles s'étaient aperçues que l'Electeur venait de tomber amoureux de toi !

Le mot fit tressaillir la jeune fille mais elle haussa les épaules :

– Amoureux ?... Ne plaisante pas ! Ce n'est pas possible !

– Oh, que si ! fit Amélie en riant.

– Alors c'est affreux ! Jamais plus je ne vais oser me rendre au palais. Les princesses vont me détester et...

– Tu as vécu deux ans à la cour faisandée de Hanovre et tu es encore aussi naïve ? Il se peut que la jeune Christine te batte froid. Si toutefois elle l'ose ! Mais Anna-Sophia en a déjà vu d'autres et elle connaît parfaitement son fils. C'est le cœur le plus inflammable qui soit ! Souviens-toi de ce qu'en disait Philippe ! Ils ont assez couru le guilledou ensemble ! Cela dit, j'aimerais savoir si tu n'as pas été victime du même coup de foudre ?

– Quelle folie ! J'avoue que je l'ai trouvé... impressionnant ! Oui c'est le mot : impressionnant ! Il doit avoir une forte personnalité... Et puis, tu as entendu : il n'oublie pas son ami et tant mieux si je peux toucher son cœur ! J'espère qu'il va m'aider dans mes recherches et qu'enfin, grâce à lui, nous arriverons à retrouver Philippe ! C'est tout ce que j'attends de lui...

Ayant dit, elle tourna la tête vers la vitre et Amélie n'insista pas. Rendue à elle-même, Aurore essaya de comprendre quelque chose à l'émotion bizarre ressentie quand le regard du prince, à la fois ébloui et dominateur, s'était enfoncé dans le sien. Jamais elle n'avait rien éprouvé de semblable en face d'un homme, fût-ce les plus séduisants. Celui-là était à la limite de la laideur avec sa peau basanée, ses énormes sourcils noirs en surplomb, son grand nez et sa bouche à la fois sensuelle et dédaigneuse, mais quelle laideur puissante sur laquelle le front dégagé d'où tombait une sombre crinière de lion mettait une lumière ! Il n'avait que vingt-quatre ans mais il ne restait rien en lui de la jeunesse. C'était un homme en pleine possession de ses moyens, achevé, complet, un homme dont elle savait qu'il pouvait tordre un fer à cheval entre ses deux mains. De belles mains, puissantes, des mains de prince dont il ne semblait guère prendre soin mais entre lesquelles la sienne avait frissonné...

Cette nuit-là Aurore dormit mal, flottant parfois dans un demi-sommeil peuplé de songes étranges dont le souvenir au réveil lui mit le rouge au front.

Mis au courant par son épouse de la façon dont s'était déroulée ce qu'il fallait bien appeler une audience, Loewenhaupt se contenta de commenter avec un mince sourire :

– C'est un peu de ce que j'attendais...

Sans vouloir s'en expliquer davantage.

Cependant, retiré dans leur chambre avec Amélie qui le pressait de questions, il finit par laisser tomber :

– J'étais sûr qu'Aurore l'éblouirait...

– Qui cela ?... Le prince ? Mais il est marié, Frédéric, et encore jeune marié. J'ajoute que ce fut un mariage d'amour...

– Ce fut. Ce l'est moins ! Regardez la princesse ! A peine dix-sept ans, charmante, je l'admets mais abominablement timide. Elle s'empourpre dès que son époux pose les yeux sur elle et je peux vous assurer que l'amour dont vous parlez n'est plus qu'affection. Il y a déjà quelque temps que lui cherche ailleurs. D'où cette invitation adressée à votre sœur qui passe pour la plus belle fille d'Allemagne. Il a voulu voir. Il a vu... et l'effet produit se révèle indéniable.

Amélie qui buvait un verre d'eau manqua s'étrangler :

– Vous rendez-vous seulement compte de ce que vous êtes en train de dire, mon ami ? Vous, un homme de principes, un chrétien, vous envisagez de mettre votre sœur dans le lit d'Auguste ? Et avec une certaine satisfaction, dirait-on ?

– Ce sont les temps qui le veulent ! Notre prince est un dévoreur de femmes. Il en faut une auprès de lui qui soit à sa hauteur.

– Aurore n'a jamais dévoré personne, que je sache !

– Là où ses pas l'ont portée, ils ont laissé quantité de ravages... dont elle ne s'est pas rendu compte, n'ayant en tête que le malheureux Philippe. Il est temps qu'elle revienne chez les vivants.

– Vous aussi le croyez mort ?

– Cela me paraît l'évidence. On a dû enfouir son corps quelque part et il est possible qu'on ne le retrouve jamais. Nous, nous sommes vivants et si nous ne voulons pas qu'une autre famille s'empare du pouvoir par favorite interposée, Aurore est notre meilleure arme. Elle a largement ce qu'il faut pour faire une souveraine remarquable.

– Mais encore une fois, il est marié !

– Chez nous, par bonheur, on peut divorcer. Faites-moi confiance ! Il faut à présent laisser faire les choses !

– Vous n'en n'oubliez qu'une : Aurore ! Elle a refusé un nombre incroyable de partis dont plusieurs étaient prestigieux et elle a trop d'orgueil pour se contenter d'être une favorite ! Auguste se cassera les dents sur elle.

– Cela ne le rendra que plus acharné. C'est un chasseur... mais aussi un charmeur quand il le veut... et je pense qu'il le voudra. Nous aurons bientôt des nouvelles...

Plus tôt même qu'il ne le croyait. Dès le lendemain, un messager du palais apportait un pli destiné à la comtesse de Koenigsmark : c'était, signé de la main du prince, un brevet lui octroyant l'honneur de prendre rang parmi les dames de Son Altesse Royale la princesse douairière. Un logis dans l'enceinte du palais était mis à sa disposition...

– Que vous disais-je ? chuchota Frédéric à sa femme tandis que la jeune fille lisait les documents à haute voix.

– Attendez ! Elle n'a pas encore accepté...

Aurore, en effet, ne réagit pas tout de suite. Elle s'accorda un instant de réflexion, puis déclara qu'elle était sensible à l'honneur de servir une si noble dame mais ne voyait pas pourquoi elle irait s'installer au château.

– Il est à deux pas et les dames, sauf quand elles sont de quartier, auquel cas on leur dresse un lit dans l'appartement de la souveraine, n'habitent pas le château. Je ne vois aucune raison de créer pour moi une exception.

Ayant ainsi tranché, elle alla se préparer à gagner son nouveau poste et à présenter ses remerciements. Le messager était reparti avec sa réponse.

Une heure plus tard, tirée à quatre épingle dans le style un rien austère convenant à la maison d'une princesse douairière – fontange en tête, satin violet, décolleté discret et parure d'améthystes – elle se faisait déposer par Gottlieb devant l'entrée de l'aile réservée à la veuve de Jean-Georges III.

Celle-ci était à sa toilette dans le désordre mesuré habituel à ce genre de cérémonie. Ses caméristes, sous la direction de la dame d'atour, apportaient les éléments de l'habit choisi pour ce jour tandis qu'assise devant une glace, Anna-Sophia livrait sa tête aux soins de sa coiffeuse. Un peignoir de soie blanche l'enveloppait. Trois dames se tenaient en demi-cercle derrière elle pendant qu'une quatrième, penchée sur un coffre à bijoux, choisissait les parures de la journée selon les indications de sa maîtresse... L'air sentit l'iris et le benjoin accolés à cette odeur particulière des cheveux chauffés au fer à friser.

Invitée à s'approcher, Aurore fit une profonde révérence que les yeux clairs de la Danoise suivirent avec attention. Puis elle eut un sourire :

– Soyez la bienvenue, comtesse ! Je suis heureuse que l'on vous ait détachée auprès de moi car je vous sais cultivée, poétesse, musicienne et donc d'agréable compagnie. Du moins je l'espère...

– Ce que j'espère, moi, c'est donner entière satisfaction à Votre Altesse Royale.

– Fort bien ! En ce cas, commencez par m'apprendre pourquoi vous avez refusé l'appartement que l'on vous offrait ? J'ai peine à croire qu'il ne vous convenait pas puisque vous ne l'avez pas vu. Je vous assure qu'il est des plus plaisants, ajouta-t-elle avec une pointe d'ironie qui n'échappa pas à la nouvelle dame pour accompagner...

– Oh, c'est simple, Madame. En dehors des heures où Votre Altesse Royale requerra ma présence, il me semble naturel de rester parmi les miens plutôt que dans les fastes de la Cour. Sans être vraiment en deuil puisque nous ignorons encore le sort subi par le comte Philippe-Christophe, nous préférons vivre ensemble ce temps d'incertitude et d'angoisse... qui nous rend peu récréatifs. Je n'en remercie pas moins Votre Altesse Royale !

– Je n'y suis pour rien, ma chère. C'est le fait du prince, mon fils. Je ne sais comment il le prendra mais, en ce qui me concerne, j'approuve et apprécie votre attitude ainsi que votre modestie.

– Votre Altesse Royale ne cesse de remuer ! se plaignait la coiffeuse qui s'efforçait d'implanter une fontange de dentelle blanche amidonnée. Je n'y arriverai jamais !

– Mais si, ma bonne Mina !... Dès cet instant, je ne bouge plus. Asseyez-vous sur ce tabouret, comtesse ! Je ferai les présentations dès que ce fragile édifice sera en place ! Ensuite nous irons entendre le service à la chapelle et, enfin, nous parlerons...

Aurore retint un soupir de soulagement. Allons, les choses se passaient mieux qu'elle ne l'avait craint ! Mais elle ne pouvait s'empêcher de se demander si l'accueil eût été le même au cas où elle aurait accepté de loger au palais...

CHAPITRE IX

LA NUIT DE MORITZBURG

Aurore devinait que son refus d'habiter le Residenzschloss contrarierait Frédéric-Auguste. Il devait avoir l'habitude des conquêtes faciles et l'installation à domicile de l'élue devait être pour lui le premier acte d'une stratégie simplette – si même on pouvait l'appeler stratégie ! – qui se poursuivrait sans doute par l'arrivée nocturne du prince en pantoufles et robe de chambre chez l'élue éblouie à qui il ne resterait plus, sa révérence achevée, qu'à laisser glisser sa chemise et accueillir le maître des lieux dans son lit... Or ce n'était pas ainsi qu'elle l'entendait, bien qu'elle s'avouât honnêtement l'attirance qu'il exerçait sur elle. Pour obtenir ce qu'elle voulait, il fallait jouer d'autant plus serré qu'elle se sentait troublée...

Deux jours passèrent sans amener de réaction. Aurore accomplissait avec exactitude son service auprès d'Anna-Sophia. Elle avait aussi ébauché une amitié avec la baronne Elisabeth de Mencken, dame d'atour et épouse d'un des proches de l'Electeur. D'âge équivalent, les deux jeunes femmes s'entendirent d'autant mieux qu'elles aimaient l'une et l'autre les lettres et la musique. En outre, elles posaient sur le monde le même regard ironique et clairvoyant.

Au soir du troisième jour, tandis qu'après le souper on écoutait un divertissement à cordes dans l'un des salons de la princesse en présence d'une partie de la Cour, Mme de Mencken agita un moment son éventail sur le mode rêveur puis, se penchant vers Aurore assise à côté d'elle, chuchota :

– Vous n'êtes pas surprise de ce que le prince ne vous ait pas encore fait appeler pour vous demander les raisons de votre refus d'habiter au palais ?

– Mon Dieu, non ! Je suppose que sa mère les lui a exposées. Elles sont bien naturelles, il me semble ?

– A vous, oui, mais certainement pas à lui ! S'il n'a pas réagi, c'est simplement parce qu'il n'est pas là. Il est parti chasser à Moritzburg et rentre demain matin... ou cette nuit ou plus tard. Avec lui on ne sait jamais. C'est l'homme le plus imprévisible qui soit !... Je peux cependant prévoir que, pour vous, les vacances sont finies ! Le jour où vous aurez affaire à lui est proche.

– Vous croyez ?

– Je ne crois pas : je suis sûre ! Vous lui avez fait trop grande impression pour qu'il s'en tienne là !

– Pensez-vous qu'il ait l'intention de... me faire la cour ?

Les branches d'ivoire de l'éventail étouffèrent le gloussement de la jeune femme :

– La cour ? Quelle innocente vous faites ! Il va vous déclarer sa passion et vous donner rendez-vous pour la nuit suivante. Où, je ne sais pas puisque vous avez refusé son hospitalité... mais faites-lui confiance : il trouvera !

– Quoi ? Si vite ? lâcha Aurore très choquée. Mais pour qui me prend-il ?

– Pour la femme dont il a faim, et il a un sacré appétit ! Soyez-en persuadée !

– Eh bien, c'est ce que nous verrons... mais merci de m'avoir prévenue !

Elisabeth ouvrait la bouche pour ajouter quelque chose mais un « chut » énergique lui coupa la parole. Elle se retourna avec un grand sourire d'excuses et l'on s'en tint là.

Or Frédéric-Auguste rentra dans la nuit.

Le lendemain, en arrivant à l'heure prescrite pour le lever de la princesse douairière, Aurore n'eut pas le temps de descendre de voiture. Il y avait là une personne qui lui offrit la main pour mettre pied à terre et la pria de bien vouloir la suivre chez Frédéric-Auguste pour un entretien des plus urgents. Naturellement, elle voulut discuter : il lui fallait assister au lever d'Anna-Sophia...

– Vous serez en retard, ce n'est pas un problème ! fit l'homme avec une désinvolture qui déplut :

– Qui êtes-vous pour me dicter mon devoir ?

– Seulement la voix de mon maître, mais j'ai nom Haxthausen et l'honneur d'être l'intendant de Monseigneur !

– Très bien. Je vous suis.

Elle n'en était pas moins mécontente. Ce coup d'autorité n'avait rien pour lui plaire et, quand elle franchit le seuil du grand cabinet – magnifique comme il se doit – dont les fenêtres donnaient sur la ville et la courbe du fleuve, son attitude s'en ressentit : elle plongea dans sa révérence et ne se releva pas :

– Aux ordres de Votre Altesse Electorale !

Tout de suite il fut près d'elle et se pencha pour prendre sa main :

– Relevez-vous, comtesse, je vous en prie. Vous n'avez que faire de rester à mes pieds.

– Dès l'instant où Votre Altesse Electorale use de force avec moi, l'humilité s'impose, fit-elle sèchement.

– Si l'on a prononcé le mot « ordre », ce n'est pas mon fait. J'ai voulu que l'on vous « prie » de venir jusqu'à moi. J'ai tant de choses à vous dire !...

La tenant toujours par la main, il la fit asseoir dans un fauteuil placé en face de sa table de travail où quelques roses s'épanouissaient dans un cornet de cristal.

– Tant que cela, Monseigneur ?

– Et plus encore ! J'espérais, en rentrant de Moritzburg, vous trouver installée dans l'appartement que j'avais choisi pour vous en ordonnant qu'on le rende aussi agréable que possible...

– J'en suis convaincue et j'en rends grâce à Votre Altesse Electorale, mais je préfère continuer à vivre auprès de ma sœur et de mon beau-frère ainsi que je l'ai expliqué à la princesse mère...

– Vous refusez d'être le plus bel ornement de ce palais ?... en attendant celui que je vais faire construire ?

– Dans la lettre que j'ai reçue il n'en était nullement question et je pensais que Votre Altesse Electorale...

Un pli de colère souda les épais sourcils du prince :

– Oubliez l'altesse électorale et la troisième personne ! Cela alourdit la conversation et, encore une fois, j'ai beaucoup à dire !

– Soit ! Je pensais que mon beau-frère Loewenhaupt vous avait rapporté ma douleur et ma plainte et qu'en me faisant venir vous souhaitiez m'assurer l'aide puissante dont j'ai tant besoin... et que je vous supplie de m'accorder. Les Hanovre ont fait disparaître Philippe de Koenigsmark de telle façon que je ne sais où chercher sa trace. On le dit mort mais en se gardant bien de préciser où et comment il a perdu la vie. Si c'est le cas, il a le droit de reposer au milieu des siens, dans l'église d'Agathenburg.

Adossé bras croisés à sa table de travail, Frédéric-Auguste regardait Aurore en se rongeant l'ongle du pouce. L'entretien ne tournait pas selon ses vœux. Son œil s'assombrit :

– J'ai déjà envoyé le général Banner réclamer le retour d'un de mes meilleurs soldats. La réponse de l'Electeur Ernest-Auguste était à peine courtoise...

– Et vous vous en êtes satisfait alors que la Saxe est infiniment plus puissante que le petit Hanovre ? En vérité, Monseigneur, vous me décevez !

Le ton était plus raide encore que les paroles et une étincelle de colère s'alluma au fond de la profonde arcade sourcilière. Quittant sa pose détendue, le prince se mit à marcher lentement à travers la pièce, peut-être pour échapper à la fascination que la jeune fille exerçait sur lui.

– Le petit Hanovre, hein ? Savez-vous, comtesse, qu'en Angleterre les enfants de la reine Anne tombent les uns après les autres et que la couronne, l'une des plus importantes d'Europe, se rapproche chaque jour de ce « petit » Hanovre ?

– Rien ne dit qu'elle l'atteindra jamais ? Quant à moi je ne sais qu'une chose : ces gens ont osé disposer de mon frère comme d'un objet à eux après quoi ils ont fouillé, pillé et vendu sa maison, assassiné son secrétaire Michel Hildebrandt dont le pasteur Cramer m'a montré le corps sans vie. Ils ont également volé la fortune que Philippe, aux dernières heures, avait envoyée au banquier de Hambourg, Lastrop ! Et de cela j'ai la preuve : l'odieuse comtesse Platen étale sans vergogne sur sa peau grenue le rubis « Naxos » naguère offert à notre oncle Othon-Wilhelm de Koenigsmark par le doge de Venise, Francesco Morosini.

– Le doge Morosini est mort à Nauplie l'hiver dernier, précisa machinalement Frédéric-Auguste, ce qui suscita la colère d'Aurore :

– Entendez-vous par là me faire remarquer qu'il ne peut plus être question d'en appeler à son témoignage ? En ce cas, Votre Altesse Electorale m'insulte et je ne resterai pas une minute de plus.

Sans même songer à saluer, elle courut vers la porte mais il la rattrapa et saisit ses deux bras pour l'immobiliser :

– Calmez-vous, je vous en supplie ! Cette idée

ne m'a pas effleuré un instant et je sais parfaitement qu'à défaut de Morosini, nombreux sont les capitaines de Venise qui peuvent en témoigner. Et à Dieu ne plaise que je mette jamais votre parole en doute. Simplement, je réfléchissais à ces faits étranges que vous m'apprenez. Comment savez-vous que la Platen possède cette magnifique pierre ?

– Parce que je l'ai vue ! Vue de mes yeux alors que j'avais réussi à m'introduire au Leineschloss où je m'étais cachée parmi les serviteurs lors d'un festin offert au duc de Hesse-Cassel. Veuillez me lâcher, Monseigneur ! Vous me faites mal !

S'il l'entendit, il ne traduisit pas sa plainte comme elle le voulait. A la tenir si près de lui, il subissait la fascination de ces deux lacs d'azur traversés d'éclairs de fureur, de ce teint éclatant, de ces lèvres si roses et du parfum qui s'en dégageait. S'il lâcha ses bras, ce fut pour refermer les siens sur elle, l'étreindre avec une force qui la fit crier. Elle tenta vainement de le repousser mais il éteignit sa protestation sous un baiser avide, exigeant, trop brutal pour ne pas en ôter le charme et la révolter. Elle essaya encore de se dégager en appuyant ses deux mains sur le haut de sa poitrine, avec l'impression désespérante de s'attaquer à un mur. Elle était sans force contre ce géant dont la bouche aspirait son souffle. En même temps, il la soulevait pour la plaquer contre la porte qu'elle n'avait pas eu la possibilité d'atteindre et, affolée, elle comprit qu'il allait la violer là, debout, quand elle sentit l'une de ses mains agripper ses jupes pour les relever, atteindre sa peau nue dont le contact le fit gronder de plaisir, cherchant son intimité. Exaspérée, elle griffa le visage de ce fauve qui prétendait la dévorer.

– Pour qui me prenez-vous ? fulmina-t-elle.

Sous la douleur, le prince lâcha prise. Elle en profita pour le repousser. Il trébucha, faillit tomber mais, sans attendre son reste, elle avait déjà franchi le seuil et s'élançait en courant vers l'escalier, s'efforçant de maîtriser sous sa main les battements affolés de son cœur...

En débouchant dans la cour, elle vit que sa voiture s'y trouvait toujours. A quelques pas, Gottlieb bavardait avec deux palefreniers :

– A la maison ! lui cria-t-elle en se précipitant dans le carrosse. Comprenant que ce n'était pas le moment de tergiverser, il sauta sur son siège et enleva ses chevaux. Cinq minutes plus tard, sans ralentir son allure de tempête, Aurore s'engouffrait dans sa chambre où Ulrica inquiète la rejoignit sans attendre. Pour constater qu'elle s'était jetée en travers de son lit où elle sanglotait éperdument...

Après l'avoir contemplée un moment, la vieille femme vint s'asseoir près d'elle mais sans la toucher et en prenant bien soin de garder ses mains sur ses genoux. Elle resta dans cette position, sans rien dire, laissant Aurore se vider de sa peine. Seulement quand les sanglots s'espacèrent, elle effleura les beaux cheveux en désordre.

– C'est le prince, n'est-ce pas ? murmura-t-elle.

Un silence. Total. Puis :

– Comment le sais-tu ?

– Ce n'est pas difficile à deviner. Sa réputation

court les rues : il ne peut pas approcher une jolie femme sans avoir envie d'elle. Alors vous !

La jeune fille releva sur elle un visage tuméfié par les larmes mais dans les yeux duquel la colère flambait toujours :

– C'est un rustre ! Un bouc !... Pendant que je le priais de m'aider à retrouver Philippe, il a voulu s'emparer de moi, me violenter comme si j'étais une fille publique !... Prépare mes bagages !

– Où allons-nous ?

– A Hambourg, évidemment !... ou plutôt non ! A Celle, chez une amie. Où j'aurais peut-être une chance d'avoir des nouvelles...

– De qui ?

– Contente-toi d'exécuter mes ordres ! Les bagages et vite ! Je vais prévenir ma sœur.

Elle se relevait, en tapant sur ses jupes pour les faire retomber. Le miroir qui lui faisait face au-dessus de la cheminée lui renvoya l'image déplaisante d'une créature hirsute, rouge et presque défigurée par les pleurs qui, d'ailleurs, continuaient de couler, mais dont les yeux lançaient des éclairs.

Ulrica se remit sur pied avec effort puis porta ses mains à son dos en grimaçant de douleur, mais sa voix resta aussi paisible, aussi unie :

– Vous avez tort ! Outre que vous allez placer les vôtres dans une situation délicate, je vous rappelle que les Koenigsmark n'ont jamais fui devant l'ennemi.

– Peut-être, mais si je reste il va me faire mettre en prison. Songe que je l'ai griffé au visage pour lui faire lâcher prise !

– En prison pour cela ? Vous rêvez, mon ange !

Une tigresse va lui paraître plus désirable encore. Croyez-moi ! Restez... et écrivez-lui ! Une plume à la main vous êtes capable de grandes choses ! Une belle lettre de noble dame offensée mais paisible qui lui fasse comprendre qu'il s'est trompé d'adresse !

Aurore réfléchissait et peu à peu retrouvait son calme. Elle alla se laver les mains, passer de l'eau fraîche sur sa figure et surtout sur les paupières qui la brûlaient. Puis elle s'assit à son petit secrétaire où elle prit une plume – dont elle vérifia la taille – et du papier, réfléchit un instant avant d'écrire :

« Monseigneur, je m'étais flattée en venant ici que je n'aurais qu'à me louer de la générosité de Votre Altesse Electorale et je ne croyais pas que ses bontés dussent me faire rougir. Je la supplie donc de vouloir bien s'abstenir de discours et de gestes qui ne peuvent que diminuer ma reconnaissance et la haute estime que j'ai conçue de sa personne[1]... »

Lorsqu'elle eut achevé, signé, sablé et cacheté sa lettre, elle se sentit mieux mais elle avait été trop durement secouée par l'attaque de Frédéric-Auguste pour avoir envie de participer à la vie quotidienne de la maison et singulièrement aux repas. Elle décida donc de se coucher et, après avoir donné son message à Ulrica pour qu'elle le fasse parvenir à destination, elle se déshabilla et gagna son lit en demandant qu'on ne la dérange pas : elle avait une affreuse migraine et voulait

1. Lettre authentique.

dormir. Ce à quoi elle s'efforça honnêtement, mais ce n'est un secret pour personne qu'il suffit de désirer le sommeil pour que l'esprit, aux prises avec un problème, le repousse. Aussi, quand Amélie, après avoir gratté discrètement, passa la tête par l'entrebâillement de la porte, elle prit le parti de faire semblant... Cela lui valut une demi-journée et une nuit de tranquillité.

Dès le surlendemain, il fallut bien reparaître à la lumière du jour et d'abord, expliquer à sa sœur qu'elle se sentait toujours souffrante et lui demandait de faire porter ses excuses à la princesse douairière qui, ne l'ayant déjà pas vue la veille, se posait peut-être des questions. Ou ne s'en posait pas du tout si le bruit de sa sortie tumultueuse lui était parvenu.

Ce fut cette dernière hypothèse qui prévalut quand, dans l'après-midi, alors qu'Amélie s'était rendue chez son tapissier, Elisabeth de Mencken fit une apparition tellement enjouée qu'Aurore, ne voulant pas la garder enfermée, la fit conduire au jardin où elle la rejoignit. La jeune femme rayonnait positivement et, quand son amie vint s'asseoir près d'elle sur un banc de pierre à l'ombre d'une charmille, elle éclata de rire :

– Vous avez la plus belle mine du monde, ma chère ! De quoi donc souffrez-vous ?... Attendez ! Laissez-moi deviner !... Si j'en juge par la marque infamante dont vous avez orné le visage de notre cher prince, je dirai... de vertu offensée !

– Comment le savez-vous ?

– Oh ce n'est pas difficile à deviner. Vous n'avez guère mis votre lumière sous le boisseau et les chats du palais n'auraient jamais l'idée de monter si haut ! En outre, nous vivons dans les courants d'air et le moindre bruit a vite fait le tour des appartements. A plus forte raison une tempête !

– Par pitié ne vous moquez pas ! Je me sens déjà assez... gênée !

– Eh bien, vous avez tort ! Vous êtes l'héroïne du jour et notre princesse vous fait son compliment. Quant à la petite épouse de votre victime, l'on m'a assuré qu'elle avait pleuré d'attendrissement en apprenant votre exploit. Enfin une créature de Dieu qui, lorsque notre sultan lui jette le mouchoir, s'en sert pour le moucher ! Admirable !

– Je ne le sens pas ainsi et, à ne rien vous cacher, mon premier mouvement en revenant ici a été de demander mes malles et ma voiture.

– Fuir ? Normal quand on est prude femme comme l'on disait jadis mais inutilement fatigant ! Monseigneur a les meilleurs chevaux de l'empire et vous aurait vite rattrapée.

– Il ne m'en veut donc pas ?

– Lui ? Sûrement pas ! C'est votre race que vous avez signée sur sa joue et pour cet inlassable chasseur vous êtes devenue le gibier de choix, le phénix qu'il faut conquérir ou mourir !

– Vous dites des folies !

– Pas tant que cela ! Il pourrait accepter de passer de vie à trépas si votre possession était à ce prix ! Sérieusement, Aurore, il faut vous attendre à un siège non pas en règle mais où tous les coups seront permis. Puis-je vous demander... enfin... que pensez-vous de lui ?

Hésitante, Aurore regarda son amie et, sur son

charmant visage, ne décela pas la moindre trace d'ironie :

– Qu'il est beaucoup trop séduisant pour la paix de mon âme, soupira-t-elle. Vous voyez bien qu'il me faut fuir, même s'il reste ma seule chance de savoir ce qu'il est advenu de mon frère...

– Non. Il finirait par vous détester et vous risqueriez de tout perdre... Ce qu'il faut c'est lui tenir la dragée haute suffisamment longtemps pour en obtenir ce que vous voulez. Ensuite... et puisqu'il vous plaît – ce que je comprends aisément –, donnez assez de prix à votre reddition pour qu'elle soit inoubliable et accordez-vous à vous-même un peu de bonheur !

– Qu'il me faudra payer du mépris général.

– Certainement pas ! Qui vous attirera, certes, des jalousies, des haines mais ce sera à vous de vous défendre. Quant à la princesse douairière, elle sait que les forces humaines ont des limites et elle préfère une favorite de haut rang et d'âme élevée à d'autres qui rêvent de s'approprier son fils. J'en réponds !

– Répondez-vous aussi de l'épouse ?

– Christine-Eberhardine ? Elle a appris qu'avec un tel homme il faudra partager. N'essayez pas de l'évincer et tout ira bien... Me croirez-vous si je vous dis que, dans une vie, il est stupide de dédaigner les instants de bonheur que le destin place sur notre route ? L'important est d'aimer ! Sachez l'amener à vous aimer avec son cœur autant qu'avec ses sens et vous gagnerez !

Un silence suivit ces paroles où Aurore crut deviner une sorte de nostalgie. Qui ressemblait de très loin à la rieuse comtesse de Mencken. Elle posa sa main sur celles de la jeune femme.

– Elisabeth !... Vous aurait-il aimée ?

Elle détourna la tête, sans doute pour qu'Aurore ne vît pas son regard s'embuer :

– Oui... il y a longtemps. Et puis je me suis mariée et assez heureusement pour n'avoir point de regrets. Peut-être que je lui garde un sentiment qui ne m'empêche pas de souhaiter qu'il s'attache à vous. Il y sera dans de bonnes mains... et le pays ne s'en portera que mieux.

Cette visite laissa Aurore songeuse mais aussi satisfaite. Elle venait de se découvrir une véritable amie. Il fallait, en effet, qu'Elisabeth en fût une pour avoir eu le courage de se confier. En ayant appris davantage sur son adversaire – pour l'heure présente elle ne pouvait le considérer autrement – elle voyait son chemin s'éclairer mais la balle était désormais dans le camp du prince et il ne restait plus à la jeune comtesse qu'à attendre le résultat de sa lettre.

Il vint le lendemain sous les traits aimables, élégants et diserts d'un vieux monsieur légèrement asthmatique qui n'était rien de moins que le chancelier Beuchling. Que le prince l'eût choisi au lieu d'un simple messager portant un plaidoyer était un honneur en soi. Aurore l'apprécia à sa juste valeur. Elle voulut le recevoir dans le grand salon après avoir prié Amélie, rongée de curiosité, de lui en laisser l'exclusivité momentanée mais, désignant la verdure et les roses qui encadraient les fenêtres ouvertes, il demanda en grâce que l'on se rendît au jardin.

– Je respire mal entre les murs d'une maison, comtesse, et je ne manque jamais une occasion de profiter du soleil et des fleurs !

Elle accéda volontiers à sa requête et même accepta son bras pour le conduire jusqu'au banc où Elisabeth, la veille, lui avait délivré une leçon d'amour en forme de confession. Il s'y installa avec un soupir de satisfaction :

– Ah !... Que je me sens à l'aise ici et vous remercie d'avoir accédé si gracieusement à la demande d'un vieil homme blanchi sous le poids des années et aussi de la politique qui en double la charge. Cependant, la démarche qui m'a mené auprès de vous, comtesse, est pour moi d'une extrême importance et je l'ai acceptée avec joie. D'abord parce qu'elle me permet de vous contempler. Ensuite parce qu'elle va marquer la fin de ma carrière...

– La fin ? Qu'est-ce à dire ?

– L'âge, ma chère, l'âge ! J'aspire à profiter enfin, l'esprit libre et dans mes domaines campagnards, du temps que le Seigneur aura la bonté de m'accorder encore. Mais je partirais plus heureux si je pouvais rendre à mon jeune maître la joie de vivre qui l'a quitté...

Aurore ne répondit pas tout de suite pour permettre au valet qui venait de les rejoindre de servir du vin blanc des coteaux de l'Elbe dans des cornets de cristal aussitôt embués de fraîcheur.

– Son Altesse Electorale serait-elle malade ? dit-elle en offrant l'un des verres à son visiteur. Qui se donna le temps d'y goûter, de faire claquer sa langue puis d'en avaler la moitié :

– Ah ! Délicieux ! Absolument délicieux ! Avec cette chaleur qui nous arrive, un vin frais est le meilleur des remèdes. Malheureusement, cet agréable dictame est impuissant contre le mal qui ronge mon prince... sinon un moment d'oubli et un sommeil de plomb quand on en abuse. Et c'est souvent ! Le prince souffre en effet d'un mal d'amour qui ne lui laisse ni trêve ni repos.

– Vraiment ?... Cela ne doit pas être aussi grave que vous le présentez ? fit Aurore en s'emparant de la carafe pour le resservir afin de se donner une contenance, mais un observateur attentif eût remarqué le tremblement de sa main. Et Beuchling était cet observateur-là. Sa voix sombra d'un degré :

– Son entourage et moi-même craignons que ce ne soit pire. Le jour il chasse tel un forcené et il passe ses nuits à écrire des lettres qu'il déchire à l'aube, il mange peu, boit trop, somnole en Conseil et a cessé de fréquenter le lit de sa jeune épouse qui se lamente comme bien vous le pensez. Quand il s'assoit à sa table de travail, il ne prend connaissance d'aucun rapport, d'aucun dossier. Il y reste des heures, accoudé au milieu des papiers, le menton dans ses mains et l'œil perdu dans le vague, rêvant...

– De moi ? fit la jeune fille avec un sourire amusé.

– Et de qui d'autre ? Ma chère comtesse...

Elle l'interrompit d'un geste cependant que le sourire s'effaçait :

– S'il vous plaît, Monsieur le chancelier ! Ce que vous m'apprenez est sans doute préoccupant, mais votre prince n'est plus un enfant. Vous prétendez qu'il m'aime ?

– A la passion ! Une passion qui le dévore...

– Il n'en serait pas là s'il avait daigné écouter la prière que je lui adressai ce matin où il m'a fait conduire à son cabinet de travail. Une pièce, vous l'admettrez, aussi peu propice que possible à... certaines manifestations de la nature. Le sort du comte Philippe de Koenigsmark, mon frère bien-aimé, me tient dans l'angoisse depuis une année. A cette prière douloureuse il a répondu par un geste... un geste immonde dont rougirait le plus humble de ses sujets et que, cependant, il n'a pas craint de m'imposer à moi, la sœur de son ami perdu dont le sang vaut bien le sien ! Et vous voulez me faire croire à son amour ?

– J'ai prononcé le mot de passion, Mademoiselle, et ne m'en dédis pas. J'ignore quel est ce geste qui vous a si fort déplu...

– Dans n'importe quelle langue du monde cela s'appelle une tentative de viol, Monsieur le chancelier ! Vous admettrez qu'il y ait de quoi me « déplaire » ?

– Il est certain que tout ceci est infiniment regrettable mais veuillez considérer l'âge du prince, sa force physique et la violence des appétits qu'elle génère ? Et puis regardez-vous dans un miroir, jeune dame ! Ce que vous y verrez vous fera peut-être comprendre – si vous consentez à mettre de côté une fausse modestie ! – qu'en face d'une telle beauté, l'ardeur du sang puisse aller jusqu'à l'oubli du simple respect de soi...

– Et de l'autre !

– Sans doute... Sans doute ! La faute initiale revient à l'image du miroir dont la réputation s'étend sur l'empire. Il a voulu juger par lui-même et vous a invitée.

– Je pensais qu'il obéissait au souvenir d'une longue amitié ! murmura Aurore avec amertume.

– La mémoire n'en était pas absente mais je le répète, il brûlait de vous contempler de ses propres yeux. Ne lui reprochez pas d'avoir été ébloui jusqu'à la folie ! Au surplus... – Beuchling tira de son justaucorps de satin gris soutaché d'argent une lettre qu'il offrit sur le plat de sa main –, je crois venu le temps de le laisser plaider sa cause. Il saura trouver ces mots venus du cœur que le meilleur des ambassadeurs ne saurait imaginer.

Elle prit le pli cacheté trois fois dont la suscription éveilla sa curiosité :

– Quelle étrange couleur d'encre, Monsieur le chancelier ?

– Ce n'en est pas, comtesse. C'est du sang !

Etendue sur son lit, Aurore laissait son esprit vagabonder, regardant les feux du soleil couchant mourir derrière l'horizon de forêt, encadré par la fenêtre ouverte. L'approche du soir apportait une douce fraîcheur qu'elle ne ressentait pas. La lettre gisait sur la courtepointe de damas bleu, près de la main qui l'y avait abandonnée. Mais parfois elle la reprenait pour la lire et relire encore ces mots, ces phrases qui la troublaient si délicieusement afin de mieux les imprimer dans sa mémoire :

« Vous avez fait couler mon sang et vous aviez raison. Lui seul est digne de laver l'offense que j'ai osé vous infliger. N'est-il pas d'ailleurs tout à vous comme mon âme et ce corps malheureux de vous déplaire qui cependant ne cesse de vous appeler ? Je vous aime... oh oui je vous aime ! Comme un forcené mais je souffre encore plus de votre absence. Ne me privez pas par pitié, du bonheur de vous apercevoir auprès de ma mère, de vous admirer de loin, d'effleurer peut-être votre main... Mon beau tourment ayez pitié d'un malheureux qui rêve de se noyer dans l'eau si pure de vos grands yeux et d'y adoucir les feux de la passion que vous avez allumés en lui... »

Il y en avait deux pages comme cela ! Deux pages où Frédéric-Auguste faisait alterner les serments d'obéissance avec les cris d'amour. Enfin – et surtout ! – il promettait d'envoyer une nouvelle et forte ambassade à Hanovre pour obtenir au moins les restes de Koenigsmark...

Le lendemain, Aurore arrivait au palais à l'heure prescrite par le protocole pour assister au lever d'Anna-Sophia...

Si elle y fit sensation, les marques en furent discrètes. Son Altesse Royale lui sourit en se déclarant satisfaite de constater qu'elle ne souffrait plus du malaise qui l'avait écartée ces derniers jours. Les autres dames eurent un regard approbateur pour les moires prune et les mousselines blanches de sa toilette à la fois élégante et sobre. Elisabeth de Mencken l'embrassa. Quant à l'épouse de Frédéric-Auguste, elle venait de se fouler une cheville et brillait par son absence. Sa belle-mère envoya prendre de ses nouvelles – qui étaient satisfaisantes d'ailleurs ! – et déclara que l'on irait la visiter dans l'après-midi afin de lui porter le réconfort moral dont la pauvre avait besoin. Quant au prince on ne le vit pas davantage. Il s'était rendu, une fois de plus, à son château de Moritzburg qui, décidément, semblait tenir une grande place dans sa vie.

– Il faut avouer que c'est un très bel endroit, commenta Elisabeth en prenant son amie par le bras tandis que la soyeuse escorte des dames accompagnait la lente promenade de la douairière sur la terrasse fleurie d'où l'on découvrait la courbe de l'Elbe. Il y a déjà donné quelques jolies fêtes et je ne serais pas étonnée s'il en préparait une autre... Avez-vous eu de ses nouvelles ? chuchota-t-elle à l'abri de son éventail.

Machinalement, la main d'Aurore glissa au bord de son décolleté comme pour s'assurer que la lettre tant de fois relue à présent était toujours là invisible et rassurante, protégée par les baleines de son corsage.

– Il m'a écrit, murmura-t-elle enfin.

– A merveille ! Et vous lui avez répondu ?

– Pas encore.

– Il le faut pourtant.

– J'espère y parvenir...

Cette réponse, elle ne cessait d'y penser et, chose étrange si l'on considérait la facilité habituelle de sa plume, elle n'arrivait pas à en écrire une qui la satisfît.

Le soir même, Beuchling lui apportait un nouveau message : le prince disait ne s'être écarté d'elle que pour y penser plus librement. Il osait espérer que son « crime » était absous, faute de quoi le désespoir s'emparerait de son âme et il ne lui resterait plus qu'à mourir, seule façon d'échapper à tant de tourments...

Cette fois, il fallait se lancer. D'ailleurs le vieux chancelier avait prévenu qu'il passerait le lendemain.

– Quoi qu'il en soit, je dois rapporter à Son Altesse votre sentiment... Vous ne pouvez la laisser ainsi dans l'expectative. Ce serait trop de cruauté !

Après mûre réflexion – et le sacrifice d'une dizaine de feuilles de brouillon – la jeune fille choisit de laisser transparaître son émotion au travers d'un respect plein de diplomatie :

« Il convient si peu à une particulière de juger des souverains que je ne sais quel parti prendre à l'égard de Votre Altesse Electorale. On ne condamne pas aisément ceux que l'on estime ; à plus forte raison on ne veut point leur mort. Jugez, Monseigneur, si je dois désirer la vôtre moi qui joins à l'estime beaucoup de reconnaissance et de respect[1]. »

D'aucuns pourraient penser que c'était là une épître bien protocolaire dans laquelle Aurore ne prenait guère de risque mais le mot « estime » en disait plus alors sur les battements d'un cœur qu'il ne le ferait plus tard. C'était en fait un aimable euphémisme permettant tous les espoirs. C'est ainsi que Frédéric-Auguste le reçut...

1. Authentique.

Cependant, les allées et venues de Beuchling dans leur maison ne pouvaient échapper aux Loewenhaupt mari et femme. Ils n'avaient rien paru remarquer les deux premières fois mais, sous peine de passer pour des complaisants aveugles à leurs yeux, ils réagirent à la troisième. Ce fut, naturellement, Amélie qui fut chargée d'aller aux nouvelles. Ce n'était évidemment pas la place de son époux qui se contentait de se ronger les ongles.

Comme elle n'était pas femme à s'encombrer de circonlocutions, elle employa la manière directe :

– Où en es-tu avec Monseigneur ? demanda-t-elle. Je suppose que le chancelier Beuchling ne vient pas t'entretenir de l'état de l'Europe ?

– Que veux-tu que je te réponde ? Je l'ignore complètement.

– Allons donc ! Ne peux-tu me faire confiance ou bien ai-je démérité ? Il n'est bruit à la Cour et à la Ville que de la trace de tes ongles sur son visage et je suppose que la visite d'un si haut personnage n'avait d'autre but que t'apporter des excuses ?

– En effet.

– Alors pourquoi revient-il ? Aurais-tu omis de répondre ? Je te supplie de ne voir dans ma question que le reflet d'une inquiétude. Je te connais trop pour n'avoir pas remarqué à quel point tu étais troublée ces jours-ci et de troublée à malheureuse il n'y a qu'un pas.

– Malheureuse ? Non, je ne le suis pas. Au contraire je redoute de ne pas l'être assez mais tu as eu raison de penser que je n'avais pas répondu. Simplement parce que je ne savais pas que dire.

Mais une autre lettre est arrivée et cette fois j'ai écrit. A présent, advienne que pourra !

– Est-ce que... tu l'aimes ?

– J'en ai peur. Très peur même ! Mais pas de lui : de moi !

– Il ne faut pas ! Il n'arrive jamais que ce qui doit arriver et tu dois suivre ton destin.

– Et me déshonorer publiquement ou peu s'en faut en lui cédant. Tu devrais demander à ton époux de quel œil il me verrait devenir la maîtresse du prince ?

A sa surprise Amélie s'empourpra :

– Je crois qu'il y a déjà pensé, dit-elle la voix curieusement enrouée tout en faisant toute une affaire de chercher son mouchoir dans la manche de sa robe et en détournant les yeux.

– Et alors ?

– Alors, rien !... ou plutôt si, se décida Amélie dans un soudain élan de vérité. Il pense que Frédéric-Auguste a beau être un géant d'une incroyable force physique, il est trop soumis à la recherche de ses plaisirs pour être un grand souverain. Il lui est nécessaire d'avoir auprès de lui une volonté claire et lucide. Beuchling est trop vieux et Christine-Eberhardine n'a guère plus de cervelle qu'un petit pois. Une femme qui saurait attacher à la fois son cœur et ses sens pourrait devenir toute-puissante et lui inspirer les bonnes décisions, les lois justes...

Aurore n'écoutait plus, frappée par la similitude de ces propos avec ceux d'Elisabeth. Pourtant, quand sa sœur ajouta que la comtesse de Koenigsmark était d'aussi honorable maison que la fille du margrave de Brandebourg et que, faute d'enfant, un divorce pouvait amener une favorite au rang suprême comme Eléonore de Celle ou la tsarine Catherine Ire ramassée par Pierre le Grand dans une auberge, elle comprit qu'en cédant au désir du prince – comme au sien propre ! – son histoire d'amour pouvait se changer en affaire d'Etat et elle se laissa envahir par une espérance pleine de joie...

Dès lors elle se prépara en vue de la minute où elle le reverrait. Selon ce qu'elle lirait dans ses yeux, elle savait que ce moment serait décisif.

Peu de jours après, un coup de tonnerre éclata sur le petit monde clos de la cour de Saxe. Le prince était effectivement en train de préparer une fête à Moritzburg, et la reine en serait la comtesse Aurore de Koenigsmark...

Cela fit un bruit énorme. Les Loewenhaupt s'efforcèrent de cacher leur satisfaction bien qu'ils ne fussent pas parmi les invités. Ceux-ci furent triés sur le volet et se recrutèrent en grande partie dans la jeunesse de la Cour et aussi les amis les plus chers du prince. Cela fit pousser bien des soupirs tant était forte la curiosité suscitée par l'événement, mais surtout, cela respectait à peu près les convenances puisque la princesse Anna-Sophia ne serait pas présente et pas davantage sa belle-fille Christine-Eberhardine, n'étant pas encore remise de son accident. Il y eut des murmures, des déceptions mal cachées, mais que pouvait-on contre la condition *sine qua non* : la jeunesse ?

Peut-être effrayée, du moins inquiète, Aurore voulut savoir ce qu'en pensait celle dont elle était toujours fille d'honneur et demanda un entretien privé. Après l'approbation qui avait résulté de sa défense contre les entreprises de Frédéric-Auguste, cette démarche lui semblait la moindre des choses.

Fidèle à sa manière de parler sans détour, elle exposa franchement son dilemme : devait-elle accepter de se rendre à Moritzburg ou pas ? Pendant un moment, la vieille dame l'observa sans répondre. Finalement, elle hocha la tête et laissa tomber :

– Vous vous trompez en pensant que vous avez le choix. La fête est donnée en votre honneur. Vous devez y aller !

– Votre Altesse Royale ne peut-elle deviner mon inquiétude ?

– En face de quoi ? Vous pensez que mon fils a trouvé ce moyen – dispendieux mais élégant ! – de vous mettre dans son lit ? N'en doutez pas ! Je l'ai déjà vu amoureux – et il n'y a pas si longtemps ! – mais jamais encore possédé de cette espèce de fureur et il n'est pas patient... A la réflexion je me suis trompée il y a un instant en vous disant que vous n'aviez pas le choix. Vous l'avez mais c'est entre partir ou rester. Si vous lui infligez le camouflet public de refuser, il ne vous le pardonnera pas...

– Pourtant, je supplie Votre Altesse Royale de croire qu'en venant à Dresde je n'avais d'autre pensée en tête qu'obtenir une aide puissante afin d'apprendre enfin le sort de mon frère.

– Je sais. Vous êtes une fille honnête, mais faite comme vous l'êtes et compte tenu de la réputation du prince, vous deviez vous douter qu'il ne resterait pas indifférent ?

Aurore planta son regard droit dans celui de la Danoise :

– Non, mais il y a beaucoup de jolies femmes ici. Leur beauté...

– Ne finassez pas ! La vôtre est aussi célèbre que les appétits de l'Electeur de Saxe. C'est à cause d'elle qu'il vous a fait venir et il n'a pas été déçu. Au contraire ! J'admets que vous avez fourni une défense qui vous honore mais à présent, et puisque, ainsi que je viens de vous le dire, vous êtes une fille honnête, il vous reste à montrer votre franchise. Avez-vous peur de celui qui vous attend à Moritzburg ?

– Non, Madame !

– Voilà de la bravoure ! Mais peut-être ne mérite-t-elle pas tant de louange ? L'aimez-vous ?

Cette fois, la jeune fille baissa la tête et cacha son visage dans ses mains :

– Oui, hélas ! Et c'est la première fois que j'aime.

Anna-Sophia laissa retomber le silence mais quand elle se décida à conclure, il y avait de la pitié dans ses yeux :

– Alors prenez garde de ne pas l'aimer trop !

Au matin du jour glorieux dont l'empreinte ne s'effacerait plus jamais de la mémoire d'Aurore et tandis qu'elle hésitait sur la tenue qui conviendrait le mieux, des serviteurs du prince apportèrent une toilette emballée soigneusement et un écrin. La robe de satin, du rose légèrement orangé, irisé et changeant de l'aurore, était toute semée de perles dans de délicats entrelacs d'or. Des petits souliers assortis l'accompagnaient. Quant à l'écrin il contenait une fabuleuse parure de perles, de rubis pâles et de diamants.

Son premier geste fut de refuser mais outre que les messagers étaient repartis, Elisabeth de Mencken arrivait sur leurs talons avec l'un des plus jolis carrosses de la Cour. Devinant que la fierté de Mlle de Koenigsmark pouvait se rebeller contre la magnificence de ces présents, le prince avait décidé qu'elle accompagnerait son amie. C'était une sage précaution : lorsqu'Elisabeth entra dans sa chambre, Ulrica, scandalisée par ce qu'elle appelait « les présents du démon », était déjà en train de remballer le tout. Elisabeth la mit dehors sans plus de façons puis, se tournant vers Aurore :

– Ne me dites pas que les servantes font la loi chez vous ? Que ce soit votre nourrice et qu'elle vous soit entièrement dévouée ne lui donne pas le droit de trancher dans votre vie. Dépêchons-nous ! Nous allons être en retard.

Elle prêta main forte aux chambrières et en un tournemain Aurore se trouva métamorphosée en princesse de conte de fées, surprise elle-même par l'image que renvoyaient les miroirs. Mme de Mencken, elle, en fut frappée :

– Vous êtes belle comme un rêve ! murmura-t-elle en lui tendant les gants et l'éventail assortis à sa toilette. Ne pensez plus qu'à celui qui vous attend... Aujourd'hui vous êtes reine !

A trois lieues de Dresde, le château de Moritzburg était, comme Versailles, un ancien pavillon de chasse que l'on avait agrandi jusqu'à en faire un palais porté sur une terrasse et auquel quatre énormes tours rondes coiffées de coupoles d'un beau corail clair donnaient des airs d'Orient. Il semblait posé sur un grand étang discipliné au milieu d'une verte région de forêts et de marais peuplés de milliers d'oiseaux.

Cependant, ce ne fut pas là que le carrosse déposa les jeunes femmes mais à l'orée du bois devant une construction baroque en forme d'arc de triomphe fait de drap d'or, de branches et de fleurs d'où surgirent de prétendues nymphes qui, en vers galants, saluèrent l'arrivée de l'Aurore. Le dieu Pan se présenta pour l'aider à quitter le carrosse, à franchir cette porte de la forêt où l'attendaient des veneurs avec une légère voiture découverte et fleurie garnie de coussins de brocart rose. Puis on prit le galop pour courre un magnifique cerf aux bois dorés qui après avoir fourni une honorable course dans une parodie de chasse, finit par se jeter comme par hasard dans un étang où on le laissa barboter. Au milieu de l'eau il y avait une île que l'on gagnerait au moyen de gondoles dorées et empanachées rangées près d'une rive. Alors parut le dieu Mercure qui, après quelques pas de danse, remit un billet invitant la « déesse du matin » à traverser l'étang pour rejoindre l'île enchantée[1] où l'attendaient des merveilles.

1. En fait, Frédéric-Auguste s'était inspiré des fameuses fêtes données par Louis XIV à Mlle de La Vallière – les « Plaisirs de l'île enchantée » – dans le parc de Versailles avant l'agrandissement du château.

Elle prit donc place sur la mieux ornée des embarcations et, au son d'une barcarolle, on vogua vers un embarcadère d'où partait un chemin couvert de tapis précieux menant à une immense tente à la turque dont l'intérieur était partagé en deux parties. L'une était occupée par un buffet somptueux où la joyeuse troupe accompagnant Aurore la servit tout en y faisant honneur.

L'atmosphère douce, un peu mystérieuse mais pleine de gaieté offrait ceci d'étrange que le prince n'avait pas fait son apparition ni d'ailleurs ceux de sa Cour qui avaient été invités. Seule Elisabeth était là. Encore disparut-elle comme par enchantement quand Aurore monta dans la gondole et poursuivit seule ce chemin peuplé de poèmes, de chansons et de musique émis par des nymphes et des faunes.

La collation terminée, on la mena dans la seconde partie de la tente où se trouvait un théâtre tendu de soie avec scène, rideaux et musiciens mais un seul siège : une sorte de trône doré. Elle y prit place et sa bruyante escorte s'installa autour d'elle sur des coussins posés à même le sol pour assister à un ballet oriental où parurent d'abord des bayadères aux voiles scintillants. Elles exécutèrent des danses qui se voulaient exotiques, bientôt rejointes par des Turcs enturbannés qui avec elles dansèrent un ballet avant de s'immobiliser sur un double rang. Alors d'invisibles trompettes sonnèrent et le Sultan, couvert de pierreries, s'avança, une main sur son yatagan, l'autre jouant avec un mouchoir de soie blanche. Il vint jusqu'à la rampe lumineuse bordant la scène, jeta ledit mouchoir à une Aurore devenue soudain rouge de confusion et ôta son masque. Cette fois, c'était bien le prince...

La jeune femme plongea dans une profonde révérence dont il la releva en cherchant son regard qu'il ne lâcha plus tandis qu'il lui baisait les mains :

– Venez ! dit-il tendrement. Venez prendre possession de votre royaume !...

Sans cesser de la regarder mais sans dire un mot, il la ramena jusqu'à la gondole accompagné par les musiciens et la Cour puisqu'un rôle avait été attribué à chaque invité, homme ou femme. Rôle qu'ils remplissaient avec l'enthousiasme propre à la jeunesse.

Au débarcadère, on retrouva la voiture où les deux héros prirent place pour revenir au château. L'air était plein de douceur, de musique et de parfums. Le soleil illuminait en les caressant les tissus précieux et arrachait des éclairs aux diamants, aux rubis, aux émeraudes et aux saphirs comme pour en composer un fabuleux tableau. La nature entière embaumait et chantait la joie. A l'unisson du cœur d'Aurore, mais celui-ci moins à cause du faste déployé pour elle que pour la simple présence de l'homme qu'elle aimait. Ils gardaient le silence, trop occupés à se regarder pour avoir envie de parler, mais les mots qu'ils ne disaient pas, leurs yeux savaient si bien en exprimer le sens ! Ceux de Frédéric-Auguste brûlaient d'une passion qu'il maîtrisait encore, se contentant de baiser par instants la douce main qui semblait si petite dans la sienne...

La distance était courte et l'on fut bientôt au

château. Le prince alors mena sa belle dame dans un magnifique appartement tendu de soie couleur d'aurore jusqu'à une chambre dont les peintures murales représentaient les amours de Tithon et d'Aurore[1]. Là, il mit genou en terre et jeta son turban :

– C'est ici que vous êtes vraiment souveraine, s'écria-t-il, et sa voix profonde parut résonner jusqu'au fond du parc. Et moi, de Grand Seigneur que j'étais je deviens votre esclave ! Ordonnez, commandez ! Tout ici est à vous et moi plus que tout autre et de toute mon âme !

– Oh, Monseigneur, dans quelque état que vous vous présentiez à mes yeux vous êtes en droit de dire que je vous appartiens !

Elle se pencha pour poser un court instant ses lèvres sur les siennes mais sans le toucher autrement. Il eut, en se relevant, un large sourire d'enfant heureux :

– Prenez quelque repos avant de vous préparer pour le souper et pour le bal, ma déesse ! Celle-ci vous y aidera, ajouta-t-il en frappant dans ses mains pour faire apparaître une jeune femme brune, vêtue d'un costume oriental, qui du seuil s'inclina profondément en croisant les mains sur sa poitrine. « Elle s'appelle Fatime et je vous l'offre. C'est une esclave turque. Pas comme celles

1. Prince troyen tombé amoureux de l'Aurore, celle-ci obtint pour lui la vie éternelle mais oublia d'y ajouter la jeunesse. Aussi le pauvre Tithon se rétrécit-il avec le temps, au point qu'on le couchait dans une corbeille. Désespérée, l'Aurore le changea en cigale...

de tout à l'heure... une vraie, précisa-t-il en riant. Désormais elle est à vous et je pense que son service vous plaira.

– Une esclave ? fit Aurore choquée. Je ne savais pas que l'on en pût trouver chez nous ?

– Il en existe, voyez-vous. Quant à Fatime, elle sera auprès de vous ce que vous voudrez. Je l'ai fait acheter à Venise à cause de sa valeur... mais vous pourrez la faire baptiser si vous le souhaitez.

Fatime pouvait avoir vingt-sept ou vingt-huit ans. Elle n'était pas belle mais possédait de splendides yeux noirs, brillants d'intelligence, et un charmant sourire. Quand le prince se fut retiré, elle s'inclina devant sa nouvelle maîtresse pas encore revenue de sa surprise, et lui prit la main pour la conduire dans une pièce voisine où des servantes achevaient de remplir d'eau parfumée une baignoire d'argent. Fatime déshabilla Aurore puis l'aida à s'y étendre et la laissa s'y délasser un moment. Après quoi, elle l'en sortit en l'enveloppant d'un drap de coton très doux, l'essuya et la fit étendre sur une table prévue à cet effet. Après un massage lent et apaisant, elle parfuma son corps avant de la ramener dans la chambre. Le tout sans avoir proféré la moindre parole. Elle semblait ne savoir s'exprimer que par des sourires et des gestes. Craignant qu'elle ne fût muette, Aurore voulu en avoir le cœur net :

– Est-ce que tu ne parles pas ? demanda-t-elle.

Nouveau sourire pimenté cette fois d'une pointe d'amusement :

– Si, maîtresse. Mais seulement lorsque c'est

nécessaire. Pourquoi emplir tes oreilles du bruit de mes propos ?

– Tu es sage en dépit de ta jeunesse ! Cela dit, je crois que nous nous entendrons, assura-t-elle en se demandant, vaguement inquiète, de quel œil son Ulrica considérerait cette chambrière inattendue dont elle appréciait déjà le savoir-faire. Jamais encore elle ne s'était sentie aussi bien, aussi légère, aussi heureuse de vivre...

On revint dans la chambre où une autre surprise l'attendait : sur le lit étaient disposées les pièces d'un ravissant costume de princesse turque : des pantalons bouffants de mousseline rose pâle diaprée de perles de cristal ; un long caftan de toile d'argent légèrement nacrée étroitement serré jusqu'à la hanche par des boutons de diamants, dont les manches ouvertes et pendantes se refermaient par trois fois sur les bras au moyen d'agrafes semblables. Le décolleté révélait généreusement les rondeurs des épaules et des seins. Aucune chemise sous ce costume étrange et, peu habituée à être nue sous ses robes, Aurore frissonna. Elle pensait remettre son collier mais Fatime s'y opposa, se contentant de lui passer des bracelets de diamants aux poignets et de fixer sur sa tête une sorte de petit tambourin de même étoffe que la robe, entouré d'une guirlande de rubis et de diamants. Un long voile y était attaché dans lequel la nouvelle camériste lui montra comment se draper avant de la mener devant un miroir en pied au reflet duquel la jeune fille sourit sans retenue : jamais elle n'avait été plus belle !

Ce fut aussi ce que lui exprimèrent les yeux du

Sultan quand il vint l'accueillir à l'entrée de la salle des festins pour la conduire à sa place qui était juste en face de lui, comme si cette soirée préludait à une nuit de noces. Une véritable ovation avait salué son entrée à laquelle elle répondit par une révérence pleine de grâce. Mais l'homme qui avait voulu pour elle cette fête plus magnifique que bien des noces royales lui réservait encore une surprise : lorsqu'elle prit sa serviette, elle trouva sur son assiette un bouquet de fleurs faites de rubis, d'émeraudes, de saphirs et de perles qu'Elisabeth, soudain reparue sous le costume oriental qu'elle avait revêtu en arrivant au château, vint attacher sur sa poitrine aux acclamations des convives.

Le souper fut ce qu'il devait être, joyeux, abondant et copieusement arrosé. Bruyant aussi mais cette gaieté isolait les héros de la fête qui mangeaient peu et se regardaient beaucoup, anticipant le moment enivrant entre tous où ils seraient enfin l'un à l'autre.

Après le souper, le bal. Ils l'ouvrirent en dansant une pavane un rien solennelle mais déjà langoureuse puis, quand la foule des danseurs eut pris possession de l'espace, Frédéric-Auguste saisit Aurore par la main et ils s'esquivèrent par une porte discrète.

Un instant plus tard, ils étaient seuls, face à face dans la grande chambre aux couleurs de l'aurore. Lentement, comme s'il accomplissait un rite, il se pencha sur elle pour ce premier baiser dont l'attente la faisait presque défaillir mais sans la toucher autrement. Puis, s'agenouillant comme tout à l'heure, il ouvrit une à une les agrafes scintillantes, posant ses lèvres à mesure sur la peau qu'il découvrait. Le caftan tomba, suivi de la mousseline qui enveloppait les longues jambes et les hanches. Alors seulement il la porta sur le lit, arracha ses propres vêtements avec impatience et vint s'allonger contre elle pour la couvrir de caresses et de baisers. C'était un amant merveilleux qui savait jouer d'un corps féminin en artiste et celui-là était un superbe instrument. Il sut se maîtriser pour amener le désir de sa compagne au niveau du sien. Alors il vint sur elle et la prit. Au cri qui échappa à la jeune fille, il comprit qu'il venait de la déflorer. Il ne put retenir un grondement de triomphe :

– Vierge ! Toi, si belle, tu t'es gardée vierge pour moi ! Jamais plus je ne te laisserai partir... Je t'épouserai.

Il en pleurait de bonheur et d'orgueil. Ce fut une longue, longue nuit d'amour. Entre les bras de son amant, Aurore s'abandonnait dans la joie profonde d'avoir enfin atteint son refuge...

CHAPITRE X

LA FAVORITE

En s'éveillant au matin dans la chambre somptueuse inondée de lumière Aurore vit que le soleil était déjà haut mais qu'auprès d'elle, le lit était vide. Elle en éprouva une déception : c'eût été tellement délicieux d'ouvrir les yeux dans les bras de Frédéric-Auguste ! En revanche, deux femmes étaient à son chevet : Fatime qui lui tendait une tasse de thé et, assise au pied du lit ravagé, son amie Elisabeth qui la regardait en souriant :

– Avons-nous bien dormi ?... Pas beaucoup peut-être ?

Aurore s'étira voluptueusement mais, ce faisant, vit qu'elle était nue et se hâta d'attraper un drap pour se cacher puis se pelotonna dans ses oreillers de soie.

– Pas assez ! Je me sens... divinement bien mais je meurs de sommeil ! Laissez-moi me rendormir par pitié !

– C'est la dernière chose à faire. Ecoutez ! Il chasse !

Par les fenêtres ouvertes le son d'un cor rebondit trois fois, affaibli par la distance.

– Depuis longtemps ?

– Plus de deux heures. Il est près de onze heures !

– Grand bien lui fasse ! Moi, je dors !

– Certainement pas ! Je viens de vous dire que ce serait une grave erreur de ne pas aller le rejoindre ! Commencez par boire ce thé ! Ensuite une toilette rapide...

– Mais je ne veux pas !

La tasse était sous son nez ; elle en avala le contenu, puis voulut se recoucher. Elisabeth alors fit un geste : deux solides femmes de chambre enlevèrent la jeune femme avec son drap, la portèrent dans la pièce voisine et, en dépit de sa résistance, la plongèrent dans la baignoire tandis qu'une troisième ramassait en hâte ses cheveux dans un bonnet. Mais si l'eau en était toujours aussi suavement parfumée elle était pratiquement froide et Aurore poussa un cri :

– C'est glacé !

– Oui, mais cela réveille ! Et vous n'allez pas y rester une éternité !

En effet, au bout d'une dizaine de secondes, on l'enleva du bain pour la sécher en la frottant vigoureusement... Pendant ce temps, Mme de Mencken poursuivait son propos :

– Ecoutez-moi, jeune dame, et d'abord retenez ceci : « Il » a la paresse en horreur ! Alors si vous voulez le garder, il faut fournir quelques efforts. Dépêchons-nous ! Un cheval vous attend en bas...

En un tournemain, Aurore fut introduite dans un costume de chasse noir relevé de vert et d'or, coiffée avec habileté de façon suffisamment lâche pour qu'au vent de la course, ses cheveux finissent par se dénouer afin de corriger ce que le vêtement, de coupe quasi militaire, avait de sévère. En outre, sa chevelure noire et lustrée était l'une de ses plus belles parures.

Un moment plus tard, Aurore suivie d'Elisabeth galopait en direction de la chasse, guidée par le son des trompes. En la voyant apparaître dans un rayon de soleil le teint animé, l'œil étincelant et la bouche rieuse, le prince eut une exclamation de joie et poussa son cheval à sa rencontre, mais elle ne lui laissa pas le temps de parler :

– Pourquoi m'avoir laissée dormir, Monseigneur ? Ne savez-vous qu'être auprès de vous, partager vos plaisirs fait tout mon bonheur ?

– Vous étiez si belle dans votre sommeil !

– Ne le suis-je plus ?

Il se pencha vers elle, passa un bras autour de sa taille et l'enleva de selle sans le moindre effort pour l'asseoir devant lui :

– Diablesse ! Comme si tu ne le savais pas ? murmura-t-il avant de lui donner un long baiser aux applaudissements des chasseurs rangés autour d'eux. « Messieurs, tonna-t-il ensuite, j'ai pris, vous le voyez, la plus belle des biches et je vous laisse le cerf ! Nous nous retrouverons à la halte pour faire collation ! »

Et, resserrant son étreinte autour de la jeune femme, il piqua des deux et fonça au galop à travers la forêt jusqu'à une clairière où une fontaine chantonnait au milieu des lys d'eau. Ce fut devant elle qu'il coucha Aurore dans une flaque de soleil pour l'éplucher sommairement en pestant contre tous ces jupons dont les femmes jugeaient bon de s'encombrer, ce qui la fit rire :

– Je pensais que franchir ces légères barrières ajoutait au plaisir celui de la découverte et qu'un homme de goût...

– Foutaises ! fit-il sobrement. Il suffit que je t'aperçoive pour avoir envie de toi !

Il le lui prouva à trois reprises presque sans respirer. Plus de mignardises, cette fois ! Il s'en repaissait goulûment sous l'emprise d'une sorte de fureur qui, par instant lui arrachait des cris qu'il étouffait sous ses baisers.

Lorsque le calme revint, la belle amazone noir, vert et or ne ressemblait plus à grand-chose et quand Frédéric-Auguste remit Aurore debout en la tirant par la main, elle ressemblait assez à un arbre qui perd ses feuilles à l'automne. Seuls les bas de soie retenus à mi-cuisse par des jarretières de ruban et de dentelle tenaient bon. Ce qui les fit rire tous les deux :

– Eve au premier matin ! déclara-t-il pour ajouter, d'un ton pensif qui inquiéta sa maîtresse : « Dieu, que tu es belle ! »

– Contenez-vous, Monseigneur ! Ce n'est pas le moment de jouer Adam dans le jardin d'Eden. Il faut que nous rentrions, affirma-t-elle en drapant autour de sa taille un morceau de jupe. Bientôt on va nous chercher !

– Tu crois ? dit-il d'un ton bizarre.

– J'en suis sûre ! Convenez qu'il m'est difficile de rentrer au château dans l'état où je suis ! Avez-vous donc envie que les hommes de votre cour puissent voir à leur aise ce qui n'est que pour vos yeux ?

L'argument porta. Il se secoua comme pour chasser un souci puis, ramassant son justaucorps, il en enveloppa la jeune femme qu'il couvrit jusqu'aux chevilles :

– Vous êtes parfaite ainsi ! Assez convenable même pour aller prier au temple !

– Pas pour affronter les regards mal disposés. Votre force est incroyable, ajouta Aurore en faisant un ballot de son linge et de son casaquin inutilisables pour les fourrer sous un buisson

– N'est-ce pas ? fit-il ravi. Venez à présent, ma princesse, que je vous soustraie aux regards libidineux de mes gentilshommes !... C'est égal, je ne serais pas contre l'idée d'aller jouer à nos premiers parents pendant un ou deux jours ? Il y a près d'ici une petite grotte qui...

Il l'avait replacée sur son cheval et se remettait en selle. Quand il y fut, elle se blottit tendrement contre lui :

– Pourquoi pas ? Un jour où il ferait très chaud par exemple... Retrouver la simplicité biblique !...

Ils partirent au grand galop en riant comme des enfants.

A l'instar des noces princières, les fêtes de Moritzburg durèrent une dizaine de jours : une succession de chasses, de festins, de ballets, de promenades à pied, à cheval ou en gondole, de déjeuners sur l'herbe, de théâtre et de bals. Cela commençait dans les premières heures de la matinée pour durer jusqu'à l'aube suivante. L'amour aussi régnait en maître et le couple Aurore-Frédéric-Auguste n'était pas le seul à pratiquer les escapades pour aller s'aimer là où l'idée leur en venait. La nuit, les violons, les harpes et les flûtes accompagnaient à part égale les pas des danseurs et les soupirs des amants.

De ce joli désordre, Aurore était la reine incontestée. Elle portait des robes fabuleuses, sans cesse renouvelées, des bijoux de rêve. En fait, ils n'ajoutaient guère à une beauté qui, devenue femme, s'épanouissait triomphalement dans l'ivresse de l'amour comblé. Son prince était fou d'elle, ne s'estimant jamais repu, et elle partageait l'ardeur de sa passion, ayant à peu près tout oublié de ce qui n'était pas ces heures divines où elle se donnait à lui.

Pourtant, les plus belles choses ayant une fin, il fallut bien songer à regagner Dresde, assez proche cependant pour que les affaires de l'Etat ne souffrissent pas de l'éloignement. Des courriers arrivaient chaque matin mais Son Altesse Electorale, occupée à ses belles amours, montrait une nette tendance à les négliger. Un jour, apparut le comte de Fleming...

C'était le conseiller le plus écouté de Frédéric-Auguste.

De trois ans plus âgé que le prince – et d'un de plus qu'Aurore ! – c'était à la fois un Prussien, un guerrier et un fort bon négociateur. Depuis sa prime jeunesse, il était auprès de Frédéric-Auguste qui le traitait en ami bien qu'il le trouvât légèrement ennuyeux. Une sorte de rivalité l'opposait alors à l'autre ami, Philippe de Koenigsmark, dont Fleming détestait la fougue, le panache, l'intense vitalité, et enviait les succès féminins. La disparition de son cauchemar l'avait secrètement ravi mais l'arrivée d'Aurore l'avait épouvanté, d'autant plus que la beauté de la jeune femme ne le laissait pas indifférent. Or, elle l'avait à peine regardé, ce qui constituait une grave offense pour un orgueil tel que le sien. Aussi, ayant compris qu'elle s'était vouée à la recherche de son frère et mettait ses espoirs dans la puissance saxonne pour faire plier le Hanovre, s'efforça-t-il de retenir, voire de modifier le sens des messages adressés à l'Electeur Ernest-Auguste. Mais il ne réussit pas à détourner les regards de son maître de celle que l'on disait la plus belle fille d'Europe.

Plus fin qu'il ne le pensait, le prince, avant de monter ce que l'on pourrait appeler l'« opération Moritzburg » contre la vertu d'Aurore, l'avait expédié en ambassade à Varsovie où la santé du valeureux roi Jean Sobieski ne cessait de décliner, dans le but d'y planter les jalons de sa candidature au trône devant la Diète de Pologne.

Fleming était parti rongé d'angoisse. Il était trop intelligent pour n'avoir pas flairé qu'il se passait quelque chose. Rentré de la veille à Dresde, il n'eut pas besoin de demander où était son maître : il n'y était bruit que des fêtes splendides données en l'honneur de la comtesse de Koenigsmark et il ne faisait de doute pour personne que la belle y était devenue la maîtresse du prince.

Il aurait pu se dire que cela ne faisait jamais qu'une de plus – ce n'était pas et de loin la première ! – et que cela ne tirait pas à conséquence, mais son flair lui soufflait que cette fois c'était différent et qu'il pourrait bien avoir affaire à une favorite, dûment établie, et avec laquelle il faudrait compter. Certaine demeure proche du palais que l'on était en train d'aménager pour elle le confirmait. Au matin, après une nuit sans sommeil, il prit un cheval et galopa jusqu'à Moritzburg.

Il y arriva au moment où la petite cour s'apprêtait à partir pour la chasse. Les deux amants étaient en selle et le prince arrêta d'un geste les trompes qui allaient sonner le départ :

– Vous voilà déjà, Fleming ? fit-il en maîtrisant d'une main ferme la fougue de sa monture. Je ne vous attendais pas si tôt.

– Le temps ne dure guère lorsque l'on est heureux, répondit l'ambassadeur avec un rien d'aigreur, et Votre Altesse Electorale l'est de si évidente façon qu'elle me contraint au vilain rôle d'importun...

En même temps son regard glissait sur Aurore, et il frémit. Jamais encore elle n'avait mieux mérité son nom. Le splendide épanouissement de sa beauté l'éblouit et l'atterra. Quelle adversaire il allait avoir en elle ! D'autant plus redoutable qu'elle réveillait en lui, en plus cuisant peut-être, le désir qu'elle lui avait inspiré avant son départ. D'un autre côté, joueur d'échecs émérite, il supputait une partie passionnante... Cependant, Frédéric-Auguste venait de lui dire quelque chose qu'il n'avait pas saisi et s'impatientait :

– Eh bien, vous ne répondez pas ?

– Mille pardons, Monseigneur ! J'avoue n'avoir pas entendu. La faute en est à l'admiration où m'a plongé Mme de Koenigsmark, s'excusa-t-il avec un salut à l'adresse de la jeune femme en prenant soin d'appuyer sur le Madame...

– Je vous demandais la raison de cette hâte ?

– Elle est à Wilanov, Monseigneur. Le roi Jean, le vainqueur des Turcs à Vienne, le géant qui a sauvé l'Europe occidentale de la menace ottomane, s'en va vers sa fin au milieu d'un incroyable tissu d'intrigues menées pour une grande partie par la Reine, cette Française insatiable et rouée qui se soucie d'elle-même plus que de la Pologne[1]...

– Allez au fait ! Que voulez-vous au juste ?

– D'abord que Votre Altesse Electorale rentre à Dresde...

– C'est à deux pas...

– Sans doute, mais l'atmosphère de la Chancellerie et des affaires d'Etat ne fait pas bon ménage avec celle – ô combien délicieuse ! – qui règne en ce château. Sans doute faudrait-il faire, en personne, le voyage de Varsovie...

– Monseigneur, intervint doucement Aurore, je crois qu'il faut écouter M. de Fleming. Nous venons de vivre des jours inoubliables... et Votre Altesse sait bien qu'à Dresde comme ici, je ne cesserai d'être sa dévouée servante !

Le front chargé de nuages du prince retrouva sa

1. Marie-Casimire de la Grange d'Arquien. Venue de Pologne avec Marie de Gonzague dont elle était la suivante et l'amie, elle devint reine de Pologne, ayant séduit et épousé Sobieski. C'est pour elle qu'il construisit le château de Wilanov.

sérénité. Il tendit la main pour prendre celle de la jeune femme qu'il baisa :

– Vous êtes incomparable, Madame ! Vous êtes ma folie et voilà que vous pouvez être aussi ma sagesse ! Rentrons puisque vous le voulez... d'autant que je vous réserve une surprise au retour ! Nous rentrerons demain matin. Pour l'heure présente, en chasse mes amis ! Le sanglier n'a que trop attendu !

A sa confusion, Aurore regagna la capitale dans la même voiture que son prince. Ce grand honneur la flattait mais officialisait aussi un statut de maîtresse déclarée qu'elle ne souhaitait pas. Ce fut pis encore quand l'équipage, au lieu de rentrer au palais ou de la déposer chez les Loewenhaupt, vint s'arrêter devant l'entrée d'une des plus jolies maisons des bords de l'Elbe, point trop grande et plutôt discrète dans sa sobre élégance, où résonnait d'ailleurs encore le marteau des tapissiers :

– C'est trop, Monseigneur !

– Comment cela, trop ? riposta-t-il d'un ton où pointait l'offense.

– L'amour que m'inspire Votre Altesse souhaite demeurer discret sinon secret. Je crains trop de blesser deux dames que je respecte infiniment.

– Ne comprenez-vous pas, vous qui êtes si intelligente, qu'il serait infiniment plus blessant pour elles que nos amours s'étalent au palais même, sous leurs yeux ? En outre, je me vois mal pénétrant à pas de loup chez Loewenhaupt après avoir escaladé une fenêtre. Céans vous êtes chez vous et je peux vous rejoindre en toute liberté. Cela dit, j'apprécie à leur valeur votre tact et votre bon cœur. Acceptez ce que je vous offre, ma douce !

Cette maison de toute façon ne pourrait convenir à personne d'autre. Sa décoration s'y partage entre la couleur de l'aurore et celle de vos yeux...

Que dire après une telle déclaration sinon remercier ? Sa nouvelle demeure enchanta la jeune femme. Elle y trouva un majordome, quatre valets, un cocher et des palefreniers pour les six chevaux d'attelage blancs et les trois de selle ou de chasse qui peuplaient les écuries, du personnel de cuisine, etc. Côté femmes de chambre, il y avait Fatime avec trois autres jeune filles. Et aussi, au seuil du salon, sa vieille Ulrica, plus raide que jamais dans sa robe noire avec col, manchettes et cornette de fine toile blanche des Flandres. Les mains croisées sur son giron, la bouche serrée et les sourcils tellement froncés qu'ils n'en faisaient plus qu'un, elle offrait une parfaite image de la réprobation, même si un trousseau de clés pendait dans les plis de sa jupe à une bélière d'or attachée à la ceinture, signant ainsi son nouveau rôle de gouvernante.

Quand elle vit arriver le couple, elle plongea dans une révérence aussi profonde que le lui permettait l'arthrose de ses genoux, mais s'arrangea de façon que nul n'en ignore la destination : le prince, un point c'est tout. Aurore dut se contenter d'une vague inclinaison assortie d'un coup d'œil orageux, mais la jeune femme n'eut pas le temps de tirer l'affaire au clair. Frédéric-Auguste l'entraînait par la main à travers la maison afin qu'elle la découvrît avec lui. Il était heureux comme un gamin et, en quittant celle qui était maintenant sa favorite, il lui annonça qu'il viendrait souper avec elle.

Restée seule dans sa chambre aux tentures d'azur et d'or où un soin amoureux avait accumulé tous ces riens ravissants indispensables à la toilette d'une jolie femme : flacons de cristal, boîtes d'or ou d'émaux, peignes et brosses de vermeil et une multitude d'autres objets, elle ne fit cependant que les effleurer du regard, s'assit dans un petit fauteuil de brocart et envoya chercher Ulrica. Qui arriva sans se presser et se tint debout devant elle dans la même attitude que précédemment : la mine toujours aussi butée.

– Quelque chose ne va pas ? demanda Aurore. Tu devrais être heureuse ? De nourrice à la retraite te voilà gouvernante de notre demeure et...

– Là où règne le péché ne saurait être ma demeure ! laissa-t-elle tomber.

La patience n'étant pas la vertu dominante d'Aurore, cette statue de la vertu offensée lui fit l'effet d'une fausse note dans la radieuse symphonie de son bonheur et l'amena aussitôt aux abords de la colère :

– La maison du péché ? Que ne l'as-tu dit au prince tout à l'heure au lieu d'accepter d'en prendre la direction... Sans me demander mon avis, d'ailleurs. Ce qui serait normal puisque je suis ici chez moi !

– Beau cadeau ! Dommage que vous l'ayez payé de votre honneur ! Vos ancêtres doivent se retourner dans leur tombe et votre noble mère la première ! Et aussi le comte Philippe...

Blême de colère, Aurore se leva pour lui faire face :

– Je t'interdis d'en parler ! Le prince est le seul

qui ait jamais consenti à m'aider. Il envoie une nouvelle ambassade à Hanovre !

– Il aurait pu le faire sans venir dans votre lit ! Quel effet cela fait-il d'être sa putain ?

La gifle partit, si violente qu'elle imprima les doigts d'Aurore sur la joue couleur de parchemin de la vieille femme. Qui recula sous le choc et porta sa main à son visage :

– Vous m'avez frappée ! gronda-t-elle indignée.

– Et je vais faire encore mieux : rends-moi ces clés et retourne chez ma sœur ! Je ne veux pas de toi chez moi !

– Sûr que je vais y aller ! répliqua la vieille femme en décrochant la bélière d'or d'une main que la fureur rendait malhabile. Elle y parvint cependant et les jeta aux pieds d'Aurore : « Tenez, les voilà, vos clés. Vous allez pouvoir en faire présent à cette infidèle sortie on ne sait d'où. Une esclave sans doute ? Achetée très cher pour ses talents d'entremetteuse. C'est tout juste ce qu'il vous faut à vous qui vous êtes vendue au prince. Vous allez pouvoir vous rouler dans la boue avec elle, mais prenez garde à la colère de Dieu ! »

– Prends-y garde toi-même ! Je croyais à ton affection mais tu n'es qu'une vieille bourrique au cœur sec, bornée et intransigeante ! Tu devrais te mettre au service d'un pasteur ! Vieux garçon de préférence, ajouta-t-elle pensant soudain à la servante du sinistre Cramer. Vous pourriez rancir ensemble ! Mais je ne suis pas certaine que cette odeur convienne au Seigneur !

Aveuglée par la fureur, elle ne s'était pas aperçue du départ d'Ulrica et sa conclusion vengeresse tomba dans le vide. Comme sa colère qui fit place, très vite, à la mélancolie. L'attitude puritaine de sa nourrice n'était-elle pas le prélude aux avanies que réservaient à la nouvelle favorite les courtisans qui n'avaient pas eu droit aux fêtes de Moritzburg et peut-être aussi le peuple qui jamais n'aima ses pareilles ?... Il lui sembla qu'un voile gris venait de tomber sur les joyeuses couleurs de son bonheur...

Heureusement, Amélie arriva quelques minutes après la sortie d'Ulrica. Elle l'avait d'ailleurs rencontrée et, voyant des larmes dans les yeux de sa sœur, n'eut aucune peine à établir la relation de cause à effet. Sans perdre de temps à demander des explications dont elle n'avait nul besoin, elle se contenta de prendre Aurore dans ses bras :

– Tu ne vas pas permettre à cette folle de te mettre la tête à l'envers ?

– Si tu savais comment elle m'a traitée !

– Oh, je sais ! J'en ai vu le résultat sur sa figure, ajouta-t-elle en riant. Je lui ai dit de rentrer à la maison mais je n'ai pas l'intention de l'y garder.

– Tu ne vas pas la chasser ? A son âge et...

– Mais non, bonne âme que tu es ! Je vais seulement la renvoyer à Hambourg. Cela la fera réfléchir et toi tu seras à l'abri de ses sottises.

– Pas si sottes qu'il y paraît ! Il est vrai que j'ai fait bon marché de ma réputation... et de mon honneur !

– Nous ne sommes plus au Moyen Âge ! Dis-moi seulement une chose : es-tu heureuse ?

– Je l'étais... ô combien jusqu'à ce que...

– Oublie Ulrica. Tu aimes et tu es aimée ?

– Je le crois !... oh oui, je l'aime. Sais-tu qu'il a même dit qu'il m'épouserait !

– Tu es d'assez grande maison pour cela, mais ce n'est pas à souhaiter. Une épouse, on la relègue dans un coin du palais mais pour la femme que l'on aime c'est différent ! D'autant que tu seras sans doute appelée à jouer un rôle – important peut-être ! – dans la politique de la Saxe.

– Mon Dieu ! Tu ne vas pas un peu loin ?

– Absolument pas et c'est d'ailleurs l'avis de Frédéric. Ton prince est un homme bon, généreux, vaillant et fascinant. Sa stature en impose mais sa volonté n'est pas à la hauteur de sa carrure. Il est trop ami des plaisirs pour qu'il ne lui soit pas nécessaire d'avoir auprès de lui une présence attentive, d'une vive intelligence, capable de lui suggérer les bonnes décisions à prendre. C'est un indécis, tu sais et par cela un faible ! Il a besoin d'un tuteur et jusqu'ici le vieux Beuchling a parfaitement joué ce rôle, mais il est vraiment très âgé et il faut au Conseil, quelqu'un de jeune et d'énergique.

– Tu te rends compte de ce que tu dis ? Jamais je ne siégerai au Conseil !

– Non, mais tu seras là pour l'écouter quand il en sortira comme le fait une épouse digne de ce nom...

– Elle existe, cette épouse !

– Cette pauvre Christine-Eberhardine ? Tu la vois donner des avis à son époux alors qu'elle en est encore à rougir jusqu'à la racine des cheveux quand il la regarde ou lui prend la main ? Toi tu as tout ce qui lui manque et tu sauras t'en servir. Et nous serons toujours à tes côtés pour t'épauler !

Rassurée sur les réactions de sa famille – même si celle d'Ulrica lui laissait un goût amer ! – Aurore s'inquiéta de celles d'Anna-Sophia – pas vraiment, si elle se souvenait de leurs derniers entretiens ! – et de Christine-Eberhardine ! Elle ne pouvait raisonnablement s'attendre que l'épouse aussi fastueusement trompée lui saute au cou. La princesse ne tenait pas beaucoup plus de place qu'une souris, mais elle était si évidemment amoureuse de son gigantesque mari qu'elle ne pouvait qu'en souffrir.

Aurore voulait s'ouvrir de ses réflexions à Elisabeth de Mencken quand elle accourut vers quatre heures pour admirer l'installation de son amie, mais celle-ci avait déjà les réponses :

– Sérions les questions ! déclara-t-elle doctement. Son Altesse Royale m'a chargée de vous faire savoir que vous ne faites plus partie de ses dames. C'est la moindre des choses et ne doit pas vous étonner. En revanche, elle vous verra sans déplaisir venir à sa cour... à moins que votre influence sur son fils ne se révèle néfaste. Ce qu'elle ne pense pas, au contraire. Si vous voulez mon avis, elle aimerait assez vous voir prendre auprès d'elle certains conseils que le prince accepterait plus facilement venant de vous.

– En un mot : elle compte se servir de moi pour influencer son fils ?

– On ne saurait mieux dire ! fit Elisabeth en riant. Et comme c'est une femme de sagesse et d'expérience, votre collaboration pourrait être chose salutaire pour le pays. Reste l'épouse bafouée !

– Elle doit m'exécrer ! J'avoue qu'en pensant à elle je me sens honteuse...

– Vous vous y ferez ! Quant à savoir ce qu'elle a en tête, c'est difficile : elle pleure dès qu'elle a fini de prier et elle prie dès qu'elle a fini de pleurer. Il lui arrive parfois de faire les deux en même temps ! Mais c'est une bonne fille qui ignore la méchanceté. Il n'y aurait donc pas grand-chose à craindre de ce côté s'il n'y avait Fleming.

– Fleming ? Qu'a-t-il à voir ?

– Il s'est institué son conseiller, son soutien. C'est lui qui a demandé sa main pour notre Electeur et mené à bien les négociations du mariage.

– Ce n'est pas ce que l'on m'a dit : le prince serait tombé amoureux d'elle après sa rupture avec son frère ?

– Certes... mais pas au point d'épouser, bien qu'il fût seulement à cette époque le frère plus ou moins héritier de Jean-Georges IV. La fille était charmante encore qu'un brin bécasse mais, surtout, la dot était assez mince et la jeune Brandebourgeoise n'aurait guère eu de chances de devenir princesse saxonne si Fleming ne s'en était mêlé : en bon Prussien, il avait tout intérêt à installer à Dresde une presque compatriote follement amoureuse d'Auguste. Une marionnette qu'il tiendrait dans sa main au cas où Jean-Georges viendrait à disparaître prématurément. Ce qu'il n'a pas manqué de faire. A présent, Christine est devenue Altesse Electorale et ne jure que par Fleming. Or celui-ci est redoutable.

– Un simple conseiller peut-il l'être ?

– Un conseiller très écouté et qui pourrait d'ici

peu prendre la place de Beuchling... Ne vous y trompez pas et, surtout, ne commettez pas l'erreur de l'attaquer auprès du prince, qui a de l'estime pour lui et même de l'attachement...

– Cet homme ne m'a encore donné aucune raison de m'en plaindre mais merci de votre mise en garde. Je m'en souviendrai...

L'avertissement arrivait à temps : le soir même, alors que les amants reprenaient souffle dans le lit dévasté en buvant du champagne, Frédéric-Auguste qui, appuyé sur un coude contre le corps d'Aurore, s'amusait à y faire tomber quelques gouttes de vin qu'il recueillait ensuite avec sa bouche, soupira :

– Je regrette d'avoir quitté Moritzburg où je pouvais ne penser qu'à toi. Nous y avons vécu des jours inoubliables... et de plus belles nuits encore. Pourtant...

– Oh, que voilà un mot qui sonne mal !

– Préfères-tu « cependant » ?

– Ni l'un ni l'autre parce qu'ils expriment une restriction. Voyons si je devine : vous êtes assez satisfait d'être rentré ?

– Satisfait non, mais... reconnaissant à Fleming d'avoir osé venir m'y chercher. Un prince souverain n'a pas le droit d'oublier entièrement ses devoirs... même dans les bras d'une ensorcelante sirène. Certaines affaires exigeaient ma présence...

– Si importantes que cela ? hasarda Aurore en espérant une confidence mais il n'avait nullement l'intention de lui en faire :

– Et davantage ! Mais j'aurais scrupule à fatiguer ta jolie tête avec ce fatras.

Tout en parlant, il avait recommencé à la caresser. Elle s'abandonna, reprise par le désir sans plus penser à rien, uniquement attentive aux sensations profondes d'un corps dont il savait si bien se rendre maître...

La première lettre arriva le lendemain.

Fermée par un sceau de cire rouge, sans gravure pour l'identifier, elle vint se poser dans la matinée entre le miroir vénitien et un flacon de parfum filigrané d'or sur la table devant laquelle Aurore se faisait coiffer. L'instant était délicat et la jeune femme remit à plus tard de l'ouvrir. Elle s'y décida enfin quand Fatime eut parfait son chef-d'œuvre avec un nuage de parfum. Pour la lâcher aussitôt avec dégoût : il lui avait suffi d'un coup d'œil pour saisir le texte, fort court :

« Tu te crois au pinacle, Aurore, mais tu es déjà sur la pente descendante. Ton amant a toujours préféré la chasse à la possession... »

– Qui a porté ça ? demanda-t-elle en désignant le message resté entrouvert.

Fatime se précipita aux renseignements et revint encore plus vite :

– Personne. L'un des valets a trouvé cette lettre sous le portail d'entrée devant la loge du gardien...

Après une brève hésitation, la main un peu tremblante de la jeune femme reprit le vilain message. Elle le tourna et le retourna dans l'espoir d'y découvrir un quelconque indice, mais ne trouva rien. Le papier était de qualité. L'écriture aussi, bien qu'elle évoquât un homme plus qu'une femme. Au prix d'un effort, Aurore s'obligea au calme et rangea soigneusement l'affreuse épître dans son secrétaire, se réservant d'en parler à Elisabeth qui avait promis de venir chaque jour afin de la soutenir dans sa nouvelle existence. Or, celle-ci ne fit qu'en rire et, prenant le billet, le déchira de haut en bas, puis continua jusqu'à ce qu'il n'y ait plus qu'un minuscule tas qu'elle jeta au feu :

– Voilà ce que ça mérite ! Vous n'aviez pas, j'espère, l'intention de le montrer au prince ?

– Non. Bien sûr que non, mais peut-être à ma sœur ?

Elisabeth prit les mains de son amie pour l'obliger à s'asseoir auprès d'elle sur un canapé du salon de musique où elles se trouvaient alors. Aurore avait choisi cette jolie pièce pour son usage personnel. Elle en aimait en effet les claires boiseries bleu pâle rechampies d'or dont les meubles principaux étaient un clavecin peint de fleurs et de personnages chinois et une harpe à la courbe harmonieuse derrière laquelle elle aimait déjà prendre place.

– Cela ne vous avancerait à rien et l'inquiéterait sans raison.

– Sans raison ? Vous trouvez ?

Mme de Mencken dévisagea son amie sans songer à cacher sa surprise :

– Je répète : sans raison ! Et je m'étonne de vous voir affectée comme vous l'êtes, vous qui avez vécu à la cour de Hanovre qui passe pour la plus dépravée de l'empire. Dites-vous bien que vous venez d'accéder à un statut nouveau pour vous mais qui, en tous temps, a toujours véhiculé les mêmes inconvénients et, par définition, a fait de vous la cible de toutes les jalousies, de tous les désenchantements. Auguste vous a placée en pleine lumière. Vous lancer de la boue va devenir l'occupation préférée d'une foule de gens. Alors, autant vous y faire tout de suite parce que vous pouvez être certaine qu'il y en aura d'autres.

– Agréable perspective !

Cependant elle se rangea sans trop de peine à l'avis d'Elisabeth : le mieux était de dédaigner.

Les jours qui suivirent la consolèrent vite et elle remercia silencieusement son amie d'avoir détruit le venimeux papier. Existait-il au monde bonheur plus grand que le sien ? Le prince semblait ne plus pouvoir se passer d'elle. Il l'emmenait partout : à la chasse ou sur les chantiers qu'il commençait à entreprendre, et parfois même il évoquait devant elle certains soucis politiques. Avec beaucoup de finesse, elle sut être l'amie en même temps que la maîtresse. Une amie drôle et spirituelle qui l'amusait autant qu'elle le charmait. En outre, il lui était reconnaissant de son attitude discrète et des relations pleines de respect qu'elle entretenait avec sa mère et avec sa femme. Enfin il était fière d'elle, de sa beauté dont il demeurait captif et qu'il se plaisait à parer. Elle eut des bijoux magnifiques, des robes somptueuses. Qu'elle refusait de porter le plus souvent sauf pour le seul plaisir de ses yeux à lui et de ses mains quand il la déshabillait car leurs nuits demeuraient ardentes quoiqu'il arrivât parfois à la jeune femme d'avoir peine à se mettre à l'unisson d'un appétit apparemment insatiable.

La seconde lettre vint un matin de janvier où Dresde semblait sommeiller sous un manteau de neige étouffant les bruits.

Pelotonnée dans la douce chaleur de son lit où elle s'attardait à la suite d'une de ces nuits agaçantes où l'on ne dort pas sans en connaître la raison, Aurore vit arriver Fatime chargée du plateau de son petit déjeuner. La lettre y était étayée par le pot de miel. C'était la même suscription et la même écriture.

Après l'avoir considérée un moment avec une méfiance teintée de crainte, Aurore avança deux doigts et la pêcha par un coin :

– Qui a apporté ça ? demanda-t-elle à la jeune Turque occupée à redresser ses oreillers derrière son dos.

– On ne sait pas. Un homme l'a remise à l'un de ceux qui balaient la neige devant le porche et celui-ci l'a donnée au portier. Tu as peur que ce soit une mauvaise nouvelle, maîtresse ?

– Crois-tu que l'on se donne autant de mal pour une bonne ?

Une angoisse lui serra le cœur tandis qu'elle faisait sauter le cachet, anonyme comme le précédent. Cette fois, le mystérieux correspondant – ou « la » – écrivait :

« La roche Tarpéienne est toujours aussi proche du Capitole mais elle semble diminuer chaque jour la distance. "Il" n'est pas venu hier soir, n'est-ce pas ? Et ce n'est qu'un début. Certes il te couvre de présents mais ce que tu désires profondément il ne te le donne pas. Aucune ambassade n'est partie pour Hanovre et je ne te conseille pas de la réclamer. Tu ne ferais que l'ennuyer. Et Dieu sait qu'on l'ennuie aisément !... A ce propos, as-tu déjà entendu parler de Mlle de Kessel qui t'a précédée dans son lit et dans son cœur ? Non ? Tu devrais. Son histoire est pleine d'enseignement... »

Quand elle eut fini de lire, Aurore avait les larmes aux yeux.

Le malfaisant inconnu était bien renseigné. C'était vrai que cette nuit, et pour la première fois, Frédéric-Auguste n'était pas venu la rejoindre. Vrai aussi que l'on n'avait plus guère parlé de rechercher Philippe et cela Aurore se le reprochait. Enfouie dans son bonheur comme au creux d'un soyeux cocon, elle s'était laissé griser par l'élixir d'amour qu'on lui versait à longs traits. Une seule fois, elle avait évoqué le Hanovre et son amant avait éludé la question avant de lui fermer la bouche d'un baiser et de ce qui s'ensuivait. Vrai encore que l'on n'avait plus parlé mariage lorsqu'ils étaient seuls ensemble. C'était cette suite de vérités qui bouleversaient la jeune femme parce que, dans ce cas, il n'y avait aucune raison de mettre en doute la fin de la lettre. Restait à savoir qui était cette Kessel jamais vue à la Cour et dont le nom lui était inconnu ?

Repoussant le plateau après y avoir seulement prélevé une tasse de lait, elle se livra à ses femmes pour sa toilette, habituellement longue et minutieuse. Fatime y veillait, sachant que sa maîtresse tenait à n'offrir qu'une image parfaite quelle que soit l'heure où on la surprenait. Aurore prenait plaisir d'ailleurs à ces soins raffinés qui détendaient son corps tout en lui laissant l'esprit libre.

Ce matin-là, pourtant, elle demanda que l'on abrège parce qu'elle voulait sortir. Il lui resta tout de même assez de temps pour un examen de conscience. Elle avait laissé sa passion lui faire oublier le reste du monde. Depuis quand n'avait-elle pas reçu de nouvelles de Charlotte Berckhoff ? Avait-elle seulement répondu à sa dernière lettre ? Pourtant son amie y exprimait l'inquiétude croissante où elle était du sort de Nicolas. On ne l'avait pas revu à Celle où l'on ne savait plus rien de ce qui se passait à Hanovre, sinon que l'on y semblait pris d'une frénésie de fêtes. Elles s'enchaînaient les unes aux autres, créant un désordre où il était difficile de se reconnaître. Aurore se souvenait d'avoir partagé un moment cette anxiété... mais un moment seulement ! Ce jour-là, son prince l'avait autant dire enlevée pour passer trois jours à Moritzburg. Trois jours plus enivrants que n'importe quelle fête parce qu'ils y étaient seuls avec une domesticité réduite et quasi invisible permettant toutes les folies comme danser nus au son d'un violon caché ou s'aimer une nuit entière sur des peaux d'ours jetées devant l'âtre flambant de l'immense salle des festins... Le tout arrosé de flots de champagne.

A les évoquer à présent, le rouge de la honte montait au front d'Aurore, mais sans lui éviter un délicieux frisson.

Une fois prête, elle se fit conduire chez Elisabeth qui gardait la chambre avec une bronchite attrapée dans les éternels courants d'air du palais. Quand son amie y pénétra, elle venait de se faire saigner et, la tête sous une serviette, prenait une fumigation dont l'odeur piquante emplissait l'air ambiant.

– J'en ai pour un instant. Asseyez-vous ! nasilla-t-elle du fond de sa serviette.

Aurore se débarrassa de sa pelisse ourlée et doublée de zibeline, mais garda le manchon assorti et alla s'asseoir près de la cheminée en conseillant à Elisabeth de prendre son temps. Cinq ou six minutes plus tard, celle-ci sortit de son abri un petit visage rouge et suant surmonté d'un bonnet de dentelles et de rubans roses.

– Ah ! Je me sens mieux ! Merci de votre patience ! A présent venez près de moi... Dieu que vous êtes belle ! ajouta-t-elle quand Aurore se fut posée au pied de son lit. Mais Dieu que vous êtes triste !

Pour seule réponse, celle-ci tira la lettre de son manchon et la lui tendit ouverte.

– Ah, je vois ! Le corbeau a encore frappé !... et je n'ai guère de peine à imaginer ce que vous venez me demander, compléta-t-elle lecture faite. Vous voulez que je vous parle de la Kessel !

– Si vous en avez la possibilité.

– Elle a fait suffisamment de bruit pour qu'on ne l'oublie pas. Ce qui m'étonne, c'est que personne, dans cette cour où chacun clabaude à qui mieux mieux...

– Vous en connaissez une qui ne clabaude pas ?

– Non. Je disais donc que je suis surprise que personne ne soit venu vous servir ce plat croustillant ! Quoi qu'il en soit, il n'y a pas de quoi vous tourner les sangs. Vous n'avez pas l'innocence de penser être la première maîtresse de notre

Frédéric-Auguste ? Il n'a jamais tenu sa lumière sous le boisseau et l'écho de ses frasques a dû s'étendre jusqu'en France et en Angleterre. Passons à cette Kessel qui vous a précédée... disons comme le brouillon précède la lettre parfaite...

– Voilà, il me semble un bien long préambule !

Elisabeth sortit son mouchoir, en usa et reprit :

– J'en ai fini. Vous ne l'ignorez pas, le mariage avec la petite Brandebourgeoise fut un mariage d'amour et, comme le couple s'entendait bien, tout un chacun jugea que l'Electeur s'était rangé. Sans trop y croire cependant avec une telle force de la nature. Et non sans raison. Bref, le ménage roulait sur une belle allée sablée quand la princesse Anna-Sophia prit au nombre de ses dames une demoiselle de Kessel. Cela à la demande de Mme de Friesen, épouse d'un des conseillers, sous le prétexte que cette fille de bonne famille mais pauvre était ce que l'on appelle « méritante ». La douairière se méfia d'autant moins que la demoiselle était jolie, certes, mais pas d'une foudroyante beauté et se parait peu, faisant montre au contraire d'une grande timidité. Dans le genre de la fameuse La Vallière chez le roi de France. A cette différence près que La Vallière était vraiment timide, modeste et aussi peu sûre d'elle que possible. Ce qui n'était absolument pas le cas de la Kessel.

Une fois installée au palais, elle et la Friesen passèrent au second acte d'une comédie soigneusement réglée : la bienfaitrice se mit à entretenir Frédéric-Auguste des nombreux tracas de sa protégée en vue de lui faire obtenir une pension, ce qui lui permettrait de tenir son rang dans une cour si élégante alors qu'elle ne possédait rien, ou si peu. Elle en parla même tellement que le prince voulut voir de ses yeux cette merveille. Un soir, en se rendant chez sa mère, il s'attarda dans son antichambre avec ladite Kessel... Qui lui plut tellement qu'il prit l'habitude de venir bavarder avec elle tous les soirs. Des bavardages, comme bien vous devez le penser, qui n'étaient en fait qu'un long plaidoyer destiné à faire connaître à la belle la chaleur de ses sentiments. Mais, dûment chapitrée, la mâtine résistait, s'abritant derrière une vertu qui, à l'entendre, était son unique bien. La pension fut naturellement accordée. Gratitude, remerciements trempés de pleurs, soupirs, déclaration de part et d'autre, pourtant la « vertu » se défendait encore. Alors, on alla chercher... devinez qui ?

– Beuchling ? fit Aurore qui écoutait l'histoire avec un mélange de curiosité et d'agacement.

– Tout juste. Il vint plaider la cause de son maître, comme il l'a fait avec vous d'ailleurs !

– C'est agréable à entendre !

– Notre prince n'a pas une imagination débordante, vous savez ? Pourtant, il en a déployé pour vous beaucoup plus que pour quiconque, d'où vous pouvez déduire qu'il n'a jamais aimé la Kessel comme il vous aime. Beuchling convainquit la demoiselle d'accepter une entrevue dans la propriété des Friesen à une lieue de Dresde. Le lendemain, elle rencontrait comme par hasard, en se promenant à la limite de la forêt, le prince qui chassait en compagnie de Beuchling.

– Il tient encore à cheval, ce vieillard ?

– Oh, il est capable d'en faire davantage pour garder sa place de confident. On causa puis Mme de Friesen se montra et tout le monde rentra au château où les intéressés prirent le thé dans un petit salon tandis que la Friesen papotait avec son compère dans un autre. La conclusion ne pouvait manquer d'être proche : trois jours plus tard, Frédéric-Auguste envoyait à la Kessel une parure de diamants dont elle le remercia de la façon que vous imaginez.

« Les choses auraient pu continuer discrètement à l'écart d'une épouse qui commençait à se plaindre d'un mari moins assidu qu'auparavant, mais cela ne faisait pas l'affaire de la donzelle. Elle rêvait mariage et ne trouva rien de mieux qu'arriver un beau soir chez Christine-Eberhardine parée telle une châsse de tous les diamants qu'elle s'était fait donner. Notre princesse, du coup, prit feu et chassa l'insolente de ses salons en la traitant de dévergondée non sans lui avoir administré quelques gifles. La victime courut droit se plaindre à qui vous pensez. Furieux "comme un jeune lion", celui-ci se rua chez sa femme afin de lui donner sa manière de penser, mais tomba sur sa mère occupée à calmer l'épouse offensée.. Devant cette coalition le coupable perdit contenance, demandant ce qu'il fallait faire : "Cela coule de source, répondit la douairière. Mariez-la à quelqu'un d'un peu éloigné." A sa surprise – c'est elle qui me l'a raconté – son fils ne protesta que mollement. A le régaler de tant de larmes et de cris, la Kessel devait avoir perdu quelque peu de son éclat. D'autant qu'il a toujours détesté les gémissements. Il laissa donc sa mère s'arranger comme elle l'entendrait et partit se "reposer" dans le cher Moritzburg... »

– Il y avait emmené cette femme ? murmura Aurore choquée.

– Non, rassurez-vous ! Il ne l'y a jamais emmenée. C'est son jardin secret à lui. Pendant ce temps-là, Anna-Sophia réglait la question en la mariant à un maréchal de camp appartenant à l'illustre famille des Hauchwitz, ce qui était plus qu'honorable. En outre, l'homme ne manquait pas de qualités et enfin il habitait Wittenberg[1]. Plus de Kessel ! Je ne suis pas certaine qu'elle ait été fort regrettée. Et puis vous êtes arrivée et vous avez tout balayé... On dirait même que vous avez aussi balayé mon rhume. Je me sens beaucoup mieux ! Vous êtes une magicienne !

– Ne dites pas de sottises ! C'est la fumigation... Cela dit, que pensez-vous de cette mauvaise lettre ?

– Ce que je pensais déjà de la première : que sa destination naturelle est dans le feu.

– Je n'en suis pas sûre ! Celui qui l'envoie me paraît en savoir long. A commencer par le fait que... qu'il n'est pas venu hier soir !

– Ne bâtissez rien là-dessus ! Ce n'était pas difficile à deviner. Même moi qui n'ai pas quitté ce lit, je le sais et vous ne me ferez pas croire que vous ignorez qu'il y avait fête au palais en l'honneur de notre princesse électrice...

– ... et que je n'y avais pas ma place. Natu-

1. Aujourd'hui Lutherstadt parce que Luther y est né. Petite ville sur l'Elbe, à peu près à mi-chemin entre Leipzig et Berlin.

rellement, je suis au courant, mais les réjouissances ont-elles duré jusqu'au matin ? Et même en ce cas, il lui est déjà arrivé de me surprendre à l'aube. Il m'a dit souvent qu'une journée ne pouvait être bonne si elle n'avait commencé par l'amour...

Elisabeth glissa hors de ses draps pour venir plus près de son amie qu'elle enveloppa d'un bras compatissant :

– Ne me dites pas qu'il n'y a jamais manqué ? Par exemple après s'être soûlé royalement au point de ne pouvoir regagner son lit sans le secours de ses valets ? Je l'ai vu de mes yeux ! J'ajoute que les Brandebourgeois ont une rare capacité d'absorption et il se devait de les accompagner !... Allons, cessez de vous tourmenter ! Allez plutôt vous regarder dans la glace, c'est le meilleur réconfort que je puisse vous suggérer. Frédéric-Auguste est fou de vous et ne manquera pas de vous en faire souvenir avant que le soleil se couche.

– Il faudrait pour cela qu'il commence par se lever ! Il neige...

CHAPITRE XI

DES NOUVELLES DE CELLE

Frédéric-Auguste était parti pour Leipzig et Aurore s'ennuyait. C'était la première fois qu'il partait sans elle, alléguant le temps affreux et les mauvais chemins.

– Vous serez beaucoup mieux au chaud de votre maison, lui avait-il assuré en l'embrassant. Et moi je serai plus tranquille...

Plus tranquille ou plus libre ? Le second mot eût été malsonnant mais Aurore n'aimait pas beaucoup plus le premier. Jamais, jusqu'à présent, il n'avait été question de tranquillité entre eux. Le vent, l'orage, la tempête, voire l'ouragan, oui ! C'était leur climat normal, celui de la passion coupée parfois de fous rires, chacun d'eux possédant un égal sens de l'humour bien que celui du prince fût plus cruel que celui de sa favorite. Mais la tranquillité, non, cent fois non !

Sachant à quel point il détestait la contradiction, elle n'avait pas insisté quelque envie qu'elle en eût... Avec une belle inconscience masculine, il lui avait recommandé de se reposer, d'éviter de sortir le soir, sinon avec sa sœur, et aussi de donner à souper ou à danser chez elle durant son absence. Cette fois elle avait réagi : il allait tout de même un peu trop loin.

– Que ne m'enfermez-vous dans un couvent ? Je ne suis pas malade et n'ai aucune raison de rester cloîtrée ?

– Certes, certes, mais je n'aime pas trop, pendant mon absence, que le monde vous envahisse. Cela vous oblige à vous parer et je n'ignore pas qu'ils sont nombreux, ceux qui souhaitent vous approcher de plus près ! Promettez-moi d'être très sage, de ne penser qu'à moi ! J'ai besoin de vous sentir tout contre moi, ajouta-t-il en l'enlaçant pour un baiser qu'elle évita en détournant la tête :

– Que ne m'emmenez-vous alors ? fit-elle, logique.

– Je vous ai donné mes raisons ! répondit-il sans insister. N'oubliez pas que vous êtes à moi et qu'un seul regard masculin sur votre gorge m'est une offense !... Je vous rapporterai des fourrures !

Il était parti là-dessus, la laissant désorientée par ce mélange de jalousie – on ne pouvait l'interpréter autrement ! – et de sens aigu de la propriété. Ce fut pis encore quand elle apprit qu'il avait donné des ordres à son portier : aucun homme, hormis les fournisseurs, ne devait être autorisé à pénétrer auprès de la comtesse de Koenigsmark, et ce jusqu'à son retour.

– Que ne me fait-il porter une ceinture de chasteté ? déclara-t-elle à Elisabeth qui prit le parti d'en rire :

– C'est plutôt flatteur, cette jalousie ! Elle rend hommage à votre beauté. Il est vrai que depuis le début de vos amours, elle atteint un éclat incroyable qu'il n'a pas envie d'étaler à Leipzig où règne une atmosphère de foire perpétuelle.

– Insensé ! J'en viens à penser qu'il a pris au sérieux ce rôle de sultan qu'il interprétait à Moritzburg lorsque, selon la tradition des maîtres de harem, il m'a lancé le mouchoir. Vais-je devoir vivre cloîtrée en compagnie d'autres femmes parmi lesquelles il viendrait choisir chaque soir sa compagne de lit ?

– Même si l'idée aurait de quoi le tenter, il n'ira jamais jusque-là. N'oubliez pas qu'il est chrétien ! Allons, ne vous fâchez pas et acceptez avec le sourire ce caprice qu'il vous impose. Vous en rirez tous les deux plus tard... il ne va pas rester absent pendant dix ans !

– Cela va être d'un drôle !

Il ne lui fallut que deux jours pour s'ennuyer, en dépit des soins de Fatime qui employait ce repos forcé en multipliant les bains, les longs massages et les soins minutieux usités justement dans ces harems que sa maîtresse redoutait tellement.

– Quand le maître reviendra, il faut qu'il te trouve encore plus belle et désirable qu'à son départ. Chasse les mauvaises pensées et laisse ton corps s'épanouir comme une rose qui, en s'ouvrant, libère ses parfums ! Il en sera plus que jamais captif...

C'était au fond assez agréable à entendre même si ce n'était guère enrichissant pour l'esprit. Fatime n'avait pas tort d'affirmer qu'il fallait profiter de ce temps libre. Lorsque le prince était là, Aurore devait toujours être prête à le suivre n'importe où et à n'importe quelle heure du jour ou de la nuit. Aussi accepta-t-elle de se laisser soigner, meublant le reste de ses loisirs avec des livres à moins qu'elle ne composât des vers – elle savait en faire de ravissants ! – ou jouât aux échecs avec Elisabeth à qui elle avait d'ailleurs proposé d'expérimenter les services de la jeune Turque...

Ce soir-là, qui se situe une semaine après le départ du prince, Aurore allait se coucher quand elle entendit tinter la cloche d'entrée. Allant à la fenêtre pour voir ce qu'il en était, elle aperçut dans l'encadrement du portail ouvert et la lumière jaune du portier un cavalier qui mettait pied à terre. C'était un voyageur sans doute, si l'on en jugeait par les sacoches et l'ample manteau destiné à couvrir la croupe du cheval. Elle le vit parlementer avec Joachim le concierge qui, bien entendu, refusait de le laisser entrer, fidèle en cela à ses consignes : pas d'hommes et surtout pas la nuit ! Cependant, quelque chose dans la tournure de l'arrivant éveillait un souvenir chez la jeune femme et, comme le portail allait se refermer sur l'inconnu, elle l'entendit soudain entamer le grand air d'*Orphée* et n'y tint plus : ouvrant sa fenêtre, elle cria :

– Oubliez les consignes, Joachim et faites monter ce monsieur !

– Mais, madame la comtesse, Monseigneur a expressément spécifié qu'aucun mâle...

– Cela ne concerne pas ma famille ! Faites monter, vous dis-je. J'en prends la responsabilité...

Les mains tremblantes de joie, elle referma le panneau vitré et se précipita vers l'escalier. Nicolas ! Ce ne pouvait être que Nicolas ! Enfin elle allait savoir quelque chose ! Elle avait l'impression merveilleuse qu'une grande bouffée d'air frais lui arrivait. Relevant sa robe à deux mains elle dévala les marches à toute allure, si vite qu'elle tomba presque dans les bras du nouveau venu qui la retint de justesse. Mais ce geste ne prêtait pas à conséquence puisqu'elle l'avait annoncé « de la famille ».

– Nicolas ! Quelle surprise ! Dieu que je suis heureuse !...

– Je... Moi aussi... ma cousine !

Elle l'embrassa sur les joues sous l'œil pas tellement rassuré de Joachim, puis l'entraîna pour le faire grimper à l'étage tout en criant que l'on prenne soin du cheval et que l'on monte de la nourriture et du vin chaud ! Un valet apparut au bruit, prit les ordres et courut aux cuisines, cependant qu'Aurore introduisait le jeune homme dans son cabinet d'écriture. Elle lui laissa à peine le temps d'ôter son épais manteau craquant de neige et le tricorne noir où les flocons commençaient à fondre, et confia l'ensemble à Fatime en lui recommandant de ne pas les déranger. Enfin, désignant un fauteuil placé près d'une petite table, elle invita Nicolas à s'asseoir. Alléguant le protocole, il voulut refuser mais elle insista :

– De quoi aurions-nous l'air si vous vous adressiez à moi comme à une altesse quelconque ?

– On dit que vous pourriez le devenir ? Même sur les routes on en parle et le bruit court d'un divorce de l'Electeur Frédéric-Auguste en votre faveur...

Aurore fronça le sourcil. Où diable avait-il pu pêcher cela ? Qui expliquait peut-être une attitude plus empesée encore qu'au jour de leur première rencontre.

– Laissons ces racontars, si vous le voulez bien. Vous arrivez de Celle ou de Hanovre ?

– De Celle où j'ai appris votre haute position. J'ai d'ailleurs une lettre de Mme la duchesse et une autre de la baronne Berckhoff, répondit-il en produisant les deux messages. Aurore les prit et les posa sur un meuble en disant qu'elle les lirait plus tard.

– Ce que je veux savoir, c'est ce qui s'est passé à Hanovre durant votre long séjour. Vous êtes revenu depuis quand ?

– Environ un mois.

– Et vous venez seulement maintenant ?

Elle dut s'interrompre : Fatime que la curiosité devait dévorer revenait avec un plateau si chargé qu'elle pliait sous le poids. Aurore lui ordonna de poser le plateau sur la table et de disparaître sur un ton ne laissant pas de place à la discussion. Puis elle servit elle-même son visiteur qui ne se départait pas de son attitude guindée. Elle le laissa se restaurer jusqu'à ce que, jugeant que c'était suffisant, elle revienne à la charge :

– Si vous êtes venu dans l'intention de vous faire arracher les paroles, mieux valait rester auprès de la duchesse Eléonore !

Mais elle lui vit tout à coup l'air si malheureux que sa colère retomba :

– C'est ma nouvelle situation qui vous gêne ?

Il devint ponceau, reposa le verre qu'il tenait et détourna la tête :

– Je l'avoue ! Pardonnez-moi si j'ai parlé trop

hâtivement et si c'est la fiancée d'un prince que j'ai devant moi.

– Et si je ne l'étais pas ? Si je n'étais que...

– Sa maîtresse ? Oh non ! Pas vous !

– Et pourquoi pas moi ?

– Vous si fière de votre nom et de votre personne ! Vous qui avez repoussé tant d'homme éminents, vous auriez cédé...

– A l'amour ! lança-t-elle avec orgueil. Rien qu'à l'amour, Asfeld. Un amour partagé qui ne s'encombre pas des contingences vulgaires. Certes, on m'a dit que l'on m'épouserait mais je ne suis pas certaine d'y croire... A présent, assez parlé de moi alors que vous avez une foule de choses à m'apprendre ! D'abord, comment avez-vous été reçu par la Platen ?

– Oh, avec enthousiasme ! Que j'aie choisi de tout quitter pour revenir vers elle en faisant fi d'autres palais l'a emplie de joie et de vanité ! Elle en a conclu que j'étais épris d'elle bien qu'elle n'ait pas posé la question. J'ai été logé, à « Monplaisir », dans un appartement près du sien et, pendant des jours... et quelques soirées, j'ai dû chanter pour elle seule assis sur des coussins au pied du lit de repos où elle s'étendait dans des tenues plutôt légères, mais jamais elle ne m'a produit devant un public, même restreint. Elle me cachait au contraire !

– Et le masque ? Vous a-t-elle finalement ordonné de l'enlever ?

– Oui, mais assez tard. Elle y trouvait un mystère séduisant. Il est vrai que je m'étais annoncé comme une sorte de monstre.

– Et quand l'avez-vous enlevé ?

– C'est elle qui me l'a ôté, la nuit où...

Il détourna la tête avec une crispation du visage plus évocatrice qu'un discours. Aurore comprit :

– Mon pauvre ami ! soupira-t-elle. Souvenez-vous cependant que la duchesse Eléonore avait évoqué ce qui était plus qu'une possibilité avec une créature de cette espèce. Cela n'a pas été trop... pénible ?

– Elle boit énormément et il est obligatoire d'en faire autant. En outre, elle dispose d'un arsenal impressionnant de philtres, de pilules, que sais-je ?... J'ai vécu quelques semaines dans un état second. Et puis il y a eu le drame.

– Quel drame ?

– Vous le saurez tout à l'heure ! S'il vous plaît, laissez-moi raconter à ma manière, pria-t-il. Sinon je risque de m'embrouiller. Je ne suis pas un orateur et, en outre, je suis las.

Elle le regarda mieux et vit qu'en effet il n'était plus vraiment le même. Etait-ce le résultat des drogues de la Platen ou de cette vie dissolue qu'il avait dû accepter pour la servir, mais il avait un peu vieilli. C'était comme une fine poussière grise, un voile de mousseline, une brume étendue sur sa personne. Il avait perdu de ses couleurs cependant que ses traits s'étaient creusés. Et où était passée sa belle joie de vivre ?... Elle eut honte, soudain, de la vivacité dont elle avait fait preuve. Etendant le bras, elle posa une main chaude sur la sienne :

– Pardon ! Préférez-vous prendre du repos auparavant ? Je vais vous faire préparer une chambre !

Elle se levait pour sonner mais il la retint et, cette fois, avec le sourire de naguère :

– Pour attirer sur nous deux les foudres du prince ? Si j'ai bien compris votre portier, vous n'auriez pas dû me recevoir.

– Laissez cela et racontez ! dit-elle en lui tendant le verre de vin qu'elle venait de lui verser.

– Voilà. C'était il y a un peu plus de deux mois et je venais de prendre la décision de partir. Je prenais cette femme en répulsion et, en outre, grâce aux renseignements donnés par Ilse, j'avais fouillé quasiment toute la maison...

Il fut impossible à Aurore de retenir la question qui la brûlait :

– Avez-vous eu des renseignements concernant mon frère ?

– Rien sur son sort mais j'ai acquis l'assurance que le fameux envoi à Lastrop est réellement parti mais que seul l'argent est arrivé chez le banquier. Eh oui ! La Platen a conclu un arrangement avec lui pour investir cette somme dans ses affaires et elle a gardé les bijoux, ainsi que nous l'avions pensé...

– Il fallait s'attendre à une vilenie de ce genre ! Continuez !

– A ce moment, l'Electeur a donné une série de réjouissances en l'honneur de sa fille mariée au prince héritier de Prusse. Le clou devait en être une fête nocturne costumée au cours de laquelle on avait imaginé de ressusciter le fameux festin du Romain Trimalcion dont un comédien tiendrait le rôle. La Cour entière devait participer, y compris l'ambassadeur anglais Cressey et le maître à penser de l'Electrice, le philosophe Leibniz... Ces deux-là n'avaient pas l'air à leur aise, car ce fut la plus incroyable beuverie que j'aie jamais vue.

– Vous y étiez donc ?

– Je m'étais arrangé pour me mêler aux serviteurs. Ceux du palais n'étaient pas en nombre suffisant et on avait pris des renforts... Imaginez la grande salle du Leineschloss décorée de colonnes reliées entre elles par des guirlandes de fleurs et de fruits avec des trophées d'armes faits de bouteilles vides. On y avait installé autant de lits que de convives. Le service était assuré par des « esclaves » en tuniques fort courtes. Quant au motif central, il était composé de neuf mets de parade, installés juste pour le décor. Au milieu, il y avait un plat de poissons vivants sur lequel deux « satyres » versaient de l'eau, comme s'il s'agissait d'une sauce. De chaque côté étaient des corbeilles remplies de paille où des poules pondaient, puis un âne portant des sacs de salade et d'olives, un énorme pâté contenant des oiseaux vivants, enfin un lièvre rôti portant des ailes d'envergure dans le genre de Pégase.

» A leur entrée dans la salle, les convives trouvaient un esclave qui leur ordonnait d'entrer du pied droit. Quand tous furent installés, Trimalcion parut, précédé d'un chasseur et suivi de pages déshabillés en esclaves et portant des cierges allumés, l'ensemble accompagné du son des clairons et des tambours. Une fois couché, Trimalcion a ordonné que l'on serve du « vin de Falerne » qui était en réalité du tokay. Naturellement, des tables chargées de nombreuses victuailles étaient disposées devant les lits. Des torches et des pots à feu placés au-dessus des colonnes éclairaient cet invraisemblable festin que les nobles invités, à commencer par l'Electeur et sa famille, parurent apprécier au plus haut point.

» Et la fête battit son plein. On s'empiffra, on but jusqu'à ne plus y voir clair. Je dois dire que l'Electrice et sa fille eurent le bon goût de se retirer avant que ça ne dégénère, mais les Platen menèrent cette sarabande de fous. Je m'éloignai, moi aussi, et décidai de rentrer. C'était la dernière nuit que je devais passer à Hanovre et j'avais préparé mon départ. Mais lorsque je quittai le palais, je ne trouvai pas les rues désertes auxquelles je pouvais m'attendre à cette heure tardive. Il y avait un grand concours de peuple massé sur la place... Dans un profond silence il écoutait, ce peuple, le vacarme des convives, il regardait aux fenêtres rougeoyantes du palais s'agiter des ombres frénétiques. Elle était impressionnante, croyez-moi, cette assemblée obscure et muette. Je sentis le malaise des sentinelles dans leurs guérites. Vêtu modestement comme je l'étais je pensais passer inaperçu de ces gens dont les regards étaient fixés sur les vitres illuminées. Cependant, un homme s'approcha de moi. Il était de haute taille, puissant, et à son tablier de cuir roussi, je reconnus un forgeron. Dans son poing il tenait un marteau.

» – Tu étais là-dedans ? demanda-t-il d'une voix rude.

» – J'y faisais mon service mais j'en ai assez ! Je m'en vais !

» – Que se passe-t-il exactement ? D'ici on

entend, on voit un peu mais le reste on l'imagine. Alors parle !

» Je le lui dis sans oublier de mentionner le départ de l'Electrice et de la princesse de Prusse. Dans l'ombre je vis un éclair dans les yeux de l'homme.

» – Et les Platen ? Ils sont toujours là ?

» – Ce sont eux qui ont organisé la fête. Bien sûr qu'ils sont toujours là... mais lucides c'est une autre histoire ! Puis-je te poser une question ?

» – Tu veux savoir ce que nous faisons ici ?

» – C'est naturel il me semble. A cette heure, les honnêtes gens sont dans leurs lit.

» – Nous sommes des honnêtes gens ! Seulement nous sommes écœurés ! Ce qui se passe dans ce palais fait déborder le vase. Ce beau monde bâfre, rit, danse, chante et se soûle tandis que dans son lugubre château des marais de l'Aller, notre princesse Sophie-Dorothée est tenue en étroite prison, vouée à la solitude et au désespoir ! On lui a même arraché ses enfants pendant que son époux se vautre avec sa Mélusine. Ça commence à suffire !

» – Que voulez-vous faire ? Attaquer le palais ? Il y a des gardes et eux ne sont pas ivres...

» – Non. En dépit des fêtes qu'il ne cesse de donner depuis qu'on a enfermé la princesse, nous n'en voulons pas à l'Electeur. Il est vieux et on le dit malade. Ce qu'il faut, c'est débarrasser le Hanovre des Platen ! Lui il est ministre et elle, cette charogne, achève d'épuiser le prince ! Ce sont eux qui ont le pouvoir ! Alors on va leur faire vider les lieux...

» A ce moment, un valet sortit du Leineschloss

et rejoignit l'homme au tablier de cuir. Il annonça que Platen venait d'avoir un malaise et que sa femme le ramenait chez lui...

» Le forgeron éclata d'un rire énorme et, se retournant, clama vers la foule :

» – Le gibier rentre au gîte ! On attend un peu et on y va !

» Pendant quelques secondes il conféra avec trois hommes qui étaient derrière lui. Au même instant, des torches s'allumèrent ici et là. L'une d'elles se retrouva dans le poing du forgeron et je profitai du remous pour disparaître. Ce qu'ils se préparaient à faire était évident pour moi : mettre le feu à « Monplaisir » et si possible quand les maîtres y seraient !... Je n'avais rien contre mais j'avais laissé mon cheval sellé à l'écurie et il fallait que je l'en sorte avant que la vague ne déferle. Mon bagage, je l'avais porté dans la journée à l'auberge Kasten où mon valet Josef se morfondait depuis des semaines... J'y courus et arrivai là-bas juste à temps pour voir les Platen regagner leur logis... L'attaque n'allait pas tarder. Aux écuries, je trouvai le chef palefrenier debout et lui conseillai de libérer les chevaux. Quand on incendie une demeure, il est bien rare que l'on s'arrête aux dépendances. Et une rumeur montait déjà du fond de la nuit... Cet homme me demanda si je partais. Je lui répondis que oui et lui conseillai d'en faire autant, ajoutant que le peuple en voulait uniquement aux Platen. De vous à moi, je me tenais prêt à lui sauter dessus s'il faisait seulement mine d'aller donner l'alarme. Mais il se mit à rire alors en disant que ce n'était pas trop tôt et se précipita pour lâcher l'écurie entière dans le parc de Herrenhausen. Je le suivis et cherchai un point d'où l'on pourrait voir ce qu'il se passerait. Juste à temps : le forgeron et ses justiciers déferlaient sur le château. Ils avaient marché en silence jusqu'à ce qu'ils soient à proximité, puis une clameur éclata et les torches s'envolèrent, tellement nombreuses que les domestiques n'essayèrent même pas de lutter. Ils s'enfuirent et, quand je revins vers l'auberge, les flammes de « Monplaisir » embrasaient la nuit. Un terrible spectacle. C'était comme si la terre venait de s'ouvrir pour laisser jaillir les reflets de l'enfer...

Un silence suivit la conclusion du récit. La vive imagination d'Aurore lui avait permis de visualiser ce qu'Asfeld lui relatait. La fin illumina son visage :

– Ils sont morts ? murmura-t-elle. Mais si vous êtes parti immédiatement après le feu, vous ne le savez peut-être pas ?

– Vous pensez bien que j'ai attendu. A l'auberge j'avais repris mon nom et mon apparence et dès le matin il n'était bruit que de l'incendie. « Monplaisir » est détruit aux trois quarts... mais eux sont à peu près saufs.

– A peu près ?

– Ils sont vivants, sauf que lui a perdu la vue et qu'elle est brûlée au visage et aux épaules. Elle n'est pas belle à voir, d'après Hilda Stohlen qui a pu l'apercevoir...

- J'imagine qu'après cette action l'Electeur a

ordonné des châtiments exemplaires pour les incendiaires ? fit Aurore avec amertume.

– Non. Les meneurs se sont livrés d'eux-mêmes. Mon ami le forgeron a déclaré hautement au nom du peuple qu'il respectait et honorait ses princes mais qu'il ne supportait plus la mainmise des Platen sur le Hanovre. Il aurait dû être pendu : l'Electeur s'est contenté de l'incorporer avec deux ou trois autres dans le bataillon qu'il prépare pour le louer à l'empereur...

– En vertu du principe qu'un homme mort ne rapporte rien tandis qu'un soldat vigoureux se vend bien ? ricana Aurore. Ils ne reviendront sans doute pas mais ils auront enrichi leur bon souverain. Cela dit, je suis contente que ces gens courageux aient échappé à la corde. Partir pour Vienne leur évitera la vengeance des Platen !

Pour la première fois depuis son arrivée, Nicolas eut un large sourire :

– De ce côté-là, il n'y avait pas de crainte à avoir. L'Electrice Sophie et son fils se sont fait entendre pour exiger leur départ. Pour ce que j'en sais, ils n'ont eu guère de peine à l'obtenir : le vieil homme est fatigué. Peut-être aussi de la férule d'une maîtresse par trop envahissante et devenue affreuse. Le couple aurait reçu l'ordre de se retirer dans une terre qu'il possède je ne sais où. Et ils ne sont plus rien.

Aurore joignit les mains comme pour une prière. Ne convenait-il pas de remercier Dieu d'avoir enfin abattu ces gens, cette femme surtout qui avait été le mauvais génie de Philippe, qui l'avait volé de façon honteuse mais qui détenait sans doute encore la clé de sa disparition. Y aurait-il un espoir de la faire parler maintenant qu'elle ne disposait plus de cette armée de serviteurs et d'espions grâce auxquels son pouvoir s'étendait telle une griffe sur le pays et sur son prince ?

– C'est une nouvelle merveilleuse que vous m'apportez là, Nicolas, et je vous en sais un gré infini, mais vous devriez la compléter en y ajoutant le nom de l'endroit où l'on peut les trouver. J'ai besoin qu'elle parle, vous comprenez ? J'ai besoin de savoir ce qu'elle a fait de mon frère. Je suis sûre que tout le mal vient d'elle...

– Moi aussi j'en suis sûr, mais l'endroit où ils se sont retirés relève du secret d'Etat ! Et, comme Aurore ouvrait la bouche pour protester : « L'Electeur l'a voulu ainsi, peut-être dans un ultime souci de protéger celle qu'il a aimée à la folie. Vous n'êtes pas sa seule ennemie, tant s'en faut. Quant à moi et avant de prendre congé, il me reste à vous remettre ceci. »

D'une poche intérieure de son habit, Nicolas sortit un sachet de peau dont il fit couler le contenu sur la table couverte d'un brocart blanc où il fit naître une tache de sang. Un sang singulièrement brillant, car il se mit à jeter des feux sous la lumière du candélabre voisin. Aurore eut un cri :

– Le rubis « Naxos » !... Mon Dieu, comment avez-vous pu le reprendre ?

– C'est simple. J'ai attendu que la Platen sorte pour se rendre à ce dernier festin qui a causé sa perte et, renseigné par Ilse, je savais où étaient ses bijoux et j'avais réussi à apprendre la manière d'ouvrir l'armoire où elle les cachait, je n'ai eu qu'à me servir, mettre mon butin dans une écharpe de soie, en faire un paquet qui a pris aussitôt le chemin de mes sacoches puis celui de l'auberge Kasten.

– Vous avez tout emporté ?

– Uniquement le rubis et les pièces dont la duchesse Eléonore m'avait donné la description parce qu'elles étaient celles de sa fille. J'ai laissé le reste et vous n'imaginez pas à quel point ce fut facile ! Tous les serviteurs de « Monplaisir » s'étaient précipités au Leineschloss sur les pas de leur maîtresse pour voir le spectacle. Evidemment, j'ai dû abandonner ceux que la femme portait sur sa tunique à la romaine, mais ils ne m'intéressaient pas parce qu'ils étaient récents : elle s'était fait faire pour la circonstance un diadème et des girandoles.

Occupée à caresser le joyau qu'elle avait pris dans ses mains, Aurore toute à sa joie écoutait d'une oreille distraite. Pourtant elle remarqua :

– Et durant plusieurs jours, vous avez gardé un tel trésor dans une auberge ?

– Je ne vois pas où est la difficulté dès l'instant où les Platen étaient effacés du paysage ? Sans l'émeute je serais parti plus tôt et c'est la raison pour laquelle j'ai voulu assister à cette pitrerie. Il me fallait être certain que le couple avait atteint ce degré d'ivresse où l'on ne voit plus clair. C'était une affaire sûre avec eux, à cette différence près que selon les circonstances cela demandait plus ou moins de temps... Ah, j'ajoute que j'ai remis les autres joyaux à la duchesse Eléonore. Elle doit vous en parler dans sa lettre. A présent, il se fait tard et je vous laisse vous reposer... Je vais me chercher un logis... On m'a recommandé une excellente hôtellerie place du Marché ?

– J'aurais préféré vous héberger mais vous avez raison lorsque vous dites que ce ne serait guère raisonnable. Allez-vous rester plusieurs jours ?

– Un ou deux : le temps de prendre du repos... et d'attendre vos ordres si vous en avez.

– Mes ordres ? Je ne suis plus en mesure de vous en donner, répondit la jeune femme avec mélancolie. D'ailleurs, en donne-t-on à un ami ? Je me contenterai de vous faire porter mes réponses à ces deux lettres, si vous acceptez de vous en charger ?

Elle lui tendit sa main sur laquelle il s'inclina pour y poser ses lèvres, visiblement trop ému pour parler, et se dirigea vers la porte. Qu'il n'eut pas le temps d'ouvrir. Elle le fit d'elle-même en apparence mais avec une telle violence qu'il faillit la prendre en pleine figure tandis que s'y encadrait la gigantesque silhouette de Frédéric-Auguste, à l'évidence furieux et soufflant le feu par les naseaux. Sa voix tonna au point de faire tinter les cristaux bohémiens du lustre :

– Un homme chez vous à cette heure de la nuit ? En vérité, Madame, vous faites bon marché de mes ordres !

Si elle s'était sentie pâlir devant une entrée aussi fracassante qu'inattendue, Aurore savait trop bien se contrôler pour montrer la moindre crainte. Qui lui eût été fatale. Sa révérence fut un modèle de calme, de grâce sereine qu'elle accompagna d'un léger sourire :

– Votre Altesse a le génie des coups de théâtre, Monseigneur. C'est un signe de la spontanéité que j'ai toujours admirée chez elle. Cela dit, je ne me souviens pas qu'elle m'eût fait l'honneur de me donner des « ordres ».

– Ce sont vos gens qui les ont reçus. A vous, je m'étais contenté de recommandations dont vous vous êtes empressée de faire fi ! Qui est cet homme ?

– Le baron Nicolas d'Asfeld, des gardes de Mme la duchesse de Celle... et un mien cousin. J'ajouterai, afin d'éviter à Votre Altesse la peine de poser la question suivante, qu'il est venu me rendre compte d'une mission à lui confiée par la duchesse Eléonore et votre servante.

– Une mission ? Vraiment ? Et peut-on savoir où ?

– A Hanovre ! Votre Altesse Electorale peut en voir le résultat : ces deux lettres – l'une de la duchesse, l'autre de mon amie la baronne Berckhoff – et regardez !...

Sur sa paume ouverte, le gros rubis parut concentrer toute la lumière de la pièce. L'œil du prince s'enflamma, ce qui ne surprit pas la jeune femme : elle connaissait son goût pour les pierres précieuses. Celle-ci n'eut aucune peine à le fasciner : il tendit deux doigts pour la prendre mais déjà Aurore était en train de la fixer à son cou :

– Le rubis « Naxos », dit-elle. Donné il y a quelques années à mon oncle Othon-Wilhelm par le doge Morosini et volé par la Platen avec le reste de la fortune de mon frère.

L'apparition du joyau avait fait tomber d'un seul coup la colère de Frédéric-Auguste. Les yeux sur sa maîtresse, il demanda :

– Comment avez-vous fait pour le reprendre, baron ?

Mais ce fut Aurore qui se chargea de la réponse :

– L'histoire est longue et le baron très fatigué. Si Votre Altesse Elec... si Votre Altesse consent à lui permettre de rejoindre son auberge pour se reposer, je m'en chargerai volontiers.

Le regard du prince se posa tour à tour sur la jeune femme et sur l'officier : la première, tirée à quatre épingles, vêtue d'une robe de velours du même bleu que ses yeux et coiffée à ravir, le second, portant les traces visibles d'une épuisante chevauchée, n'évoquaient en rien les prémices d'ébats illicites. Puis revint à Aurore.

– Faites ! dit-il seulement, mais il alla vers le plateau, remplit le verre de Nicolas, le lui tendit et prit pour lui celui dans lequel Aurore avait bu.

– Buvons ! fit-il. Je vous suis reconnaissant de la joie que vous avez apportée à la comtesse. Avez-vous pu obtenir des renseignements au sujet de son frère ?

– Rien, Monseigneur. L'avis général veut qu'il soit mort.

– Et vous, qu'en pensez-vous ?

– En vérité, je ne sais que penser. Peut-être Votre Altesse Electorale déduira-t-elle un éclaircissement de ce que va lui raconter ma cousine ?

– Peut-être...

Ils trinquèrent, vidèrent leurs verres, à la suite de quoi Nicolas salua et sortit, non sans qu'Aurore lui eût recommandé de revenir le lendemain chercher les réponses aux deux lettres. Elle était satisfaite de la façon dont s'achevait une scène qui pouvait être dramatique avec le caractère autoritaire et volontiers vindicatif du prince. Elle se demandait s'il n'y entrait pas une dose de méfiance : cette arrivée nocturne alors qu'elle le croyait encore à Leipzig pour quelques jours...

Lorsqu'elle se retourna vers lui une fois la porte refermée sur Nicolas, elle le vit répandu plus qu'assis sur le canapé d'où il la fixait d'un œil sombre. Elle comprit qu'en évoquant la méfiance elle avait vu juste et que la façon dont elle s'était tirée de ce mauvais pas ne l'avait pas complètement convaincu. Aussi, au lieu d'attendre les coups pour se défendre, choisit-elle d'attaquer. Les bras croisés sur la poitrine, ironique, elle lança :

– Après ces jours de silence je devrais être heureuse de vous voir, Monseigneur ? Cependant il n'en est rien.

Tout de suite il fut debout, la dominant de sa haute taille, sa lourde paupière retenant encore les éclairs qui s'amoncelaient dessous :

– Voilà au moins de la franchise même si elle est peu agréable à entendre. Je veux bien croire que vous ne m'attendiez pas et je me demande ce que j'aurais trouvé si j'étais arrivé une heure plus tard !

– Après les ordres voici l'insulte ? Votre Altesse Electorale me gâte ! J'avais l'impression de l'avoir convaincue de l'innocence de mes relations avec le baron d'Asfeld...

– Pas entièrement...

– Alors pourquoi cette comédie ? Pourquoi lui avoir fait l'honneur de boire avec lui ? Votre Altesse n'y croit peut-être pas, mais l'amitié peut exister entre un homme et une femme...

– Ce garçon vous aime.

– Et moi je l'aime... bien ! Cela dit, la chancellerie de Votre Altesse n'a pas l'air très au fait de ce qui se passe dans les Etats voisins.

– A quoi faites-vous allusion ?

– Allusion ? Oh non, Monseigneur ! J'affirme qu'à la suite d'une émeute consécutive à une fête plus que scandaleuse, l'Electeur de Hanovre a exilé son ministre Platen, dont le château de « Monplaisir » a été ravagé par un incendie, et s'est, par la même occasion, débarrassé de sa vieille maîtresse. Vous le saviez ou non ?

– Oui, fit-il en détournant la tête avec une gêne évidente : mais il se reprit rapidement et fit front à nouveau avec une parfaite mauvaise foi. Votre situation auprès de moi ne m'oblige pas, que je sache, à vous tenir informée jour par jour de ma politique extérieure ?

– Ah non ? Il vous est arrivé cependant de prendre parfois mon avis ? Quant aux affaires de Hanovre, vous savez à quel point je m'y intéresse. En particulier ce qui concerne le couple infernal qui a osé dépouiller mon frère. Ne me dites pas que je ne vous ai jamais parlé de ce joyau ? ajouta-t-elle en désignant le rubis. Asfeld me l'a rapporté après avoir remis à la duchesse de Celle les bijoux de sa fille qu'il a sauvés de l'incendie. Pendant ce temps, je croyais que vous faisiez tous vos efforts pour apprendre enfin le sort réservé à mon frère Philippe et il n'en était rien ! C'était pourtant votre ami ? Mais a bien raison le dicton qui affirme « Loin des yeux, loin du cœur... » ! Oh, c'est indigne !... Indigne !

Virant sur ses talons, elle s'enfuit dans sa chambre dont la porte claqua derrière elle tandis qu'elle allait s'abattre sur son lit pour y sangloter à son aise. Elle n'y était pas depuis une minute que Fatime venait s'agenouiller auprès d'elle, armée d'un flacon et d'une serviette :

– Il ne faut pas pleurer ! Surtout pas ! fit-elle, visiblement épouvantée. Les hommes détestent les larmes... et les princes encore plus !... Arrêtez par pitié ! Vous allez être laide !...

Une bouffée de colère redressa Aurore :

– Si tu crois que cela m'importe ! Qui prétend m'aimer doit m'aimer comme je suis ! Ce n'est pas un sultan et je ne suis pas une odalisque, une poupée, un objet de plaisir que l'on soumet sans lui accorder le droit à la parole ! Va le lui dire !

A travers les larmes qui lui brouillaient la vue, elle crut voir Fatime rétrécir puis disparaître pour laisser place au prince qui lui tendit une lettre ouverte :

– Essuyez vos yeux et lisez !

Aurore obéit machinalement mais dut s'y prendre à deux fois pour déchiffrer le message. Enfin elle put prendre connaissance de ce qui n'était, en somme, qu'une version pour un amant princier de ce qu'elle avait déjà reçu :

« S'il est normal, Monseigneur, que Votre Altesse Electorale souhaite s'éloigner d'une favorite devenue envahissante, il l'est moins que vous lui laissiez la bride sur le cou. Ce dont elle se hâte de profiter pour recevoir dans la maison que vous lui avez offerte des hommes qui n'ont rien à y faire. Mais on ne peut changer sa nature et nombreux sont, en Allemagne, ceux qui peuvent en témoigner... »

A peine eut-elle achevé sa lecture qu'Aurore la laissait tomber avec dégoût :

– C'est une assez jolie infamie, soupira-t-elle. Et la présence de Votre Altesse Electorale prouve qu'elle y a ajouté foi. Ce qui me navre. Qu'un grand prince suive les conseils d'un être suffisamment lâche pour lui écrire sous le masque de l'anonymat, c'est là ce qui me blesse... Ce genre de choses se jette aux ordures sans se donner la peine de vérifier... Pourtant, Monseigneur a voulu vérifier...

– Et il y avait un homme chez vous !

Elle haussa des épaules lasses et alla s'asseoir devant son miroir. Elle avait ce don rare de pleurer avec grâce sans en être autrement enlaidie.

– Dans ce cas, Monseigneur, il faut suivre le conseil implicite de votre précieux correspondant et m'abandonner à ma vie dissolue. Ce soir je suis trop fatiguée pour soutenir une controverse, dit-elle en levant les bras pour ôter un à un les peignes et les épingles qui soutenaient sa coiffure et lui faisaient mal à la tête. Les soyeuses boucles noires glissèrent lentement sur ses épaules.

– C'est tout ce que vous trouvez à répondre ?

– Je pensais m'être clairement exprimée jusque-là, mais puisque vous semblez y tenir j'ajouterai qu'en dépit de vos interdictions, je suis heureuse de les avoir transgressées. Pourquoi ?... Parce que Nicolas d'Asfeld avec ses faibles moyens et son seul courage a plus fait pour me rendre la paix de l'âme que vous, Monseigneur !

– N'avais-je pas promis...

– La parole est facile, l'action l'est moins... et Votre Altesse Electorale n'a jamais été avare de promesses... ni de présents d'ailleurs. Elle est infiniment généreuse sauf avec ce qu'elle promet !

– Prenez garde à m'offenser !

– Au point où j'en suis, Monseigneur, cela n'a plus beaucoup d'importance parce que cette belle ambassade qui devait aller, les armes à la main, exiger la vérité sur le sort de mon frère n'est jamais partie et ne partira jamais ! Et je ne parle pas du mariage que vous me fîtes miroiter certain soir !

– Un prince ne peut pas toujours réaliser ses vœux dans l'immédiat. Je pensais que vous l'aviez compris...

– Je le pensais aussi mais...

– Mais ?...

Elle prit une brosse en vermeil et commença à la passer dans ses cheveux avec des gestes doux, presque méditatifs.

– Mais en passant à l'action, les intérêts de trop de gens se trouveraient gênés. Je ne pense pas seulement à votre noble épouse... à laquelle je m'en voudrais de causer la moindre peine, mais à d'autres plus sournois et dont l'auteur de ce chiffon me semble la meilleure illustration. Celui-là ne nous laissera en paix ni l'un ni l'autre. Aussi, Monseigneur, je pense que le mieux pour nous deux serait d'en finir...

– J'admire votre sagesse, mais peut-être pourriez-vous me demander mon avis ?

Il lui enleva la brosse des mains, et entreprit de lisser l'opulente chevelure semblable à de la soie vivante. Elle le laissa faire et même ferma les yeux quand, lâchant l'instrument, il prit sa tête entre ses deux mains qu'il resserra légèrement :

– Qu'y a-t-il derrière ce beau visage et sous ce crâne têtu ? Qu'en sortirait-il si j'appuyais assez fort pour le faire éclater ? fit-il en augmentant la pression jusqu'à ce qu'elle proteste :

– Vous me faites mal, Monseigneur !...

Il relâcha aussitôt mais ce fut pour emprisonner ses épaules. Alors, sans cesser de le fixer dans le miroir, Aurore reprit :

– Point n'est besoin de me briser le crâne pour savoir ce que je pense. Cela tient en peu de mots : je vous aime et je suis toujours vôtre mais...

– Voilà un « mais » qui gâche tout !

– Cela dépend uniquement de vous. Peut-être avez-vous cru que je ne vous cédais que pour obtenir votre aide dans ma quête douloureuse ? Sachez alors que vous n'auriez rien obtenu de moi si vous ne m'aviez d'abord conquise. Je vous ai aimé et je me suis donnée. Ce n'est pas compliqué à comprendre. A présent, je veux bien faire table rase des promesses qui ne seront jamais tenues mais je ne veux à aucun prix devenir le jouet de vos courtisans et je préfère vous quitter plutôt que vivre dans l'attente de plus en plus angoissée de sales petits papiers où rien n'est vrai sinon la haine qui les inspire. En un mot je veux...

– Ton amour seul compte. L'idée qu'un autre pourrait te caresser, te posséder me rend fou. Tu es en moi comme une flèche aux barbes trop larges pour qu'on puisse l'arracher sans me tuer. Je t'aime, ma divine Aurore... et je ne cesserai jamais de t'aimer.

Elle eut un rire doux et posa vivement ses doigts sur la bouche de son amant :

– Chut !... Plus de promesses !

Il joignit son rire au sien :

– Si. Une ! Si tu tiens à cette robe, enlève-la sinon dans un instant elle sera en lambeaux...

Il se disposa à la quitter aux petites heures de l'aube. Mais, tandis qu'il se rhabillait, le spectacle d'Aurore endormie sur le ventre dans le lit dévasté, de sa chair dorée par la lumière de la veilleuse contrastant si joliment avec l'ébène lustré de sa chevelure réveilla un appétit qu'il n'eut pas le courage de refréner et le ciel pâlissait au-dessus de Dresde quand il se décida à rentrer au palais...

Reprise par le sommeil, Aurore ne s'éveilla qu'à midi. Elle ne se rendit même pas compte de la présence de Fatime qui s'efforçait de remettre de l'ordre dans la chambre et dans le lit mais, quand enfin elle ouvrit les yeux, elle retrouva intacte la merveilleuse sensation d'accomplissement et de béatitude que lui avait donnée cette nuit irréelle où l'amour qu'elle redoutait de voir tiédir s'était révélé plus ardent encore. Elle n'en voulait pour preuve que ce regain du matin où, enfin apaisé, il lui avait soufflé à l'oreille :

– De ma vie je ne pourrai me passer de toi, diablesse ! Je reviendrai ce soir...

La journée qui suivit fut délicieuse. Aurore en donna une partie aux soins de son corps dont Fatime avait l'art de s'acquitter. Elle s'attarda dans son bain et sur la table de massage, hésita longuement sur la robe qu'elle allait mettre puis fit condamner sa porte sous le prétexte d'un malaise passager.

Elle prit cependant le temps de répondre aux lettres apportées par Nicolas. Celle de la duchesse de Celle lui exprimait sa satisfaction d'avoir pu récupérer les diamants de sa fille qu'elle comptait lui faire remettre... Puis assurait la comtesse de Koenigsmark de son amitié et du plaisir qu'elle aurait toujours à la recevoir, mais avec ce ton de cour usité dans les messages officiels. Plus chaleureuse – ô combien ! – était celle de Charlotte Berckhoff ! La charmante femme s'y inquiétait de la santé de son amie et, si elle évoquait avec tact sa haute mais inconfortable position actuelle, c'était pour lui rappeler qu'au cas où le besoin s'en ferait sentir, elle trouverait toujours chez elle la chaleur d'une amitié, le refuge d'un foyer où l'on ne demandait qu'à l'accueillir.

Assise devant sa table à écrire, Aurore prit son temps pour répondre, mais ce ne fut pas Eléonore qui l'occupa le plus longtemps. Celle-ci eut droit à une épître pleine de respect où l'on s'estimait heureuse d'avoir contribué à rendre un peu de paix de l'âme à une grande princesse que l'on n'hésiterait jamais à servir. Nulle, en effet, ne s'entendait comme elle à mettre des révérences en paroles...

Tout autres furent les pages – il y en avait six ! – destinées à la baronne. Aurore y déversa son cœur, racontant tout de son histoire. A cette femme intelligente et généreuse elle ne cacha rien de son bonheur mais aussi de ses craintes. De ses espoirs enfin qui se résumaient en une courte phrase : garder l'amour d'un homme que l'on savait volage, réussir à l'attacher par des nœuds d'autant plus solides qu'ils sauraient se faire plus discrets. « Il n'est rien, écrivait-elle, que je ne me sente prête à accomplir pour que nos liens restent harmonieux. Même quand, avec le temps, les feux de la passion auront perdu de leur ardeur. Dans très, très longtemps !... »

Vers la fin du jour, elle se disposait à envoyer chercher Nicolas à son auberge quand il se présenta de lui-même ! Il souhaitait partir dès l'aube suivante et venait prendre le courrier afin d'éviter de déranger trop tôt... Aurore le fit monter dans son cabinet et, durant quelques minutes, ils demeurèrent face à face sans trouver quoi que ce soit à se dire. La jeune femme parce qu'elle percevait la tristesse de ce garçon devenu au fil des jours un ami cher et que, à court de mots pour la première fois de sa vie, elle ne savait comment le lui exprimer. Lui parce qu'il devinait qu'elle attendait son amant et que sa beauté mise en valeur par une robe de satin nacré et des dentelles mousseuses lui serrait le cœur. Il prit les lettres aux cachets de cire bleue qu'il glissa sous son justaucorps.

– Reviendrez-vous ? demanda-t-elle enfin.

– Non... à moins que vous n'ayez besoin de moi. Vous êtes heureuse et je vous prie de me pardonner si j'ai peine à le supporter ! Veuillez me permettre de prendre congé !

Comme il s'inclinait, elle lui tendit une main qu'il prit après une brève hésitation et y posa ses lèvres qui parurent brûlantes, salua une dernière fois et sortit en courant. Aurore eut soudain l'impression d'être moins heureuse que tout à l'heure.

Et cette impression persista. Même quand, le soir venu, elle retrouva les bras de son prince...

CHAPITRE XII

L'AFFREUSE VÉRITÉ...

Quinze jours plus tard, Aurore eut un malaise.

Le matin, en se levant, elle crut sentir le sol se dérober sous ses pieds et dut s'accrocher aux rideaux de son lit tandis que son cœur s'affolait. Elle se rassit et les choses se stabilisèrent mais ce fut pour affronter une nausée. Au gémissement qu'elle poussa Fatime accourut, comprit ce qu'il se passait et se munit juste à temps d'une cuvette. Elle aida ensuite sa maîtresse à se recoucher et lui bassina les tempes avec de l'eau fraîche.

– Repose-toi ! déclara-t-elle. Je vais aller te chercher ton déjeuner...

– Noooon ! clama Aurore que la seule idée de nourriture renvoya dans la cuvette.

Fatime se mit à rire :

– Je ne te l'ai proposé que pour être certaine ! Ce jour est un grand jour ! Tu vas avoir un fils !

– Tu veux dire que je suis... enceinte ?

– Bien entendu. Ce sont les premiers signes... Tu n'as pas pensé que cela pouvait arriver ?

– Non. J'avoue n'y avoir jamais pensé... Mais pourquoi dis-tu que ce sera un garçon ?

– Seuls les garçons rendent leur mère malade dans les débuts.

Elle avait sans doute raison. Amélie aussi avait souffert de ces abominables nausées lorsqu'elle attendait ses enfants. Ayant souvent partagé sa vie, Aurore la revoyait, blême jusqu'aux yeux, le cœur soulevé par certaines odeurs, se traînant de son lit à sa chaise longue et vice versa. La future mère trouvait un peu de rémission quand elle pouvait descendre dans les jardins d'Agathenburg, étayée par sa sœur et par Ulrica, et cela quel que soit le temps, parce qu'elle pouvait y respirer un air débarrassé des effluves de la maison dont, en hiver, on n'ouvrait guère les fenêtres. Même un palais pouvait sentir mauvais.

Sur le coup, la nouvelle l'atterra. Evoquant la triste mine de sa sœur, elle se sentit terrifiée et se hâta de demander un miroir. Devinant ses pensées, Fatime lui en apporta un mais prévint :

– Tu es pâle, c'est normal mais il ne faut pas te tourmenter : il est rare que les malaises aillent au-delà du troisième mois...

– Et tu trouve cela réconfortant ? Trois mois ! Trois mois à être affreuse... languissante ?

– Tu ne seras jamais affreuse !...

Aurore la chassa d'un geste, enfouit son visage dans ses oreillers et se mit à pleurer, épouvantée à l'idée des réactions de Frédéric-Auguste, tellement épris de beauté, en face d'une copie délavée de son éclatante maîtresse... Ce fut dans cet état que la trouva Elisabeth qui passait souvent bavarder avec elle aux heures consacrées à cette importante affaire des jolies femmes : la parure.

Avec autorité, elle commença par l'extraire de son refuge, la cala contre son épaule et réclama de quoi réparer le plus gros des dégâts :

– D'abord cessez de pleurer ! intima-t-elle. Vous avez vraiment envie d'être laide ?

– Oh ! Un peu plus tôt un peu plus tard, je le serai !... Autant m'y habituer tout de suite !

– Vous êtes folle, ma parole ! Et j'avoue ne pas comprendre ce gros chagrin. Vous devriez être heureuse d'avoir un enfant de lui ! Son premier enfant et de plus un fils, si Fatime voit juste !

– S'il cesse de m'aimer, je ne serai plus jamais heureuse ! Et si je ne peux plus répondre à son désir, celui-ci cessera. Quel regard pensez-vous qu'il aurait pour moi s'il me voyait en cet instant ?

– Mais il ne vous voit pas et ne vous verra pas ! C'est surtout au lever que nausées et vertiges se manifestent et cela ne devrait pas durer. En outre, votre grossesse ne sera visible que dans trois ou quatre mois. Enfin, vous avez en Fatime une caméríste hors pair. Laissez-la faire et ne pensez qu'à vous ! Ayez la volonté de rester belle ! Gardez sur vous une « pomme de senteur » pour vous éviter les relents fâcheux et songez à la gloire que vous aurez de mettre son premier fils dans ses bras !

– En espérant seulement qu'il ne m'en chassera pas !

– Doux Jésus, Aurore ! Reprenez-vous ! Où est passée la guerrière, la chasseresse, la conquérante que nous connaissons tous ? Ne comprenez-vous pas ce que la venue de ce marmot peut signifier pour vous ? Le prince n'a-t-il pas déjà dit qu'il vous épouserait ?

– Certes, il l'a dit... une ou deux fois mais il n'a plus l'air d'y penser...

– Cela pourrait revenir ! Entre un mariage avec sa maîtresse et un avec la mère de son fils, il y a une grande marge...

– Vous croyez ? murmura Aurore à qui l'espoir relevait la tête avec la perspective inattendue que venait d'ouvrir son amie.

– Oh oui ! Et je vous aiderai. Dites-vous que la bataille débute ce soir. Il y a bal au Residenzschloss ! Vous y danserez parée de votre plus jolie robe et de votre plus beau sourire !

– Sûrement pas !... J'en suis incapable !

– Que si ! Pour l'instant reposez-vous, détendez-vous et ensuite au combat !

Si forte était la puissance de conviction que dégageait Elisabeth que la future mère déjà se sentit mieux. Non seulement elle put mener à bien sa toilette mais elle réussit à manger des tartines rôties avec du beurre frais, une poire d'hiver et un verre de vin. Le soir même, ainsi que l'avait prédit son amie qui d'ailleurs vint la chercher, ce fut la tête haute et le sourire aux lèvres, avec l'assurance d'une Montespan, qu'elle fit son entrée parée d'une sublime robe de satin blanc brodé d'or. A dire le vrai, elle se sentait tout de même un peu faible mais puisa un regain de force dans le regard plein d'orgueil dont l'enveloppa son amant...

Ils dansèrent ensemble et chacun admira, une fois de plus, le couple qu'ils formaient, et leur double révérence finale fut applaudie avec d'autant plus d'enthousiasme que Christine-Eberhardine n'assistait pas à la fête, retenue chez elle par l'un des nombreux malaises qui l'affligeaient avec une régularité suspecte : mais quelle femme éprise de son mari accepte joyeusement de le voir se pavaner avec une créature de rêve ?

Quelqu'un cependant, ne se joignit pas à l'admiration générale : adossé à une fenêtre, les bras croisés sur la poitrine, le nouveau chancelier Fleming attendait que la favorite fût allée s'asseoir dans le fauteuil qui lui était réservé non loin de la douairière Anna-Sophia pour rejoindre le cercle qui l'entourait et réclamer son attention :

– Après Monseigneur, vous inviter à danser serait de l'outrecuidance, Madame. D'autant que je ne brille pas dans cet exercice, mais j'aimerais infiniment bavarder avec vous. Ne fût-ce que pour faire connaissance ?

– C'est vrai, nous nous connaissons fort peu, mais je suis heureuse que l'occasion me soit donnée de vous féliciter, Monsieur le chancelier, pour votre récente nomination...

– C'est d'autant plus aimable à vous, Madame, que vous êtes liée d'amitié avec mon prédécesseur. Et comme la jeune femme approuvait d'un mouvement de tête et d'un sourire, il poursuivit : « Aussi ai-je tenu à vous faire savoir que je me sens porté à vous servir ainsi qu'il le faisait...

– Me servir ? Vous ? fit-elle sceptique car elle n'avait jamais éprouvé beaucoup de sympathie pour cet homme jeune et d'aspect plutôt agréable mais qu'elle devinait froid et calculateur.

– Pourquoi pas dès l'instant où nous établissons entre nous une sorte de traité d'entente ?... Mais je manque à la plus élémentaire courtoisie en ne vous demandant pas de nouvelles de votre santé ? Vous étiez souffrante ce matin, m'a-t-on dit ?

En dépit de son empire habituel sur elle-même, Aurore ne réussit pas à cacher sa surprise :

– Qui a pu vous dire cela ?

– Oh, je ne sais trop !... Un bruit ! Il en court tellement autour des princes, répondit-il avec un geste de la main qui se voulait désinvolte. Par exemple, un autre suggère que le nôtre pourrait faire rompre son mariage afin de vous donner auprès de lui la place que vous occupez dans son cœur.

La jeune femme fronça les sourcils. Où voulait-il en venir à la fin ?

– Je n'ai rien à dire sur ce sujet, fit-elle sèchement. Nous ne devons pas entendre les mêmes bruits vous et moi !

Il lui offrit un sourire plein d'aménité cependant que ses yeux demeuraient froids :

– C'est possible. Cependant il vaudrait mieux que ce dernier courant d'air disparaisse. Le roi de Pologne Jean Sobieski est en train de mourir. Nombreux vont être les prétendants à son trône vacant, mais les lois de nature comme celles de proximité placent en premier notre prince sur les marches du trône. Un divorce annihilerait toutes ses chances...

– Elles me semblent minces. Notre prince est luthérien et la Pologne catholique...

– Une couronne vaut bien une conversion, mais qui ne servirait pas à grand-chose si le mariage princier se trouvait brisé.

Aurore garda un moment le silence. Autour des

deux interlocuteurs la fête battait son plein, cependant ses flonflons venaient se briser sur l'espèce de bulle qui enfermait le chancelier et la favorite. Celle-ci ouvrit son éventail et, sans regarder son voisin, murmura :

– Est-ce là tout ce que vous aviez à me dire, Monsieur de Fleming ?

– Presque. Il se peut que vous ayez les meilleures raison de souhaiter devenir princesse. Si vous y renonciez de vous-même, vous pourrez compter sur mon appui et...

Elle se leva si brusquement que, penché sur elle, il dut se rejeter vivement en arrière.

– Je ne crois pas en avoir besoin. Seul l'amour du prince donne du prix à ma vie. C'est à lui de décider ce que je dois en faire...

– Vous refusez mon amitié ?

– Certes non... Mais je ne veux pas l'acheter.

Elle se détourna pour rejoindre sa sœur, mais le prince s'interposa. Il la prit par la main pour l'entraîner à l'écart du bal. Il semblait très joyeux et elle crut un instant qu'il voulait danser encore, mais il lui fit quitter la salle et ne s'arrêta que dans sa chambre. Là, il la prit dans ses bras et enfouit son visage dans son cou :

– Chaque fois que je te vois, je te trouve plus belle, chuchota-t-il en laissant ses lèvres remonter vers celles d'Aurore. Ce soir tu es à damner un saint.

– Ce que vous n'êtes pas, Dieu merci ! souffla-t-elle, déjà pâmée.

Commencé de la sorte, l'entretien ne pouvait que se poursuivre à l'ombre des courtines pourpres du lit où ils se laissèrent emporter par la vague de leur passion commune. Et ce fut seulement quand elle se retira, les laissant épuisés sur la plage soyeuse des draps chiffonnés, que Frédéric-Auguste demanda :

– Que voulait mon chancelier ? Vous avez parlé bien longtemps tout à l'heure...

– De quoi aurions-nous pu parler sinon de vous ?

– Mais encore ?

– Il me proposait une alliance afin de mieux vous servir, vous et le pays...

– Et qu'as-tu répondu ?

– Que cela allait de soi. Ne sommes-nous pas tous deux vos dévoués serviteurs ? répondit Aurore en se laissant glisser du lit pour se mettre à la recherche de ses vêtements. « Peut-être serait-il temps que vous retourniez au bal ? »

Il bâilla largement en s'étirant :

– S'il n'est pas fini il ne doit pas en être loin. Reviens près de moi !

– Non. Il est préférable que je rentre ! Vous-même, essayez de prendre du repos pour être dispos au Conseil. Autrement, votre chancelier en aurait de la peine.

En fait, elle n'avait plus qu'une hâte : regagner sa demeure. En effet, au moment où elle mettait pied à terre, un vertige avait failli la rejeter sur le lit. Redoutant ce qui ne pouvait manquer de suivre, elle s'habilla aussi vite qu'elle put et se précipita hors de la chambre en priant Dieu de lui éviter de s'évanouir avant d'avoir atteint la voiture. Elle eut juste le temps de s'effondrer sur les coussins, révulsée par la première nausée du matin.. Les jours à venir allaient être difficiles à vivre...

Ils le furent plus encore qu'elle ne l'imaginait. Durant deux semaines, elle fut malade à mourir, dut garder le lit et fit condamner sa porte sous le prétexte d'avoir pris froid et d'en avoir tiré une mauvaise fièvre. Aucune visite n'était admise et surtout pas celle de Frédéric-Auguste, mais de ce côté-là elle n'avait pas grand-chose à craindre. Vaillant au combat, dur au mal quand il s'agissait de blessures, le prince avait une peur bleue de la maladie qui transforme l'homme en réceptacle de sanies aussi répugnantes que contagieux. Il ne vint donc pas, envoya des fleurs et s'en alla passer quelques jours dans le Harz pour y chasser.

Ce fut un immense soulagement pour Aurore. L'esprit plus libre, elle n'eut à s'occuper que d'elle-même et peu à peu les désagréables manifestations de sa future maternité parurent diminuer. Elle put se lever, s'habiller et quitter enfin sa chambre pour s'installer dans le cabinet attenant où elle aimait à se tenir pour écrire, broder ou chantonner en s'accompagnant à la guitare et en regardant les flammes danser dans la cheminée.

C'était justement à cela qu'elle s'occupait quand un vacarme éclata dans la maison, mais elle n'eut pas le loisir d'allonger le bras pour attraper la sonnette. Violemment poussée, la double porte livra passage au dieu des tempêtes, Frédéric-Auguste en personne, tout fumant de colère et tout crotté par la chevauchée forcenée qu'il venait de mener à travers la campagne détrempée par trois jours de pluies incessantes. Et visiblement d'une humeur massacrante. Rejetant la guitare qui protesta plaintivement, il saisit les deux mains d'Aurore et la mit debout :

– Oh, Monseigneur, quelle joie... commença celle-ci, pensant qu'il allait l'embrasser mais il n'en fit rien, lâcha l'une de ses mains et se servit de l'autre pour la faire pivoter tandis qu'il l'examinait.

– Vous êtes grosse n'est-ce pas ? clama-t-il en dardant sur elle un œil furibond. Et n'essayez pas de mentir !

Cette attaque brusquée eut le privilège de rendre aussitôt sa combativité à la jeune femme.

– Je n'y songe même pas !... En revanche, si Votre Altesse Electorale consentait à reculer un peu, je pourrais la saluer comme il convient...

– Au diable vos salutations ! Répondez seulement ! Etes-vous enceinte oui ou non ? Il n'y paraît guère.

– Ce n'est pas étonnant, à deux mois et demi.

– Donc vous l'êtes ! Pourquoi n'avoir rien dit ?

– Parce que je voulais être certaine de mon état... A ce propos, puis-je vous demander, Monseigneur, de crier moins fort ? A moins que vous ne souhaitiez être entendu de la ville entière !

– Elle doit être au courant, la ville. En fait j'étais le seul à l'ignorer. Il paraît que tout le monde en parle !

– En dépit des soins que j'ai pris pour le cacher ? s'écria la jeune femme qui commençait à perdre patience. J'aimerais savoir qui, en particulier, vous a renseigné ?

– Aucune importance ! Ce qui me met hors de moi, c'est votre dissimulation !

– Dissimulation ? Alors que j'étais souffrante et que Votre Altesse était en train de galoper dans le Harz ? Je n'allais tout de même pas lui courir après ?

– Maladie commode et qui ne semble pas vous avoir laissé des traces indélébiles ! Un peu pâle peut-être mais sans plus ! Puis-je savoir à présent quand vous comptiez faire état... de votre état ? Ne cherchez pas d'excuse oiseuse, je le sais déjà !

– Votre Altesse a de la chance ! Si elle voulait me le confier.

– Mais voyons, cela coule de source : quand il eût été trop tard pour un avortement !

Le mot la souffleta et la mit hors d'elle :

– Jamais je ne prêterai à ce crime !

– Oh, mais je n'en doute pas un seul instant ! Il ne me restait plus qu'à divorcer pour vous épouser ! C'était savamment imaginé...

– C'est indigne !

– Non très malin au contraire ! Ce qui n'est pas surprenant : on a le goût de l'intrigue chez vous.

La gifle partit à une telle vitesse qu'Aurore n'eut pas le temps de se rendre compte de son geste. Tandis que le prince se frottait la joue, elle recula jusqu'à son fauteuil pour s'y laisser tomber en cachant son visage dans ses mains.

– Pardon ! murmura-t-elle. Ça a été plus fort que moi : je n'ai jamais supporté que l'on insulte les miens à travers moi !

– C'est la seconde fois que vous portez la main sur votre prince !

Elle releva la tête pour le regarder droit dans les yeux et eut un petit rire :

– Votre Altesse n'a jamais su compter ! Il me semble l'avoir fait de nombreuses fois durant tous ces jours, toutes ces nuits où nous nous sommes aimés. Cela n'avait pas l'air de lui déplaire...

Il se calma d'un seul coup, détourna la tête afin d'échapper à ce regard si bleu, si brillant de larmes retenues. Pour la première fois elle lui semblait fragile en dépit de la défense qu'elle lui opposait... fragile et ravissante dans cette robe d'intérieur en douce laine blanche où couraient de fins rubans de satin azuré semblables à ceux de l'amusant bonnet posé comme un point d'orgue sur la masse de ses boucles sombres. Il fit un pas vers elle, esquissant le geste de tendre les bras, mais peut-être parce qu'il avait conscience d'être sale et puant la sueur, il repoussa la tentation et se dirigea vers la porte où il se retourna :

– J'avais promis de t'épouser, je le sais mais... même si je le voulais encore, je ne le pourrais plus : mon épouse, elle aussi, attend un enfant...

Aurore ferma les yeux, libérant ainsi les larmes qui coulèrent le long de ses joues tandis que s'éloignait le grincement des parquets sous les bottes de Frédéric-Auguste. Elle avait l'impression que le monde s'écroulait.

A la nuit, cependant, il revint...

Les semaines qui suivirent, si elles apportèrent une sensible diminution des malaises matinaux, laissèrent à la jeune femme une grande lassitude et lui firent mesurer tout à coup la fragilité du statut de favorite. Elle vit moins son amant – encore était-ce dans la journée et pas la nuit ! – et ne vit plus un certain nombre d'« amis » qui n'étaient en réalité que des courtisans, mais de ceux-là elle ne se souciait nullement, les ayant jaugés à leur valeur. Seules Amélie et Elisabeth franchirent quotidiennement le seuil de la maison de la future mère. La première pour veiller à ce qu'Aurore reçût les soins dont elle avait besoin – elle finit même par s'installer auprès d'elle ! – la seconde pour lui apporter les potins d'une cour qui, selon elle, était loin d'être aussi récréative qu'au temps où Aurore régnait sur elle. Il semblait que ce dernier bal où elle avait brillé d'un tel éclat eût marqué une sorte d'entrée en carême :

– S'il n'y avait pas les chasses on y mourrait d'ennui, lui confia-t-elle. On se déplace sur la pointe des pieds, on chuchote comme dans une église. Il faut dire que si votre grossesse vous fatigue, celle de notre princesse-électrice l'exténue. Il lui faut du calme, du silence, des promenades mesurées étayées par deux de ses dames. En outre, elle ne se nourrit que de laitages et de fruits, ayant un dégoût absolu de quelque autre forme de nourriture que ce soit. Enfin, le médecin de la Cour l'a déclarée fragile. Aussi, notre cher prince qui en espère un héritier fait-il vivre tout son monde comme dans un couvent. Vous voyez que vous n'avez rien à regretter ?

– Croyez-vous ? Au moins il s'occupe d'elle, il la ménage. Moi, quand par hasard il vient me voir c'est avec le secret espoir que je vais ressusciter d'un seul coup, sauter sur un cheval pour galoper avec lui à travers champs ou esquisser un pas de contredanse en réclamant un bal. Et comme il est toujours déçu... Eh oui, ma chère, pouvez-vous constater que j'ai perdu mon pouvoir...

– Je ne le pense pas. Si c'était le cas, il ne viendrait plus jamais et se contenterait de faire prendre des nouvelles...

Ce fut, à peu de chose près, le discours que lui tint la princesse douairière qui fit à Aurore l'insigne honneur d'une visite privée :

– Mon fils est fait du même bois que la plupart des hommes bien portants : il a en horreur tout ce qui touche à la maladie...

– Attendre un enfant n'a jamais été une maladie !

– Il arrive que cela y ressemble fort. Demandez plutôt à ma bru ce qu'elle en pense. Il passe chez elle une fois par jour mais la plupart du temps il ne la voit pas. Vous, il vient vous voir. Pas souvent peut-être mais il vient. Et il se soucie de vous.

– Pourquoi, mon Dieu ?

– Peut-être parce qu'il vous garde une tendresse ?...

– Mais d'amour il n'est plus question...

– Savez-vous qu'il vient de faire choix d'un prénom au cas où vous mettriez au monde un fils ?

– Lequel ?

– Maurice ! En souvenir de Moritzburg m'a-t-il dit. Qu'en pensez-vous ?

L'émotion qui noua la gorge d'Aurore l'empêcha de répondre mais fit monter des larmes à ses yeux. La vieille princesse se leva en lui faisant signe de rester assise et posa une main chargée de bagues sur son épaule :

– Vous l'aimez toujours ?

– Plus que jamais, j'ai l'impression...

– Souvenez-vous de ce que je vous avais dit : ne l'aimez pas trop, et j'y ajouterai : pensez d'abord à vous... et à cet enfant qui sera aussi le sien ! Si c'est un garçon et s'il lui ressemble...

Se penchant, elle posa un baiser sur le front de la jeune femme, lui tapota la joue et sortit en lui laissant enfin un sentiment de réconfort. Aurore mit ses mains sur son ventre qui commençait à s'arrondir et le caressa longuement...

Si l'on ne dansait plus à Dresde, en revanche, les parades militaires et les bruits de bottes s'y multipliaient. L'interminable conflit qui, depuis des années, opposait l'empire à la Turquie se réveillait comme un volcan mal éteint. Celle-ci reprenait l'offensive à un moment où l'armée impériale commandée par le peu brillant prince de Croÿ n'était pas au mieux de sa forme. L'empereur appelait au secours ses meilleurs soldats et en premier l'Electeur de Saxe dont il connaissait la valeur pour lui confier le commandement de l'armée de Hongrie. Sans avoir même pris le temps d'une visite d'adieu, Frédéric-Auguste, au début du mois de mai, quittait Dresde avec huit mille hommes dont Loewenhaupt. Quelques jours après, le chancelier Fleming se présentait chez la comtesse de Koenigsmark.

Comme il ne s'était pas annoncé ainsi qu'il eût

été convenable, à moins d'être un intime, celle-ci le fit patienter une bonne demi-heure dans son salon d'apparat, celui dont on ne se servait guère que pour les fêtes et qui, de ce fait, s'il était vaste et décoré de façon ravissante aux couleurs de la maison de ces lieux, était peu meublé.

Quand elle le rejoignit, tirée à quatre épingles et arborant un sourire de commande, elle eut la satisfaction de constater qu'il avait apprécié le traitement à sa juste valeur : les mains au dos, il arpentait la vaste pièce de long en large avec une évidente agitation.

– Croyez que je suis désolée de vous avoir fait patienter, Monsieur le chancelier, mais c'est malheureusement le risque que l'on court lors d'une visite impromptue... et matinale.

– Ce que j'avais à vous dire, Madame la comtesse, ne souffrait aucun retard d'où une hâte à me présenter que, je l'espère, vous aurez la bonté d'excuser... Cette attente diminue malheureusement l'heure que je comptais utiliser pour... adoucir les angles que vous ne goûterez peut-être pas beaucoup, et que voici : il serait souhaitable que vous quittiez Dresde le plus tôt possible.

– Moi ? Quitter Dresde ? Et pour quelle raison ?

– Pour mettre fin à une situation délicate et qui le deviendra davantage au fil des mois à venir. La princesse Christine-Eberhardine attend un enfant comme vous-même et, selon les prévisions, vos délivrances devraient avoir lieu à peu près à la même époque. Ce ne serait pas convenable ! conclut-il avec une emphase qui irrita Aurore :

– Il était inutile de vous déranger pour me le

faire remarquer et il entrait dans mes intentions de m'éloigner mais un peu plus tard.

– Un peu plus tard pourrait être trop tard, et Monseigneur désire que vous ne différiez pas plus longtemps votre départ.

– Ah ! C'est Monseigneur ?

– Et qui d'autre ? Je ne me serais pas permis une telle démarche si les ordres ne venaient de lui. J'ajoute qu'il regrette profondément de ne pas avoir eu la possibilité de venir s'en entretenir avec vous avant de partir. Mais les choses se sont faites si vite !...

– Admettons ! dit la jeune femme d'autant plus agacée que l'autre prenait un visible plaisir à sa mission. Eh bien, c'est entendu, je m'en vais...

– Pour où ?

– Chez moi, naturellement ! A Hambourg ou au palais d'Agathenburg où je suis née... Non ?

Fleming venait en effet de hocher négativement la tête :

– Un enfant du sang de Saxe, même bâtard, se doit de naître en Saxe. Monseigneur a fait le choix de Goslar, dans le Harz. La ville est charmante, réputée pour ses eaux. Une résidence d'été idéale qu'ont toujours appréciée nos princes.

– Tellement qu'ils n'y vont jamais ! Il est vrai que c'est plutôt éloigné. La frontière doit être à deux pas ?

– Disons trois, susurra le chancelier avec un mince sourire. Il va de soi que vous n'habiterez pas le vieux palais, malcommode et trop vaste, et qui serait peu adapté à l'événement. On a loué pour vous l'une des plus belles maisons de la ville et sans doute la plus agréable. Elle appartient au bourgmestre Henri-Christophe Winkel. Lui seul connaîtra votre nom. Pour tous, vous serez une noble dame inconnue, venue soigner un mal... de langueur par exemple. Vous devez comprendre l'importance que le prince attache à ce que la naissance demeure secrète, surtout s'il s'agit d'un garçon. Cela pourrait poser dans l'avenir un problème de succession qu'il est salutaire de prévoir... J'ajoute qu'une voiture de la Cour vous conduira.

– Incroyable ! coupa Aurore que la colère envahissait. Tout Dresde sait que je suis enceinte et de qui ! Alors que venez-vous me parler de secret ?

– Il n'est pas si rare qu'une grossesse ne parvienne pas à son terme. En outre, après quelques semaines Dresde vous aura oubliée et n'aura d'yeux que pour l'héritier à naître. Plus tard vous pourrez revenir.

– Vous êtes bien bon !

– C'est Son Altesse qui est bien bonne, rectifia-t-il en prenant un air finaud qui ne lui allait pas. De toute façon, soyez assurée que l'on prendra grand soin de vous et de l'enfant s'il vient à terme. Vous trouverez à Goslar un médecin ainsi qu'une maison complètement équipée. Une femme de chambre suffira donc... à condition que ce ne soit pas Fatime. Trop voyante pour une petite ville. Elle demeurera ici avec le reste de vos gens...

– De mieux en mieux ! Puis-je au moins emmener ma sœur ?

– Ouuuuui ! Si elle se plie à la même discipline : ne sortir en aucun cas de la propriété. Mais je ne saurais que le lui déconseiller. Là-bas, il lui sera difficile d'avoir des nouvelles de M. de Loewenhaupt parti en guerre... Mais elle pourra vous écrire... aux soins du bourgmestre !

Fleming achevait à peine sa phrase qu'Amélie faisait son apparition, surprise que sa sœur reçût dans ce désert.

– Quand on doit recevoir les ordres d'un prince, il convient d'y apporter l'apparat désirable ! expliqua Aurore visiblement à bout de nerfs. Monsieur le chancelier est venu m'intimer celui de quitter la ville pour une autre au fin fond du Harz où je vais vivre cloîtrée en attendant la naissance. Et je n'ai même pas le droit d'emmener qui me plaît !...

Amélie l'embrassa et, la sentant trembler, garda un bras autour d'elle pour s'adresser à Fleming :

– Je pense que vous devriez vous retirer, Monsieur le chancelier, fit-elle avec sévérité. Vous n'avez plus rien à faire ici ! Soyez assuré que je ne manquerai pas de rendre compte à Monseigneur de votre zèle...

Il ne se trompa pas sur la raideur du ton, salua et sortit précipitamment cependant qu'Amélie entraînait sa sœur par une autre porte :

– Allons dans ta chambre ! Tu as besoin de te remettre.

Elle lui tendit son mouchoir mais Aurore n'avait pas de larmes. La fureur qui l'habitait les séchait avant que d'être nées, mais elle tremblait à présent de tous ses membres. Inquiète, Amélie la fit étendre, respirer des sels – qu'elle repoussa en marmonnant qu'elle ne s'évanouirait pas ! – et ordonna à Fatime d'aller chercher de l'eau-de-vie. Finalement, Aurore leva sur sa sœur un regard où le chagrin se mêlait à la colère :

– As-tu entendu quelque chose de ce qu'il a osé me dire ?

– Une bonne partie ! J'ai écouté à la porte avant de faire mon entrée au moment où il prononçait mon nom. Mais rassure-toi, je t'accompagnerai.

– Non ! C'est trop loin ! Tu serais coupée de ton époux, de tes enfant aussi, pendant plusieurs mois. Tu seras plus utile en restant ici à surveiller la maison. En outre, tu pourras peut-être me faire tenir des nouvelles...

– Aux soins du bourgmestre ? ricana Amélie. Ecoute, nous allons couper la poire en deux : je pars avec toi dans la voiture de la Cour et elle me ramènera. Ce que je veux c'est voir, de mes yeux, dans quelles conditions tu seras logée et comment sont les alentours. Chemin faisant nous pourrions convenir d'un code permettant sous des mots banaux d'en dire davantage. Et, par exemple, si tu souhaites écrire à quelqu'un je me chargerai de ta correspondance... Qu'en penses-tu ?

– Que tu es la meilleure sœur que l'on puisse avoir ! Et dans l'immédiat, il faut que je choisisse une autre camériste que Fatime...

– Cela aussi je vais m'en charger !

Elle repartit. Deux heures plus tard, Ulrica toujours aussi austère se matérialisait sur le tapis de la chambre. Véritable statue de la respectabilité, elle arborait cependant un œil frondeur qui ne résista pas longtemps à la vue de la tristesse de sa « nourrissonne » :

– Si vous voulez encore de moi, murmura-t-elle

en reniflant son émotion, je m'occuperai de vous et de l'enfant et vous pouvez être sûre que je ferai bonne garde ! Je goûterai tous vos plats et le lait de la nourrice s'il le faut ! Et je...

Cette fois, Aurore se mit à rire :

– Je ne pense pas que l'on pourrait aller jusque-là ! Viens m'embrasser !

Au début de la semaine suivante, elle quittait Dresde sans avoir revu Elisabeth qui séjournait sur ses terres...

En annonçant que Goslar était une ville charmante, Fleming était largement en dessous de la vérité. C'était l'une des plus jolies cités d'Allemagne[1].

Située sur les contreforts boisés du Harz, sertie dans ses remparts médiévaux, elle égrenait autour de vieilles églises une étonnante collection de maisons à colombages aux couleurs variées[2] dont beaucoup possédaient des jardins. Le centre en était, comme d'habitude, la place du Marché qu'ennoblissait une imposante fontaine sommée de l'aigle impériale. La trace de l'empire se retrouvait aussi dans l'antique palais évoquant les temps héroïques des Burgraves et la légende des Nibelungen. Il se situait en dehors du centre névralgique de la cité, et la maison qui allait accueillir la future mère n'en était pas éloignée. Longtemps liée à la Ligue hanséatique, la cité devait ses richesses aux mines

1. Elle l'est toujours.
2. L'ensemble est inscrit à l'Inventaire de l'humanité.

de cuivre, de zinc et d'argent ouvertes dans la montagne.

En temps normal, Aurore eût apprécié un cadre aussi séduisant. Elle y bénéficierait du calme nécessaire à son état ainsi qu'un décor plaisant à contempler, mais ce qui l'irritait c'était de s'y trouver en résidence surveillée, presque aussi captive que Sophie-Dorothée dans son humide château des brouillards. Le bourgmestre Winkel qui vint la saluer – discrètement – au soir de son arrivée ne lui laissa aucune illusion : elle n'avait pas le droit de sortir de la propriété dont les quelques serviteurs, triés sur le volet, ne savaient qu'une chose : ils devaient veiller sur une haute dame dont ils ignoraient le nom et faire en sorte que personne ne l'approche en dehors, bien sûr, de l'indispensable médecin – qui se trouvait être son beau-frère ! Quant aux visites, elles étaient interdites. Quiconque souhaitait lui porter une nouvelle importante devait d'abord en passer par lui. De même pour le courrier.

– Vous auriez mieux fait de me dire tout de suite que je suis prisonnière, Monsieur le bourgmestre ! soupira-t-elle, agacée.

– Ce n'est pas ainsi que vous devez voir les choses, rectifia-t-il avec une gentillesse inattendue. J'ai reçu mission de veiller sur... un trésor fragile auquel un grand prince attache le plus haut prix. Pardonnez-moi de m'en acquitter selon mes instructions, mais je tiens à ajouter que je suis à votre disposition pour apporter une solution à tout problème qui pourrait se présenter... et pour vous rendre ce séjour forcé aussi agréable que possible.

Ce ne sera d'ailleurs pas si long ! Quelques mois sont vite passés !

Ce petit discours fit fondre les préventions de la jeune femme. Elle comprenait qu'elle avait affaire à un brave homme partagé entre l'orgueil d'avoir été choisi pour veiller sur elle et la crainte qu'elle ne fût malheureuse. Elle lui tendit la main :

– Essayons donc de les vivre au mieux ! Merci de vos bonnes paroles mais quelles sont vos instructions pour... après ?

– Je ne saurai le dire : elles ne me sont pas encore parvenues... Je suppose que vous nous quitterez ?

– Je le suppose aussi...

Dans les jours qui suivirent, Aurore chercha seulement à se reposer. Le voyage l'avait beaucoup fatiguée et, après le départ d'Amélie, un peu rassurée sur son sort, elle dormit le plus possible sous la garde vigilante d'Ulrica. L'air était excellent à Goslar, la maison charmante et le jardin ombragé et plein de fraîcheur, idéal pour supporter les lourdes chaleurs de l'été. On installa pour elle une chaise longue garnie de coussins en prenant la précaution de la mettre à l'abri des regards. D'ailleurs, le naturel mouvement de curiosité suscité par son arrivée tomba rapidement : on savait que la maison Winkel abritait une dame malade, venue prendre les eaux et confiée aux soins du docteur Trumph qui était bien l'homme le moins bavard de la terre. Quant aux domestiques – une cuisinière, un valet, deux femmes de service et un jardinier choisi par le bourgmestre en personne, ils étaient tous d'âge mûr, et l'imposante Ulrica n'eut aucune peine à en prendre la direction. Ils étaient discrets, silencieux au point qu'Aurore, la plupart du temps, ne s'apercevait même pas de leur présence. En revanche elle s'avouait que Fatime et ses mains si habiles lui manquaient. Moins pour les soins qu'elle apportait à l'éclat d'une beauté dont, pour le moment, elle n'avait que faire que pour sa connaissance des bonnes plantes jointe à ce talent d'apaiser les douleurs, les migraines et cette foule de petits maux de peu d'importance mais qui s'entendent si bien à vous gâcher la vie.

A mesure que le temps passait, la grossesse de la jeune femme prenait de l'ampleur, malgré son manque d'appétit, et se faisait de plus en plus pénible. L'enfant se manifestait en donnant des coups singulièrement impérieux et qui souvent la tenaient éveillée.

– Ce sera un garçon, j'en suis certaine, confia-t-elle à Ulrica. Une fille ne serait pas si encombrante ! J'ai l'impression d'abriter un géant dans mon sein !

– Quand on connaît le père ça n'a rien d'étonnant ! Mais vous devriez manger davantage sinon vous n'aurez plus que la peau sur les os quand il se décidera à sortir !

Le docteur Trumph n'était pas vraiment du même avis et préconisait plutôt une nourriture légère faite de laitages, de compotes de fruits et de légumes en excluant le chou qu'Aurore avait pris en horreur. Sa simple odeur venue de la cuisine lui donnait la nausée...

Vers la fin de l'été, elle se sentait si lourde qu'elle

avait toutes les peines du monde à se déplacer, réussissant juste à faire quelques pas dans le jardin, solidement soutenue par Ulrica. En dehors de cela, elle n'allait plus que de son lit à la chaise longue et vice versa. Le temps d'ailleurs se gâtait. Il y eut des pluies interminables que chassaient parfois des vents violents. Il fit plus froid et les feux se rallumèrent dans les poêles.

Aurore à présent comptait les jours : la naissance était prévue pour la fin d'octobre, pourtant elle cultivait l'impression déprimante que cela n'arriverait jamais. En fait, elle s'ennuyait. Les lettres d'Amélie étaient rares, sans doute parce qu'elle n'avait pas beaucoup à dire et qu'en l'absence de son prince Dresde devait être aussi calme que Goslar. Le fameux code ne servait donc pas à grand-chose...

Un soir, cependant, le docteur Trumph ne vint pas seul : un homme d'apparence austère l'accompagnait, qui avait obtenu de Winkel l'autorisation de franchir la sévère clôture dont on entourait la future mère. Le médecin entra le premier, afin de savoir si sa patiente était en état de recevoir.

– Il s'agit d'un ministre de Dieu qui a déclaré vous avoir déjà rencontrée : le pasteur Cramer. Il vient de Hanovre.

Aurore qui somnolait, étayée par deux oreillers, se redressa surprise :

– Le pasteur Cramer ? Vous a-t-il donné la raison de sa venue ?

– Ce qu'il a à dire n'est que pour vous mais il m'a montré une lettre de Madame la duchesse de

Celle demandant qu'on vous l'amène et il a consenti à nous confier qu'il avait à vous parler de votre frère...

– Oh, mon Dieu ! Mais qu'il entre ! Qu'il entre vite ! s'écria-t-elle tremblant soudain d'impatience.

Trumph prit son poignet pour interroger le pouls :

– Etes-vous assez forte pour l'entendre ? Il n'a pas caché que les nouvelles ne sont pas fameuses et c'est la raison pour laquelle j'ai tenu à l'accompagner.

Elle ferma les yeux, écoutant se réveiller en elle la vieille angoisse. Ce qu'elle venait d'entendre ne pouvait signifier qu'une seule chose : elle ne reverrait jamais Philippe...

– Il est mort n'est-ce pas ? Si c'est tout ce qu'il veut m'annoncer...

– Non, il sait aussi ce qui s'est passé.

– Alors je veux l'entendre ! Soyez tranquille, docteur !

– Je resterai à côté... au cas où vous auriez besoin d'aide.

– J'espère que non.

Elle demanda quelques instants pour mettre ordre à sa toilette, coiffer d'un bonnet de dentelle ses cheveux en désordre, se donner une contenance enfin comme le font les âmes fortes sur le point d'affronter l'échafaud. Elle savait que ce qui allait venir serait cruel mais elle y était préparée et quand, enfin, Ulrica introduisit Cramer, elle se tenait assise, très droite dans les coussins qui la soutenaient, les mains sagement posées sur la légère couverture qui s'efforçait de cacher son état.

Elle accueillit son visiteur courtoisement mais sans sourire : de cela elle était incapable.

– Merci d'avoir pris la peine de venir jusqu'à moi, Monsieur le pasteur. On me dit que vous avez des choses graves à m'apprendre ?

– En effet et je vous demande de croire que j'en suis le premier navré mais, après vous avoir rencontrée, j'ai compris que vous étiez de celles pour qui la vérité, fût-elle rude, est préférable à l'incertitude.

– Je vous sais gré de votre jugement. Ainsi, vous savez à présent ce qu'il est advenu de mon malheureux frère ?

– Exactement. La connaissance m'en est venue à la suite de l'incendie qui a ravagé le château de « Monplaisir ». J'ai été appelé au chevet d'un mourant, un certain Buschmann, traban de la garde du prince-électeur mais entièrement dévoué à la comtesse de Platen. Il a tenu à décharger devant moi sa conscience en me demandant de vous répéter sa confession afin d'obtenir votre pardon. Et voilà ce que j'ai appris de lui :

« Le retour inopiné du comte de Koenigsmark à Hanovre et surtout le fait qu'il y revenait mettre ordre dans ses affaires paraissait suspect à Mme de Platen et d'autant plus qu'il refusait de la voir. Le réseau de ses espions se resserra autour de votre frère. C'est ainsi qu'elle sut que le comte avait reçu un billet de Mlle de Knesebeck, rédigé au crayon et l'appelant pour la nuit suivante chez la princesse Sophie-Dorothée. Vers onze heures du soir, il se dirigeait, sous un déguisement, vers une petite porte du palais de Herrenhausen où

Mlle de Knesebeck l'attendait comme elle en avait l'habitude de le faire. Dès qu'elle le sut au palais, Mme de Platen se précipita chez l'Electeur afin de le mettre au courant des amours adultères de sa belle-fille. Celui-ci se laissa arracher un ordre d'arrestation et lui donna une demi-douzaine de trabans de sa garde dont Buschmann... La comtesse les conduisit dans la salle des Chevaliers où elle avait préparé ce qu'il fallait pour faire du punch au rhum. Après leur avoir fait jurer le secret sous peine de pendaison, elle leur ordonna de se tenir prêts à attaquer toute personne qu'elle leur désignerait, assurant agir sur l'ordre d'Ernest-Auguste. Puis elle leur fit boire le contenu du grand bol dont les flammes bleues éclairaient la scène. Lorsqu'elle pensa qu'ils étaient à cette limite de l'ivresse où l'on a tendance à se laisser mener sans chercher à comprendre, elle les fit se cacher sous le manteau de l'immense cheminée en leur recommandant de ne pas faire de bruit et d'attendre son signal. Elle-même se porta à l'entrée de l'escalier menant aux appartements princiers. Elle avait fait auparavant verrouiller l'accès sur le parc que les deux amants avaient coutume d'emprunter.

« Buschmann m'a dit que l'attente avait été longue et qu'il n'était pas loin de s'endormir quand enfin elle donna l'alerte. Quelqu'un venait en étouffant ses pas, craignant sans doute qu'ils ne résonnent trop dans le vide de la salle. La porte s'ouvrit, une silhouette parut :

– C'est lui, hurla la comtesse. Tuez-le !

Assenée maladroitement, une première attaque

manqua le comte. Il put se rejeter en arrière et le combat s'engagea, féroce, entre ces gens imbibés d'alcool et cet homme seul qui cependant fournissait une belle défense. Deux trabans tombèrent mais, fatigué peut-être par les moments d'amour qu'il venait de vivre, le comte finit par succomber sous le nombre et s'abattit percé de plusieurs coups. On l'entendit alors murmurer : "Epargnez la princesse ! Sauvez l'innocente..."

« Il n'en dit pas plus : la Platen venait de lui enfoncer le talon de son soulier dans la bouche, tournant de tout son poids comme pour écraser un cafard, arrachant ainsi un dernier râle... »

Cramer arrêta son récit pour se pencher sur Aurore, devenue si pâle qu'il la crut sur le point de s'évanouir :

– Voulez-vous que j'appelle le médecin ?

– Non... non... ces... ces révélations... ne sont que pour moi. Donnez-moi seulement un peu d'eau !

Il l'aida à boire, inquiet de constater qu'elle tremblait de la tête aux pieds et que ses dents s'entrechoquaient contre le cristal :

– J'aurais dû vous épargner cette dernière abomination, regretta-t-il.

– Non ! Il faut vraiment que je sache la vérité, même la pire ! Ce Buschmann a-t-il su ce que l'on avait fait... du corps ?

– Oui, parce qu'il était l'un de ceux que l'argent dévouait à la comtesse... Ils étaient là à regarder cet homme qui avait été leur colonel et qu'ils avaient assassiné quand l'Electeur est arrivé. Quand il a vu ce qui s'était passé, il est entré dans une colère terrible contre Mme de Platen :

– J'avais permis son arrestation, pas sa mort. Votre victime est célèbre dans l'Europe entière. Les cours vont s'émouvoir. Cela risque de causer un énorme scandale...

– On peut l'emporter, l'enfouir au fond d'un bois.

Il a répondu que c'était impossible, qu'il allait faire jour, qu'on ne pouvait pas l'enlever de la salle des Chevaliers. Il fallait qu'il y reste ! Alors, il a donné l'ordre d'aller chercher de la chaux vive tandis qu'il faisait jouer un mécanisme ouvrant dans la cheminée l'entrée d'un souterrain dont les princes de Hanovre se transmettaient le secret de génération en génération. Le même existait au Leineschloss. Il n'y avait dans la salle à ce moment-là que le prince, sa maîtresse, Buschmann et un camarade. Ceux-ci portèrent le corps dans ce qui allait être son tombeau et le recouvrirent de chaux. Puis tout se referma et la vie reprit ses droits, mais pour Buschmann le souvenir de cette nuit effrayante allait devenir son cauchemar, le ronger lentement dans la crainte du châtiment éternel. C'est pourquoi, se sentant touché par la mort il m'a demandé...

– Il vous connaissait ?

– Comme Michel Hildebrandt, il était originaire des environs du temple Saint-Thomas.

– Je vois...

En fait, elle ne voyait absolument rien. Ses paroles obéissaient machinalement à l'impulsion de son cerveau. Tandis que son corps semblait changé en pierre. Le seul signe de vie, c'étaient les larmes qui débordaient de ses yeux, glissant sur ses joues sans interruption, sans qu'elle esquisse le moindre geste pour les essuyer. Effrayé, Cramer recula, appela pour faire entrer Ulrica et le médecin. Elle ne parut pas s'apercevoir de son départ. Elle était devenue la personnification de la douleur bien qu'elle ne la ressentît pas encore : la violence du choc encaissé l'avait en quelque sorte anesthésiée. Un moment on put la croire en catalepsie, mais sa faible respiration disait que ce n'était pas le cas.

Ulrica et le Dr Trumph durent cependant batailler longtemps avant que l'effrayante raideur ne cède et qu'Aurore se laisse enfin aller dans leurs bras, secouée de sanglots si violents qu'ils semblaient lui arracher le cœur...

CHAPITRE XIII

LA NAISSANCE D'UN HÉROS

Eût-elle été dans son état normal, Aurore eût laissé sa haine l'emporter avec les démons de la vengeance. Elle eût tout abandonné pour se consacrer uniquement à la recherche de l'immonde Platen afin de lui faire payer son crime le plus cher possible, mais elle était en état de moindre résistance, rendue à peu près impotente par le poids de son ventre, et ce fut la douleur qui la submergea. Prostrée à longueur de journée sans plus de goût à rien, ses nuits étaient traversées d'un cauchemar, toujours le même, où, liée à une colonne de la salle des Chevaliers, elle voyait indéfiniment la mégère enfoncer son haut talon dans la gorge de Philippe en riant comme seules savent rire les furies. Elle en sortait hurlante, trempée de sueur et pleurant, pleurant jusqu'à l'épuisement de ses larmes. Quasiment impuissants et épouvantés par l'approche de l'accouchement, Ulrica et le Dr Trumph prièrent le bourgmestre d'envoyer un courrier rapide à Mme de Loewenhaupt. Celle-ci accourut de toute la vitesse de ses chevaux, terrifiée à la pensée de ce qui l'attendait à Goslar. A en croire la lettre de

Winkel, Mme de Koenigsmark était à l'article de la mort. Aussi, en arrivant à destination, elle se précipita hors de la voiture pour tomber dans les bras d'Ulrica :

– Dis-moi si j'arrive à temps ! Est-elle vivante ?

– Oui, Dieu merci ! Mais je ne sais pas si elle aura encore assez de forces pour résister à l'accouchement !

– Mais enfin pourquoi ? Sa santé était parfaite. Que lui est-il arrivé ?

– Un pasteur venu de Hanovre. Il savait tout sur la mort de notre pauvre comte Philippe. Et il lui a « tout » dit, hélas ! soupira la nourrice en appuyant sur le mot.

– Sois plus claire ! Que veux-tu dire ?

– Qu'il aurait pu lui épargner les détails ! C'est pourtant un homme de Dieu mais, même consacré à son service, un homme reste ce qu'il est : ni pitié, ni délicatesse !

Pour que la puritaine et pieuse Ulrica en vînt à juger ainsi un ministre du culte, il fallait que ce fût grave, mais quand elle eut entendu le résumé de l'affreuse nuit de Herrenhausen rapporté avec les mots sans nuance de la nourrice, Amélie chancela et dut chercher l'appui d'une chaise. Elle aussi avait aimé son frère, moins sans doute que sa cadette mais elle n'en comprit que mieux les ravages causés par une telle révélation sur une femme déjà épuisée...

Quand la nausée qui lui avait fauché les jambes se fut apaisée, elle avala d'un trait le verre de schnaps que lui tendait Ulrica et se mit debout :

– Occupe-toi de mes bagages ! Je vais la voir !

Dans sa chambre Aurore reposait, inerte, les yeux fixés sur la fenêtre derrière laquelle le jour baissait rapidement. Ses mains se croisaient sur son ventre où l'enfant s'agitait avec plus de vigueur encore que d'habitude. En l'examinant tout à l'heure, le médecin en avait auguré que la naissance approchait.

Lorsque Amélie entra chez elle, Aurore ne tourna pas la tête, pensant que c'était Ulrica. Perdue au fond de son chagrin, elle n'avait pas entendu l'arrivée de la voiture et ce fut seulement quand sa sœur se pencha sur elle pour l'embrasser qu'elle s'aperçut de sa présence :

– Amélie !... Tu es venue ? Puis aussitôt elle ajouta avec l'ombre d'un sourire : « Ils ont si peur que cela ?... »

– Ne dis pas de sottises ! Ton terme est proche et je t'avais dit que je serais là. Alors, me voilà !

Tout en parlant, Mme de Loewenhaupt écartait les rideaux du lit et allumait un candélabre afin de mieux voir le visage qu'Aurore tenait dans l'ombre. Ce qu'elle découvrit lui fit froncer les sourcils :

– Tu as une mine affreuse, constata-t-elle. Et Ulrica m'a dit qu'il fallait te supplier pour que tu manges si peu que ce soit ! Un accouchement, cela demande des forces, j'en sais quelque chose. Et tu n'as pas l'air d'en garder beaucoup.

– L'important c'est que j'en aie assez pour mettre au monde cet enfant dénaturé qui ne cesse de frapper sa mère... Ensuite... oh, la suite n'a pas d'importance !...

– Ah, tu trouves ?

– Oui. Je n'ai plus envie de vivre, Amélie. C'est toi qui seras sa mère...

– Qu'est-ce que ce langage ? s'emporta l'aînée. Tu portes l'enfant d'un prince souverain, tu es une Koenigsmark et tu viens me sortir que la vie ne t'intéresse plus ?

– C'est vrai. Il faut que tu saches que j'ai appris...

– Et moi je viens d'apprendre comment est mort Philippe ! C'est... abominable !... cela n'a même pas de nom tant c'est affreux mais c'est une raison de plus pour vouloir vivre ! D'abord pour le bébé qui va venir ! Et puis pour la vengeance, que diable !

La violence du ton alla chercher Aurore au fond du marasme désespéré où elle s'enfonçait. Elle se redressa dans son lit et considéra sa sœur d'un œil nouveau :

– Toi, Amélie, tu veux...

– Faire payer son forfait à cette garce ? Ah oui, alors ! Et plutôt deux fois qu'une si c'est possible ! Quant à toi, je ne te quitte plus et je te jure que tu vas te battre !

Emportée par sa conviction, la sage épouse de Loewenhaupt, avait empoigné l'une des minces colonnes soutenant le dais du lit et, de l'autre, pointait vers le plafond un doigt qui en appelait au Ciel. Elle était si drôle ainsi qu'Aurore lui sourit :

– Tu ressembles à une walkyrie armée de sa lance ! On aurait dû t'appeler Brunehilde !

Amélie lâcha sa colonne et s'assit sur le bord du lit pour envelopper sa jeune sœur d'un bras maternel :

– Nous sommes toujours filles et nièces de

héros comme l'Histoire en connaît rarement et il y en a peut-être un autre dans ton ventre ! Si c'est un fils – et je jurerais que c'en est un pour te bousculer de la sorte ! –, il les dépassera tous ! Et... qui sait s'il ne ressemblera pas à Philippe ?

Là, elle avait gagné. Aurore lui rendit son étreinte. Et si des larmes lui revinrent, elles étaient de soulagement : c'était bon de retrouver cette force inattendue pour y appuyer sa peur, elle qui prétendait ne pas la connaître... Car, elle venait juste d'en prendre conscience, elle redoutait cet inconnu rageur qu'abritait son énorme ventre ! Le plus gros qu'elle eût jamais vu...

Tout alla bien pendant une petite semaine. Aurore reprenait des forces et même put recommencer à faire quelques pas dans le jardin, soutenue par Amélie et Ulrica. Par chance, dans cette seconde quinzaine d'octobre, le temps restait clément. La journée, le soleil jaunissait les feuilles de bouleau, qui se détachaient lentement de leurs branches pour rejoindre la terre où elles composaient un tapis frissonnant, mais les nuits, plus froides, rappelaient que l'automne était présent et dans les maisons hermétiquement closes on n'en dormait que mieux. Délivrée de son cauchemar – au moins pour un moment ! –, Aurore reprenait vie dans ce sommeil réparateur.

Et puis, dans la nuit du 26 au 27 octobre, elle fut réveillée par une sensation d'humidité, voulut se lever, mais une vive douleur la rejeta au milieu de ses oreillers. Au gémissement qu'elle poussa,

Ulrica qui dormait près d'elle accourut, élevant une veilleuse au-dessus du lit ouvert :

– Vous avez perdu les eaux, constata-t-elle. L'enfant s'annonce ! Je vais prévenir !

Elle disparut, vite remplacée par Amélie en robe de chambre et bonnet de nuit tandis qu'au-dehors, la porte grinçait sous la main du valet qui s'en allait prévenir le docteur Trumph. Celui-ci examina sa patiente et déclara :

– Le terme est proche. Vous pouvez préparer le nécessaire pour la délivrance mais l'enfant ne se présentera pas avant plusieurs heures...

On avait changé la chemise d'Aurore puis on la porta sur le « lit de travail » que l'on tenait prêt dans une pièce voisine. Se souvenant des premières couches de sa sœur que l'on avait installée sur la traditionnelle « chaise » percée aussi peu confortable que possible encore en usage en Allemagne, Aurore avait demandé pour les dernières que l'on prépare, à Agathenburg, un lit étroit et rigoureusement plat – une planche était introduite entre deux matelas – muni de poignées comme l'on en usait en France pour les princesses. Amélie s'en était trouvée satisfaite et, dès son arrivée à Goslar, la future mère avait obtenu qu'on lui en agence un semblable. Précaution dont elle n'allait pas tarder à se féliciter... en admettant qu'elle gardât conscience de quoi que ce soit.

Car les douleurs, d'abord espacées de dix en dix minutes, se rapprochèrent rapidement et se firent si intenses que bientôt Aurore ne pensa plus, ne raisonna plus, n'entendit plus pour n'être qu'une masse de souffrance, un animal écartelé.

Cramponnée à la main d'Amélie dont elle broyait les phalanges, elle souffrait avec une telle intensité que le bourreau avec sa hache lui fût apparu comme l'ange de la délivrance. C'était insupportable, intolérable, et cela dura, dura...

Parfois, à travers les larmes qui lui brouillaient la vue, elle percevait une forme noire et blanche penchée sur sa couche de douleur. Elle sentait alors quelque chose de frais qui, sur son visage, remplaçait un instant la brûlure des larmes tandis qu'une douce senteur dominait l'odeur fade du sang et de la sueur. De temps en temps, tout de même, le mal accordait une trêve et le corps harassé plongeait alors dans une torpeur délicieuse. Trop brève, hélas, et vite chassée par les crocs du fauve qui lui déchirait les entrailles.

Ce furent des heures d'un enfer dont la malheureuse pensait ne jamais voir la fin. Du fond de son esprit exténué, le cauchemar revint. Elle retrouva venu du fond des ténèbres le visage haineux de la Platen et celui, torturé, de Philippe...

A un moment, elle perçut la voix du docteur Trumph :

– L'enfant est fort et, en outre, il se présente par le siège. Il faut le retourner... Courage, Madame ! Cramponnez-vous aux poignées !

La parturiente qui se croyait au comble du martyre comprit qu'il n'en était rien. Le médecin introduisit sa main pour aller chercher la tête du bébé et la faire basculer. Le hurlement qu'elle poussa dut s'entendre au bout de la petite ville. Pourtant, ce n'était pas encore suffisant... Après une période impossible à définir, elle entendit Amélie chuchoter :

– Elle s'épuise en vain ! Elle va mourir si vous ne tentez rien. Cet enfant doit être un monstre !

– Non, mais il a une bonne tête et sa mère est plutôt étroite. D'autre part, elle n'a plus la force de pousser... M'autorisez-vous à inciser ?

– Faites ce que vous voulez mais qu'on en finisse !

Haletante, Aurore sentit la brûlure du scalpel entamant sa chair, immédiatement suivie d'un paroxysme de souffrance, tellement violent qu'elle perdit enfin connaissance...

Le paradis chassa l'enfer, la lumière balaya les ténèbres et Aurore revint à la vie dans un pâle rayon de soleil. Tout était blanc autour d'elle : son lit où on l'avait remise, la fine toile qui la vêtait et les formes qui s'agitaient dans sa chambre. Et surtout, elle se sentait légère, légère, même si une sensation de brûlure témoignait qu'elle appartenait toujours à un monde imparfait. La lourde barge engluée dans la vase que son corps représentait naguère s'était arrachée à sa lise mortelle et voguait librement sur la mer...

Elle passa les mains sur son ventre redevenu plat avec un soupir d'aise. Aussitôt, la figure d'Ulrica s'encadra dans son champ de vision :

– Comment vous sentez-vous ?

– Bien ! Merveilleusement bien !... A ceci près qu'il me semble ne plus avoir la moindre force !

– Pas étonnant avec ce que vous avez enduré !

Mais ça en valait la peine, croyez-moi ! Neuf livres qu'il pèse, notre petit prince !

– C'est donc un garçon ? Je veux le voir !

– Soyez patiente, sa nourrice est en train de l'allaiter ! Et il y va de bon cœur, le petit bougre ! En attendant, je vais vous rafraîchir et vous chercher de quoi manger. Faut vous remonter à présent !

– Quelle heure est-il ?

– Cinq heures de l'après-midi !

– Par conséquent il est né le 27 octobre 1696 ?...

– Non. Le 28. Il lui a fallu vingt-sept heures pour se décider à paraître !

– Vingt-sept heures ? Et tu les as passées avec moi ?

– C'est naturel, je crois... Nous sommes tous restés ! Mais le résultat est si beau !

Quelques minutes plus tard le « résultat » faisait son entrée dans les bras d'Amélie qui vint, avec un sourire d'orgueil, le déposer dans ceux de sa mère :

– Il est magnifique ! dit-elle émue. Tu peux en être fière !

C'était, en effet, un superbe bébé. Il n'était ni rouge ni fripé comme le sont souvent les nouveau-nés et Aurore étreinte d'une émotion nouvelle put contempler au creux de son bras la frimousse ronde de ce personnage tout neuf dans lequel son sang se mêlait à celui de Frédéric-Auguste et qui trouvait le moyen de ressembler à la fois à son père et à son oncle Philippe... Du premier il avait le teint mat, le haut front intelligent, la bouche bien dessinée dont les coins se relevaient comme si elle était prête à sourire. Du second le nez, le menton creusé d'une fossette, la forme allongée des yeux dont il était encore impossible de distinguer la couleur... Il était trop tôt. D'ailleurs il dormait avec une majesté qui amusa sa mère. Elle glissa un doigt dans le minuscule poing vite refermé sur lui et, soudain bouleversée de tendresse, posa ses lèvres sur une joue duvetée :

– Mon fils ! murmura-t-elle de ce ton émerveillé des mères qui découvrent leurs œuvres. Mon petit Maurice !

– Maurice... de Saxe ? proposa Amélie.

– Pas encore, hélas ! Un jour peut-être...

En effet, le registre de la paroisse de Goslar reçut dans la journée, à la rubrique baptismale, le court texte suivant : « Aujourd'hui, dans la maison de Henri-Christophe Winkel est né d'une haute et noble dame un enfant de sexe masculin qui a été baptisé sous le nom d'Hermann-Maurice. » Les témoins furent Winkel lui-même et le Dr Trumph !

C'était maigre mais Aurore s'en souciait peu. Elle vivait des jours de pur bonheur, découvrant qu'elle aimait déjà de toute son âme ce bout d'homme dont elle avait – non sans raison ! – tellement redouté la venue au monde. A présent elle le voulait sans cesse auprès d'elle, exigeant d'Ulrica qu'elle changeât ses couches et fit sa toilette sur son lit au risque de l'inonder, mais elle ne se lassait pas de contempler les petits bras et les petites jambes, d'admirer les proportions parfaites du corps on ne pouvait plus masculin dont Ulrica prédisait en bougonnant qu'il courrait les filles plus souvent qu'à son tour. Et puis, surtout, elle avait découvert qu'il avait les yeux aussi bleus que les siens ou ceux de Philippe et rien n'était plus délicieux que le voir sourire.

D'ailleurs, tout laissait supposer qu'il serait d'un naturel aimable. C'était un bébé gai, un rien turbulent, qui ne pleurait guère et ne se mettait en colère que pour réclamer le sein de sa nourrice. La maison retentissait alors de ses cris indignés car il avait un solide appétit, ce qui ne laissait pas d'inquiéter Johanna, la nourrice, qui se demandait si elle allait suffire longtemps à contenter ce jeune goinfre...

Dans ce bonheur, il y avait malheureusement un bémol. Aurore se remettait trop lentement, traînant une fatigue inhabituelle et, par moments, une vive douleur intime en dépit des cataplasmes d'huile de noix et d'œuf que l'on appliquait deux fois le jour sur la blessure.

Trumph, qui admirait beaucoup sa patiente et avait même noué avec elle des liens d'amitié teintés chez lui d'un sentiment plus tendre, désira un matin, après les soins, rester seul avec elle. A sa mine soucieuse, Aurore comprit qu'il allait lui dire quelque chose de désagréable :

– Vous n'êtes pas content de moi, n'est-ce pas, mon cher docteur ?

– Non. Vous ne vous nourrissez pas assez, surtout pour votre taille, élevée chez une femme. Je n'aime pas cette faiblesse qui ne vous ressemble pas mais dans laquelle j'ai peur de reconnaître l'empreinte de la nature et la trace de ce qu'il m'a fallu vous faire subir.

– Qu'essayez-vous de me faire comprendre ? Que je ne pourrai plus quitter ce lit où je gis depuis dix jours ? Il me semble que toutes les femmes ne sont pas égales devant le temps des relevailles ? A ma sœur, il faut au moins quinze jours !

– Sans doute mais je vous trouve chaque matin presque aussi lasse qu'après votre accouchement. Nul plus que moi ne sait à quel point il a été rude mais j'espérais que vous mettriez votre énergie à en surmonter les séquelles. Or vous refusez la moitié des plats que l'on vous propose. Pourquoi ?

– Pour une raison qui coule de source : j'étais énorme quand j'attendais mon fils, et j'aimerais retrouver ma taille de naguère. Ce qui sera impossible si j'absorbe tout ce que ma sœur et Ulrica veulent me faire avaler pendant que je suis couchée. Et puis il faut avouer que je n'ai pas faim.

– Donc nous tournons en rond et je vais devoir vous dire la vérité. Une vérité pour laquelle je fais appel à votre courage. La naissance vous a laissé des traces irréversibles. J'ai dû retourner l'enfant qui se présentait mal et aussi inciser. Evidemment je vous ai recousue de mon mieux mais...

– Essayez-vous de me dire que je ne pourrai plus en avoir d'autres ? Ce n'est pas grave. Maurice me suffit et me suffira toujours !

– Vous m'enlevez une partie du poids mais pas entièrement. Je crains que désormais – ou du moins pas avant longtemps ! – l'acte d'amour ne vous soit pénible.

– Ah ! Puis un instant plus tard : « Cela signifie que... je n'y prendrai plus de plaisir ? »

– ... et que l'intromission vous sera douloureuse. Comprenez-moi ! se hâta-t-il d'ajouter en la voyant blêmir. En vous disant la vérité j'ai pensé provoquer un sursaut ! Vous savez à présent pourquoi vous souffrez – cette douleur finira sans doute par s'atténuer et disparaître à la longue mais votre affaiblissement retarde la guérison. Il faut réagir, vous refaire des muscles...

Aurore ne l'écoutait plus. Infirme ! Voilà ce qu'elle était devenue ! Même si elle réussissait à retrouver son apparence, elle ne serait plus jamais comme avant puisqu'elle ne pourrait plus connaître les éblouissements de l'amour charnel et qu'au contraire recevoir en elle l'homme aimé lui deviendrait souffrance En outre, ressentirait-elle encore le désir de l'amant, l'appel intime d'où naissaient de si merveilleux épanouissements ? La passion qui les avait jetés l'un vers l'autre, Frédéric-Auguste et elle, n'avait atteint une telle intensité que par la magie d'un accord si total qu'il tenait du miracle. Mais qu'en serait-il désormais ? L'amour attire l'amour sans doute mais le sien serait-il assez fort pour l'accueillir non seulement sans crainte mais en dissimulant sa souffrance sous un simulacre de félicité ? Il pouvait être merveilleux mais aussi parfois impatient et brutal. Et se souvenant de sa violence, à certains moments, elle se sentit pleine d'effroi. Qu'en serait-il si elle venait à s'évanouir ? Peut-être en perdant du sang ?...

La nuit suivante fut pénible. Incapable de trouver le sommeil, Aurore revécut presque heure par heure les jours triomphants de Moritzburg où son prince la traitait tantôt comme une idole, tantôt comme une courtisane mais où leur complicité était totale. Ils avaient bousculé joyeusement toutes les convenances, tous les tabous pour vivre un amour sans frein mais plein de gaieté. Ils s'amusaient presque autant qu'ils s'aimaient, entraînant leur cour dans un tourbillon de plaisirs et c'était d'autant plus inoubliable que cet enchantement ne pourrait se reproduire...

Cependant, après avoir bien regretté, bien pleuré, Aurore se retrouva face à elle-même et à la question cruciale : et maintenant ? Qu'allait-elle faire de sa vie ?

Le berceau où le bébé Maurice dormait en souriant aux anges apportait une première réponse. Elle l'aimait déjà de tout son cœur et la place qu'il allait tenir dans sa vie ne cesserait de grandir, mais ce n'était pas une raison pour que la mère étouffe la femme... Quittant son lit non sans un léger vertige, Aurore prit la chandelle de son chevet, se dirigea vers sa table à coiffer et s'assit devant le miroir, scrutant son visage aminci, les cernes sous ses yeux, sa pâleur aussi et ce pli à peine visible mais réel que la souffrance avait inscrit aux coins de ses lèvres. Grâce au poêle de faïence, sa chambre était chaude. Comme jadis à Agathenburg, elle laissa glisser sa chemise et ce qu'elle vit l'effraya : Trumph avait raison de la mettre en garde. Elle était trop maigre : des salières marquaient ses épaules et si sa poitrine demeurait ravissante elle lui parut amenuisée. Elle eut peur alors en évoquant ce que penserait son amant s'il la voyait en cet état. Il fallait à tout prix retrouver l'image d'autrefois. Il fallait pouvoir rentrer à Dresde la tête haute et avec les honneurs de la guerre ! Son amie

Elisabeth lui avait dit, pendant sa grossesse, qu'une femme gagnait toujours en éclat après son premier enfant. Il n'y en aurait pas de second mais Aurore décida cette nuit-là de lui donner raison. Et tant pis s'il fallait souffrir pour garder son prince !

En regagnant son lit, elle s'arrêta près du berceau pour contempler son fils, remonter la couverture qu'il avait repoussée, et se pencha pour poser un baiser sur un minuscule poing fermé :

– Je suis fière de toi, mon petit prince ! Mais il faut que toi aussi, tu sois fier de moi !

Et la nuit si mal commencée, presque achevée, se termina par deux heures de vrai repos. Aurore s'était retrouvée en décidant de faire ressusciter pour son retour à Dresde la sublime comtesse de Koenigsmark. Dût-elle n'être qu'une apparence ! Au moins y retrouverait-elle Fatime, ses recettes magiques et ses mains miraculeuses...

Mises en pratique dès le réveil, les belles résolutions d'Aurore manquèrent s'écrouler quelques jours plus tard.

Parfois neigeux, le temps de cette mi-novembre se contentait d'être gris et relativement doux. Sa toilette terminée, Aurore venait de décider de descendre au jardin en compagnie d'Amélie pour y faire sa promenade du matin. Depuis qu'elle s'était autant dire arrachée du lit trop moelleux où elle s'étiolait, c'était un rituel auquel elle sacrifiait matin et soir. Pour son plus grand bien, du reste : stimulée par sa volonté retrouvée, sa jeunesse lui revenait presque d'heure en heure.

Elle se sentait même si bien, ce matin-là, qu'elle voulait pousser jusqu'à l'église où son petit Maurice avait été baptisé afin d'y rendre grâces comme il était normal après les relevailles. Peut-être aussi pour y prendre conseil de la prière. A mesure qu'elle sentait la vie lui revenir, grandissait le désir de ce retour à Dresde dont l'évocation avait déterminé sa réaction... Consultée, Amélie s'était montrée dubitative :

– Rien ne presse. Le chemin est long et nous devons nous assurer que tu es suffisamment forte pour le supporter. Nous sommes dans la mauvaise saison et...

– Toi, tu es en train de chercher des raisons de me retenir ici. Pourquoi ?

Amélie avait hésité avant de répondre pour finalement déclarer :

– Le bourgmestre n'a reçu aucune nouvelle directive vous concernant, toi et ton fils. Pourtant je suis certaine que l'on connaît à Dresde la naissance de Maurice. Ne crois-tu pas qu'il serait sage d'attendre les intentions de son père ? Il a pris trop de soin à la cacher pour ne pas se soucier de la suite qu'il convient d'y donner. N'oublie pas que dix jours avant toi, son épouse lui a donné un héritier.

– Oh, je suis au courant ! Et, si j'en suis heureuse pour sa pauvre épouse, je ne peux m'empêcher d'être déçue. J'avais espéré qu'elle lui donnerait une fille...

– Ce qui aurait pu ouvrir de superbes perspectives devant Maurice ? Comme il n'en est rien, je ne suis pas sûre que Frédéric-Auguste le voie d'un œil tranquille s'installer avec sa mère au pied du Residenzschloss !

– Pourquoi pas ? Les princes gardent volontiers leurs bâtards à leur Cour, ils en font des guerriers...

– Ou des parasites dangereux ! Le tien est de la graine des héros. C'est un Koenigsmark et Frédéric-Auguste a conscience de ce que cela signifie. En outre et sans savoir à qui ressemble l'enfant de Christine-Eberhardine, je jurerais que notre Maurice est plus beau. Il y a des comparaisons qu'il vaut mieux éviter si l'on tient à conserver la paix chez soi...

– Alors que dois-je faire ? Rester dans ce coin des années durant ?

– Evidemment non ! Simplement attendre, voir venir et ne rien précipiter...

Amélie parlait d'or et au fond d'elle-même, Aurore sentait qu'elle avait raison, mais elle détestait à présent cette vie confinée qui durait depuis des mois. Elle avait un combat à mener et brûlait de s'y jeter. C'est pourquoi, ce matin, elle était en route pour l'église, frileusement enveloppée comme Amélie, dans une ample mante à profond capuchon qui la dissimulait entièrement. Mais il était écrit qu'elle n'irait pas jusque-là.

Les deux femmes n'avaient pas fait trois pas qu'un carrosse de voyage à quatre chevaux déboulait en trombe pour freiner des seize fers et s'arrêter devant la maison dans un vacarme de grincements, de sonnailles, de gourmettes entrechoquées et d'imprécations. Ces dernières proférées par un vieux gentilhomme qui se plaignait d'endurer mille morts tandis que deux laquais l'extrayaient de la voiture couverte de boue et qu'un troisième se pendait à la cloche :

– Mais c'est Beuchling ! s'exclama Aurore. Rentrons vite !

Elles arrivèrent au moment où Ulrica ouvrait devant le voyageur les portes de la salle des hôtes où brûlait un feu de bois vers lequel il se précipita en réclamant du vin chaud à la cannelle.

– Monsieur le chancelier ? sourit Aurore, sachant pertinemment qu'il ne l'était plus mais respectant en cela la tradition. Quel bon vent vous amène ?

Il voulut se lever pour la saluer mais, le voyant exténué, elle le repoussa gentiment de la main, ce dont il lui fut si reconnaissant qu'il en eut les larmes aux yeux :

– Oh non, comtesse, ce n'est pas un bon vent ! Je précède même la tempête mais suffisamment j'espère pour l'empêcher de nuire ! Je viens chercher votre fils avec son berceau, sa nourrice et tout ce qui s'ensuit. Il faut qu'avant une heure nous soyons repartis...

– Chercher mon fils ? s'écria Aurore déjà prête à la bataille. Il n'en est pas question ! Et par ordre de qui d'abord ? Si c'est son père...

– Non. Il est encore à Vienne. L'ordre vient de Son Altesse Royale la princesse Anna-Sophia... A propos, elle vous écrit, ajouta-t-il en lui tendant une lettre dont elle se hâta de briser le cachet. Le texte en était court mais d'autant plus inquiétant :

« Il m'est revenu, ma chère enfant, que le comte de Fleming partira demain pour se rendre auprès de vous dans l'intention de vous enlever votre enfant dont il juge l'existence préjudiciable à celle de mon petit-fils nouvellement né. Je vous envoie sur l'heure Beuchling avec des ordres précis : conduire votre petit Maurice en sûreté... N'hésitez pas à le lui confier ! Je serais désespérée qu'il lui arrivât malheur. Faites vite !... Il est, lui aussi – mon petit-enfant... Anna-Sophia. »

Passant la lettre à Amélie, la jeune femme, s'efforçant de rester calme, demanda :

– Quelle avance pensez-vous avoir sur... l'ennemi ?

– Une dizaine d'heures. Je suis parti alors que l'encre de ce billet était à peine sèche : juste le temps de rassembler un bagage et de faire atteler mais avec les mauvais chemins et les intempéries j'ignore s'il a rattrapé ou perdu du temps. N'importe comment, il faut se dépêcher !

– Je donne les ordres sur-le-champ pendant que l'on va vous servir une collation. Veux-tu t'en occuper, Amélie ? Moi je vais faire préparer le nécessaire. Car naturellement je viens avec vous !

Beuchling bondit aussi lestement que s'il n'avait pas été perclus de rhumatismes réveillés par l'humidité ambiante.

– Surtout pas ! La princesse a été formelle : le bébé, sa nourrice et c'est tout ! Fleming ne tentera rien contre vous : cela pourrait lui coûter trop cher tandis qu'un nouveau-né, mille choses peuvent lui arriver. Non, croyez-moi, il faut que vous soyez présente quand Fleming arrivera !

– Mais enfin, où voulez-vous l'emmener ?

– Son Altesse préconise Hambourg où vous avez des biens...

– Soyez certain que le chancelier ne manquera pas d'y penser !

– Sans doute, mais n'oubliez pas que Hambourg est ville libre donc terre d'asile défendue par des lois sévères qu'il n'oserait transgresser...

– Mais enfin, émit Aurore au bord des larmes, nous n'allons pas le laisser seul avec une nourrice qui sera dépaysée et sans aucune protection ?

– Je l'accompagne ! décida aussitôt Amélie.

– Pardonnez-moi, comtesse, mais vous non plus ! Il faut que vous restiez pour soutenir votre sœur. De plus, la présence de votre voiture dans l'écurie sera probante... On sait que vous êtes ici !

– Alors qui ?

– Moi !

Et Ulrica dont personne n'avait remarqué l'entrée vint se planter devant l'ancien chancelier :

– Ce sera moi ! fit-elle avec une autorité inattendue. J'ai élevé des enfants Koenigsmark, j'élèverai celui-là ! Car c'en est un, n'en doutez pas ! Et à Hambourg je suis presque autant chez moi que les comtesses...

Aurore n'hésita qu'à peine. C'était incontestablement la solution du problème. Lorsque Fleming serait reparti, personne ne l'empêcherait de rejoindre son petit dans la maison au bord du Binnenalster...

– C'est toi qui as raison Ulrica ! Viens, il faut faire vite !

Tandis que la vieille femme enfournait dans des sacs de cuir le trousseau du bébé, Aurore entreprenait sa nourrice et ce fut moins facile qu'elle ne le pensait : n'ayant jamais quitté Goslar, Johanna considérait le monde comme autant de lieux de perdition. Elle était persuadée que son âme serait en danger dès l'instant où elle mettrait le pied hors de l'enceinte protectrice.

– Dans ce cas, tu n'aurais pas dû proposer ton lait pour un enfant de haut rang ! Jusqu'à son sevrage tu es à son service et là où il va, tu vas !

– Mais, mon époux, ma famille...

– Tu les retrouveras... et il m'étonnerait qu'ils te fassent bon accueil si tu renonçais à ce que te rapporte ta position actuelle ! Alors, assez de jérémiades et va te préparer ! Je préviendrai les tiens ! De toute façon, Ulrica part avec toi et je vous rejoindrai bientôt !

La question réglée, Aurore dut faire face à l'instant cruel de la séparation. En dépit des objurgations d'Amélie répétant qu'il était stupide de le réveiller, elle prit le bébé dans son berceau pour le tenir un instant contre elle, baiser sa frimousse, ses menottes. Réveillé, il parut apprécier les caresses et émit un gazouillis satisfait...

– Aurore ! insista Amélie. Il faut se hâter ! Songe au danger qu'un retard peut lui faire courir...

– Je sais, je sais... mais je ne croyais pas que ce serait si difficile.

Elle avait les larmes aux yeux. Ulrica alors lui enleva l'enfant pour l'envelopper plus chaudement tandis que l'on portait le berceau dans la voiture que l'on avait amenée dans le jardin. Encore sa mère tint-elle à le porter jusque-là pour sentir encore son poids, sa chaleur de bébé bien portant.

Après un dernier baiser elle le coucha elle-même déclenchant aussitôt des hurlements indignés.

– Là ! Qu'est-ce que je disais ! soupira Amélie. On va l'entendre jusqu'à l'hôtel de ville !

Ulrica s'installa au fond de la voiture et le cala contre sa vaste poitrine, rabattant sur lui un pan de sa mante noire, ce qui le fit taire. Johanna prit place sur le devant à côté du berceau. Il ne manquait plus que Beuchling.

Réconforté par un court mais délicieux repas, le vieux gentilhomme allait monter quand Aurore le retint :

– Je ne vous remercierai jamais assez ! dit-elle en l'embrassant, ce qui le fit rougir de plaisir. Ni vous ni Son Altesse Royale ! Dites-lui que je lui suis à jamais dévouée et que je la remercie... Je vais prier Dieu qu'il vous mène à bon port et qu'il vous bénisse ! Et surtout que ce voyage ne vous fatigue pas trop !

Elle l'aida à se hisser à l'intérieur où il se laissa tomber sur les coussins à côté d'Ulrica.

– Je suis déjà fatigué, ma chère enfant, mais ne me prenez pas de ce fait pour un héros. Vous n'imaginez pas le plaisir que j'ai à jouer ce tour au jeune Fleming, ce galopin qui se prend pour le prince en l'absence de Monseigneur ! C'est incroyablement vivifiant !

Les portières claquèrent, le cocher retint ses chevaux pour sortir du jardin et franchir la porte sud de la ville qu'il allait contourner pour rejoindre la route de Wolfenbüttel et de Brunswick où, ayant changé de principauté, on serait à l'abri des entreprises saxonnes. Sur la carte du moins, les débordements discrets restant possibles. De là cependant on gagnerait Hambourg sûrement sans problème.

La voiture devait s'être éloignée d'un bon quart de lieue qu'Aurore était toujours au seuil de la maison, croyant encore entendre le pas des chevaux et le roulement du carrosse. Elle avait froid jusqu'à l'âme, avec l'impression déprimante qu'elle ne reverrait pas son petit garçon avant longtemps. Si elle le revoyait jamais... La boule familière des jours d'angoisse se nouait dans sa gorge.

Amélie vint derrière elle pour l'envelopper d'une épaisse écharpe de laine :

– Ne reste pas là ! Tu vas attraper la mort.

– Je commence à croire que cela arrangerait une foule de gens !

– Tu ne penses pas ce que tu dis. Du moins je veux l'espérer, sinon je pourrais me sentir offensée ainsi que ceux qui se dévouent pour toi. Et maintenant tu as ce bel enfant...

– Que l'on vient de m'enlever !

– Pour mieux te le rendre. Préférerais-tu le laisser à Fleming ?... Tu sais bien, Aurore, que dans nos grandes familles les garçons ne restent que peu de temps dans les jupes des femmes. Ils doivent apprendre le plus tôt possible leur métier d'homme. Regarde les miens ! Je ne les vois guère que deux fois l'an.

Ce fut au tour d'Aurore de se pencher sur sa sœur pour l'entourer d'un bras repentant :

– Pardonne mon égoïsme ! Cela vient de ce que je n'ai pas l'habitude ! Allons à présent nous préparer à recevoir l'envahisseur !

Elle avait d'abord pensé faire place nette dans la

maison, comme s'il n'y avait jamais eu d'enfant mais à la réflexion, elle choisit une autre politique et donna ses ordres en conséquence.

A la nuit tombante alors que la brume se faisait plus dense et le froid plus vif, la voiture attendue arriva mais cette fois escortée de quatre cavaliers. Un coup d'œil à la pendule permit à Aurore de constater qu'elle n'avait repris que deux heures sur l'avance de Beuchling et que ses fugitifs devaient avoir atteint au moins Wolfenbüttel, la principauté catholique où il leur serait possible de prendre du repos. C'était très réconfortant et elle ne s'en prépara à jouer son rôle qu'avec plus d'assurance.

Quand, après s'être fait ouvrir d'un poing autoritaire, Fleming s'encadra dans la porte de la salle des hôtes, botté et le tricorne sur la tête, il vit deux femmes assises de chaque côté du feu, le visage défait, un mouchoir entre les doigts et qui ne parurent pas s'apercevoir de sa présence. Il toussota sans plus de résultat :

– Madame de Koenigsmark, Madame de Loewenhaupt ! lança-t-il alors et sa voix forte résonna comme une incongruité dans cette pièce qui semblait renfermer toute la douleur du monde.

D'un même mouvement, elles tournèrent la tête en sa direction. Aurore se leva mais ne s'avança pas.

– Monsieur le chancelier ? fit-elle comme si elle n'y croyait pas. Puis soudain, elle se jeta vers lui : « Oh, mon Dieu ! C'est le Seigneur qui vous envoie...

Courez, je vous en supplie, courez ! Vous arriverez peut-être à les rattraper !

– Mais... mais qui ?

– Ceux qui ce tantôt ont enlevé mon enfant et sa nourrice, voyons ! Courez, je vous en supplie !

A son tour Amélie s'avançait, une égale expression chagrine sur le visage...

– Vous ne pouvez rester insensible au désespoir d'une mère ! fit-elle. D'autant que les ravisseurs ont agi sur ordre du prince-électeur...

– Un ordre ? Mais c'est impossible !

– Oseriez-vous nous traiter de menteuses ? Nous l'avons vu, vous dis-je ! Sinon, jamais nous ne les aurions laissés emporter le petit ! Avec le peu de gens dont nous disposons nous nous serions battues au besoin. Comment imaginer que Monseigneur soit aussi cruel envers une femme qu'il prétendait aimer à la folie !

Planté au milieu de la pièce, Fleming semblait changé en statue.

– Qui étaient-ils ? articula-t-il enfin.

– Comment le saurions-nous ? intervint Aurore. Ils étaient masqués et je ne pense pas avoir entendu leurs voix jusqu'à présent. Ils étaient trois, armés jusqu'aux dents. Pendant que l'un d'eux nous tenait sous la menace de son pistolet, les autres fouillaient la maison. Cela faisait un bruit horrible... Tout juste comme en ce moment ! continua-t-elle, désignant de la main la porte ouverte sur l'écho de cris et de protestations...

Brusquement elle parut sortir d'un rêve, recula et remarqua sèchement :

– Au lieu de courir après les ravisseurs, vous ne

bougez pas ? Et pendant ce temps vos trabans... Que veniez-vous faire ici, Monsieur le chancelier de Saxe ?

Il tira du large revers de sa manche un document qu'il déplia pour mettre en évidence le sceau rouge :

– Ce que l'on vous a montré ressemblait-il à ceci ?

– En tous points, répondit Amélie. Ainsi, ajouta-t-elle avec une répugnance qu'elle ne chercha pas à cacher, vous veniez accomplir la même vilaine besogne : arracher un enfant à sa mère ?

– Oui... mais pour son bien ! Monseigneur entend que son fils bâtard soit élevé où et comme il l'entend en un lieu où il ignorera l'identité de ses parents ! Cela dans l'intérêt de l'Etat ! Il existe à Dresde un prince héritier. Et l'on sait trop à quels excès pourrait conduire un homme dans les veines de qui coule le sang des Koenigsmark !

– Il vaut mieux que celui des Wettin[1], lança Aurore indignée. Chez nous on n'a jamais fait la guerre aux enfants ! Je ne sais qui sont au juste les voleurs de mon fils mais vous et votre maître ne valez pas plus cher qu'eux...

L'un des trabans vint rejoindre Fleming :

– On ne trouve rien, Monsieur le chancelier, sinon les traces qu'un rapt a réellement eu lieu.

– Continuez de chercher ! Fouillez le jardin et les dépendances ! Il se peut, fit-il avec un froid sourire, que l'on nous joue en ce lieu quelque comédie...

1. Nom de la dynastie régnante.

La gifle qu'Aurore lui assena lui coupa la parole cependant qu'un filet de sang marquait sa joue à l'endroit où la bague de la jeune femme l'avait égratignée. Il y porta sa main gantée, regarda, puis les yeux dans ceux de son adversaire, l'essuya au dossier de soie d'un fauteuil :

– Voilà un geste que vous regretterez jusqu'à la fin de votre vie ! J'y veillerai !

– Comment le pourriez-vous ? Vous n'êtes pas le maître en Saxe, que je sache ? Vous abusez seulement de l'absence du prince. Et si vous pensez que nous jouons je ne sais quelle comédie, je peux, moi, supposer que cet ordre est un faux ! Rien ne s'imite mieux qu'une signature. Allez-vous-en, Monsieur le chancelier, vous n'avez plus rien à faire ici ! Soyez certain que je vais m'efforcer, avec mes faibles moyens, de retrouver mon fils.

– J'ai tout lieu de penser que j'y parviendrai avant vous et que force restera à la loi du prince !

Amélie qui se tenait en retrait de sa sœur, vint passer un bras autour de sa taille. Elle prit conscience de la tension que celle-ci subissait en sentant la raideur de son corps.

– Nulle famille n'est plus respectueuse de la loi du prince que nous avons choisi librement, dit-elle en appuyant intentionnellement sur les derniers mots. Nous ne sommes ni des émigrés ni des réfugiés...

– Dirons-nous des mercenaires ?

– Voilà un mot malvenu dans votre bouche puisque vous-même n'êtes pas autre chose. Prussien alors que nous sommes suédois ? Cela devrait inciter l'Electeur Frédéric-Auguste à tenir la balance égale entre nous. Soyez sûr que nous saurons l'en faire souvenir !

Fleming esquissa le geste d'applaudir :

– Belles paroles, Madame de Loewenhaupt ! Dignes de l'épouse d'un vaillant soldat. Ce qui n'est pas le cas de votre sœur. Moi, je suis l'ami de Monseigneur et j'ai sa confiance. Elle n'est... qu'une ancienne maîtresse ! Ce qui fait une différence énorme ! Mesdames, j'ai bien l'honneur de vous saluer !

Il se décida enfin à ôter son chapeau pour le faire virevolter selon les règles, s'esquiva, mais pour revenir un instant plus tard :

– J'allais oublier ! Vous devrez rester jusqu'à nouvel ordre ! Le bourgmestre Winkel va recevoir des instructions précises en ce sens et aura à répondre, si besoin est, de leur exécution... Pendant ce temps je vais m'appliquer à rechercher votre jeune fugitif.

Pour mieux marquer sa détermination, la porte claqua derrière lui. Les bruits de pas quittèrent la maison puis ce furent les roulements du carrosse et le claquement des sabots... Aurore ferma les yeux en portant la main à son front. Amélie crut qu'elle allait s'évanouir et la fit asseoir. Elle voulut aller chercher de l'eau, mais Aurore la retint :

– Reste, je t'en prie ! Il m'est indispensable de te savoir là !...

C'était profondément vrai. Aurore à cet instant ressentait avec une sorte de gratitude la force du lien qui l'unissait à son aînée. Leurs différences faisaient ressortir leur complémentarité – en dépit de la parenthèse Loewenhaupt – elles étaient toujours les sœurs Koenigsmark...

Elles restèrent longtemps assises côte à côte sur le canapé, la main dans la main, sans rien dire, laissant s'éteindre en elles l'écho des paroles menaçantes de Fleming. Enfin Aurore soupira :

– Crois-tu qu'il puisse encore les rattraper ?

– Non. Ils doivent être loin à présent et Fleming ignore qu'il court après Beuchling. On peut compter sur celui-là pour savoir s'assurer de l'aide en cas de nécessité. Après tout, s'il n'est plus chancelier il reste conseiller du prince et il agit sur la volonté d'Anna-Sophia. Rassure-toi et viens te reposer ! Je vais te faire monter un plateau...

– Non, merci ! Je préfère souper avec toi puis rester un peu au coin du feu. Je sais trop ce qui m'attend dans mon lit...

La nuit fut, en effet, telle qu'elle la redoutait : épuisante. Vers trois heures du matin, lasse de se tourner et de se retourner dans ses couvertures qui lui semblaient étouffantes, Aurore finit par se lever et descendit à la cuisine se faire chauffer du lait. Elle en tira de l'apaisement mais aucune solution à ses problèmes. Elle ne cessait de passer par des alternances de colère et d'abattement dues à la conscience de son impuissance en face de Fleming. Pendant l'absence de Frédéric-Auguste, il s'arrogeait tous les droits et l'on ne pouvait que courber la tête pour éviter les coups...

Et soudain, elle eut envie de fuir, de tourner une bonne fois le dos à cette Saxe dont elle avait tant espéré... à ce prince qu'elle aimait toujours et qui semblait ne plus se soucier d'elle. D'autre part, l'hiver approchait et il n'était pas d'usage de guerroyer à la mauvaise saison. Si Frédéric-Auguste n'était pas encore rentré à Dresde, il ne pouvait plus tarder ? Lui parler, ne fût-ce qu'un instant, et peut-être que les choses s'arrangeraient ?...

Elle eut conscience du marasme où elle se débattait et de son impossibilité à choisir la bonne décision. En quelques minutes elle venait de passer du désir de regagner Hambourg pour s'y réchauffer aux petites mains de son fils à celui de courir jusqu'à Dresde afin d'y renouer des liens relâchés par l'absence. Cela ne pouvait durer ! Mais d'abord, prendre connaissance des dernières consignes laissées par Fleming !... Au matin, elle envoya demander au bourgmestre de venir la voir, pendant qu'Amélie s'était rendue à l'église.

Il vint aussitôt mais Aurore n'eut pas besoin d'y regarder à deux reprises pour remarquer les plis soucieux dont se creusait sa figure si joviale. Depuis son arrivée à Goslar, elle entretenait avec lui des relations proches de l'amitié comme il est normal entre braves gens tournés par nature à la sympathie. Henri-Christophe Winkel s'était ingénié à adoucir de son mieux ses ordres concernant la jeune femme qu'il ne pouvait s'empêcher de plaindre. Qu'en était-il encore après le passage de Fleming ?

Après l'avoir prié de s'asseoir et lui avoir fait servir le vin chaud à la cannelle dont il était friand, Aurore entra dans le vif du sujet :

– Vous avez reçu hier, Monsieur le bourgmestre, la visite du chancelier ? En partant, il m'a dit son intention de se rendre à l'hôtel de ville pour vous parler de moi. Rien qu'à vous voir, je devine que cette visite ne vous a pas été agréable.

– C'est le moins qu'on puisse dire, Madame la comtesse, répondit-il l'air franchement malheureux.

– Quelles instructions vous a-t-il données ?

– Oh, elles sont toujours dans la ligne des précédentes mais en plus sévères. Vous n'avez plus le droit de recevoir des lettres, même par mon entremise. Je dois garder sous ma main la totalité de ce qui arrivera. Il en est de même pour les visites : plus personne sauf moi et Trumph n'a le droit de vous approcher. En outre, il vous est interdit de sortir dans le jardin et je dois faire garder la maison jour et nuit par des hommes de notre milice locale. Oh, Madame la comtesse, je ne peux vous dire à quel point je suis désolé...

– Il ne faut pas ! Sachez en outre que je ne vous en veux pas le moins du monde. Je suis prisonnière, voilà tout ! Disons que... cela pourrait être pire. Ce qui me navre c'est la suite : on m'a prévenue que vous répondriez de moi sur... votre vie ?

Il baissa la tête sans rien dire mais la réponse était claire.

– Le misérable ! murmura-t-elle. Il a décidément de l'audace et je ne suis pas certaine que Son Altesse entérine ce qui est, soyez-en sûr, un abus de pouvoir !

– C'est possible mais...

– Mais le prince est loin et vous devez obéir ? Rassurez-vous, je ne ferai rien qui puisse vous mettre en danger. Simplement, je voudrais savoir ce qu'il en est de ma sœur ?

Plus désolé que jamais, Winkel chercha son chapeau qu'il avait posé sur le parquet près de son siège et le roula entre ses mains avec une nervosité inhabituelle chez cet homme tranquille :

– Si vous ne m'aviez fait chercher, Madame la comtesse, je serais venu de moi-même : Mme de Loewenhaupt doit quitter Goslar demain matin pour regagner Dresde où elle est attendue...

– Par qui ? Son époux est aux armées et, à moins que l'Electeur ne soit revenu ?...

– Je n'en sais pas plus. Sinon qu'elle devra dès son retour se présenter à la Chancellerie... Pardonnez-moi, s'il vous plaît, d'être porteur de si mauvaises nouvelles ! ajouta-t-il au bord des larmes.

Aurore lui tendit la main spontanément :

– Il n'y a rien à pardonner ! Vous ne faites que votre devoir, mon ami...

En apprenant ce qui s'était passé durant son absence, Amélie jeta feux et flammes :

– Te laisser seule ici ? Jamais !... Si l'on veut me ramener à Dresde sans toi il faudra venir me chercher !

– Tu as un époux, des enfants. C'est à eux que tu dois penser en premier ! Ils pourraient pâtir de ta révolte... Et puis, tu sais, je ne serai pas beaucoup plus seule qu'avant mon accouchement !

– Ulrica était là ! Cela faisait une énorme différence. Tu ne vas plus avoir autour de toi que des étrangers... Et je ne pourrai plus t'écrire... Si au moins je pouvais te laisser Gottlieb...

– ... la voiture et les chevaux ? Ce sont eux,

principalement, dont on veut me priver. Je n'aurai plus de moyen de fuir sinon à pied ! Et si j'en avais la force, Fleming sait que je ne le ferais pas. Ce serait condamner ce pauvre Winkel à mort...

Mais Amélie n'était pas convaincue. Elle venait d'avoir une idée :

– Pourquoi ne pas agir comme la duchesse de Celle quand elle t'a introduite à Ahlden ? C'est toi qui partiras à ma place...

– Non. Je t'arrête : ce n'est pas faisable. Tu peux être certaine que ton départ sera contrôlé...

Amélie alla vers le miroir placé au-dessus d'une commode, s'y regarda un instant puis se détourna avec un geste de colère.

– Je n'ai jamais tant regretté de ne pas te ressembler ! Si j'étais aussi belle que toi...

Aurore la prit dans ses bras et un moment, elles se tinrent serrées l'une contre l'autre, mêlant leurs larmes qu'aucune des deux ne pouvait retenir mais puisant du réconfort dans leur mutuelle tendresse. Finalement, Amélie s'écarta pour prendre le visage d'Aurore entre ses mains :

– Au fond, ce n'est pas une si mauvaise idée de m'obliger à rentrer ! Fleming me verra mais aussi la princesse douairière et surtout cet homme à qui tu as tout donné et qui t'en paie en t'enfermant telle une criminelle !

– N'exagère pas ! s'efforça de sourire Aurore. Je ne suis pas sur la paille humide des cachots...

– Il ne manquerait plus que ça ! Je te jure qu'il m'entendra. Dussé-je le poursuivre jusque chez l'empereur !

Amélie de Loewenhaupt quitta Goslar le matin suivant.

Le temps était détestable. Une pluie fine mais obstinée, incessante et froide, noyait la ville aussi sûrement qu'un épais brouillard. La voiture s'y enfonça lentement, comme à regret...

Aurore resta seule...

ET PUIS...

La neige ! Elle vint le surlendemain et s'installa pour l'hiver, enveloppant la ville et la montagne de ses blanches épaisseurs, adoucissant les angles, soulignant la grâce d'une branche de sapin ou les lignes élégantes d'une sculpture. Il faisait froid mais pas trop. Juste assez pour apprécier la chaleur des âtres flambants que l'on rejoignait en se frottant les mains. La campagne entra dans le silence tandis qu'aux approches de Noël Goslar trouvait un regain d'activité.

La maison de Winkel se referma sur Aurore comme un cocon. Dans l'état d'esprit où se trouvait la jeune femme, ce lui fut un asile bien plus qu'une prison et elle fit en sorte d'en ôter jusqu'à l'ombre d'une apparence. Ainsi, afin d'éviter aux hommes de la petite milice de se geler interminablement à sa porte, avait-elle donné au bourgmestre sa parole de ne pas chercher à fuir. On lui en sut gré dans la population et une légende se tissa autour d'elle, entretenue par ses serviteurs : celle d'une belle et très noble dame victime de l'amour d'un prince qui l'enfermait pour dérober sa beauté aux yeux du monde après avoir fait tuer son époux. Ensuite il avait enlevé l'enfant qu'il lui avait fait après qu'un philtre magique la lui eût livrée...

Comme souvent, il y avait du vrai et du faux mais l'imagination populaire était riche : le Harz et ses sortilèges, le mont Brocken et sa nuit de Walpurgis n'étaient-ils pas tout proches ?

Ceux qui servaient Aurore étaient depuis longtemps conquis par sa douceur et sa gentillesse, et Utta, l'une des jeunes servantes dont elle avait fait une honorable femme de chambre, se serait laissé tuer pour elle. Et déplorait comme les autres les longues mélancolies qui s'emparaient d'elle et où il arrivait que ses yeux s'emplissent de larmes. On les attribuait à l'absence du petit garçon. Ce qui n'était pas faux. A ces heures où elle cherchait ce qui avait pu changer un amant si ardent en tourmenteur, Aurore sentait plus cruellement encore l'absence de son bébé et le manque de nouvelles. Or de celles-ci, il n'était arrivé aucune.

Le bon Winkel qui venait la voir presque aussi souvent que le médecin – et qui même parfois amenait sa femme pour une partie de cartes en compagnie de celui-ci – le lui assurait :

– Il m'est défendu de vous remettre le courrier que je pourrais recevoir mais pas de vous faire savoir s'il en est arrivé. Et... peut-être de lire ce qu'il y a dedans ? Avec votre permission, évidemment.

Mais non, rien ! Pas le moindre message de Hambourg ou de Dresde ! Ulrica et l'enfant semblaient s'être perdus dans les brouillards du Nord et Amélie dans ceux de l'Est ! Ce fut pis encore à Noël, quand l'air s'emplit des voix enfantines chantant la Nativité à travers la ville et de l'odeur des pains d'épice, des craquelins et des oies rôties. Alors, enfermée dans sa maison dont les seules fenêtres s'ouvraient pour elle, Aurore chercha un refuge dans la prière.

D'une piété que l'on aurait pu qualifier de normale, sans les grands élans qui jetaient parfois la sage Amélie au pied des autels, elle s'apercevait à présent de son manque d'assiduité, ne s'adressant à Dieu que dans les moments extrêmes mais ayant tendance à l'oublier, voire à dédaigner ses commandements durant les mois de folle passion vécus auprès de Frédéric-Auguste. Ce qui ne donnait pas au Seigneur beaucoup de raisons de s'intéresser à elle. Il avait relevé Marie-Madeleine, mais la belle pécheresse avait renié son passé pour se consacrer à Dieu. Ce qui n'était pas le cas d'Aurore. Ses fautes d'amour ne lui inspiraient pas de regrets, bien au contraire : elle en avait reçu tant de joies ! Par bonheur, elle n'appartenait pas à l'Eglise catholique, ce qui lui évitait une confession qu'une absolution n'aurait pu suivre sauf à être fondée sur un mensonge. Mais à présent elle n'avait plus rien, et ce fut avec une profonde humilité qu'elle tenta de retrouver la Grâce pour que son fils lui soit rendu... Ce qu'elle souffrait depuis qu'on l'avait abandonnée aux cruautés d'un ministre ne pouvait-il jouer en sa faveur ?

L'hiver passa. La neige disparut. Le printemps survint dans le tumulte des vents d'équinoxe. Un matin d'avril frileux, l'un d'eux amena devant l'hôtel de ville un carrosse de voyage frappé aux armes du prince-électeur. Bien visibles en dépit de la boue qui maculait la caisse. Autour de la voiture et de ses six chevaux il y eut aussitôt grand concours de peuple chuchotant et excité, tenu à distance par les cavaliers d'escorte. Mais elle ne fit que passer : le temps de prendre au passage le bourgmestre Winkel.

La mine épanouie, il prit place aux côtés de l'occupant, un vieux seigneur que l'on avait à peine aperçu. Et l'on repartit jusqu'à la maison devenue pour tous celle de la « Dame mystérieuse ». Les curieux refluèrent de ce côté-là.

La maison était déjà en effervescence. Seule Aurore garda son calme. Plus grand-chose ne pouvait l'atteindre et si l'on venait l'arrêter – pour quelle raison d'ailleurs ? – elle ne se défendrait pas. Pourtant, la vue du visage rayonnant de Winkel et surtout celle du vieux seigneur lui insuffla une bouffée d'espérance. C'était Beuchling qui revenait ! Enfin elle allait avoir des nouvelles ! Et lui aussi souriait :

– Je viens vous chercher, comtesse ! fit-il en lui baisant la main. Donnez ordre à vos bagages sans tarder : nous devons nous hâter !

Elle ne perdit pas de temps à demander des explications : ce fut dans la maison le branle-bas de combat, mitigé cependant de tristesse chez ceux qui l'avaient servie durant près d'une année et qui s'étaient attachés à elle. Ils en furent remerciés avec chaleur par un présent en argent qui ramena une certaine sérénité. Seule Utta partait avec elle, ce dont la jeune fille se montra ravie : elle allait voir le monde.

Beuchling pressait le départ et les adieux furent relativement brefs mais chaleureux avec le bourgmestre et le Dr Trumph, accouru avec un pot de l'onguent qu'il avait composé pour elle accompagné du texte écrit de sa fabrication :

– N'oubliez pas d'en user chaque jour, recommanda-t-il, et je crois fermement que vous vous en trouverez bien !

– Cela va déjà beaucoup mieux ! Mille mercis pour vos bons soins, mon cher docteur !

Enfin tout fut prêt. Aurore rejoignit Beuchling sur les coussins de la voiture qui prit le départ aussitôt. En quelques instants on fut hors de la ville. Chassés par le vent, les nuages venaient de libérer un rayon de soleil. Avec délice, la jeune femme respira un moment l'air de la liberté puis dans un soupir se rejeta dans les coussins.

– Il y a longtemps que je ne me suis sentie aussi heureuse ! Vous me ramenez à Dresde, naturellement ?

Beuchling renifla tandis que ses paupières fripées papillonnaient :

– Heu... non !

– Comment non ? s'écria-t-elle. Où m'emmenez-vous ? Vais-je être encore prisonnière ?

– Non pas, non pas !... Vous ne serez nullement enfermée. Et même libre de voyager comme il vous plaira. Il vous faudra seulement donner chaque année quelque temps à vos nouvelles fonctions.

– Quelles fonctions ?

– Monseigneur a obtenu que vous soyez

nommée prieure des Dames chanoinesses de Quedlinburg ! C'est un immense honneur, vous savez ! Seules les plus nobles dames y sont admises et la Mère abbesse en est une princesse de Saxe-Weimar déjà âgée et dont vous pourrez briguer plus tard la succession. D'ailleurs « on » m'a remis cette lettre...

Aurore la lui arracha et fit sauter le cachet. C'était effectivement l'écriture de Frédéric-Auguste mais le texte n'avait plus rien à voir avec les tendre billets d'autrefois. En termes courtois, presque affectueux, mais tout de même officiels, son prince lui faisait savoir que « c'était avec un extrême plaisir qu'il avait accédé à sa demande d'entrer au prestigieux couvent avec le titre de prieure dont nulle n'était plus digne qu'elle »...

La jeune femme dut s'y reprendre à quatre fois pour imprimer dans sa tête ce texte incroyable, sans parvenir à comprendre...

– A ma demande ? s'exclama-t-elle furieuse. Je n'ai jamais rien demandé de tel ?

– Il faut croire que l'on y a pensé pour vous, marmotta l'ancien chancelier visiblement mal à l'aise.

– C'est insensé et tant que je ne saurai pas d'où vient le coup je ne m'y rendrai pas. Je veux aller à Dresde !

– Malheureusement je n'ai pas le droit de vous y conduire. Mes ordres sont d'aller à Quedlinburg... où vous êtes attendue ! Croyez-moi, ma chère enfant, le mieux est d'obéir ! Plus tard, si vous voulez vous rendre dans notre belle capitale...

– Et si je voulais quitter la Saxe ? Si je préférais

rentrer chez moi et retrouver mon fils ? Au fait vous ne m'en avez encore rien dit ?

– Vous ne me l'avez pas demandé. Je l'ai laissé à bon port et en parfaite santé. Pour ce que j'en sais tout va bien pour lui et c'est justement en pensant à cet enfant que je vous supplie d'accepter Quedlinburg ! L'honneur qui vous est fait rejaillira sur lui ! On ne verra plus en lui le fils d'une favorite mais celui d'une des plus grandes dames d'Allemagne, l'égale d'une princesse. Cela mérite réflexion, il me semble.

Aurore ne répondit pas. La déception était trop cruelle ! Au bout d'un moment, elle murmura :

– Il ne m'aime plus, n'est-ce pas ? Vous qui êtes son confident, vous devriez le savoir ?

– Monseigneur ne m'a rien confié de tel ! Ne pouvant plus vous épouser, il est normal qu'il veuille assurer une position élevée à la mère d'un fils auquel il réserve peut-être une brillante carrière ?

– Dites-moi la vérité ! Il en aime une autre ?

Aurore comprit qu'elle n'en obtiendrait pas davantage. Les cavaliers qui galopaient aux portières expliquaient clairement qu'elle n'avait pas le choix et que si elle voulait éviter l'irréparable avec celui qu'elle aimait tout en gardant une chance de renouer un jour avec lui, elle devait se soumettre, si pénible que ce fût pour son orgueil. Ou tout au moins en donner l'impression. Beuchling avait raison en avançant que les Dames de Quedlinburg jouissaient d'une réputation hors du commun. En outre, leur mode d'existence n'avait pas grand-chose à voir avec l'austérité d'un quelconque ordre religieux. Chacune avait son appartement, son train de vie et surtout une large liberté de mouvement. Et c'était cela l'important ! Alors...

– Vous avez gagné, Beuchling ! soupira-t-elle en s'installant plus confortablement au fond de la voiture. Puisque vous y tenez, allons donc à Quedlinburg !

Si son maître et lui pensaient en avoir fini avec elle, ils se trompaient lourdement...

Saint-Mandé, 15 juillet 2006

TABLE

Cet ouvrage a été imprimé par la
SOCIÉTÉ NOUVELLE FIRMIN-DIDOT
Mesnil-sur-l'Estrée
pour le compte des Éditions Perrin
11, rue de Grenelle
Paris 7e
en septembre 2006

Imprimé en France
Dépôt légal : octobre 2006
N° d'édition : 2192 - N° d'impression : 81345